U0542451

ZHONGGUO XIAOSHUO
100 QIANG

中国小说100强（1978—2022）

第三把手

王　手　著

北京联合出版公司
Beijing United Publishing Co., Ltd.

图书在版编目（CIP）数据

第三把手 / 王手著. -- 北京 ：北京联合出版公司，2023.9
（中国小说100强）
ISBN 978-7-5596-7102-8

Ⅰ.①第… Ⅱ.①王… Ⅲ.①长篇小说－中国－当代 Ⅳ.①I247.5

中国国家版本馆CIP数据核字(2023)第117945号

第三把手

| 作　　者：王　手
| 出 品 人：赵红仕
| 出版监制：张晓冬　范晓潮
| 责任编辑：肖　桓
| 特约编辑：和庚方　郭　漫
| 封面设计：武　一

北京联合出版公司出版
（北京市西城区德外大街83号楼9层　100088）
北京兴星伟业印刷有限公司印刷　新华书店经销
字数203千字　650毫米×920毫米　1/16　20印张
2023年9月第1版　2023年9月第1次印刷
ISBN 978-7-5596-7102-8
定价：58.00元

版权所有，侵权必究
未经书面许可，不得以任何方式转载、复制、翻印本书部分或全部内容。
本书若有质量问题，请与本公司图书销售中心联系调换。
电话：010-65868687

中国小说100强（1978—2022）丛书

编委会

丛书总策划

张　明　　著名出版人
张　英　　资深媒体人

编委主任

吴义勤　　中国作协副主席
　　　　　中国小说学会会长

编　委

吴义勤　　中国作协副主席、中国小说学会会长
宗仁发　　《作家》杂志主编
谢有顺　　中山大学教授、中国小说学会副会长
顾建平　　《小说选刊》副主编
张　英　　资深媒体人
文　欢　　作家、出版人

总　序

"中国小说100强"（1978—2022）是资深出版人张明先生和腾讯读书知名记者张英先生共同策划发起的一套大型文学丛书。他们邀请我和宗仁发、谢有顺、顾建平、文欢一起组成编委会，并特邀徐晨亮参与，经过认真研讨和多轮投票最终评定了100人的入选小说家目录。由于编委们大多都是长期在中国文学现场与中国文学一路同行的一线编辑、出版家、评论家和文学记者，可以说都是最专业的文学读者，因此，本套书对专业性的追求是理所当然的，编委们的个人趣味、审美爱好虽有不同，但对作家和文学本身的尊重、对小说艺术的尊重、对文学史和阅读史的尊重，决定了丛书编选的原则、方向和基本逻辑。

从文学史的角度来说，1978年以后开启的新时期文学是中国当代文学的黄金时代，不仅涌现了一批至今享誉世界的优秀作家，而且创造了许多脍炙人口的文学经典，并某种程度上改写了20世纪中国文学史的版图。而在中国新时期文学的经典家族中，小说和小说家无疑是艺术成就最高、影响力最大的部分。"中国小说100强"（1978—2022）就是试图将这个时期的具有经典性的小说家和中国小说的经典之作完整、系统地筛选和呈现出来，并以此构成对新时期文学史的某种回顾与重读、观察与评判。呈现在读者面前的这套丛书是对1978—2022年间中国当代小说发展历程的一次全面、系统的整体性回顾与检阅，是中国当代文学经典化的重要成果，从特定的角度集中展示了中国新时期文学在小说创作方面的巨大成就。需要说明的是，与1978—2022年新时期文学繁荣兴盛的局面相比，100位作家和100本书还远远不能涵盖中国当代小说的全貌，很多堪称经典的小说也许因为各种原因并未能进入。莫言、苏童、余华等作家本来都在编委投票评定的名单里，但因为他们已与某些出版社签下了专有出版合同，不允许其他出版社另出小说集，因而只能因不可抗原因而割爱，遗珠之憾实难避免，而且文学的审美本身也是多元的，我们的判断、评价、选择也许与有些读者的认知和判断是冲突的，但我们绝无把自己的标准强加于别人的意思。我们呈现的只是我们观察中国这个时期当代小说的一个角度、一种标准，我们坚持文学性、学术性、专业性、民间性，注重作家个体的生活体验、叙事能力和艺术功力，我们突破代际局限，老、中、青小说家都平等对待，王蒙、冯骥才、梁晓声、铁凝、阿来等名家名作蔚为大观，徐则臣、阿乙、弋舟、鲁敏、林森等新人新作也是目不暇接，我们特别关注文学的新生力量，尤其是近10年作品多次获国家大奖、市场人气爆棚的新生代小说家，我们禀持包容、开放、多元的审美立场，无论是专注用现实题材传达个人迥异驳杂人生经验、用心用情书写和表现时代精神的现实主义作家，还是执着于艺术探索和个体风格的实验性作家，在丛书里都是一视同仁。我们坚信我们是忠实于自己的艺术理想、艺术原则和艺术良心的，但我们并不认为自己的角度和标准是唯一的，我们期待并尊重各种各样的观察角度和文学判断。

当然，编选和出版"中国小说100强"（1978—2022）这套大型丛书，除了上述对文学史、小说史成就的整体呈现这一追求之外，我们还有更深远、更宏大的学术目标，那就是全力推进中国当代文学"经典化"的历程和"全民阅读·书香中国"建设。

从1949年发端的中国当代文学已经有了70多年的发展历程，但对这70多年文学的评价一直存在巨大的分歧，"极端的否定"与"极端的肯定"常常让我们看不到当代文学的真相。有人认为中国当代文学达到了前所未有的高度和水平。王蒙先生在法兰克福书展上就说：中国当代文学现在是有史以来最繁荣的时期。余秋雨、刘再复甚至认为中国当代文学的成就远远超过了现代文学。也有人极端否定中国当代文学，认为中国当代文学都是垃圾。他们认为现代文学要远远超过当代文学，中国当代文学连与现代文学比较的资格都没有。比如说，相对于鲁（迅）、郭（沫若）、茅（盾）、巴（金）、老（舍）、曹（禺）这样大师级的人物，中国当代作家都是渺小的侏儒，根本不能相提并论，两者比较就是对大师的亵渎。应该说，与对中国当代文学的肯定之声相比，对当代文学的否定和轻视显然更成气候、更为普遍也更有市场。尽管否定者各自的角度和出发点不同，但中国当代作家、作品与中外文学大师、文学经典之间不可比拟的巨大距离却是唱衰中国当代文学者的主要论据。这种判断通常沿着两个逻辑展开：一是对中外文学大师精神价值、道德价值和人格价值的夸大与拔高，对文学大师的不证自明的宗教化、神性化的崇拜。二是对文学经典的神秘化、神圣化、绝对化、空洞化的理解与阐释。在此，我们看到了一个非常有趣的悖论：当谈论经典作家和文学大师时我们总是仰视而崇拜，他们的局限我们要么视而不见要么宽容原谅，但当我们谈论身边作家和身边作品时，我们总是专注于其弱点和局限，反而对其优点视而不见。问题还不在于这种姿态本身的厚此薄彼与伦理偏见，而是这种姿态背后所蕴含的"当代虚无主义"。这种"虚无主义"的最大后果就是对当代作家作品"经典化"的阻滞，对当代文学经典化历程的阻隔与拖延。一方面，我们视当下作家作品为"无物",拒绝对其进行"经典化"的工作,另一方面又以早就完全"经典化"了的大师和经典来作为贬低当下泥沙俱下的文学现实的依据。这种不在同一个层面上的比较,不仅毫无意义,而且只能使得文学评价上的不公正以及各种偏激的怪论愈演愈烈。

其实,说中国当代文学如何不堪或如何优秀都没有说服力。关键是要进行"经典化"的工作,只有"经典化"的工作完成了才有可能比较客观地对当代的作家作品形成文学史的判断。对当代的"经典化"不是对过往经典、大师的否定,也不是对当代文学唱赞歌,而是要建立一个既立足文学史又与时俱进并与当代文学发展同步的认识评价体系和筛选体系。当然,我们也要承认,"经典化"问题是一个非常复杂的问题,并不是凭热情和冲动一下子就能完成的,但我们至少应该完成认识论上的"转变"并真正启动这样一个"过程"。

现在媒体上流行一些对于中国当代文学经典化冷嘲热讽的稀奇古怪的言论,其核心一是否定中国当代文学有经典、有大师,其二是否定批评界、学术界有关"经典化"的主张,认为在一个无经典的时代,"经典"是怎么"化"也"化"不出来的,"经典化"是一个实实在在的"伪命题"。其实,对于文学,每个人有不同的判断、不同的理解这很正常,每一种观点也都值得尊重。但是,在"经典"和"经典化"这个问题上,我却不能不说,上述观点存在对"经典"和"经典化"的双重误解,因而具有严重的误导性和危害性。

首先,就"经典"而言,否定中国当代文学早就不是什么新鲜事,对当代文学的虚无主义态度在很多人那里早已根深蒂固。我不想争论这背后的是与非,也不想分析这种观点背后的社会基础与人性基础。我只想指出,这种观点单从学理层面上看就已陷入了三个巨大误区:

第一个误区,是对经典的神圣化和神秘化的误区。很多人把经典想象为一个绝对的、神圣的、遥远的文学存在,觉得文学经典就是一个绝对的、乌托邦化的、十全十美的、所有人都喜欢的东西。这其实是为了阻隔当代文学和"经典"这个词发生关系。因为经典既然是绝对的、神圣的、乌托邦的、十全十美的,那我们今天哪一部作品会有这样的特性呢?如果回顾一下人类文学史,有这样特性的作品好像也没有。事实上,没有一部作品可以十全十美,也没有一部作品能让所有人喜欢。在这个问题上,我们应该明确的是,"经典"不是十全十美、无可挑剔的代名词,在人类文学史上似乎并不存在毫无缺点并能被任何人所认同的"经典"。因此,对每一个时代来说,"经典"并不是指那些高不可攀的神圣的、神秘的存在,只不过是那些比较优秀、能被比较多的人喜爱的作品而已。从这个意义上说,当今中国文坛谈论"经典"时那种神圣化、莫测高深的乌托邦姿态,不过是遮蔽和否定当代文学的一种不自觉的方式,他们假定了一种遥远、神秘、绝对、完美的"经典形象",并以对此一本正经的信仰、崇拜和无限拔高,建立了一整套关于中国当代文学的伦理话语体系与道德话语体系,从而充满正义感地宣判着中国当代文学的死刑。

　　第二个误区,是经典会自动呈现的误区。很多人会说,是金子总是会发光的。但对文学来说,文学经典的产生有着特殊性,即,它不是一个"标签",它一定是在阅读的意义上才会产生意义和价值的,也只有在阅读的意义上才能够实现价值,没有被阅读的作品没有被发现的作品就没有价值,就不会发光。而且经典的价值本身也不是固定不变的。如果一个作品的价值一开始就是固定不变的,那这个作品的价值就一定是有限的。经典一定会在不同的时代面对不同的读者呈现出完全不同的价值。这也是所谓文学永恒性的来源。也就是说,文学的永恒性不是指它的某一个意义、某一个价值的永恒,而是指它具有意义、价值的永恒再生性,它可以不断地延伸价值,可以不断地被创造、不断地被发现,这才是经典价值的根本。所以说,经典不但不会自动呈现,而且一定要在读者的阅读或者阐释、评价中才会呈现其价值。

第三个误区，是经典命名权的误区。很多人把经典的命名视为一种特殊权力。这有两个层面的问题：一，是现代人还是后代人具有命名权；二，是权威还是普通人具有命名权。说一个时代的作品是经典，是当代人说了算还是后代人说了算？从理论上来说当然是后代人说了算。我们宁愿把一切交给时间。但是，时间本身是不可信的，它不是客观的，是意识形态化的。某种意义上，时间确会消除文学的很多污染包括意识形态的污染，时间会让我们更清楚地看清模糊的、被掩盖的真相，但是时间同时也会使文学的现场感和鲜活性受到磨损与侵蚀，甚至时间本身也难逃意识形态的污染。此外，如果把一切交给时间，还有一个前提，那就是对后代的读者要有足够的信任，要相信他们能够完成对我们这个时代文学的经典化使命。但我们对后代的读者，其实是没有信心的。我们今天已经陷入了严重的阅读危机，我们怎么能寄希望后代人有更大的阅读热情呢？幻想后代的人用考古的方式对我们这个时代的文学进行经典命名，这现实吗？我不相信后人对我们身处时代"考古"式的阐释会比我们亲历的"经验"更可靠，也不相信，后人对我们身处时代文学的理解会比我们亲历者更准确。我觉得，一部被后代命名为"经典"的作品，在它所处的时代也一定会是被认可为"经典"的作品，我不相信，在当代默默无闻的作品在后代会被"考古"挖掘为"经典"。也许有人会举张爱玲、钱钟书、沈从文的例子，但我要说的是，他们的文学价值早在他们生活的时代就已被认可了，只不过很长时间由于意识形态的原因我们的文学史不谈及他们罢了。此外，在经典命名的问题上，我们还要回答的是当代作家究竟为谁写作的问题。当代作家是为同代人写作还是为后代人写作？幻想同代人不阅读、不接受的作品后代人会接受，这本身就是非常乌托邦的。更何况，当代作家所表现的经验以及对世界的认识，是当代人更能理解还是后代人更能理解？当然是当代人更能理解当代作家所表达的生活和经验，更能够产生共鸣。因此，从这个角度来说，当代人对一个时代经典的命名显然比后代人更重要。第二个层面，就是普通人、普通读者和权威的关系。理论上，我们都相信文学权威对一个时代文学经典命名的重要性，权威当然更有价值。但我们又不能够迷信文学权威。如果把一个时代文学经典的命名权仅仅交给几个权威，那也是非常危险的。这个危险表现在什么地方呢？就是几个人的错误会放大为整个时代的错误，几个人的偏见会放大为整个时代的偏见。我们有很多这样的文学史教训。在这个问题上，我们既要相信权威又不能迷信权威，我们要追求文学经典评价的民主化、民主性。对一个时代文学的判断应该是全体阅读者共同参与的民主化的过程，各种文学声音都应该能够有效地发出。这个时代的文学阅读，最理想的状态应该是一种互补性的阅读。为什么叫"互补性的阅读"？因为一个批评家再敬业，再劳动模范，一个人也读不过来所有的作品。举个例子：现在我们一年有5000部以上的长篇小说，一个批评家如果很敬业，每天在家读二十四小时，他能读多少部？一天读一部，一年也只能读三百部。但他一个人读不完，不等于我们整个时代的读者都读不完。这就需要互补性阅读。所有的读者互补性地读完所有作品。在所有作品都被阅读过的情况下，所有的声音都能发出来的情况下，各种声音的碰撞、妥协、对话，就会形成对这个时代文学比较客观、科学的判断。因此，文学的经典不是由某一个"权威"命名的，而是由一个时代所有的阅读者共同命名的，可以说，每一个阅读者都是一个命名者，他都有对经典进行命名的使命、责任和"权力"。而作为一个文学研究者或一个文学出版者，参与当代文学的进程，参与当代文学经典的筛选、淘洗和确立过程，更是一种义不容辞的责任和使命。说到底，"经典"是主观的，"经典"的确立是一个持续不断的"过程"，"经典"的价值是逐步呈现的，对于一部经典作品来说，它的当代认可、当代评价是不可或缺的。尽管这种认可和评价也许有偏颇，但是没有这种认可和评价，它就无法从浩如烟海的文本世界中突围而出，它就会永久地被埋没。从这个意义上说，在当代任何一部能够被阅读、谈论的文本都是幸运的，这是它变成"经典"的必要洗礼和必然路径。

总之，我们所提倡的"经典化"不是要简单地呈现一种结果，不是要简单地对一个时代的文学作品排座次，不是要武断地指出某部作品是"经典"，某部作品不是"经典"，不是要颁发一个"谁是经典"的荣誉证书，而是要进入一个发现文学价值、感受文学价值、呈现文学价值的过程。所谓"经典化"的"化"实际上就是文学价值影响人的精神生活的过程，就是通过文学阅读发现和呈现文学价值的过程。可以说，文学的经典化过程，既是一个历史化的过程，更是一个当代化的过程。文学的经典化时时刻刻都在进行着，它需要当代人的积极参与和实践。因此，哪怕你是一个对当代文学的虚无主义者，你可以不承认当代文学有经典，但只要你还承认有文学，你还需要和相信文学，还承认当代文学对人的精神生活具有影响力，你就不应该否定当代文学经典化的重要性。没有这个"经典化"，当代文学就不会进入和影响当代人的生活，就失去了存在的意义。每一个人，哪怕你是权威，你也不能以自己的好恶剥夺他人阅读文学和享受文学的权利。

从这个意义上说，当代文学的经典化当然是一个真命题而不是一个伪命题。在一个资讯泛滥的时代，给读者以经典的指引是文学界、出版界共同的责任，而这也是我们编辑出版这套书的意义所在。

最后，感谢张明和张英先生为本套书付出的辛劳，感谢北京立丰天文化传播有限公司、北京金圣典文化有限公司的资金支持，感谢全体编委和北京联合出版公司各位编辑，感谢所有对本套丛书的出版给予大力支持的作家和他们的家人。

是为序。

吴义勤

2022年冬于北京

目 录
Contents

第三把手____1

平板玻璃____43

手　工____75

二　线____93

上海长途汽车____161

养匹马怎样____179

大家都叫她詹妮弗____193

云中飞天____210

笨狗司派克____262

这世界那么多人____286

第三把手

1

我的店开在工业区的宽带路，工业区里鞋厂多，我的店就是卖鞋料的。鞋料是什么？许多人不知道，以为鞋料就是鞋材，其实不是。鞋材是大件，比如皮、革、衬、胶、鞋底，那叫鞋材。那鞋料呢？那是说得好听，是为了和鞋材沾点边，其实它应该叫鞋杂，比如鞋带、鞋扣、鞋钉、鞋线、鞋纸、鞋撑，还有榔头、帮钳、剪刀等等，说白了，都是些不起眼的东西，旧社会叫作小头生意。

经常来我们店里买东西的有几种人：1、采购员，过来一看，丢下一张单子，里面写着要买的东西，说，这些东西，你先配起来，我转一圈之后再过来拿。这些人，虽然也来采购，但心里其实是看不起的；2、小厂老板，事必躬亲，又斤斤计较，一分一厘也杀来杀去，目的只是想告诉你，别想糊弄我，我精得很；3、也是小厂老板，夸大口，甩大袖，拿了再说，搞起来很豪爽的样子，心里根本就没有底，到时候逃债的就是他；4、外地人仓库员，东西好坏不管，便宜要紧，而且言必谈回扣，哪怕吃一碗面也好。这样的人，我一般都会和他们老板提醒一下，吃里扒外，和过去的叛徒差不多，等于身边挖了一个无底洞。

据说，台湾人来这里找合作伙伴，不一定找员工众多的，不一定找设备精良的，不一定找厂房宽余的，但一定看合作人品行的，人是不是正派，做事靠不靠谱，平时讲不讲信用，能不能吃苦耐劳。从这一点得到启发，我们做小头生意的，也往往喜欢上述人等的第二种，勤力、顶真、节省、不含糊。我老公说，这是一种精神，大老板都是从这些开始的。

2

经常来我们店里的一位女老板叫李回珍，人不是很漂亮，穿着也中性，这个样子我们一般都认为她干练，觉得她管的厂一定很规范，很有秩序。尤其是她开的那辆宝马车，单门敞篷跑，马上就显现她的经济效益了。我老公说，这种车，58万，没有足够的实力，养都养不起。要知道，我们尽管做鞋料多年，但也才刚刚接触轿车的滋味，一辆12万的桑塔纳，平时兼坐骑和运输，宝贝似的。

我前面说过，做生意也在挑客户。不对胃口的客户，也不是不做，只是一般的应付应付，而对味的客户，我们就重点巩固他，研究他。女老板的老公叫李金锁，他们原是九州下面文县的，那个叫刘基故里的地方，还是一个族里的，从小在一起玩大。后来，也是听了别人的蛊惑，结伴到外面讨生活，其实是弹棉花，走南闯北，风餐露宿，按照现在的说法，只能混个吃的。几年下来，所有的收入也仅是五十床棉胎，还是截留顾客的棉花攒的。后来，又听了别人的鼓动，到武汉去卖鞋，才渐渐有了一点基础。很多人不知道卖鞋是怎么回事，以为一定要懂鞋，或自己做鞋，其实不用。你只用知道九州是中国的鞋都就行，在九州可以找到鞋就行，能看懂鞋的信息就行，就可以在外面吹嘘鞋了。那时候的九州，在外面都是鞋的名声，外地人误以为全中国只有九州人会做鞋，误以为只有九州的鞋子最好，李金锁和李回珍就是钻了这个空子，出去蒙的。他们先是到武汉租了一个柜台，租柜台是当时九州人在外面的典型形式，生意刚刚涉足，资金捉襟见肘，开店肯定不行，只能租个柜台试脚练手，就好像在赌桌的边上押一个角，也等于在别人的锅里蹭一碗汤喝。他们把九州的鞋子带出来，摆在别人的柜台上，李回珍在武汉守柜台，李金锁则武汉九州的来回跑。1994年的九州来福门，还不是一个很正式的市场，只是一个自发的地摊集市，从信河街这边走过来，沿松台山边上拐进去，一条小路一直通到茶厂桥边。1994年的九州鞋，也是鲜有档次的，都是刚刚从家庭作坊里脱轨出来，刚想尝试做工厂阶段，都不知道什么鞋才能适销对路，也没有销售渠道，于是，摊子就这样摆出来了，鞋也是这样开始展示的。李金锁像一条嗅觉灵敏的狗一样，在来福门一带巡过来巡过去，他相中了自己喜欢的样鞋，马上就摆上了武汉的柜台。这样来来回回，辛苦是自不必说，但乐趣也是层出不穷的，这一年，他们的第二个孩子出生了，李回珍的月子都是站在那里"坐"的，能腾手做饭的时候，李金锁又跑回九州了。

现在，夫妻俩就在工业区里面办厂，武汉的店，丢给别人看了，自己杀回来做真正的鞋佬了。老公说，勤劳的人，卖针也会赚，卖葱也有吃。但他们毕竟是小打小闹，毕竟还没有大钱，他们想在工业区里买一个厂房还是很难的。怎么办？他们找小的、地点偏的、价格便宜的、最好是有什么说说的。还真找到了一个，什么小啊偏啊便宜啊都符合心意，就是死过人有点不爽，这就是所谓的说说，而且还是比较要命的说说。很多人一听到这个就向后转，讳莫如深，太不利市了。但李金锁和李回珍没有放弃，这是他们吃苦耐劳后练就的脾性。他们找派出所、找管委会、找鞋厂鞋佬了解情况，信息综合过来不是传说的那样。说这个厂欠了债，债主逼上门了，双方像古时候打战一样，拉了阵势在门口吵架，结果恶语将债主的妈妈骂死了。这件事本来是民事的却走上了刑事，本来可以协商的却走上了判决，这个厂也从此被恶名缠绕，瞬间倒闭，厂房也一直荒废在那里。李金锁可不是这么想，他给自己找到了理由：人死在门口，就好比点球踢在门柱上，弹下来也没过球门线，还不算进。于是，李金锁咬咬牙，把这个厂房买了。

老公还调查来，李金锁真正的赚钱不是在武汉卖鞋，也不是在工业区办厂，而是在上海炒楼盘。前日子又相中了一处烂尾楼，是和朋友一起相的，但因为价格高，一班人正纠结着。李金锁却偷偷的找到业主，撇开朋友，斜出一刀，把这幢烂尾楼独吞了。这件事做得有点糗，朋友们齐声痛骂李金锁。但老公却认为，李金锁厚道上是有点问题，但为了利益的最大化，他果敢，有魄力，还是难能可贵的。现在我们知道了，把生意看得很重的人，做起事情来一般也都是比较认真的。

3

九州的生意一直是被人诟病的，也是全世界最烦人的生意，以赊当账，但九州人非但没有不好意思，反而觉得是自己的特色，真是

"把陋习当文化，把缺陷当传统"。就拿我们这些鞋料生意来说，大的如皮革、胶水，小的如剪刀、鞋带，要货不带钱，赊账成传统，都是家常便饭。久而久之，赊成了关系文化的一个载体，觉得赊是看得起你，赊是照顾你生意，反之，不赊就是不懂规矩，就是没人情味。赊账唯一的好处就是客户高兴，拿了就走，好像不用钱一样。但赊账的弊端却是很多很多的，忘了的、反悔的、耍赖的、退货的、逃债的，只要他手头没钱，什么事情都可能发生，因为主动权在他的手里。杨白劳真没有钱，黄世仁再逼也没有用。我们曾一度想把它正规起来，一律现金结算，但马上发现自己是徒劳的，而且还犯了忌，不仅寸步难行，还逃了不少生意，所以最后，我们只好妥协。但我们也定了一个规矩：三百以内的鞋杂，一律付现，否则，宁可不做。而一些有关系的、有规模的、有信用的客户，我们也设置了条件，比如李回珍的厂，我们就给她"三月一结"，也算给她一个面子了。

4

李回珍的厂叫"福禄寿"。她总有别出心裁、异于常人的地方，那个"死过人"的厂房，她精打细算，只在一层安了条流水线，再搭了些违章挤一挤，上面的两层，都被她布置起来出租了。按照李回珍的说法，小厂嘛，能做鞋就行，不要搞那些虚的。这样说起来，她的福禄寿就有好几条水灌进来，厂房出租一条水，武汉的店一条水，上海的烂尾楼也是一条水，再加上自己做鞋一条水，日子是丰饶而滋润的。

　　这时候的福禄寿，日产女鞋两千双，不算大也不算小，但名气已经有了一点点，地方上给女鞋排个队，勉强还能挤上个前十。他们已经不像刚办厂那时那样拼命了，因为钱已经有了，力肯定也会少了一点。他们还在做鞋，纯粹是出于喜欢，就拿李回珍来说，她就有女鞋三百双，看中了就买，不一定都穿，但一定是一个绝佳的资料库。李金锁也经常的从中寻找灵感，他画女鞋有感觉，他觉得女鞋就像花，时开时变，一个时期一个样。做女鞋最讲究与时俱进了，女鞋换季快，样式多，做靴有高帮和中帮，冬鞋有里毛和外毛，凉鞋有全凉和半凉，拖鞋有盖掌和夹趾，有皮带草的，也有皮带布的，更有布带草的，有带饰和不带饰的，有正打带和斜打带的，总之变幻无穷，每一款都在考验人的智慧和心志。男鞋就不是这样，千篇一律，不分季节，一以贯之，万变不离其宗。

　　据说，每月的头三天，李金锁都要到武汉去。这事一直都是这样传闻的。我们这个店，正好在工业区的进口处，有时候像个联络点、中转站，总会有这样那样的人歇歇脚，总会有这样那样的话头。到武汉去干什么？当然是自己厂里的事，门市业绩看一看，店里的库存盘一盘，有瑕疵的鞋子修一修，把员工的工资发发掉，再就是到商场里转一转，看一下其他鞋样。这些事，都是明摆着的，李金锁就是向李回珍汇报，都是可以摆到桌面上的。但李金锁心里清楚，他是去幽会店员周节如。而每月的头三天，正是周节如最干净利落的日子，那些烦人的缠绊，怎么粘也粘不上这三天，挺让人放心大胆的。

　　有细心的人留意，那天一早，李金锁都是准时的从厂里出来，自己开车到汽车西站，停进了地下室，然后乘七点头趟的班车赶到武汉去。车子走出太平岭，上了绕城高速，进入沈海线，就可以眯眼打个盹了。一路上，不是高山就是隧道，当然，高山和隧道对于李金锁来说都一样，他都不会去关注，他的心早就飞到周节如那里去了，她会怎么样呢？这会儿起床洗漱了吗？还是早餐后在准备开张？她是忙碌而憔悴的？还是绷着心里的热闹而神情淡然的？只有到了江浙接壤的地方，眼前的景物才会突然的豁然起来，或一片江海，或一派欣欣向荣的都市，李金锁这才稍稍的精神起来。他走出车站，打的前往利德商厦，他们在武汉的店就开在商厦的四楼。那是他和李回珍在商厦开盘之初买下的，面积90多平米，辟了门面，做了个小仓库兼修理间，还可以安一个带厨房和卫洁的小卧室，像一个小家。这时候，已经是下午两点时分了。

　　进入商厦之后的李金锁，我们就可以想象他了。在这个楼层的商户看来，这一天就是这个门面的节日，他们放了假，还会很不合时宜地拉下卷门，然后像杳无音讯了一般。他们是这个楼层的另类，所以会有人留意，暗中惦记。店里来了什么人？发生了什么事？什么时候离开的？抑或就一直躲在店里？他们怎么工作、怎么吃饭、怎么休息，大家都不知道，都在猜想。这样的状况沉寂了半天，准确的说还要加上晚上。直到第二天，李金锁和周节如又会泰然的出现。他们似乎像刚刚才来到店里，装模作样的清点鞋子，一丝不苟的盘存仓库，中饭简单地对付一下，下午又仔细地核对账目，再安顿好面上的事情，人们就看到了一顿相对丰盛的外卖被叫了过来，摆在店里的柜台上，他们或站或坐自由地吃着他们的晚餐，这也是李金锁来了之后的一次公开亮相。路过的其他商户见了，都会热情地招呼，小周，你老板来看你来啦？周节如也会大方地应对，嗯，一起坐下喝一杯哦？气氛和情绪都是恰到好处的友好着。

晚饭用罢，李金锁开始逛商场，这也是他每次武汉之行的必修之课，美其名曰：了解行情，掌握信息，为接下来的鞋样设计做准备。他也会顺手买几双时令的女鞋回来，一般是李回珍两双，周节如一双，这种表面文章周节如懂，因此她也是欣然接受的。李回珍脚大，38码，周节如脚小，34码，李金锁每次都会说34的难买，但他都能像采宝客一样给周节如买到一双别致的，周节如心里也是暗暗高兴的。第二天，利德商厦四楼的福禄寿门面又照常营业了，隔壁有心的商户会发现，周节如的气色很好，较之上月底的那几天要更好，就像花儿刚刚被施过了肥浇过了水，有时光鲜得简直判若两人。

5

李回珍有一次偶尔说起，李金锁给她买鞋，也是有一些年头了，没什么可惊乍的。开始的时候也许是出于心意，现在即便是买，也是在走一个程序。买与不买，都没有什么可强调的。李回珍也是很久没有认真穿鞋了，情绪上不由自主的淡了，主要也是自己的脚脚出了问题。脚出了毛病，穿鞋还会有什么心思呢？没有。

李回珍三天两头都会来我们店里坐一坐，每次，她厂里要的鞋料，她都会自己来。她要鞋料也很经济，一般只要三天的量，这样好掌握，便于调整，不会浪费。李回珍要是来，老远就会听得到她，宽带路是工业区进口的一条大路，她的宝马车一进来，声音就不一样了。宽带路好，进来的车普遍都开得快，她的单门敞篷跑开得更快，一快，声音就像是野兽吼，一快，车子就像是离弦箭，一下子就蹿到了我们店前。

　　这会儿，李回珍坐在我店里，一五一十的要东西，鞋油、鞋刷、鞋撑、鞋纸、鞋溜，这些扫尾工序上用的东西，要不了多少钱，但她也都要一一过目，一一敲价，才踏实。她坐在我店里的时候还抽烟，她说自己是抽爽烟，但那会儿她就抽了两支。我知道，她一抽烟，心里一定有不爽了。她一抽烟，我就会说她，说她最近脸黑了，说她乌星又多了。她掩饰说，原来就这样啊。她说，弹棉胎时我生了第一胎，月子里我一天也没有休息，就把脸给做黑了，乌星满地。我说，那以前看不出来。她说，以前人舒服么就化一化，现在都死人一样，哪还有心思化这些啊。化一化指的是收拾一下，人确实也是这样，身体不清爽，什么都聊无心绪。李回珍说的"死人一样"，指的是"不宁腿"。这个病我没有听说过，但经她这么一说，也确实感觉到她的腿有点异样，她坐在那里的时候老是换腿，像是坐不稳妥，或无处搁腿的样子，手也不自觉的会摸一摸，拧一下。她说，在你这里我已经是硬忍了，在家里哪里是这样的，恨不得把脚割开来看一看。她还说，真是情不自禁的难过，坐着躺着都不安宁，做事情还会有心吗？她这样说了，我就可以想象，人要是手指上扎根刺，也都是浑身的不自在，何况她还是一条腿。我关切地问，睡着时会不会好一点？她说，就更加别提了。一句别提了，画外音就是无奈、尴尬、不便、隐讳，只好不问。我劝导说，有些事，放下给李金锁干，自己别那么用力，没看见，什么事都过得去。她马上接话说，放下给他？他快活死了，都巴不得我不要出来。

　　晚上，我回家跟老公说起李回珍的病，老公嘎嘎说，这病名还真好，有意思，但感觉就不是致命的，致命的病，名称都很直截了当。老公会上网查资料，他的很多奇形古怪的知识，都是从网上来的。我不会，我怕烦，我一看需要翻来覆去的点，马上就算了。老公查了百度说，这真是一种怪病呢，也说不出哪里不好，像是神经方面的问题，就是做脑电、肌电，它也没有反应，也没有神经系统的阳性体征，真是无从看病。我说，是啊，像我们有时什么阳性，什么这个+那个+，什么红血球白血球，干脆就吃药。那没有阳性指标的，怎么也会不好呢？老公说，所以才叫怪病嘛，怪病的特征就是没有体征。老公又说，李回珍有怎么说说吗？我说没有，我就是见她的脚脚老在动，好像很难受的样子。老公说，资料说有虫爬感和蚁走样，总觉得腿里有东西在爬，就忍不住要动腿，有事忙着还好，安静时尤其严重，资料说，有一夜动40次之多的。我说，40次？那还怎么睡啊？一夜算八小时，等于十分钟就要动一动，那怎么受得了。老公说，你有没有问她是怎么睡的？我说，这怎么问？我才不问呢，我只是和她做做生意，又不是她闺蜜，我只是替她难受。老公说，你也要关心关心她，看有什么好帮的。说白了，她的身体和我们的生意有关，她出了问题，生意就会受到影响。我说，那倒也是。

　　后来，我才有意识地问了李回珍的睡觉情况。李回珍也不忌讳，说她因为不宁腿，早就和李金锁分床了。李回珍说，他说我老动腿，像触电一样，颤一下抖一下。他忙，有时候会很困，刚一安下，就被我动醒了，弄得他很恼火。如此反复，分床也是必然的。分床了，有些事自然就省略了，分床了，亲密的程度也就淡弱了。

　　李回珍的腿根本就静不下来，自然也就没心思工作了。正好那段时间两夫妻在吵架，李回珍就更没有劲头了。吵什么呢？吵李金锁老往上海跑，上海的业绩好，厂里的前景无所谓。吵要不要用他哥哥的胶，乡下人就这样，舍不下的兄弟亲，哥哥开店卖革，还是李回珍给铺的底，这回又卖胶了，想要李金锁再支持他。李回珍的意思是，我们已经尽心了，帮他开了店，又用了他的革，就不用管他了，管也管不尽。李金锁的意思是，反正要用胶，何不用一下哥哥的呢？我们生意场上有一句话很经典，生意如果都做成了朋友，那这个生意也就做到头了。也就是说，很多事就会被情面碍住，就没有原则了，就没法做了。李回珍担心的就是这个。李回珍说，再说了，你哥那人，你又不是不知道，很多事情都是讲不清楚的。这话里带了点贬人的意思，李金锁就不要听，他说，你要是这样说，我就偏偏做。李回珍也嘴硬，说，那好，你做，我不做，到时候我看你怎么收场。李金锁马上接口说，不做是你自己说的啊，我请别人做，正好你身体也不好，干脆在家里待着吧。李回珍一气之下就不出来了。

  李回珍不出来，我也是有担心的，担心前面的账结不了，担心其他人不买账，现在竞争这么厉害，没有情面，也许生意就给做停了。但表面上，我又不能这么说，我只能装出一副宽慰的心肠，让李回珍趁机休息，磨刀不误砍柴工，调好了身体，再出来不迟。我还把老公网上查来的一些建议教给她：不要看西医，访访中医看，看有没有什么偏方之类的。中医说这病属于痹症，可能是外邪入中，湿邪痹阻，血脉瘀扰，肾脏虚弱引起的。另外，一些辅助措施也可以试试看，比如睡前用热水泡脚，比如用艾叶煎水擦洗，比如艾灸、针灸。办厂的人一般都忙得天昏地暗，即使去看病，也都是火急火燎的，没有耐心的。我这样和李回珍一说，她就很感动，说，还是你好，从来没有人和我说这些的。

  我老公后来说，生意不等于铜臭，也是人情交往的一种形式，你稍稍的一动情，马上就把她巩固住了。

6

  有人这样跟我说,说李回珍自己不出来,正中了李金锁的下怀,他就把武汉的周节如叫回来了,说她在武汉做得不错,说她管理上有思路,顺便把李回珍的班给接了。也有知情人说,周节如开始也是有顾虑的,毕竟这是进入了福禄寿的核心,她一个外人,她扛得住这么重的架吗?李金锁说她,你想那么多干吗?你就当换一个地方赚钱呗。周节如说,老板娘不会和我吵架吧?李金锁说,这就看你的智慧了,你把厂里搞好了,就是最大的说服力。周节如不知道深浅,噢噢了两声。

  李回珍得知入主厂里的是周节如,心里不免的有了一些忐忑。有时候来电话跟我说,说心里一点也没有底。是啊,这样的事,谁也没碰到过,谁也没有经验。开始的时候,李金锁还是极力的说服李回珍,在武汉,你整个店都交给她看,现在是在你的眼皮底下管管厂,你还有什么不放心的。后来,李金锁干脆就两句话,要么,你自己来,你身体吃得消吗?要么,你来挑人,你纵观全厂,有几个像样的能担你的重任?李回珍貌似回顾了一下厂里的管理,确实,"一篓的田鸡",也只有周节如的眼睛亮一点点,就不响了,但她心里,总觉得李金锁像打着"冠冕堂皇"的幌子。

  从福禄寿的全局来讲,李金锁是老板,李回珍是老板娘,而周节如只是一个具体做事的,要说得好听一点,就是职业经理人。叫人做事,就得给人权力,给人好处,李金锁给她的权力是可以签字付款,给她的好处是每双鞋抽一块钱。这两招都很有效，周节如马上就头兴尾兴了。这两点，细心的员工也马上发现了，李金锁和周节如的关系不一般，就算为生产应该给她这样的权力，那李回珍也不过如此啊；而周节如的待遇，显然已远远超过李回珍了，虽说整个厂都是李回珍的，但产生效益往往不是以人的意志为转移的，也不是一两句话能够讲清楚的，一双鞋要转换成利润的环节很多，鞋要做得对，做得没有浪费，又要卖得好，卖完了还没有压仓，钱还要都能及时地收回，投入再生产还都没有出错，那最后剩下的钱，才叫自己的钱，否则，中间任何一个环节出了差错，那钱都还是别人的。李金锁不计其他的让周节如抽头，显然是额外的照顾了。周节如的得意藏不住，据说，也曾跟李金锁提出，想借钱买辆车开开，说现在骑辆自行车，没地位没花路，不受人待见，拳也打不出去。被李金锁马上打消了念头，说你别招人啊，别上了凳子上桌子啊，你先定下心来做几件事，车还怕买不到啊。现在跑事情，先拿我的开，奥迪3，开出去不会叫你塌神气的啊。

　　工业区一带，都是中不溜湫的鞋厂，说得难听点，都是没赚过大钱的，即使有辆车开开，也都是实用型的。什么叫实用型的？柳州五菱面包，好一点的，尼桑皮卡，前面坐人，后面载货，既是代步车，又是工具车，经济又实惠。只有李金锁和李回珍的福禄寿做得稍好一点，又在外面待过，眼界高一点，车也好一点。以前是李回珍的单门敞篷跑在这条路上呼啸来呼啸去，现在她不出来了，换周节如了。周节如开车也挺闯的，她喜欢开快车，虽然叫得没么响，虽然只是老板的奥迪3，但还算比较拉风的。

　　据福禄寿的工人反映，相比于李回珍，周节如的情商要稍稍的高一点，她会想到打"人情牌"。有一次在青海开订货会，就带了许多

"昆仑雪菊"回来，厂里大小二十多个管理，人手一罐。周节如送东西的方式也很特别，一个个叫到办公室，问问生产情况，问问有没有困难，然后把雪菊塞给他，弄得一个个都觉得自己很心腹似的。周节如还会宣传，说这个是千年雪山上的野菊，喝了养肝保肾。这东西大家没见过，泡起来颜色诱人，喝起来沁人心脾，就觉得这东西很神秘，一定很贵。后来我老公说，我们是少见多怪，在新疆，这东西摊地，二十块钱可以装满满一罐。

私营企业的最大特点就是省，大家都自诩自己是"浙江省"，"浙江就是我最省"，精打细算，一毛难拔，为什么，都是过去苦惯了，先是苦干，再是苦熬，最后是苦苦经营。我们的店也一样，尽管生意也做了好几年了，但仍旧不敢大手大脚。店面能小则小，缴税好逃就逃，车也开得一般，助手也不敢乱叫……也因此，乍碰到周节如的这份慷慨，反响还是挺大的。有人说，还是周节如会体恤下属。也有人说，李回珍就不会这么做，整天进进出出，哪天想到带东西给我们啦？总之，周节如的一个小伎俩，就让李回珍的形象打了一点折扣。

消息传到李回珍那里，就有点不爽，就觉得周节如大手大脚，恬不知耻，说脑子也不想一想，真拿自己当什么人了，轮得到她来分东西吗？李回珍还把状告到了李金锁那里，李金锁也说，怎么搞得像机关那样的做派，确实不合适。又说，但出发点还是好的，也是人性化管理的一部分嘛。这话李回珍不要听，说，有本事她自己出钱去，拿厂里的钱做人情，谁不会啊。李回珍和李金锁这么说，实际上就是在打招呼了，她心里其实早就想好了，她要教训一下周节如。到了月底，工资还是要李回珍发的，在造工资册的时候，周节如的雪菊钱，李回珍毫不犹豫就将它扣了下来。李金锁发现了，说，过了啊，没必要啊。

李回珍强词夺理说，那那个谁，把鞋子做软了，我们也照样扣他多少钱。那还仅仅是一双鞋，这雪菊的性质可不一样，那可有拉帮结派的嫌疑啊。李金锁也不好多说，嘿嘿一笑，掉了一句，神经过敏。

后来听说，周节如也找李金锁了，觉得委屈。李金锁安慰说，想开点，别计较这些，知道"堤外损失堤内补"的道理吗？这话有点老，周节如一下子没听懂。李金锁又说，吃得苦中苦，方为人上人，这总懂了吧。周节如看了一眼李金锁，鼻子里哼哼了两声！

7

周节如还是想干点事情的，她不是我们想象中的"寄生虫"。请原谅，我们平时都不叫她周节如的，为了表明我们对李回珍的立场，以及我们对这件事情的态度，我们背地里都叫她"小三"。我们一般说起小三，都觉得她们的目的就是敛财、贪吃懒做、破坏别人家庭，但周节如还真的不是这样。

时值四月，正是鞋业的淡季，冬鞋已经落市，凉鞋还没有计划，单鞋才刚刚出样，好卖不好卖还不知道，女鞋也不明这年的倾向，也忌讳冒然，一切都在观望而不敢轻举妄动。要是往年，李回珍就会趁机安排自己出去讨债，工人们则暂且放假，机器也适当的作些修缮，不对吗？很对。四月，也不知怎么回事，偏偏是外销鞋最热闹的时节，这个规律没有人去研究，似乎也已经模式化了。但外销鞋难做，外销鞋要求高，外销鞋利润低，老外又特别爱挑剔，因此，专做外销的厂家就很少，一般的鞋佬也都对外销敬而远之，没觉得做外销是什么本事，有什么了不起。这时候，周节如偏偏在反其道而行之，她太想有所作为了，太想改变自己的地位了。她联系那些外销厂家，帮那些订单多任务忙的鞋厂做加工，按她的话说，就当不赚钱，就保个工资也行，把那些工人养养住，免得他们手生了，心散了。否则一放假，工人散马一样，好的被别人挖走了，差的也盲目流失了，到时候要用人，一个也找不到。对吗？也对，甚至感觉到更对。这不，我店里都明显闲下了，福禄寿的东西还照拿，这就有一点点意外了。

做外销可不是那么简单，除了前面讲的鞋要做好，老外对做鞋的外部条件也不含糊，就像台湾人合作要挑人品一样，老外挑厂要看看环境和秩序。为了这，周节如准备把车间理一理，"螺蛳壳里做道场"没有关系，主要是别那么乱，别那么无序，机器排一排，工序隔一隔，到时候要是老外来，一站就能看出个流程，一眼就能感觉出管理。尤其是在墙上新装了排风，那些东一个西一个的小电扇，周节如不管是谁的，一律都把它清理了。大家都说好，说这样理起来，就像虱烫了一样。

可是有一天，这些清理出来、堆放在车棚角落的电扇，就像长了脚一样突然不见了。周节如把管理叫来一问，说二姨拿去卖了。二姨是李回珍的二姨，平时在厂里做做卫生，当然也对任何破烂情有独钟，且下手神快。捡破烂干吗？当然是拿去换钱。这事一旦上了瘾，那厂里的很多东西都会不翼而飞了。这还了得，这成了什么体统，说好听的是资产流失，说难听的是变相的偷盗。那些天，周节如的心里有一条虫子在爬，她突然觉得，自己接下来有事可做了。

还有一件事也是顺便撞在周节如手上的，要是往常，也许还不那么当紧，现在是外销业务，是非常时期，这就怪不得周节如不好意思了。就是李金锁的那个哥哥，他不是做花皮吗？后来又做了胶水。花皮做了外销本来也挺好看的，但烘箱一过，居然有褪色的！不用说，肯定是以次充好了。后来胶水又做了假，臭得不得了，被周节如结结实实抓了个现行。上面早就明文规定，含甲醛甲苯的胶水一律禁用，现在都用天然乳胶了，但天然的价高，所以就有人动起了歪脑筋。这还得了，这会出人命的，那些血小板减少、急性恶性白血病，就是这些毒胶水导致的。

周节如痛快淋漓的、在心里报了"雪菊之仇"，处理了这两件事：二姨，赔！哥哥，退！

她和李回珍的较量也就这样不由自主的悄然开始了。

有一种心态是很有意思的，不管对错，被老板老板娘管着都是很舒服，管死了也都心甘情愿。但被一个外人管着，而且是这样角色的一个外人，哪怕她管得都对，心里也是别扭的，也会生发出许多不服气来。工人们当然是无所谓的，或说没有主张的，他们一般都是随大流，不管厂里的好坏，你给什么料，他就做什么鞋，做坏了也不心疼，能不能做久他也不着急，甚至是身在曹营心在汉。而管理层就会不一样，就会有很多想法，就会有个情感倾向。管理层是些什么人呢？不是亲戚朋友，就是心腹手脚。他们的想法各式各样：开助动车的嫉妒周节如开汽车，拿年薪的不满周节如抽提成，有签字权的觉得周节如削弱了他的权力，可以叫采购的现在连回扣的机会都没有了。当然，他们也知道周节如和李金锁的关系，他们不会明目张胆的去说周节如，但他们会拐弯抹角的说：说别人还以为福禄寿改旗易帜了呢；说一些供应商有顾虑，怕她说了不算；说处罚那个处理这个，厂里的管理格局被打破了，原来是你一个我一个的，财务你一个我一个，邻班你一个我一个，仓库你一个我一个，生意你一个我一个，相对平衡，互相制约，利益也都能照顾得到，这个你一个我一个就是李金锁和李回珍的关系，现在被周节如打破了；说原来的厂里为什么这么稳定，就是因为有这种伦理结构在起着作用，而且是巨大的作用。

于是，二姨哭诉到李金锁那里。李金锁本来对这些事也反感，就挖苦二姨，你那些东西放那里会馊啊？你家里储蓄罐就缺这几块钱啊？就算你积极，你换了钱贴补些厕所的卫生纸，添置些食堂的酱油醋，我也说你节约，说你爱厂如家，你把几块钱放兜里干什么？

哥哥的事，这么大，简直是咎由自取，是自己打自己嘴巴，李金锁一句话，你说都不用说了。

据说，李回珍也找李金锁探讨过这件事，她不是在为哥哥他们说情，她说的是另外一层意思。说打狗也要看主人哪，她这样，分明是在"打柱子应板壁"嘛。又说，我又没想做世界500强，她搞得那么正规干什么？还说，擅自接生活做外销，她想在这里搞试验田啊？做砸了，我们的身家性命也搭上了。李回珍说，我只想守住这个摊子，把亲戚朋友带带牢，让夫妻不吵架，让小孩有书读，让家里衣食无忧。李金锁说，你不要单头想，她看似在和你作对，但也是做得对的啊，就拿这几件事来说，她也只是想相对正规，守信经营，工人稳定。李回珍声音高起来，说，你就是手肘头往外拐，雨伞骨底戳出！她还说了一句很不恰当的比喻，说，她现在是蹲在我头上拉屎知道吧，已经在篡党夺权了。李金锁扑哧一声笑出来。李回珍说，你笑什么？李金锁回避说，我没笑什么。李回珍斜眼看李金锁，觉得他很不正常，尤其是在他哥哥这件事情上，他原先是力争用哥哥的花皮哥哥的胶，现在居然任由周节如"大义灭亲"了，他一定有名堂。

8

显然，周节如是动到了一些敏感部位了，也因此，很多人在呼吁李回珍重新出来。

李回珍和李金锁毕竟是两夫妻，他们就是天天吵，就是矛盾再深，也是正宗的老板和老板娘。而周节如不一样，就是能力再好、办法再多、就算李金锁喜欢她，她也只是一个职业经理，我们私底下还叫她小三呢。出于友情，我也常常跟李回珍说，你身体不好，可以不干，但你得走走到，就是坐那里一动不动，人家也有了主心骨。这是一个信号，老板是你不是她，你要是自己把自己给放弃了，对不起，别人就会得寸进尺。我老公也说，到最后鹊巢鸠占了，你哭都来不及了。

李回珍只得重新出山。她是老板，也是老板娘，她到自己的厂里去，不用经任何人同意，不用和任何人打招呼。

李回珍要重新出来，我想，周节如也一定是紧张的，毕竟她的位置还没有坐实，毕竟她也动了李回珍的"奶酪"，毕竟她们之间有那种微妙的说说，都说原配和小三是天生的宿敌。为了尽可能的表现得好一点，尽可能的展现一下厂里的新貌，听说，周节如也是赶紧布置手下，这样这样这样。

那天，李回珍是开着单门敞篷跑去的，在经过宽带路时，虽然没有到我们店里来坐一坐，但她过去的声音我还是听到了。敞篷盖上了篷，像是蒙上了油布，打上了补丁；敞篷放下了篷，像是小号的皮卡，露筋露骨；不知道的人，一定不会觉得它是什么好车。她开到厂门口，大门紧闭。她摁着喇叭，居然没有人响应。以前，只要她的车一过来，声音响起来，大门早早的打开等了。她本可以下车去敲敲门，照个面，但她今天却不想下来，她突然想端端架子，要做给周节如看。她又踩了几下油门，轰了几下喇叭，这个厂里的人，谁人不识她李回珍？哪个还不是"闻声而动"？但是她错了，她毕竟有好长时间没来厂里了，现在的福禄寿，是周节如在挂帅，旧貌换新颜了，连保安也都换人了。这时候，一个保安探出头来，说，老板有交代，外车一律不准进入厂内。李回珍坐在车里斜着头，说，是哪个老板说的？保安说，男老板说过，女老板也说过。这可把李回珍气得，李金锁是老板还差不多，什么时候，周节如也成女老板了。李回珍说，你把那男老板和女老板都叫出来，我今天就是要开进去了。保安诚惶诚恐，不断地回头张望，似乎是不知所措，又似乎在寻求支援。这时候的周节如，其实就站在办公室的窗后，她是紧张的，也是犹豫的，既想阻挠一下李回珍，又害怕正面接触。看看情况不妙，就赶紧叫里面某个管理出来，把李回珍连车带人迎了进来。管理还装模作样的戳着保安，说，你这个呆头，你是不是不要饭吃了！李回珍有了一个台阶下来，心情也好了一点，就说，算了算了，不怪他们。

　　李回珍下了车，驻足在办公楼前看了半天。这个办公楼，其实是个简易的小四层，是她在布置厂房时，心血来潮突击盖起的，算没有手续偷的。私营企业的厂房都这样，好偷就偷，好违就建。她在时，这个四层小楼是这样安排的：四楼是他们的卧室，有时候弄迟了不回家，就在这里将就一下；三楼是李金锁的办公室；二楼是李回珍的；一楼原来是陈列室兼洽谈室，有时候朋友过来喝喝茶、打打扑克。现在，一楼成了周节如的办公室，还挂上了窗帘，好像很有秘密似的。她知道这会儿周节如就躲在办公室里，她还猜想，她是知道她要来的，就故意布置了难堪她，李回珍那时候真想踹门而入，和她大乱一场，但她忍住了，不和她一般见识，只是拿脚在门上比划了一下，假踹了两脚。

　　李回珍带着情绪来到车间。我们可以想象，她的眼睛瞪得像铜铃一样，她要捉一下周节如在生产上的漏洞。但一看车间与她当政时完全不一样了，心里也不免愣了愣。流水线有条不紊地走着，工人们都各就各位，也没有闲杂人等晃来晃去，工序的安排也合理多了，一眼就能看出个先后，看出个秩序，灯也明了，排风也齐整了，前后的呼应声错落有致，精神面貌是那种平和的，自得的，她还真挑不出什么要说的话茬来。李回珍缓步一隔一隔走过去，工人也频频抬头与她招呼，老板娘好，老板娘来了，李回珍也没有感觉和以前有什么不一样，还似乎向好了。突然，她在后手的修边工序上停了下来，她拿起一只鞋，再拿起一只鞋，两只鞋在眼前瞄来瞄去。李回珍这样一动作，后面跟着的管理就心头撞鼓，就赶紧弓着腰钻到前面来。管理叫阿三，也不是什么技术人员，只是亲戚心腹而已。李回珍说，阿三，我们没做过外销你不知道吗？阿三木讷地直着眼。李回珍又说，知道外销的条件苛刻吗？阿三密密摇头。李回珍说，跟你也讲不清楚，你去把周节如叫过来。阿三就叭嗒叭嗒的去了，一会儿把周节如叫了过来。出于心理的原因，李回珍并不正眼瞧看周节如，但侧眼还是看的，眼前的这个姑娘，是那个所谓的小三吗？是那个能干的主管吗？是那个和她以牙还牙的对手吗？她也没什么妖精特质啊？穿一身品牌的运动服，身材不紧不松，相貌一般平平，顶多算半个"丑风流"，并没有厉害的倾向，李回珍莫名其妙的松了一口气。再看周节如，似乎胆小，似乎老实，站在边上一副洗耳恭听的样子。李回珍这才撒了开来，说，你本事学大了哈，居然有胆接外销的业务。周节如说，我怕闲月里工人散了，接点鞋把他们留留住。李回珍说，工人还怕没有吗，任何时候，我拉一车皮给你都有。又说，你看看你做的这些鞋，皮皱的也有，脸歪的也有，线脚不齐的也有，鞋眼割手的也有，要是内销，说几句好话，赔几个笑脸，也就过去了。外销难做你不知道吗？老外厉害你不知道吗？到时候斧头剁了自己的柄，牌子砸了自己的脚，你吃得消还是我吃得消？周节如低头不响，咽了几次口水，半天才说，老板娘，你有话慢慢讲哪，你这样讲起来，这样凶，好像在讲别人，好像不是自家的老板娘一样。李回珍看看她，心想，你现在知道服软了？叫你老，老就把你搞搞死。

　　据说，李回珍并没有就此当算。第二天，她真的叫来了"夜来香"的老外，周节如接的就是夜来香的外销加工。这时候的李回珍，不是不知道损失，不是不知道心疼，她只是昏了头，理智短路了，她是真希望夜来香过来叫停，退货，索赔，罚款，她管不了那么多了，她就想打压一下周节如，杀杀她的气焰。说得好听点，她也是在维护福禄寿的声誉。李回珍神情激动的陪在老外身边，他们查车间，查鞋子，老外一边看一边和她叽里瓜啦，说得很起劲，说得面红耳赤，但李回珍只会"耶耶"，或者"耶是耶是"，她听不懂老外的话，她也不知道怎么回复老外，但她结结实实的感受到，老外生气了，老外要叫周节如"吃不了兜着走"了！

　　现在，轮着周节如抓狂了，她拼命在向老外解释，说服，她和老外肩靠着肩，边走边说，她耸肩舞手，赔笑点头，显然，他们是在用外语交流，他们的交流无障碍，也显然，他们的交流并不很成功，因为，老外也在瞪眼红脸，也在摇头挥拳。远远的，李回珍在后面看着他们，他们虽然走远了，但她依然能听到老外激烈的声音，甚至是不依不饶的声音。李回珍心里暗暗高兴，就像亲手煽了周节如几个大嘴巴一样惬意。

9

我前面说过，我们这个店就像联络点、中转站，有人在这里寄存东西，有人在这里委托发票。有时候，这里还像个"老人亭"，大家在这里说坏话，说哪个厂赖皮，说哪个厂欠债。这段时间，说的最多的就是李回珍如何打压周节如。我们可以想象李回珍的那个得意。她得意地跟李金锁说，我把周节如干掉了。李金锁诧异地看着李回珍，像在看一个陌生人，说，你这是干吗？自己闹自己的，被人家笑话都不知道！李回珍说，我不管，我就是要她难看，要她塌神气，她不是想出风头吗？我让她风头霉头两隔壁！李金锁叹了一口大气，说，你真是"钻你肚子里死一双"，报复都不计成本了，损失不都还是自己的？他又说，你也别高兴得太早了，她这个人是很"会"的，别到时候弄得，站在台上下不来。会，指的是圆润、圆通、玲珑、喜面。这不，那些外销鞋，那些被老外诟病的外销鞋，以为要退货压仓了，现在被周节如两弄三弄，软磨硬泡，本来是销往意大利的，最后都弄到中东去了，中东的要求，和皮鞋王国意大利的要求怎么比！

李回珍本想在家里坐等周节如的倒霉，哪知等来的是这么一个消息，她血往脑里涌，好几天粒米未进，真是"打蛇不死，反成蛇精"啊。

周节如也把这一段描述给李金锁听，那个得意，那个扬眉吐气，自己把自己都笑得前仰后合。李金锁听着，先是笑眯眯，后来也阴阳怪气了一下，说，你自己当心啊，要有底线啊，老外都是很色的啊。周节如用手轻撞了一下李金锁，开玩笑说，你是不是吃醋啦？放心哪，老外身上臭，我闻不得那个味。李金锁说，我吃什么醋，你有本事你远走高飞试试，看我眼睛会不会眨一眨？又说，你们这两个冤家啊，就好像美国动画片里的汤姆和杰瑞，那个猫和老鼠。周节如说，我不要做老鼠，老鼠老是被猫撺来撺去，难受。李金锁说，那你还想做猫啊？周节如喃喃地说，我也不要做猫，做猫也挺辛苦的，嘎嘎。李金锁说，就是嘛，好好做事，少惹麻烦。

至于李金锁有没有暗中助周节如一臂之力，那就不知道了，一般会有吧。应该说，狡黠的李金锁，会用人的李金锁，借着她们两个各自的优势和力量，怂一怂抑一抑，打一打抚一抚，互相平衡，互相牵制，还是很有一套的。

闲月没有闲，还做了鞋子，还把工人留住了，还维护了正常的生产秩序，还有了效益，这事以前没有过，是好事，这都是周节如的功劳，要奖励。为了表彰周节如的表现，李金锁同意她买辆车。他说，你现在是企业的主管，有时候出去照个面，有时候出去谈个事，有时候到区里开个会，没有车不好看。周节如说，我想买一个好点的车。李金锁说，什么是好点的车呢？怎么个好法？周节如说，我来之前存了20万，这次做鞋我又抽了20万，你再借给我一点，我就可以买个保时捷。李金锁同意，说，福禄寿的主管，形象很要紧。福禄寿是什么？区明星企业，区纳税大户，李金锁还是区人大代表，李回珍家里有个远房侨眷，区里就三天两头动员她加入侨联。那么周节如，当然也不能塌他们的台噢。周节如要买的车是保时捷单门敞篷跑，63万。李回珍听了又不舒服了，觉得周节如是故意的，不仅在物质上压制她，精神上也要欺负她，是有意在和她的58万的宝马单门敞篷跑较劲。

但是，李回珍又没有办法反对，不管她有多么的不舒服，不管借钱的事是真还是假，周节如工作有成效却是事实。况且她都是在家休息，都没有出力，她再反对这反对那，再有什么说说，李金锁就会说她"更年期"，说她"神经病"。但是，有一点李回珍是清楚的，就是：这个周节如没那么简单，她也不只是这样的空白，她和李金锁不应该就是表面的这样。李回珍觉得，她要拿住他们的把柄，捏住他们的软肋，才会立于不败之地。

李回珍告诉李金锁，她要到乡下去看看不宁腿，是朋友联系的医生，专治疑难杂症。李金锁说，别病急乱投医啊，心里多一根弦啊，别人说要钱的时候你就把口袋捂捂紧啊。

李回珍告诉我，她想偷偷地去一趟武汉。周节如不是在武汉看过店吗？且不止一年两年，雁过留声，人过留痕，总会有一些蛛丝马迹的，尤其是她和李金锁的关系，不会毫无征兆。我对李回珍说，你如果身体好，斗一斗也是可以的，毕竟是家里的大事。身体都不好，厂里也没有塌下，别好好的肉抠起来烂，睁只眼闭只眼吧。李回珍说，你不知道哪，李金锁现在是看都不看我一眼哪，动不动就说，再乱，再乱我就到上海去，这里都给你。他哪里是给我啊，他是想给那个周节如。我说，我也不会说话，你现在就是把厂里保保牢，护护住，不要搞得这么用力。李回珍说，不瞒你说，我做梦都和他们打过几回了。有一次还在梦里把他们堵住了，两个人在床上蒙头睡觉，我气啊，我拉开被、脱下鞋、跳上床就打。我看不清周节如有没有穿衣服，她一直蜷缩在床角落里，外面被李金锁护着，我打来打去都打在他的身上。他那个身体，那个瘦啊，自己都柴骨一样，还拼命护着周节如，我就越打越气，越打越难受，打得自己都筋疲力尽，眼泪都打出来，最后打得自己也瘫坐在地上……李回珍说，所以说，我一定要到武汉去，把他们搞搞清楚。我现在看见周节如，头兴尾兴，小乳房一抖一抖，心里就不是滋味。

到武汉去，李回珍心情是复杂的。说心情复杂，是因为她虽是去调查周节如，其实却是在求证李金锁，她既希望他们没事，又巴不得他们确凿有事，就像某个小品里的一句话，她是冒着恶心的危险去打探一个恶心的结果，结果自己先恶心了起来。

李回珍说，现在的武汉店，是当地的一个大学生在打理，店招还是福禄寿，但效益已大不如从前了。以前周节如看店时，李金锁总是每个月的一二三过去，雷打不动，现在虽然也有去武汉盘存、结账，但明显已是心思不足，日子也往往是随机而变的，有时是上旬，有时是中旬，有时来不及就不去了，凑起来两三月去一次。一句话，无所谓了，有赚没赚也不着急了，只是把它作为一个窗口，让大家知道还有个福禄寿。

李回珍去武汉，我们也是可以想象的。她去的也是利德大厦，不过没有去福禄寿，尽管店里铺陈了简单的卧室，她完全可以去住一宿，但此次，她有点微服私访的意思，就忍下了。她知道，要了解福禄寿背后的真相，在福禄寿里面是听不到的，尽管别人也不清楚你们内部发生了什么，但基本上都会是你好我好大家好，也就是说，一般是不会有真话的。最好的调查，就是从自己的对手那里着力，下功夫深挖一下。因此，李回珍在利德大厦的头两天，基本上都是在其他店里转悠、搭讪、闲聊。无疑，李回珍是痛苦的，心里别扭的，她要强装笑脸，言不由衷，迂回躲闪，旁敲侧击。从全国的鞋业行情，说到眼下对鞋的理解；从地域的审美角度，说到南北人对穿鞋的习惯；从原材料的选择到鞋样设计；从残酷的竞争到自身优势的发挥。李回珍从这些天南地北的闲谈中，细细品味着他们对福禄寿的闲话：说店里暧昧的气氛，说经营过程中的照顾，说老板定期按时的出现，说那个下午必定关门的诡异，说那个时间的听房成了大家津津乐道的话题，说偶尔也能看到西洋景,从那些铁门眼里,从楼上往下的角度,从洗手间的气窗上,他们光光的身子在卧室里闪烁,抑或在生意的间隙,也会让人捕捉到他们像蛇信子一般的手在两人身上闪电似的"偷袭"。够了够了,李回珍听得面红耳赤,心痛气短,她脑子里呈现的不是门市,不是生意,而是一片群蝇乱舞。

在武汉,李回珍还接到了一个家里的电话,是厂里的表姐打来的。李回珍尽管退出了厂里的核心位置,尽管权力旁落,但在关键时刻、关键问题上,总会有亲情站在她一边,总会有人向她通风报信的。表姐说,你在哪?李回珍说,我在武汉呢。表姐说,你还有心思死那么远,你脚脚好啦?李回珍,我说是说在乡下看脚脚的,你也别乱说啊。表姐说,趁早快死回来,出事情了。李回珍说,什么事,慢慢说。表姐说,你们两个平时关系怎么样?李回珍说,什么怎么样,吵吵乱乱总是有的嘛。表姐说,不说这个,说啦啦啦,正常吗?这里的女人,经常把夫妻间的房事说成啦啦啦。李回珍也不避讳,说,他也忙,我自己身体也不好,没把啦啦啦当回事。表姐说,那平时他都在家里睡吗?李回珍说,除了出差,平时晚上都在家里啊。表姐说,这个"河西鬼",他今天一早从"狐狸精"的房间里钻出来,蓬头散发的。河西鬼是专指蒙自己人的骗子,那狐狸精自然是指周节如了。李回珍再也没心情电话下去,利德大厦也不调查了。她慌忙赶到汽车站,不知怎么的,她心里慌得很,甚至有点尿紧。但她知道,自己并不是真的尿紧,是一种心理在作怪,在压迫。说起来她也是老出门了,乘车坐船,有票没票,时紧时宽,她早就习以为常了,都是拿得起放得下的,但今天,她有点担心了,虚空了,像在赶一趟末班车,好像赶不上,她就再也回不去了……

10

　　李回珍和李金锁吵架了，这回可吵大了。因为一大早，我就看见李金锁把他乡下的父母亲接到厂里去了。吵什么？为什么吵？可想而知。

　　李回珍问李金锁，每个月固定到武汉去是怎么回事？到了店不做生意反关了门又是怎么回事？平时你都在店里吃饭、过夜？周节如是你雇的工人？还是你养在外面的小三？李金锁说，你跟踪我？李回珍说，我脚不好，走不动。李金锁说，那你叫别人跟踪我？李回珍说，全世界的人都知道哪，还用我跟吗？李金锁不理，他觉得和李回珍讲不清楚。李回珍又说，一大早从狐狸精的房间里跑出来，你又怎么解释？李金锁这回跳起来了，说，什么乱七八糟的，你说我睡觉，我说找她有事，你截住我啦？你把我裤头抢住啦？李回珍说，有人看到了。李金锁说，你是更年期啊？还是神经病啊？你要是这样顶着，那我们离婚吧。

　　我老公说，他们这样的情况，离不了。这是真的。他们要离婚，还真的不能从情感上说了算，他们的关系要从家族说起，说到两家的关系，说到血缘和伦理。他们还会从艰苦的出走说起，说到讨生活、弹棉花，说到打拼、开店、办厂，说到生孩子和产后遗疾。

　　他们确实是很难分割清楚的，他们有店、有鞋、有牌子、有专利，有厂房、有设备、有客户、有债务，有孩子、有房子，有投资项目、有上海的烂尾楼。他们要想分，不用实施操作，想一想都很麻烦，说不尽，扯不断，千丝万缕，难解难分。

当然，有一点李回珍也是知道的，她是舍不得这个厂的，她也知道自己的身体，也知道离不开李金锁，也知道周节如会做事，会把事做好，她已经初见成效了，现在真把她赶走了，说不定这个厂就塌了。李回珍的吵，只是想李金锁收敛一点，不要太过明显，不要把别人当傻子。而周节如，也不要太过张狂了，老老实实的打工，她也不会把她怎么样的。

于是，李回珍也不和李金锁吵了，她也没元气吵，一吵她的脚就更加不宁，像有一万条虫子在爬，在咬。她悄悄地把这事捅给了文县的公公婆婆，老两口像野营拉练一样连夜就赶了上来。

现在，老两口就堵在厂里缠着李金锁说话，说坚决不允许他离婚，说你们离婚他们的老脸就丢尽了。说当初你们出去弹棉花，上路的三百块钱还是李回珍父亲给的，现在离婚就是过河拆桥。说现在还有几十床棉胎垒在家里呢，那是你们用血汗换来的，是你们情感的见证，说你们离婚，这么多棉胎怎么办？说李回珍给你在外面生了两个小孩，都因为没有坐好月子而落下了病根，一个没休息好把脸坐起了乌星，一个老站着看店直接把腰给坐坏了，现在的不宁腿说不定就是那个腰坏衍变过来的，你怎么离得下手？你离就是没良心！说那个狐狸精，别说她没有李回珍漂亮，就是比李回珍丑得多得多，你想作践自己，他们也不允许，做人要厚道。说你要是再提半个离字，他们就从这楼上跳下去，他们死给你看。说你真的要留，他们也不反对，过去的大户人家，纳一个小妾也是有的，但不能休了原配的。李金锁听得扑哧一下笑出来，说好了好了，不说了，你们要是再说，我干脆钻茅坑里臭死算了。

日子还是这样过，鞋子还是这样做，微妙的关系还是这样维持着，现状原地踏步。但吵一吵，乱一乱，还是有好处的，至少在一段时间里，李回珍没有来我们店里叹苦了，李金锁和周节如也会黯默一点了。

11

李金锁把自己躲到上海去了。九州的福禄寿，他也不插手了，任由李回珍和周节如在那里"糨糊儿煎饼儿"。他的冠冕堂皇的说法是，现在是什么时候了，还做鞋？做鞋怎么赚啊？做鞋只能捡捡铅角子，做鞋让你们两个玩去吧。现在赚钱要靠大项目，那个烂尾楼已经初见端倪了，那个地段，三产、服务业、写字楼、租赁，做什么不行？日没有工夫，夜里都滚钱来，睡觉都笑起来，做梦都放脚弹。但李回珍知道，李金锁躲上海，是他们的话说白了，他们的事挑明了，两人别扭了，他是在回避她。

李回珍来到我们店里，送了我一条她做的棉胎。说这是她的宝贝，一直当钞票一样存着，都是在外面弹棉时攒起来的，好棉花耐弹，攒一点不觉得，她的家就是这样发起来的。现在谁还盖棉胎呢？现在都盖太空被、鹅毛被，现在都有空调，天也不冷。但我知道，这是李回珍的心意，是最能代表她情感的东西，她送我棉胎，是想让我继续支持她，支持她的福禄寿，特别是现在，她脚脚难受不在的时候，无论是周节如来，还是其他管理来，无论是他们打电话，还是他们偷懒不来，我都要把最好的东西给他们，不能因人而异。我体谅李回珍的苦心，这真是一个爱厂如命的女人，我答应她。

李回珍这个人，我其实也是喜恶不一的。她吃苦耐劳，字字血声声泪，我是既佩服又尊敬。但她的做事风格，我又是不喜欢的。我前面说过，她到我们店里拿东西，无论是拿多拿少，无论是复杂的还是简单的，她都要求多，锱铢必较。而算账呢，又繁琐，又拖沓，总想找理由扣你一点。对于周节如，我也是有喜有恶的。她的身份我不喜欢，她的钉头对铁、以牙还牙，我也不喜欢。但她的爽快、担当、三块板两条缝，我又是欣赏的。其实李回珍不知道，周节如也是来我店里拿东西的，相比之下，周节如就比较好说话，比如我们有什么新产品，想让周节如用一用，她就会客气地说，好啊，拿来试试看。也许有人会说，她不搭自己的本钱，顺水人情谁不会做啊。其实，这不是搭本钱和做人情的问题，而是做人的性格和做事的方法问题。有一天，我还忍不住求助过她，是一次进货缺钱，我问她能不能帮我先垫付一下，下次在福禄寿的欠款里扣？她说好啊，没问题啊，大家都是关系户，有借有还，再借不难嘛。那一天，我真的觉得周节如特别好说话，我就真的忍不住劝导她了。我问她，老板娘这个人怎么样？她说，还算好，就是气量小了点。我说，我说句难听的话，她身体不好，你们相互维护一下，不要刺激她。我又说，你好好干，她也不会为难你的。她喷了一声，也算心直口快，说老司母啊，我何尝不想好好相处啊，这样弄起来，我也难受啊。但现实就是这样，各种因素会把我们对立起来，会让老板娘恨起我来，我们都被一种东西推着，都身不由己。停了停，她又说，我也无奈啊，我也想好好干啊，但好好干没用，好好干太慢。我只有付出，付出了，人家才会待见我，付出了，人家才会对我好。对我好了，我才会有一个好好干的平台，我有了平台，同样是上进的人、奋斗的人，我才有可能比别人少奋斗五年、十年。老司母，我这样说你懂我的意思吗？我不懂，但我陷入了深思。

啊，说远了说远了。周节如可没有闲情逸致去纠结这些呢，她现在正被一件事头疼着。什么事？"三改一拆"的事！三改改什么我不知道，一拆就是拆违章建筑。拆违的指标是上面下达的，工业区也摊上了不少，为了完成这个指标，工业区的"特务"们削尖了脑袋，到处在搜罗。工业区里的厂房，没有不违章的，这取决于这些小厂的格局，以及得寸进尺的心理。开始只考虑到生产设施的安顿，后来碰到局促了，才搭食堂、搭车棚、搭浴室、搭卫生间等等，东一块，西一块，要是从空中往下看，肯定像烂脚疤一样，非常的不堪。福禄寿也被抓住了违章，就是那座四层的办公楼，平地而起，原来规划里是没有的，现在要限期拆平。李金锁从上海赶回来，攻关了，没用；李回珍拖着个不宁腿，也攻关了，也没用；久攻不下，周节如也被"逼上梁山"。周节如把福禄寿的厂房研究了半天，找出了一处"可钻之孔"。原来，福禄寿的厂房是一座三楼半建筑，什么叫三楼半？就是当时设计的是四层楼，后来考虑到外观，只审批了三层，但框架已经铸下来了，只好在三层上面留了个"帽子"。微妙就在这里，周节如就花功夫从这里攻关，怎么攻、攻什么大家都不知道，但工业区最后同意了，允许在楼顶上搭几个玻璃房，做临时办公室，不至于让老板们坐在天下。这事当然非常好，李金锁高兴，李回珍也高兴，但是大家都知道，这个擦边球打得非常准，难度付出大。于是，流言乍起，说周节如为这事不仅卖了笑，还卖了身。也有人说，周节如真是爱厂如家，从某种程度上讲，比李金锁和李回珍还要爱。当然，还有人看得深远，说这是周节如的新阶段，说她前面也有几个阶段，打工阶段、立足阶段、争锋阶段，现在有了这件事，身价立马就翻番了。

12

周节如真的去买了一辆保时捷,我们都看见了。真的是63万,比李回珍的宝马多了5万,不知她就是喜欢,还是故意要把李回珍比下去,但大家都说,保时捷确实比宝马好看,说宝马是车中的传统贵族,而保时捷是车中的时尚新锐。现在,周节如每天开着自己的保时捷在宽带路上进进出出,她的车也会叫,且叫得更加响,内行人说,她是特地把排气管改装过,多打了几个洞,把消音效果弄得差一点,叫起来就歇斯底里了。这样,人们就知道了这辆车也是福禄寿的,这样,大家就会说,看这神气,福禄寿现在是周节如说了算了。

周节如才无所谓这些"声势"呢,她渴望着平等的地位和可以商量的对话。对峙不是办法,弄得人很累;靠李金锁也不是办法,一旦失宠,凉荫就没有了;只有赢得人心,才能真正的安身立足。经过一段时间的调研,周节如觉得有一件事情可以一试。什么事?吃饭的事。

私营企业对吃饭都是最不当事情的,觉得众口难调,觉得价格上掌握不了,主要还是不想在这个上面投入和付出。因此,工人们也习惯了自己吃,自由吃。每当吃饭的时间,工业区里的厂家才会真正的歇息下来,工人们像蚂蚁一样从厂里涌出,马路上顷刻就是黑压压的一片,然后,纷繁杂乱的热闹也开始了。他们或吃饭,或放风,或玩耍,或活动活动筋骨。工业区的路,有纵有横,有大有小,大路上都是我们这些店,卖鞋料的、卖工具的、安装门窗的、洗澡堂、理发室、录像厅、棋牌桌、柜员机、小超市。小路上基本都是饭摊，都不是本地人开的，本地人知道饭摊赚不来，而外地人则知道自己人要吃什么，怎样来经营这样的饭摊。这些饭摊没有面积可言，没有装潢可言，炉子和桌椅都摆在露天，白天搬出来，晚上搬回去，要是晚上开得迟，连灯线都是现拉的，路边搁一块招牌，上写"三元吃饱五元吃爽"，吃饭，就是在一片油烟和煤气里。我问老公，三元五元他们吃什么？老公说，这还用问吗？你自己也做生意，不用看，算算就知道。吃什么？肯定是地沟油、霉变米、菜场里的菜脚、辣酱代替味精，否则，他就是把手指都炒进去，也还是亏的。这里面，唯有铁锅和炉火是真的，其他都是假的、次的、坏的。周节如目睹了这一切，在厂里办起了食堂，人均一天十二块，早饭两块，中饭和晚饭各是五块，虽然也是经不起推敲的，但比起吃路摊来，已经进步多了。关键是不用工人掏钱，全部由厂里支出，这是工人们最欢天喜地的，吃厂里的，比什么都有说服力。用周节如的话说，十二块钱能笼络到人心，太合算了。我老公说，这一招好，特别灵。

李回珍当然是反对的，没办法，她的出身摆在那里，骨子里长出的省。她到处讲，跟李金锁讲，跟周节如也讲，跟我们这些关系户就更讲：说这下好了，变民政局福利院了。说只知道搞噱头，账都不会去算一算，一个人倒贴十二块，全厂多少人？说还有还有，老司人工算了吗？清理人工算了吗？场地算了吗？厨具算了吗？盘碗桌椅算了吗？煤气佐料算了吗？好像都不用钱似的，好像是山水冲过来的。但是讲归讲，现在的情况下，李回珍发脾气也没有用了，兵败如山倒。而周节如，却正以排山倒海之势节节推进，胜利在望。形势到了这一步，已经由不得李回珍了。但周节如还是给了李回珍一个面子（不知是不是李金锁在背后出的主意），说，我给她下下台吧，她毕竟也是老板娘嘛。每人每天扣回两块，意思意思，权作厨具和盘碗的折旧。这点血，工人们当然也是愿意出的，出了也会念周节如的好。

13

　　周节如的脚步还没有停止，这不，还有一件事在背后酝酿着……

　　那是周节如去了一趟香港回来之后。去香港是去开展销会，开始的时候，李回珍叫李金锁去，李金锁说自己在上海走不开，回掉了。李回珍自己也不想去，香港热，一热，她的不宁腿就更加不宁，白天晚上都像虫爬一样。于是，李回珍很不情愿的派周节如去了。周节如在香港没学到多少鞋样回来，按照她的说法，福禄寿的女鞋，已远远超过外面的样子了，就是展示给别人看，别人也学不去，这不是眼光的问题，而是理念的问题。倒是周节如带回的一个想法——私营企业也可以成立工会，却是很鼓舞工人的。这一点李回珍没有想到，有一次跟我说，这一脚踏失空了。

　　在香港时，隔壁那个摊位就是百花鞋业，驻摊的老司就是企业的工会主席，他们叫首席参事。老司讲，他们既有同业工会，又有下面企业的分支工会，目的就是给工人谋利益，有渠道让工人发声，这样才能稳定军心。我老公解释说，就好比机关里的总支和支部。周节如在那里被那个老司洗了三天脑，回来以后心里有了新的萌动。正值国内新的《劳动法》颁布，各地都在强调工人的合法权益，同时又在寻找这方面做得好的典型，周节如把成立工会的设想和工业区一沟通，管委会立即想在福禄寿搞试点了。

那段时间，周节如开始在厂里灌输工会思想，这种思想在私营企业里面是很能蛊惑人心的。工会就是代表工人利益；工会是工人自己保护自己的组织；工人虽然服从于老板，那是工作的从属关系，而不是人格的等级关系；只有在工会这个平台上，工人才能真正的和老板平等对话；没有工会，通往对话的途径就不通，因此，工会是桥梁也是工人自身的砝码；工会自古就有，不是现在才开始的，当年刘少奇在安源搞路矿工人大罢工，就是以工会名义组织实施的。江汉铁路那边，施洋大律师，也是工会出面邀请的；工会也是一级组织，可以利用自己的章程，完善和保障自己的权益。总之，工人们一听到平等和对话，就会生发出一种莫名其妙的亢奋，在他们看来，老板就是天敌，不管老板怎么好，在划分阵营时，他们就会毫不含糊的把老板对立起来，在他们看来，乌鸦就是乌鸦，无非是颜色深一点浅一点而已。工业区管委会也因势利导，推波助澜。

　　阵营在悄悄分开，悄悄的活动，拉票也在私底下神秘地进行。李回珍一派送出的是牙膏、洗衣粉，周节如一派则是电话充值卡和年底回家的火车票。如果说，周节如他们是蠢蠢欲动，那么，李回珍他们就是垂死挣扎。我老公听到这些就嘎嘎乱笑，说，新的和老的，传统的和现代的，光凭这出手，胜负已然见分晓了。

　　工会成立大会在福禄寿流水线车间召开。在车间开这样的会，很有现场感，试想，如果有哪个导演来拍电影，一定会拍出《列宁在十月》那样的效果。前来参加会议的有工业区分管副主任、中小企业决策咨询师、劳动和妇女部长。李金锁也从上海回来参加，手心手背都是肉，他心里想两碗水端平，但小算盘和倾向性还是有的。李回珍也像新娘出嫁一样出来参加会议，她有好长时间没有正式露面了，但作为现有的法人，不管结果怎样，她心里还是想争一争的。说真的，她也不想简单地失去这块阵地。流水线车间本来就有四五十人。所谓的流水线，就是把原来装置、夹邦、上胶、上底、烘干等工序组合在一起，而上面的划料、批皮、车邦、后手的修边、整理、上色、验收，加上内勤、财务、仓库、车队、保安、清洁等，总共也有一百多号人，规模也不小。

　　会议的议程有领导致词、章程解读、选举办法、等等。李金锁会有一个讲话，那是管委会要求的，说你老板不讲谁讲？他推不掉，就勉勉强强的讲了。可以想象，肯定是"打蟹酱"一样。李回珍也必须讲几句，也可以想象，差不多也是"撕破布"。她这人，本来就不会讲话，正式场合马上就抖抖掉。

　　周节如的讲话也是工业区有意安排的，目的就是要让她亮亮相，显然，周节如也是会讲话的，那姿态、那声调、那气象，我老公后来听说了，说，她是不是干过共青团的？说团干部都有这一手，讲话如背书，像演讲。周节如讲了这几层意思，1、她爱女鞋，因此也爱穿女鞋，喜欢卖女鞋，也喜欢做女鞋。2、她还年轻，什么都想尝试，做事也可能不周，有大家不能接受的地方，请多多包容。3、对于她，大家有很多猜测，其实没那么复杂，希望大家能善待她。4、她的想法很简单，趁年轻，抓住机会，多赚点钱，要是你们不喜欢她，她攒好嫁妆就回老家……

　　工会主席的人选，其实也就是这三个人，李金锁、李回珍、周节如。做了票，让大家自愿投，最后当场唱票，看绝对票数。

　　李金锁的票数不多，这也是预料之中的，完全可以忽略不计。票数主要集中在李回珍和周节如身上。李回珍的票数基本上都是亲戚、朋友、心腹、手脚、老工人，尽管他们不一定都喜欢她，但碍于面子或本能的反感周节如，他们还是会有保留的支持她。这显然远远不及那些看热闹的、幸灾乐祸的、外来打工的、真正对李回珍不满的、真正想谋求自己利益的、发自内心喜欢周节如的。唱票时三人的态度也很能说明一切：李金锁无所谓，谁都一样，所以，他对唱谁的票都不关心，一直在陪着客人说话、递烟、嬉笑。我老公其实是喜欢李金锁的，说他有农民的狡猾、农民的精明。但我不喜欢，尤其那什么"外面彩旗飘飘，家里红旗不倒"，听起来就烦。李回珍对票数还是紧张的，所以，唱票一开始她就悄悄地退了出去，回避了。后来李回珍说，和这个狐狸精一起唱票，想起来就觉得塌神气。她还说，那时候真希望有个人出来倒场，一乱了之。

周节如也是不关心票数的，但她心里是有数的，她只是想，这样的场面，她和老板娘不要搞得太那个难看，难看了，对她一点也没好处，只会引来别人的嫉愤。所以，在一片热闹的混乱中，周节如一直关注着李回珍的动向，李回珍一出来，她马上也跟了出来。她在后面叫老板娘老板娘，老司母老司母，她是想示好老板娘，想表现得嫩头一点。李回珍就是不理她，当自己没听见。李回珍先是去了隔壁食堂，想坐一坐，平平气。周节如从后面跟了进来，她马上就起身离开了，周节如又马上跟了出来。这时候的周节如，只想老板娘搭理她，看她一眼，哪怕是骂她几句，她也觉得是老板娘在待见她。李回珍偏偏不理她，自顾自上了楼梯，她噔噔噔的往楼上走，周节如也笃笃笃的在后面跟。李回珍走得慌，周节如跟得急。慌乱中，李回珍别了一脚，摔了一跤，人生生的趴在台阶上，鞋子也别掉了一只。周节如哇了一声，拼命抢上去想扶，却被李回珍狠狠一甩，一个手肘头击过来。这一下，周节如猝不及防，被重重地击在肋骨上，她痛苦地捂住肋部，气也岔住了。李回珍这才正过身，坐在台阶上，盯着周节如，说你跟着我干什么？说你是不是很得意啊？说你看见我这样很高兴是吧？说你这个冤家，你吵我的人家很好过是吧？你吵得我这样很开心是吧？你个山魈！你个狐狸精！说着说着，李回珍禁不住呜呜地哭起来，像哭丧一样，也顾不上好看不好看了。李回珍这样边哭边说，边说边骂，周节如也被骂得哭了起来，她也委屈啊，她也难过啊，她也心酸啊，她一定是想起了什么，想起了她们的关系，毕竟是她在介入，毕竟是她威胁到了她，毕竟是她吵得她家里不宁，毕竟是她踩在了她的痛点上，现在又把她打败了，哭得她这么狼狈，她其实也是很难受的。她哭了一会儿，看看李回珍，也不知做什么好，回头看到那只鞋，就走过去，俯身把它捡回来，放在老板娘的脚脚边……

14

　　福禄寿选工会一事，好长时间了还经常被人说起。我们这个店，有时候就是一个小道消息的传播地，那些过来采购的人，有事没事的都会在这里乱说。他们会说，小三赢了，小三胜利了，各种意味尽在其中。我老公要是在店里，听到了就会说，不要这么讲嘛，这样讲起来不好听哪，什么小三小三的。

　　对于上述的这次"冲突"，我也是将信将疑的，我觉得她们都不会那么克制。有一次，我忍不住问李回珍，听他们说，选工会那天，你们两个真的第一次吵架啦？李回珍不好意思地嗯嗯，说有。我说，你有没有狠狠地甩她两个大巴掌，出出气？李回珍说，那时候光知道急，光知道哭，没有打。她又说，后来想想，这个巴掌还好没有打，真要是打了，她可能也被我打跑了，现在也不在这里了。我苦笑，心想，这个可怜的女人啊。

现在，周节如常常以当家人的角色自居。以前李回珍在时，她可从来没有到我们店里来过，都是电话打打。她的保时捷一天到晚呼啸来呼啸去，代表着福禄寿出入于各种场合，调拨材料，布置生产。有时候她也会与李金锁李回珍请示一下，毕竟人家是老板嘛；有时候情急，她就会自作主张，把车子嘎地停在我们门口，手里拿着手机和钥匙边走边说，这个要，那个要，什么时候要，什么时候还没有就不要。说东西不叫你便宜，但东西一定要好，给老板娘怎么好的，给我也要怎么好，给老板娘什么价的，给我也是什么价。说算账也照老板娘的，该结结，该算算，真要是急等钱用，你提前跟我说一声，我早点排起来，千万别说我们账难算啊，账会拖啊，很难为情的。你看，水平只用高一点点，理念就不一样，她觉得欠债难听。说真的，我就喜欢这样硬码的做生意，哪怕价格被她砍得头破血流，也舒服。

说是这么说，喜恶还是明显的，根深蒂固的，思想旮旯里还是会有些疙瘩在作祟。比如周节如那个以老板自居的劲；比如她那个端着工会的架势，听说，前几天，还特地找李金锁李回珍谈过一次，谈什么？谈工人的节假日福利，谈三年以上该缴的保险，真是"有恃无恐"了，有一点逼宫的味道了；比如保时捷，为什么要叫得这么响？开得这么快？为什么停在我们门口总要嘎的一声？这么弹兴干什么；比如赚钱就赚钱嘛，把人家家庭搞起来吵搞起来乱干什么？说到这，我老公就会插话，说，不管怎么说，我们不能势利眼，不管谁得势，我们在结账签字这个环节上，还是要找李回珍，虽然找她的感觉并不好，这不是制度和规则问题，而是情感和态度问题。老公还说，找周节如，不知李回珍会怎么想，找她，好像她真的说了算似的，找她，等于是承认了她的身份和性质，这不是颠倒是非了吗？不是邪气压倒了正气了吗？说白了，如果我们连这个也不分了，那李回珍真会寒心死的。老公最后总结说，有些事，总得有个价值观的。噢，说了这半天，还没说我老公是干什么的，他在文化部门谋一小职。文化人一般都没有钱，所以，他鼓励我做点小生意，他有空也帮我拿拿主意。

　　我也会时常的和李回珍打电话，到现在，说起周节如，她还会难过。我叫她不要老待在家里，不要自己把自己放弃掉，只要人好过，还是要出来走走，你的身份在那里，谁也动不了你，谁还会把你老板娘弄哪里去了？我说，我只要一回家，一看见你送的棉胎，就会想起你的不易，就会想起你们是怎么过来的，要力挺你。至于那什么啦啦啦，就看你怎么想了。我还和李回珍讲了我们九州的双莲桥，她是文县乡下上来的，不知道这个桥，那桥下就专门生长了一种并蒂莲，开起来都是一大一小，仔细看非常有配合，很协调，很好看。并蒂莲都是一般大小的就不好看，一大一小太悬殊的也不好看，就得有个差不多的衬托。李回珍啧了一下，说，你这话什么意思？你说我和她并蒂莲？啊呸呸呸！我说那只是一个比喻。我又和她说了另外一个鞋佬，在秦皇岛开市场，开得很大，家里妻子渐老，儿女一堆，但他就是不回家，一个人在外面包养了一个大学生，陪他吃陪他睡。他在市场里给这个大学生开了一个烟酒行，底还是他铺的，赚来的钱却都归她。商场很大，来往的人也很多，送礼的在她那里拿，自吃的也在她那里拿，烟酒生意很红火，钱都到大学生兜里去了，你说哪个好？你家李金锁也和你一样，也是个铁蛀虫、石板刨、浙江省、吃蛇的人还会把鳗忘在锅里？周节如等于是在为你们打工你懂不懂？她其实是个长工，凭劳力兑伙食，你等于是个地主，手直着不动也坐享其成，她搞得再好，也只拿个提成，大头还在你这里，不是吗？你算算看？何乐而不为？李回珍在电话那头没有吱声，看来是被我点中了穴，摸准命门了。后来，大半天，李回珍叹了一口大气说，她就像我的不宁腿啊，长在身上呢难受，又偏偏离她不得。

原载《收获》杂志 2017 年 3 期

平板玻璃

1

去年底的时候,具体说是 11 月上旬,我应邀去上海参加一个会议。去上海的心情我有点复杂,我是既想去又不想去,我怕去上海,但又非常渴望去上海,我已经有将近四十年没有去上海了。当年我非常熟悉的那些地方,比如大柏树、五角场,现在肯定是面目全非了,我要是再置身在那里,肯定是两眼一抹黑,像傻瓜一样。还有一个我不想去的原因,是因为我生命中一件揪心的往事,就是从那里缘起的,我不知道会不会又碰触到了它。所以,尽管,我这些年跑了很多地方,但上海我一直就拒绝踏入。这不怪上海,完全是我个人的原因。

我要去开的会叫"玻璃,一种新材料的重新命名"。会议由 ZD 大学建筑与设计学院召集,邀请的都是全国玻璃方面的专家,有研发和生产的专家,也有设计和使用的专家。这样说来大家也就知道了,我也是一个和玻璃打交道的人。其实,我和上海的关系最初也就是和玻璃的关系,说得更具体一点,那个揪心就是和玻璃有关。这说法有点歧义，这里先按下不表。

  我以前和上海的关系是比较特殊的，如果用一些符号去表示，就更特殊：南京路第一百货、浙江路第十百货、大光明电影院边上的友谊商店、亦游亦购的豫园商场、提篮桥监狱附近的浦东码头、购买温州船票的十六铺、登船下船的公平路码头，如果再选一个，那就是上海的大世界。这些地方，我走过，甚至还经常在那里活动，留下了抹不去的印象。现在如果向人介绍上海，我不知道他们会说些什么，东方明珠塔？野生动物园？迪士尼乐园？世博会主题公园？倾向性一下子就看出了时代印记。但我的那个年代跟生计有关。

  我是坐G1357的高铁去的上海，我从广州出发，估计六个小时能到。途中我带了许多吃的东西，我的包包里也有足够的钱，我说这些的意思是，我曾经有过非常拮据的尴尬，所以一直以来，只要我出差，我都有穷家富路的习惯。1979年的上海已经是非常的繁华了，是全国人民心目中的花花世界，但从温州到上海，交通极为不便。只能坐海船，而且要一天一夜，要三四天才开一趟。船票是8块钱一张，三等的，也有统舱和散席，也要5块钱。有一次我曾经被困在上海走不了了，只能等我母亲将钱汇到我住的旅馆。那些天，我身边只有几块钱，我把这些钱都分配在伙食上，一天就吃一碗面。其余的时间，我都躺在旅馆的床上保存体力，我睡觉，我不能让任何饿的念头冒出来。当十多天以后，我听到旅馆的门卫喊"某某某，汇款"，我激动得索索发抖，连裤子也穿不起来了。

  ZD大学在五角场附近。印象里的五角场是个很冷清的地方，大柏树，怎么听都像是个农村，邯郸路又宽又长，连一辆车都没有，有一个部队医院，我没有走近过，但感觉它就是壁垒森严的。现在肯定不是这样了。我从地铁里出来，进入出口的通道，一路上被人撞来撞去，被弥漫的香气熏得头昏脑涨，都是各种各样的食物，咖啡、快餐、茶叶蛋、火腿肠。我匆忙走着，看到不同的出口标志，通往 A 路的、B 路的、C 路的、D 路的，像一个蜘蛛网，我马上被弄混了，我不知道 ZD 大学应该往哪里去。现在，我走在昔日熟悉的邯郸路上，满眼的人流，满眼的车流，满眼的商铺和广告，远远望去，路上有坡度的趋势，我知道，那不是真的坡度，而是无限延伸的错觉。听路人讲，去 ZD 大学还要这样这样那样那样，听口气，没有三十分钟走不下来，上海更大了。

宾馆是 ZD 大学自己办的，就在大学的对面。上海人很会动脑筋，知道大学里都是会，鉴定会、研讨会、评审会，一年到头，自己接待自己的会议，也可以吃一个大饱。我到宾馆的时候在门口碰到几个熟人，都是搞玻璃的，有山东青岛的，也有四川自贡的，他们都在门口等人，说有朋友过来带他们出去吃饭。这会儿正值晚高峰，想必接客的人也都堵在路上。其实我也约了人，是我以前认识的一个老上海。上海熟人不少，但真正在记忆里存下的仅一些人。我们偶有联系，以前是写信，后来是电话，现在是短信，都是在非常的日子里，比如大的节日，或人生的转折点，虽然相隔的时间很长，但我们总能够联系得上。我来上海之前给她发了一个短信，说我对上海一点也没有概念了。她说那你会住在哪里呢，我去找你，我们一起吃个饭。我说吃饭不重要，就在附近坐一坐，认一认。她说真是，我们也有几十年没见面了，古人说"见字如面"，我们听听声音看，能不能辨出来。是啊，沧海桑田，她这样说我就很期待。

房间还不错，虽然是个标间，但设计得还算合理，或者说人性化，有一个宽敞的客厅，有一个很大的沙发，有一内一外两个卫生间，这样，即便房间里住进了两个人，也不会为一些陋习和紧急而苦恼。我转了转房间，阳台上还有个吸烟室，还放了咖啡和零食，时间还早，我就洗了个脸，泡了杯绿茶喝起来。

手机也是在这个时候响起来的，是约我的朋友，说已经在楼下大厅了。我说那我马上下来。她又说，你确信能一眼认出我来？我迟疑了一下，说，应该可以吧。她说，我穿小西装，里面翻白领，我干脆站小卖部门口吧。我一边应着一边心里面浮现出她的样子了。

我这朋友叫陈优犁，如果说年龄，应该和我也差不多。我在电梯口老远就看见了她，我们相互笑了笑，走近了没有拥抱，也没有握手，虽然都觉得熟，但还是有一种距离感。这种距离感不仅仅因为我们是一对男女，不仅仅因为我们有几十年没有碰到了，而是因为彼此心中有那么点不可言说的微妙。她说，还是可以认出来的啊。我说，是啊，好像变化都不大。她说，那我们就走吧。就顾自在前面走起来，我也配合着在后面跟。我在后面悄悄地看着她，她还和从前一样，有相对正式的化妆，她以前是喜欢浓妆的，眉毛画得弯弯的，鼻侧刷了浅影，脸颊扑有腮红，嘴巴本来就小，但却嘟得很，她大概也觉得这就是所谓的樱桃嘴吧，属于好看的，所以也精致的描了口红。加上她一头的卷发，加上她整洁的衣服，我老是会想起旧上海那些月份牌上的女人。我们就在宾馆对面一个叫"遥握"的咖啡馆里落座，这也是她事先订下的。这里显然是大学生们光顾的地方，简单的装潢，昏暗的光线，旁边有零星的几对男女，是那种散淡的、无所谓的、旁若无人的样子。我们都感觉到了自己的异样，暗想，我们一定是来过这个店里最老的一对男女。

1979年，我父亲死于非命。这话说起来有点耸人听闻，其实就是他自己把自己摔死了，不过是死得比较离奇罢了。他是个所谓的供销员，在当年，这个职业还是比较吃香的，很多人不知道它的具体内容和性质，只知道他们的样子很风光，骑一辆自行车，车前挂一个黑公文包，一路打铃，于是人们就觉得他们很精明，很能干。也是，他们无事不干，无所不能，总会有各种各样的钱财流进来。我父亲也有一辆自行车，他喜欢在回家的时候炫耀一下，我们家正好在院子的门口，进院子的地方有几级台阶，他进来的时候总是不好好拿车，都任由车在台阶上咣当咣当，于是，散在院子里的那些人，摘菜的、洗衣的、或是干其他杂务的，都会抬起头来看他，他就很得意。我父亲在外面的时候很少骑车，稍微远一点他就坐三轮车，再远一点他就坐手扶拖拉机。那个时候，我们温州的公交还不完善，那些手扶拖拉机就载着我父亲出入于近郊乡下，那些乡下人就把他当作大佬，都叫他什么老，其实他那年才46岁。他那时候一定是很自我感觉良好的，有钱，有事情做，又身强力壮，所以他才会从飞驰的拖拉机上飞身跳下。那个司机后来说，我知道他要去的地方到了，我说到前面靠边停了再给他下。他不肯，根本不听话，脾气还爆得很，就直接跳下去了。他以为以他的身手一定也像铁道游击队一样，会像鸟儿那样落在地上。他根本不知道那个"惯性"的厉害，他的脚一着地，那个惯性就带飞了他，把他重重地摔在地上，摔了个嘴啃泥。据后来去收尸的我母亲说，他的头磕出了一个大洞，血蜿蜒地流在地上，比他身体的长度还要长，他的鞋也摔掉了，也许是被谁拿走了，不知了去向，他的黑公文包还在，足足摔出了一丈远，也许是这个包需要和身份匹配，没人要。这样，我们才在这包里发现了他的秘密，他原来是在外面接合同的，凭他的口才和能力，再卖给一些作坊，他在这里面再抽取一点回扣。

我母亲对我父亲的死开始还是有些难过的，毕竟是太突然了，也太难看了。后来，有一个女人吵上门来，说有一辆自行车平时都放在她家，说我父亲答应送给她的；说我父亲就是小气，她陪了他四年，他就给过她一个戒指，她要求起码还要给一对"丁镶"。这件事立刻就把我母亲打倒了。父亲的抠，母亲是知道的，他本来就是个铁蛀虫、石板刨、浙江省、浙江就是他最省、吃蛇的人还会将鳗忘在锅里的，以为赚钱不易，但他在外面金屋藏娇，母亲没想到，她马上去信基督了。人们都说，人生有了重大的变故，只有在基督那里才会得到安宁。也许吧。不过，有心的人发现，我们家原来搁在屋外的东西都不见了，一个蓄水的小水缸、一只放垃圾的破畚箕、一鐏长年没变化的仙人掌。还有更细心的人说，我们家原来生炉子都是在外面的，点了柴、放了煤、等烟散尽、等火头烧充分了、再拎到屋里来，现在一切都挪在屋里头了。我母亲是胆小了，怕别人找事。

　　我母亲信基督很认真，三祈五祷，礼拜天一定去福音堂。最最神奇的是，她原来不怎么识字的，现在居然能看懂繁体的《圣经》。每天下午四点，她必定是站在自己的桌前，桌上是摊开的《圣经》，她撑着手，语速平稳，一点点的朗读，有时候读不下来，她会反复几次，就这样一页页的读下去，从"旧约"读向"新约"。西窗边是越来越弱的光线，我每次看到她这个样子，都会觉得母亲很虔诚，她身形的轮廓非常漂亮，尤其是头发上，像镶了银边。后来我才知道，那不是银边，是她有一缕头发突然的白了。对于她的朗读，主内的兄弟姐妹们说，是受了神的指引，她有生命了，就像玛利亚的未婚先孕是神的意思一样。对于她的白发，有人说，是她某一条神经给伤着了，在这缕白发上逆袭了，就像有人受了刺激睡不着了、聋了耳了、生了癌了，母亲是白了发了。

　　母亲有基督，那我怎么办？我肯定在家里待不住了。我害怕和任何人接触，最难过的是看到别人在公判布告前议论，如果这一批中有强奸的、鸡奸的、流氓的、或乱搞男女关系的，我都会觉得他们一定在议论我的父亲。于是，我也只好离家，远走高飞。对于我的离家，我母亲并没有反对，她只是问我，你觉得在家里很难吗？我点点头。她说，其实我也觉得很难，我要是有个地洞可以钻，我早就钻进去了。我那年二十岁，没有书读，也没有像样的工作，有一份工作是在街道的合作社里削筷子，所以也没有什么好留恋的，就跑去上海了。我们温州的人有个传统，喜欢做一点小生意，其实我父亲也属于这种形式，心想，跑着总比待在家里好，做着总比没有事情好，总会碰到几个钱的。

很多人都以为我跑上海有那么点子承父业的味道，其实不是，我父亲所做的和我在上海所做的有着天壤之别，他那个属于空手套白狼，我这个属于投机倒把。从难度上讲，他那个只需厚颜无耻，我这个则需要千辛万苦。在这之前，我父亲也没有给我半点启蒙，就连去上海要带介绍信都没有告诉我。倒是我母亲，也许是听过我父亲在牙缝里漏过，说上海人喜欢菜油，说你不嫌麻烦就带上两斤，也许还有用。事实证明我母亲说的千真万确。

我是坐工农兵18号的轮船去的，这艘船在我的成长记忆里就是豪华和奢侈的象征。那时候能坐一趟船到外面去，无异于后来的出国和现在的登南极北极。这艘船原来叫民主18号，后来改叫工农兵，再后来改叫瑞新和繁华，但我们一直都叫它民主轮船，这是一块牌子，也是一种情结。我坐的是5块钱一张的统铺，其实也叫散席，我不敢坐8块钱的三等舱，后来我知道了还有一等二等，那是我无法想象的，因为8块钱已经相当于我削筷子的三分之一工资了，我这样去一趟上海，等于把我一星期的生活费都用掉了。统铺在船底的大舱，身边是许多运载的货物，也有牲口，有难闻的气味萦绕在周围，让人难以入睡。我的身上带了母亲给我的三十块钱和两斤菜油，这也许是我母亲所能给我的。说真的，那时候的母亲不会担心，我也不知道危险，我们都不会去想这样出去有什么不妥，都觉得这就是当时的唯一选择，并且是正确的选择。我就是这样待在这个闷舱里，守着身上的钱和那两斤菜油。我都不去想象外面是什么样的，其实，那个时候，我们的船正处在汪洋大海之中，我犹如一粒灰尘，如果我想到了沉没，那我一定会觉得奄奄一息了。我只能醒着，看身边他人的一举一动。我身边正好是一位苍南人，他挑了一担瓜子到上海去卖，同样，我也想象不出，这一担瓜子挑到上海能卖多少钱？在上海怎么卖？是摆路摊还是沿街叫喝？卖了以后他又会做啥？抑或他来上海本来就是有其他事的，这一担瓜子等于是他的盘缠，就像我要带上菜油。我们在一起瞎聊，我们都为临铺挨着而高兴。他老是叫我吃瓜子吃瓜子，我当时听他的口音很有趣，我第一次听到不是温州口音以外的"外语"，他是说"西瓜子"，而不是"吃瓜子"，我觉得非常好听，它像音乐一样让我没有睡意。我在这船舱里待了一天一夜。

可以想象，第一次走出公平路码头，我就像一只家禽被逐放到了荒野上，心里慌乱无比。我不知道自己要到哪里去？要干什么？我唯一的本能就是随着那个卖瓜子的苍南人，他快我也快，他慢我也慢，有一下，我还下意识的拉住他的箩筐，生怕自己走丢了。后来，那个苍南人对我说，你不要老跟着我，你既然到了上海，就要撒开来跑。先找个地方住下来，去福州路那里登记，他们会排给你一个旅馆，要不你就会站路上了。我将信将疑，这是我第一次听说有这么回事，住宿、登记、派单、分配。苍南人显然是有经验的。

福州路那个住宿介绍所像一个大集市，每天，上海旅馆的床铺都会汇总到这里来，再由这里派单出去，把那些来上海出差的、像无头苍蝇一样的人们派送到下面去。那个像厅一样的房里挤满了各式各样的人，但仔细看看还是有队伍的，再看，才知道那些窗口是有要求的，写着"军人证""记者证""省介绍信""市介绍信""机关介绍信""企业介绍信",看着这些"信",我感觉到自己尿紧了,肚子也一下子饿了,心也慌得不行。怎么办?我没有介绍信,我也不知道介绍信为何物,我身上只有一本居委会的票证簿,我本来是要带户口簿的,是母亲怕我丢了,说丢了就没命了,才给我这票证簿的,里面有油票、肉票、豆腐票、肥皂票的存根,至少可以证明我是个有"身份"的人,不是"黑人",但票证簿显然在这里是行不通的。我大脑空白,茫然四顾。后来,一个热心人告诉我,在上海,露宿街头是不会的,你可以去睡澡堂,不过不是现在,现在人家还在营业,你要等到晚上,等他们澡堂打烊,你再进去睡。这无异于在我兜兜里塞了一块钱。于是,我从福州路走出来,走入了一条宽阔而又冷清的大马路,后来我知道了它叫北京路。我无所事事的往前走,心里是空落落的,我无心观摩路旁的一切,也不知道要走往哪里去,我似乎有一个心愿,就是巴望着夜幕赶快落下来。后来,我无意中发现路边有一个平安澡堂,我的腿像突然失去了力气,像失散的士兵终于找到了部队,我停下来就再也不想走了。那个时候大概是下午五点钟。

　　那天晚上,我就住宿在平安澡堂,这是个人味、尿味、肥皂味混杂的地方,但我觉得它很温暖。我还在那里美美的洗了一个澡,我从来没有洗过这么奢侈和肆意的澡,泡在油腻的汤里,立刻就昏昏欲睡了。我在家的时候,洗澡是很简陋的,夏天在院子里冲一冲,冬天在屋里像磨墨一样,一盆水从头洗到脚。现在,一池的汤水让我的身心都放松开来,我把上辈子的油污都泡出来了,把元气和血液都泡出来了,我差点泡虚脱了,最后还是一位澡堂老司把我捞了上来,把我放在洗澡人休息的躺椅上,我就在躺椅上睡到了天亮。

　　醒来的时候,我身边坐着一位笑眯眯的老司,他说,你昨晚差点晕倒了。我说，啊，是吗，我一点也不记得了，只记得泡得很惬意，泡得灵魂出窍。老司说，这朋友，你要记住，以后在外面一定要警觉，不可忘乎所以，更不可肆意妄为，泡澡也一样，尤其是累了虚了，不宜泡烫，不宜泡久，那样容易被疲惫撂倒。这话可以举一反三，在后来我浪迹天涯的经历中起了很大的作用。老司后来又说，我们做个交易怎么样？我警觉起来，什么交易？老司说，我昨天就闻到你身上的菜油味，真香啊，你带了菜油了？我说，那又怎么样？他说，你要是经常来上海，你带菜油给我，我帮你介绍旅馆，我一个侄女就在遵义旅社，你可以住她那里。这的确是个好消息，老司说的也不像在蒙我，我就分了一斤菜油给他，剩下的一斤，我说带给他侄女作见面礼，我想马上搬到遵义旅社去。

　　老司的侄女，就是我前面说到的陈优犁，她那时是遵义旅社的一个服务员。我带了老司的口信给她，再把剩下的菜油给她，她就很高兴，就马上让我住下了。上海人对于菜油的感情，就像温州人对于海鲜，不知是上海人特别喜欢吃菜油呢，还是温州的菜油特别香。当然后来，上海人不仅只喜欢温州的菜油，还爱上了温州的瓯柑、温州的虾干、温州的走私表。陈优犁是那种会精致打扮的女孩子，贴身的小西装，笔挺的四条柱裤子，方口皮鞋，走起来碎步，的笃的笃的，小胸脯也一抖一抖，笑声仿佛从腰肢间发出来，铿锵有力。我从来没见过这样的女孩子，挺拔、蓬勃，和温州羸弱的女孩子不一样，立刻就把我吸引了。我还喜欢听旅社的工友在过道里喊她，陈优犁，陈优犁，上海话把这三个字叫起来很好听，特别的悠扬，特别有音乐感，我如果在房间里，都会忍不住探出头张望一下。我因此也迷恋上了上海话，很快就学会了"赤那""杠头""小赤佬""侬哪能"，还成了口头禅。后来，我到上海的时候都是直接去找陈优犁，每一次都会带上上海人喜欢的东西，而她，无论我去得早还是晚，无论她在不在班上，她都会把我安排下来，使我从码头出来就不再那么慌乱，可以径直奔向栖身的地方，这个感觉非常好。

陈优犁最早是在遵义旅社，后来调到了九江路，后来又调到了浙江路，最后落实在江西中路，也就是黄浦旅馆，那是我待得最久的地方，像家一样。那个时候，我和陈优犁已经非常熟了，没事的时候，我都会靠在服务台前和她聊天，外面回来，我也会记着给她带一点零食，上海的女孩子都喜欢零食，上海女孩子吃零食也是一道风景。而她也利用她的资源在给我提供便利，比如我入住的时候要是没有床铺，她就会在洗衣房里给我搭个铺，第二天再把我转出来。后来，待得久了，对房间的要求也高了，觉得那些统间杂乱，不便，不仅睡觉不便，放东西换衣服都不便，她过来说话也不便，她就把我换到了屋顶阳台的一个小阁楼。那个阁楼很小，勉强住一个人，门和窗都开在阳台上，实际上也并不隐蔽。旅馆里喜欢把洗好的床单被套晾在屋顶上，风吹得它们啦啦作响，也经常会有人在那里走来走去，但对于我来说，那无疑就是豪华的单间了。我在的时候，陈优犁也会过来看一看，我不在的时候，她也会避开领导躲到这里来午休，我的枕头上总会留下她好闻的雪花膏香味。她也会借我这里来换衣服，我怎么知道呢，有一次，她那条白色的"的确良"假领就落在了我的床铺上，不知是她故意的还是疏忽的，但我觉得那特别的不一样，老想破译出这假领上承载了怎样的"密码"。我很快乐，在枯燥的外地，在疲惫之余，能有这样一份温暖的内容，实属难得。当然，我也知道，我们不是在谈恋爱，两地的差异和两人的角色，都使得我们没办法往这上面想。

后来有一天，陈优犁来阁楼里找我，叫我以后不要住在黄浦了。我不解，问为什么？她说没有为什么，说你在上海时间也不短了，其他旅馆也熟,你可以寻求别人去。我觉得这个理由站不住脚,找别人找你不是一样吗?陈优犁就换了一个话题,说,你认识小李吧?我说知道啊,怎么啦?小李是黄浦旅馆的班长,他喜欢管人,有时候我入住迟了,还要经他批准才行。陈优犁说,他让你下次到福州路排队去。我无奈,我呜呜。

再次来上海,我就不住在黄浦了。但我一直在想着陈优犁的意思,什么意思嘛,没头没脑的!突然有一天就想明白了,是陈优犁和小李在谈恋爱!上海人是很讲究清爽的,不希望事情纠结和缠绕。小李一定在猜揣陈优犁,一定对陈优犁提要求了。这样想着,这件事也就解释通了。

但是后来,陈优犁又让我去住黄浦了,也就是说,陈优犁和小李不处朋友了,或者说,陈优犁不理会小李的意见了。

现在,三四十年过去,我和陈优犁又坐在一个叫作"遥握"的咖啡馆里,我们有一下没一下的回忆着过去。陈优犁说着说着漏出一句话,我现在还没有结婚呢,呵呵。我诧异,问为什么?她说,原因很简单,感觉不好,感觉不好就觉得很没劲,后来又说了几个,都这样,就不再说了。我说,这么脆弱啊。陈优犁说,我这是脆弱吗,我这是坚持哪。我说,是啊,生活里不测的东西太多了,坚持也是一种考验。

2

昨晚睡得很好。我睡眠本来就好,长期在外面跑,基本上没有那些娇生惯养的毛病,吃住行,只要是心理上有所准备的,再苦再差的环境，我都能自如的对付。曾经有一次和同事出差，同事悄悄跟我说，我发现一个秘密，你的睡姿一夜都不会变，睡下时什么样子，醒来还是这个样子。我告诉他，这都是苦难留下的毛病。他说，怎么是毛病呢，这话怎么讲？我说我小时候和母亲一起睡，一条薄被，像帐篷一样，我们就像是缩在帐篷下躲雨，轻易不敢乱动，这就养成了睡觉一动不动的毛病。所以，当昨晚会务组又安排了一个人进来，我睡着了，一点也不知道。好在来人也特别的善解人意，好在房间的设计还特别的人性化，见我睡了，那客人就抱了被子宿客厅了。

　　上午是见面会兼论坛，下午还有。会议就安排在 ZD 大学的主楼 20 层，我们走出宾馆，横过马路，对面就是。会议室其实就是建筑与设计学院的，所以只能开一些小规模的会议，位子摆了两圈，席签重重叠叠，因此也就显得拥挤紧张，这样的效果反而很好，给人一种务实、纯粹的感觉。因为是学院邀请，来人倒都是一些大牌，但我不是，我只是一个做玻璃物件的，要不是在上海，我来都不会来。主持人是学院的教授，没有客套，语速非常快，搞学术的人都这样。他先是报了一个名单，要大家按照顺序发言，倒也干脆，不用推三阻四的。先是轻工部的一个副部长，再是行业协会的秘书长，再接下都是国内做玻璃的龙头企业，台玻、福耀、耀皮、南玻、信义、金晶、洛阳浮法、沙玻、威海蓝星、株洲旗滨，还有德国和英国公司的代表。我的企业不算大，所以，轮到我发言是下午了。大家的话题主要围绕着玻璃产品的研制和开发，涉及到飞机玻璃、汽车玻璃、低辐射镀膜玻璃、太阳能电池面板、平板玻璃、颜色玻璃、超白玻璃、玻璃家具、幕墙、灯具、仿水晶、精密电子、光学仪器、特种镜板，如果不是相关行业，肯定要听得一头雾水。在这个过程里，大家都提到了一个关键词——"浮法玻璃"。顺便也普及一下，其实玻璃的一切关键都取决于这个浮法工艺。玻璃工艺的形成应该也有近两百年的历史了，但玻璃如何真正的运用，在过去的一百多年间是非常有限的，仅仅是一般的器皿和一般的装饰，而且利用的价值就像它的质地一样非常脆弱。确实也是，当玻璃像岩浆一样流出来的时候，它的随意性和不稳定性是可想而知的。上世纪早期，英国人首先想到了要在玻璃的"改性"上做文章，这个工业革命的意义，无异于我们现在的火箭和卫星的利用，皮尔金顿公司就是通过保护气体在锡槽里的作用，解决了玻璃的成型问题和稳定问题。我们现在谈到的玻璃，确实，它的作用已经和其他新型材料、复合材料差不多了，比如没有波筋、厚度均匀、上下平整、更加光滑、更加牢固、更加透明，且能耗低、成品率高，那它不是比其他材料更漂亮，更有优势吗？这话说得远了。

　　下午还是这个会议室。门口摆着茶点和水果，我泡了一杯咖啡进来，而且是加浓的，目的也是为了自己不出现突兀的哈欠。经过一个上午的认真，下午的发言相对松弛下来，没有排名，我就主动和支持人申请，让我第一个讲，说自己还有个要紧的商谈，说得冠冕堂皇的，主持人就同意了。

　　我这人说话向来没谱，没有轻重，也不分场合，这和我的出身、教养有关。我说我说点题外话吧，我是感慨于两点才来这里开这个会的，一是在将近四十年之前，我差不多就在上海浪迹，我从来也没有想过自己哪一天会和知识沾点边儿，所以现在，在这个著名的ZD学府里开会，我是很惶恐的，同时也是很欣慰的。二是那个时候我在上海买过玻璃，那个时候的玻璃不像现在的玻璃那么贱，那个时候的玻璃是奢侈品，在我们那个地方，玻璃茶盆、玻璃杯子、玻璃鱼缸，那都是可以直接俘获姑娘芳心的，而平板玻璃，则可以决定一个婚姻的品质。我的生命里与平板玻璃有过一些交集，而这个交集又改变我的命运，鉴于此，我才乐意过来开这个会。从感恩的角度讲，我是感谢玻璃的；从抱怨的角度说，它又陷我于要命的困境。我不知道我到底讲清楚了没有，或你们听懂了没有。不懂也没有关系，这不能怪你们。我一个死去的朋友说过这样一句话，如果你在两分钟之内还讲不清楚你的意思，那你就永远不要讲了，再讲也肯定都是废话。

　　我说完这段话就走了。主持人在解释我的离席原因，我相信其他那些老师也一定是诧异的，甚至是鄙夷的，他们面面相觑，心里一定会觉得怎么会让这样一个人过来开会，一点也不靠谱。都无所谓。倒是一个年轻的老师主动出来送我，边走边说，说你讲的还是挺有意思的，有许多别样的信号，你说的是什么年代的事情呢，我相信这里面一定有故事。我谢谢他的热情，我告诉他，那都是上世纪七十年代的事情。老师说，噢，怪不得我们听起来会有些距离，那你今年有这么大了吗？我说我六十多了。老师兴奋地说，你说的那时候我才刚出生呢。我看看他的样子，说有可能。

　　我下午其实没什么商谈，是又约了陈优犁，这时候她已经在宾馆里面等了。我们说好一起去看看一些老地方，没有她这个老上海，我可能都无从找起。现在，我坐在陈优犁的车里。她是个有享受倾向的人，很早以前就是这样，所以，她尽管现在独身，但还是开了一辆宝马Z4，很精致，配置也不错，我坐在里面有点恍惚和幻觉。这种感觉非常微妙，我想，也许是因为身处上海缘故、也许还有在陈优犁身边的缘故。陈优犁的车载着我朝浦东的方向驶去，这是我们下午的目的地，按照她的说法，我们不走延安路隧道的捷径，我们先重温一下多年前我在上海的岁月。我们从北京路上过来，一路走一路说，说九江路、浙江路、福建中路、黄浦旅馆；有一些在南城，像遵义旅社、十六铺码头；我那时候也看新闻，南京路江西路的拐角处就有一面报墙，那个时候，中国正在打对越反击战，我关心着它的每个进程；还有福州路的旅馆介绍所，每个人到上海的第一个落脚点，再由这里被一点点的分派下去，现在想起来还是有点不可思议，这是多大的一个工程啊。我们沿着外滩往左走，上了外白渡桥，这座著名的铁桥以及边上的石头房实际上就是上海当年的地标。陈优犁问我，去浦东那时候有两条路，你一般会走哪一条？我说，我只知道一条，就是提篮桥监狱边上的那条。在都市里面能看到一座国际监狱，那是很罕见的，高房子、小窗户、铁丝网、什么人关在这里，这些都是我当时的兴奋点。陈优犁说，走陆家嘴也行，近一点。我说，这个我不知道，外地人在上海不敢乱窜。

  上海那时候的生活已经是很方便了，公交很发达，那些老电影里看到的电车都还有，无轨的有，有轨的也有，走在路上，身旁有咣当咣当的声音，让人恍如隔世。我买了月票，可以从这个车里下，也可以从那个车里上，像自己的车一样方便。上海的吃饭以前是一大奇观，到处排队，你坐在那里吃，后面是等着的人，虎视眈眈的，像拿着枪一样顶着你，再好的胃口也索然无味了。旅馆里也没有食堂，但社区里有，我们这些长期驻扎在上海的人，一般都会在社区办一张饭卡，社区食堂的狮子头很好吃，是正宗的无锡一带的烧法，但蚕豆和豌豆叫不清楚，这两种豆的叫法，上海和温州的正相反。

  我前面说过，我是在温州待不住了，在家里背若芒刺，如坐针毡，我母亲都去信基督了，把门口的家什都搬进屋了，我这样"稻草都捡了走"的生活还有什么意思呢，就跑到上海去了。我一直以为过去说的跑码头就是这样，这不是我发明的，过去生活艰难的人都这样。

  经过几天的熟悉和摸索，我基本知道自己可以干什么了，投机倒把，那时候没有这么一说，后来割资本主义尾巴了，才把这个词也带了出来。那时候的黄浦区,就像是我的根据地,南京西路下来的静安区偶尔我也会去一下,徐家汇也是,主要看有什么东西。南京路这边的东西很多,一百、十百、友谊商店、都是我经常要去的地方,去排队买搪瓷脸盆、买高脚痰盂、买绣花被面、买铁壳热水瓶、买大白兔奶糖和印花玻璃杯,上海是全中国物资最丰沛的地方,只要去排队,只要摸准了行情,都可以买得到。这些紧俏的东西被我源源不断地带回到温州,加上市场的紧俏度,加上我的心理价位,很快就出手了。等东西走得差不多了,我又准备起来到上海来了。

我后来才知道这不叫跑码头,跑码头还是有点江湖意味的,还是有点危险的,要有侠肝义胆,要有势力和地位,要受人尊重,被人看得起。我这算什么呢?后来在样板戏《沙家浜》里体会出一句话,胡传魁问阿庆嫂,阿庆呢?阿庆嫂鄙夷地说,他呀,还是在上海跑单帮哪。言下之意是没有什么名堂,都不在阿庆嫂眼里。跑单帮就是我这样的营生,靠辛苦赚一点不怎么干净的钱。

那时候在上海带香烟最多。温州香烟凭票,而温州人又喜欢上海烟,尤其是婚宴上,那是一定要"大前门"和"牡丹"的。牡丹分蓝牡丹和红牡丹,一个四毛六,一个四毛九,都属于罕见的奢侈品。碰到有人结婚急用,红牡丹都可以翻上一倍。每天早上,我饭也不吃就去一百排队,一人限购两包,如果队不长,我可以回头再排一次。我们现在有一句话说,在北京四天办一件事情,在温州一天办四件。说的是北京地大,程序多,不好走。上海稍稍的好一点,我又有公交卡,我可以一天办两件事情。

有一年,温州流行针织尼龙,而且就兴那种蟑螂色的,有人找到我说,有多少吃多少。这样的诱惑就像鼓风机一样推搡着我。后来我在豫园商场里找到一匹。剪布师傅说,八块钱一尺,两尺八一条裤子。

我说，这一匹还可以剪几条？剪布师傅说，大概有十条。我说，那都给我吧。剪布师傅愣了愣，说，哪里有这样买东西的。

还有一次，凌晨三点，我到上海钟表厂排石英表，那是那个时期的新货，二十块钱一只。那一趟回温州，我兜里只剩下四毛钱，但我心里高兴，破例在轮船上喝了一瓶天鹅牌啤酒，吃了一碗盖浇饭。后来在调剂市场，石英表换了一辆凤凰28英寸的锰钢自行车。

回忆间，陈优犁的车已经进入了浦东，这已经是一个完全陌生的地方了。我们盲目地开着，都是通衢大道，但我们不知道往哪里开，不知道我要找的地方在哪里。那个时候的浦东，是一个冷清的代名词，只有一些高耗能高污染的企业在这里，卷烟厂、玻璃厂、水处理厂，不是哗哗响，就是滚滚冒烟，还有一个传染病医院，据说，上海人口密度大，肝炎的发病率高，转氨酶指标控制在38，所以，那些人都关在这里。现在，这些厂，这些医院，连个影子也没有了，抬头望去，只有世贸大厦、东方明珠塔、金融中心大厦、和一个类似于啤酒起瓶器一样的大厦。

噢，我不是来浦东看热闹的，不是来测量它的变迁的，我是来寻找一个我心底的符号，一个难以弥合的错节，它改变了我的生活以及生命的走向，上海玻璃厂，我曾经在这里进进出出，在这里买过平板玻璃。

平板玻璃是我在上海跑单帮的"重器"。温州人结婚，你可以有搪瓷脸盆、可以有高脚痰盂、可以有印花玻璃杯、可以有铁壳热水瓶，但平板玻璃就不一定有。平板玻璃是铺在洞房里面的书桌上的，有和没有，档次就差很多。没有，它就是一张普通的书桌，有了，它就平添了许多色彩，许多话题，它可以压一些照片，可以压全国粮票，可以压崭新的人民币，既增加了情趣，又体现了富有。所以，搞一块

60×120 的平板玻璃，成了新婚家庭迫切的追求。

温州那时候也有玻璃厂，还是国营的，看起来规模也不小，但只能做那种止咳糖浆用的黄瓶。他们也曾想克服困难做那种透明的盐水瓶，我记得当年的温州日报还登过他们会战一百天的消息，但最终还是以失败而告终。我说这话的意思是，玻璃虽然是以石英材质为主，但它的活性能量很大，高温熔化后，谁也不确定它的最终走向，以及冷却后发生的质的变化。

平板玻璃那时候只有上海才有，因为难得，因为难运，相比于其他东西，我更愿意带平板玻璃；因为婚礼必需，因为意义重大，我开价也相对更高一点。每一次，我会用几斤菜油换供销科长的一张计划票。那时候没有快递，没有出租车，没有小四轮，没有高速公路，我接受了平板玻璃的业务，也就接受了辛苦，但是我不怕，我血气方刚，我有的是力气，我把这个过程的复杂和难度都想到了，一步步去完成。我把玻璃用厚纸板包扎好，用带子把它捆结实，做成双肩包形式的模样。我就这样将平板玻璃背上了浦东渡轮，渡轮突突突的横过黄浦江，这是一段黄浦江最宽的江面，好多的船都要从这里出去，走到汪洋大海里去，所以从这里把平板玻璃背出来，也是有象征意义的。我背着平板玻璃缓缓地从渡轮上下来，因为我背的是重器，所以我把自己落在了最后，我怕人推搡，怕人碰撞，这个时候，我就是一个搬运工，我要负责货物的安全。

我背着平板玻璃踏上了 76 路公交，那是在市区边上开的，还开不到市区里面去，进市区还得换一个 6 路有轨，那也不能到达我住的旅馆，要到达我的目的地，还需要倒一个无轨。那时候，公交是普通人唯一的交通工具，挤得很，每一辆车都是满满登登的。为了把平板玻璃安全地运到，我一般都要挨到中午，就算时间上没那么凑巧，我也要在公园里挨到我要的那个时间。在车上，我一般都会挪到最后面，把平板玻璃搁置好，用身体护卫住。因此，我在车厢的最后就可以居高临下地看到许多"风景"。我看见礼貌的上海姑娘给老人让座，看到文质彬彬的上海后生为姑娘争座，看到紧张又脸色煞白的行窃者，看到站在姑娘身后装模作样而实则想猥亵的病态者。我就这样把平板玻璃弄到了我住的旅馆。

在旅馆，因为有了平板玻璃，我几乎是寸步难行了，一刻也不敢松懈，像狗狗守着肉骨头，顽强而专注。上海回温州的轮船要三四天才开一趟，这样，我就要提心吊胆的守护好几天。到了那天，我怎样把玻璃从厂里弄到旅馆的，就怎样把玻璃从旅馆弄到船上，船还是那艘工农兵18号，为了安全起见，也为了犒劳自己，我给自己买了张三等舱，毕竟船舱里人会少一点。船外的风景，我无心去欣赏，我知道，船头和船尾的浪花是很好看的，没有坐过大船的人，没有亲历过海洋的人，是很难想象乘风破浪的壮观的，那么的勇往直前，那么的激情澎湃，那么的顽强，那么的有生命力。但我只能忍着，安分的坐在船舱里，守着平板玻璃，听汽笛一声声巨响，就权当它在为我的成功而欢呼而庆祝。

回到温州，我直接把平板玻璃背到新郎家，这是一块结婚用的玻璃，是要压在洞房的书桌上的，相信主人在盼望婚期到来的同时也在盼望这块玻璃的到来，也许他们准备了欢呼雀跃的心情，也许他们还准备了钱，因为是喜事，他们也许还会多加几块钱，以讨个头彩，我当然也乐意多说几句好话，漂亮的话。我记得新郎家是一座两层楼房，楼下是厨房和饭堂，楼上是前后两间，一间给长辈居住，一间做新婚的洞房。为了安全起见，我坚持要一个人把玻璃背到楼上去，我有的是力气，我都从上海背到这里了，还怕这几步吗。我背着玻璃，一步步地往楼上走，楼梯的拐弯抹角我要当心，上下高矮我要注意，千万不要磕碰，要像演杂技一样稳住脚跟，把身体和玻璃都侧进去，这难不倒我。新郎新娘，一屋的人都在等这块玻璃，他们的眼睛闪闪发亮，他们寄予这块玻璃很多的期望，婚姻的档次、洞房的热闹、众人的羡慕，等等等等，他们见我进来都不由自主的让开地方，都退了一步，生怕碰到我。也有人想伸手帮我一把，要抚一抚，但马上就被人阻止了，说当心当心，由他自己的意思是最舒服的。我真的是如释重负的把玻璃放了下来。现在，书桌上已摆好了许多照片，是新郎新娘杭州游玩时拍的，有六和塔、钱塘桥、三潭印月、白堤苏堤，还都是那些照相点拍的，也就是说，他们家的条件还是比较殷实的，是配得上这块平板玻璃的。

　　玻璃的包扎被一点点打开了。这个物件太重要了，所以我包扎得也特别好。我一点点的解开绳子，一点点的剥开纸板，那段时间，他们家帮忙的人也都在现场，除了新郎新娘、阿爸阿妈、舅舅舅妈、几个姐妹，有些本来在楼下帮忙的，这时候也都跑到楼上来了，楼下还有一些人，帮忙洗菜的邻居，搭台做菜的厨师，做菜的过程要准备三天，这个气氛也把平板玻璃的呈现推向了高潮。

　　但是，但是，我解开玻璃后自己也傻掉了。这块好好的玻璃、感觉又厚又重的玻璃、包扎得结结实实的玻璃，什么时候在里面不声不响的裂掉了，看起来不觉得，其实里面已经像蜘蛛网一样了，就差唰的一声碎开来。是新郎第一个叫出声来，说怎么是块裂的！这无疑像一声炸雷，大家拼命的钻下头看，这个说，就是玻璃裂了没有用。那个说，这个时候，玻璃裂了，彩头就不好了。是啊，婚姻是最讲究彩头的，裂，即是破碎，即是分离，这些话放在婚姻里，无论如何是通不过的。新娘马上就瘫坐在地上，呜呜地哭起来。本来喜气洋洋的气氛,一下子变得凝重起来,像黑了天一样。要是人少,这件事兴许还能够隐瞒一下,这么多人,人群马上也像炸开了锅,等于这个不幸立刻就藏不住了。大家都知道了,就会推着这些情绪往反方向走,七嘴八舌的。我一看情况不妙,就脚底抹油,还没等他们家人反应过来,我已经溜到楼梯下了,屁滚尿流地跑回家里。

我气喘吁吁的对母亲说,闯祸了闯祸了。我母亲信基督以后人完全的变傻了,还说,他们要是信基督就好了,就没有那么多讲究了,信基督,人在世间就是一个过客,这又有什么要紧的。我也不和她废话,拼命的整理衣物,我现在还不知道他们会拿这事做什么文章,但我得先躲出去。母亲莫名其妙的看着我,她一定觉得我在小题大做,还真不是,我知道的。我当天就没敢在家露过面,过了三天,我托人买到了上海票,又匆忙跑到上海去了。

我和陈优犁说着这些的时候,我们还在浦东的路上转悠,我们找不到一丁点上海玻璃厂的影子,连个裁玻璃的店铺都没有。有些地方搞得好的,会在原来的遗址上弄个什么碑,记录一下当年的历史。但浦东改造得太彻底了,规划上根本就没有这么想,这就没有办法了。这时候,天上下起了中大雨,且还没有想停的意思,一下子,路面就积水了,看上去像铺了玻璃一样。路上撑雨伞的人多了起来,一会儿穿花绿雨衣的骑车人也多了起来,在十字路口,在商店门口,在人多的地方,这种颜色的交错非常有美感,看上去层层叠叠的,加上雨中的仓促,加上地上的倒影,远远望去,像一块厚厚的油画板。这种景象也告诉我们,这里已不是过去的浦东,也不是上海的浦东,这里聚集着众多的外来务工者,已经成了他们的宜居之地,今非昔比,旧貌变新颜了。高峰说到就到,车子也难走起来,我们被堵在路上了。

3

　　陈优犁告诉我，这个故事，一听就觉得还没完。我说，是的，没有完，现在还没有完。

　　第二天没会，但有一个座谈，说大家议一议，搞一个论文集。主办方的理由非常牵强，说本来是要给各位发放出场费的，可"八项规定"以后，财务的手续几近苛刻，支出更难了。想借论文集这一招，给大家发点稿费，弥补一下。当然也未尝不可，但这样简单的会，能出什么成果，我是持怀疑态度的。反正我是谈不出什么观点的，也不愿意再耗，一大早就买了票回广州了。我现在有经验了，从 ZD 大学到虹桥车站，地铁就要一小时。昨晚和同屋的说好，我睡客厅，目的就是为了今天的早走，于是，悄悄的收拾好，蹑手蹑脚的出门，连关门的声音我自己都没有听到。

　　上面陈优犁的话，是我上动车之后她发给我的短信，看来，我们的交谈还得在动车里继续。动车在上海平原开得还算畅快，到了浙江境内，尤其是过了宁波绍兴，山洞隧道就渐渐的多了起来，于是，我们的发信也变得断断续续起来。

　　那天之后的事，我都是听别人说的。我其实至今都没有回到温州去，自从那天从新郎的洞房里逃出来，我就躲出去了，我怕回家会带来更大的麻烦，我不在，也许这件事就没有结果了，至少我觉得会很快结束的。但听说，这件事还远远没有结束。玻璃被拆开后，发现了裂痕，新郎家就拿这个说事了，说倒了彩头，冲了喜气，甚至带来了晦气，一拨人围着我家闹了三天，要我赔偿损失。我不在家，吵也罢，赔也罢，终究会过去的。我母亲倒是不怕这些的，自从她信奉了基督，她的心变得格外的坚硬，任凭对方如何谩骂，她都不争不回，按照《圣经》的说法，"你打了她的右脸她连左脸也一起让你打了"，她顾自沉浸在自己的世界里，在那里寻找自己的安宁。只是那新娘让她难过。那其实是我的邻居，我们家的楼下和她家挨着，她家的楼上有一半也嵌镶在我们家。据说平板玻璃裂后，这个婚就没有结成，她回到了自己家里。1979年，这样的事是可以毁人一辈子的，她要再嫁，可以说比登天还难，任何舆论都不会去支持她。更糟糕的是，她那时已怀有身孕，这个后果更加不堪。越是这样，我就越没有办法回去了。

那时候，我在外面每月都寄钱给我母亲，我寄13块钱，是我母亲工资的一半，我用这样的方式保持着与家里的联系，与我母亲的关系。现在想来，过去的一些事真叫好，事简单，时间慢，就像那首歌里唱的，车马都走得慢，一生只够爱一个人。汇款要半个月才到，写信也要一星期，电话没办法打，因为大家都没有，每一件事操作起来都很花功夫，也就愈发觉得这些事情的巨大，回家也就成了非常奢侈和隆重的行为，正因为这样，才有惦记，才有纠结，才有了一种叫作"乡愁"的东西。如果没有这些，没有这么难，我们的一切关系也许都不会发生，一切都变得容易和微不足道，这些"愁"也就都没有了。

我和我朋友说好，我每个月1号汇钱，半个月后你到我家去看看，看看我母亲怎么样，问问她钱收到没有。我朋友告诉我，我母亲都不在家，早中晚都候不着。这使得我联想很多，她是不是也像我这样在躲避麻烦？我问朋友，有没有发现我们家门口什么异常？朋友问，什么异常？我说，比如门口摆了花圈，屋角被人扒了？朋友说，那倒没有。温州有很多下三烂的报复伎俩，比如大粪泼门、玻璃涂漆、胶水冻锁眼、下水道堵塞等等。这些都没有,那我母亲去哪里了,不会也被我的平板玻璃给气疯了,背乡离井了?

后来知道,我母亲是去信基督了,她比起原先更上瘾了。她原来的功课只是三祈五祷和通读《圣经》,现在,她的业绩大有进步,已经能在一些弄堂的聚会点里布道了。母亲由挫败而信基督或寄托于基督,我是理解的,但进步那么快,我是没有想到的。那时候,社会动荡,心无安宁,没有目标的人很多,愿意麻醉自己的人也很多,这些人都是那些聚会点的常客。晚饭后,他们在路上闲逛,走着走着,被那些隐约传出的歌声吸引了,他们或自觉、或被动、或好奇、或疑惑,都想探个究竟,这就来到了这些聚会点。那时候,我母亲会和他们讲《新约·约翰福音》十二章的故事——"那时,上来过礼拜的人中有几个希利尼人,他们来见加利利伯赛大的腓力,求他说,先生,我们愿意见耶稣。"母亲把主题落在了"愿意"上,就像她那样真心真意的愿意,这个愿意没有条件,是人心底自觉的生发,是今后虔诚的开始。而不是经过劝导后被动产生的,有条件甚至有功利的。

当人们心存疑惑左右摇摆时,母亲又会和他们讲讲另外的故事,《圣经》的好处就是通俗易懂,深入浅出,寓意丰富,老少皆宜。"耶稣和门徒渡海,遇风浪。那时,主已经睡了。门徒惊惧,催主醒。主斥了风浪,海便静了。加利利海自主斥了那番风浪后,至今都没有起过风浪吗?不是的。当主斥风浪时,海面正待要平复下来。以后海面照样是常有风浪,所谓一波未平一波又起。信徒的心啊,也犹如这海面一般,当其不宁时,一经主的管教,就觉得有了安宁。然而,到了时过境迁,在另一光景下,或正好在病痛中,他的心里却又要起风浪了。故,被主斥责而得来的安宁是短暂的,心里没有主,风浪照样要出没无常。而这些已有的安宁又从哪里来呢,自然是从耶稣的生命中来的,而生命中有了耶稣,也就有了能量,自然再大的风浪也不惧怕了。"我真不知道母亲有这样的水平,这样的口才,看来艰难困苦的确是磨炼了她。

那个新娘,我们都叫她阿芬的,她也真是命苦。年少的时候,母亲就莫名其妙的爬到河里去了,什么病也没有,也没有什么想不开的,大家都说她是被鬼跟住了,鬼叫她到河里来,她就乖乖的去了。她父亲受了刺激就开始酗酒,晚上喝,早上也喝,有一天喝了两斤白酒,身体烫得躺在水泥地上降温,我们还帮她用水浇她父亲,那些水浇在他身上都没有一点反应,就像死猪一样。还没完,那天晚上,趁我们不注意,她父亲自己把自己颈上抓了个洞,大家都以为他睡着了,早上才发现,他流血过多,已经死了。阿芬的媒还是我母亲做的,母亲可怜她,还和我私下里说,那块平板玻璃就算白白给她带吧,不要收她的钱,就当送给她,让她高兴。没想到,是这块平板玻璃把她的婚姻搅了,我真是该死。这种事,又没有其他办法弥补,我只得躲出去,不让他们看见。

阿芬后来生了一个小孩,这个小孩没有留住她的婚姻,新郎家宁愿看重彩头而不要这个小孩,这就不是决绝的问题了。这小孩也怪,是个"鱼人"。鱼人是我们温州的说法,别的地方不知道怎么叫。这种人有个很大的优势,就是长得都不像父母,就是像自己,甚至全世界鱼人都长得一样,无论中国的或是外国的。按理说,小孩不管出身怎样,有没有病,应该都会像父母的,但鱼人就不是这样。他们都长着圆圆的脑袋,眼睛都靠在两边,一股很憨厚的样子,生气的时候也是笑眯眯的。开始的时候大家都说阿芬的小孩漂亮,白白净净的,还丹凤眼。后来才搞明白,这是"唐氏综合症",也不知道是染色体里面什么多了什么少了。这就更苦了阿芬,这又让我产生了联想,我就更回不去了，我要是回去了，大家一定会怪罪于我，就是大家不这么想，我自己也会这么想，我看见那个鱼人也会愧疚。还据说，那段时间，都是我母亲帮她一起带小孩，这也多少减轻了一些我的罪过。

我也是自那以后就不再跑单帮了，基本上就断了温州的路子，以及回家的路子。心里有愧，赚钱也没有什么意思。我后来就不光是待在上海了，我全国各地到处跑。当然，从上述事情上可以得出结论，我也是一个一根筋的人。我还做玻璃，从玻璃上跌倒，也从玻璃上爬起来。我开始就是开玻璃店，代理上海玻璃厂的平板玻璃，或替人裁玻璃配玻璃，我有玻璃的资源，也有玻璃的情结，更有做生意的头脑和经验。我们的玻璃店开遍了上海郊区，市区一时还进不去，吴淞、崇明、闵行、嘉定，都有。我从单纯的卖玻璃到定制玻璃、从客户有需求到我自己推出玻璃产品，这是1992年，玻璃的使用已经相当的普遍了，而最早一轮的房地产热也带动了玻璃的大发展大繁荣。但是，也有一些玻璃企业，因为机制的局限，因为设备的落后，因为产品的滞后，开始面临困境，我就是在这时候接管并买下了广州玻璃器具厂的。这个厂原来是吹玻璃花瓶的，另外还做玻璃工艺品，如果和当年的温州玻璃厂相比，那他们的技术还是可以的，外行人一看就觉得他们的技术了不起。但这种花瓶之类的东西又有什么用呢，又不高端，又不赚钱，淘汰是自然而然的。

我说过我是一根筋，我就想在家居玻璃上有所建树，有所突破，那个平板玻璃的裂，是我的心头之痛，甚至是永恒的痛。我开始解决玻璃的钢化问题，这个时候，钢化不是什么难题，只是看你运用在什么地方。就像一百年前人类就发明了烧不坏的灯泡，但为了不致工厂倒闭，不致工人失业，这项发明还是被人为的搁置了起来。我的产品涉及到家居的一切可能，这个里面的技术一般人想不到，甚至容易

"误入歧途"。有一次在机场,在等起飞的时候,边上一位听说我是搞玻璃的,就拿出一个日本的保温杯问我,杯体是双层的,但吹拉出来后怎么会没有看见封口?我说,你的思路还停留在过去的热水瓶时代,为什么过去的热水瓶都有一只脚?但是我告诉你,这个问题上世纪七八十年代就解决了。现在的难度不是封口,像我们厂,难度不在于防止变形而在于造型够大,比如200长100高50宽的鱼缸,你怎么样把它拉出来,就是换了铁的,都是一个难度,更何况玻璃。再比如玻璃圆桌、玻璃椅子,它要成型的规整,成型得平衡,在活性程度很大的玻璃上,掌控是非常非常难的。这也是我们企业现在的名声,是独一无二做玻璃家居的。一切都源于过去那块裂掉的平板玻璃。

我对母亲是放心的,信基督的人,"星辰"是很大的,不怕病,不畏难,什么地方都进得去,什么地方都出得来。帮隔壁的鱼人带大之后,她后来都在外面做善事,她觉得做善事不仅在建设自己,更重要的是在造福后人,具体到造福于我。她去医院给人做祷告,去殡仪馆给人做祷告,后来索性去伺候病人了。一个患肠癌的老太太,说起来也是教会派遣的,说有个姐妹被"撒旦"跟住了,要去帮她。这也是教会的微妙之处,把同道说成是兄弟姐妹,这还不去的,这肯定都是义无反顾的。母亲就带了神圣的使命去了,吃住在姐妹家,陪说话、端屎端尿,负责她的起居。到最后姐妹的弥留之际,她还陪着她睡。毋庸置疑,母亲自己一定是充实的,美好的,自然也是忘记了我了,或者说我反正也像地上的草,卑贱得很,不看他,他自己也会茁壮成长的。

这些都是我和陈优犁在动车上短信互动的内容。在短信上,我只涉及到了母亲和阿芬,涉及了我的玻璃事业。却没有涉及到我的个人生活。其实,我是没有成家的,至今独身一人。陈优犁说,你不是挺能干的吗，你干吗？我笑笑，我的比你的复杂，你看我父母的婚姻，你看阿芬的婚姻，我对这个东西不相信了，我是复杂和矛盾的结合体。

在和陈优犁的短信中，我们也谈到了回家。我前面也说过，物质条件的局限，是我们的乡愁变得很浓郁，变得心安理得，同时又使我们的不回家变得合情合理。我后来在央视那档"找人"的节目里看那些不回家的人，有些就是一个很小的原因，一个疏忽、一句重话、一点小小的怨恨、一次信息的丢失，就再也回不去了，也找不到了。我也是这样。

我后来回家也是一件很突然的事情。我以为我和家里的关系就这样了，和母亲的关系就这样了。母亲是主的人，她心系大众，她早已习惯了没有我的生活和日子，信基督的人好像都有这样的情怀。有一天，我们温州的电视台找到我，说想邀请我参加一档认亲节目，节目名叫"咫尺天涯"，顾名思义就是近起来很近远起来很远。我说我没有这个意愿啊。节目导演说，你没有家？我说我的家只停留在我20岁之前，我今年都已经60多了，我一直就客居外地。导演说，那你没有家人？我说家人本来是有的，我母亲，但我也已经三四十年没见过她了，要说起来她今年也有86岁了，以她生活的坎坷，我觉得她活不到现在。导演说，那你也没有姐姐妹妹？我说没有，有的话我还会这么轻松的待在外面？导演说，那你更应该参加我们的节目了，有一个女人，通过各种渠道各种手段，一直在找你。我说不可能，还渠道手段。导演说，你看，我们不是这样找到你了吗，这个渠道和手段就很特别。于是，导演就讲了这样一段类似于侦破一样的故事。说一个叫阿芬的女人，要找40年前曾帮她捎过一块平板玻璃的后生。她是受邻居大妈的委托，大妈生前不知道儿子在哪里，手头也没有儿子的半点线索，大妈的DNA倒是好弄，但儿子不上数据库也白搭，现在唯一有希望作为凭证的就是大妈的一缕白头发，因为在许多年以前，白头发是大妈一瞬间留下的一个标志，还有就是一个平板玻璃的故事，因为就是这块玻璃，导致了后生的离家出走，直到现在。节目组还真有心，分析来分析去，根据人的创伤心理以及偏执个性的行为走向，在玻璃行业寻求帮助，找许多年以前背乡离井的、专注于一个行业的、有有关玻璃特殊经历的以及性格有奇异缺陷的、又对白头发有意外敏感的人，还真的找到了我。当然，这个途径也是非常典型的，稍稍的有一点点偏差，也许就找不到了。

这个节目我当然不会上，我不喜欢这类秀场，我会不自然的。再说了，不回家，无论什么理由，都是说不响的，很容易现场被人吐槽。况且，面对阿芬，我一辈子都是有愧疚的，可以想象，那个场合，阿芬一想起身世，一定会情绪失控，而我也一定会无地自容。但节目组的努力，我还是要感谢的，我给了他们一年的广告植入。阿芬我也碰到了，她应该和我差不多的年龄，但明显的老多了，这是命运落下的，也是辛苦落下的。我随她一起回了一趟温州，按照她的话讲，你自己去，东南西北也不知道了。我们老家那片地方，2000年就拆迁了，拉了马路，建了商场，政府有规定，原房40平米以上的，可在附近安置，但房子也是很差的，其他的小面积住户，都动迁到很远的地方去了。我心想，我就算早几年过来，也一定是路也找不着了。我和阿芬家本来就很小，还像个凹凸一样嵌着，合起来才50多平米，就只能搬到很远的地方去了。阿芬说，早年鱼人还小，都是我母亲帮忙一起带的，那时候真是太难了。后来，我的母亲，大概是在外面跑辛苦了，脑梗中风了，都是阿芬来照顾她，直至她死。为了感谢阿芬，同时也洗刷自己内心的歉疚，那些天，我陪着她跑指挥部、房开公司、公证处，我把我母亲名下的房子写给了阿芬，也了了一件大事。

阿芬后来也一直没嫁，她带着个鱼人怎么嫁，就没有这个念头了，这是其一；我觉得，更多的原因还是她不相信婚姻了，更不相信感情了，说变就变，什么也没用。鱼人倒是活得无忧无虑的，他肯定无忧无虑。据说，年少时对乐谱有感觉，还在少年宫乐团里当过指挥，鱼人开发得好，好像是有特异功能的。后来画画，现在热爱广场舞，广场里有他，他就是焦点，据说还跳得不错，尤其是转身微微翘首45度，比那些大妈做得好，大家看了都会笑。这也是一个有福的人，把他母亲的福也都享掉了。不再赘述。

4

我后来又去了一趟上海，不是去参加什么会议，而纯粹是为了去会陈优犁。我要对她说，生活就是生活，强调那么多意气干什么。很多的时候，都是因为意气，我们把生活给耽搁了，把自己的年龄给耽搁了。

我们还是坐在 ZD 大学附近那个"遥握"的咖啡馆里，她感觉到了我的心思，人真有趣，心思不对了，语言和动作也就僵硬起来，不像前面那样松弛了。她斜眼看着我，板着面孔说，我们其实也是可以的，不要说过去那点感觉，就是现在说起来，也是挺轻松的，也有情趣和愉悦。但我不能，我要是答应了你，好像我对婚姻就没有原则了，好像是为了婚姻而婚姻，我向来厌恶凑合。我要是现在答应你，那我以前的坚持就白费了，我的坚持就变成了作秀，还会被以前那谁谁笑话，说你看，我的感觉是很准确的，我以前就感觉他们有名堂，是不是掉到我嘴里了。我讨厌被流言击中，那样多俗套啊。我看还是算了。

我看着陈优犁，突然觉得没话说了，心想，这个可怜的人，我以前还以为她挺勇敢的，其实是被那个自我害掉了，变得可悲起来。我忍着时间，把眼前的咖啡喝完。我们往外走的时候都客气地说，常联系啊，现在电话方便，交通也方便，如果有空，抬抬脚就可以过来。其实，那之后，我们就再也没有联系了，觉得被一种莫名其妙的东西困顿着，有时候在微信里看到了，也懒得吱一声。

原载《花城》杂志 2018 年 1 期

手　工

最近谍战剧看多了，对手工的印象特别深刻。谍战剧也像抗日剧、宫廷剧、生活伦理剧一样，一段时间里蜂拥而起，编得多，拍得也快，演员阿狗阿猫都能上，烂剧就不可避免了。什么东西多了都不是好事，就毁了。但谍战剧确实也有好的，像《暗算》《潜伏》《悬崖》《黎明之前》，都不错。最近的《和平饭店》口碑也可以，似乎更烧脑。国外也有谍战剧，但它有它的特色，美女、猛男、大动作、干净利落，看得过瘾。国内的谍战剧很少有这样的，不是美女没有，也不是猛男没有，是意识形态不同，暴力美学不是我们所追求的，我们主张攻心，擅长手段，尤其喜好在手工上做文章。看时也揪心尿紧，仔细想想都是些雕虫小技，什么剪贴情报啊、字意释义啊、左右手写字啊、发报的手作及嘀嗒声辨别啊，等等，似乎不那么血雨腥风。我有时候会边看边想，这样的伎俩，我也会。这样说来，我要是生在过去，是不是也可以做个地下党，或在隐蔽战线兼个职，弄不好还可以和某个女人假扮夫妻，在外面住上一段。这样的例子也不是没有，谍战剧《潜伏》、《悬崖》、老电影那什么《电波》的，就都有这样。

　　我小时候手工就做得很好，有两件事至今仍在我年迈的父母那里津津乐道，一件是"钉门槛"，就是把家里钉盒里的小钉用榔头都敲到门槛里去，那是我刚会走路、刚会自己一个人玩的时候，我父母也肯定试过让我玩一些有趣的东西，比如摸摸秤杆就让我学生意啊、摸摸皮球就让我当运动员之类，但我都不会，我只会钉门槛。我父母惊讶的不是我钉门槛的技巧，而是我拿榔头敲钉居然都没有敲到手指头，这在我开裆裤阶段简直就是个不可思议的本事。第二件是"剪图案"。稍大一点的时候，我对敲钉子就不感兴趣了，但对一些图案发了疯似的着迷，不是说我会涂鸦或设计，而是我喜欢把各种图案剪下来，瓶签上的、盒子里的、纸上的或是布上的，逮到了就剪。那阵子，我们家到处都是被我剪下的各种屑头，我父母顾不上我的手工技能了，只是拼命的藏东西，以免它们遭劫。后来，我的"手工"拓展到了隔壁，一位邻居在家里做童装加工，其中关键的技术就是缝大头贴，我就被他们邀了去，专门负责剪大头贴，又快又准边缘又清爽。我父母就很骄傲，开玩笑地对邻居说，就待在你们家算了，工资就不要了，给他几块饼干就行。好像我已经可以靠手艺自食其力了。

　　很快到了小学，我的手工技能得到了突飞猛进的发展。期间的训练也是很多的，剪纸、画简笔画、写双线字、做一些平面玩具，还有老师指导，但对我来说这些都是小儿科。就像有些家长得意地对老师说，我儿子已经在看初中的课本了！而我那时，已经有了造假的杰作——我可以制作假电影票。那时候我们都很想看电影，但我们没有钱，尽管学生票才三分钱一张，但父母一般都不会支持我们的愿望。

我经常会去电影院门口，目光雷达一样，搜索着地面，发现整洁的票根，会毫不犹豫地捡了回来。那时候，我的铅笔盒里装的不是铅笔、橡皮、尺子，而是各式各样的票根。这些票根，有些撕在上面，有些撕在下面，可怜的检票员，他给了我一个可乘之机。我会将相同颜色的票头和票尾接在一起，不是简单的接，而是技术的接，我的手工就体现在这里。当然，票头得具备一个绝对的条件，什么条件？那就是必须有一条完好的直线。我就把这一刀切在这条直线上，两张票根，两条半边的直线，就这样严丝合缝的沾在了一起。当然要是不看背面，要是平摊在手上，再好的眼睛，也看不出这手工做在直线上。

看电影是一次次紧张又刺激的历险。去售票处选好电影，再把票的颜色和样子搞清楚，再找出绝对相像的伪造票，就可以大模大样的混检票口了。面不改色，平心静气，把假票摊在手心，再捏住沾在一起的那条线，若无其事地递给那个心不在焉的检票员，就进来了。还不是万事大吉，还不能到处乱窜，要躲避那些打着手电的查票员，唯一的办法就是先躲进厕所，有人来了就反复的装着撒尿，耳朵却竖得像旗帜一样，待影院内片头的音乐响起，知道灯光已经暗下来了，才悄悄的猫身出去……

那两年，我就是靠这样的手段看了无数的电影，雷锋、地道战、苦菜花、节振国、小铃铛、分水岭、岸边激浪、带兵的人、箭杆河边、丰收之后、家庭问题、独立大队、青年鲁班、半夜鸡叫、女跳水队员、南海的早晨、小二黑结婚、年轻的一代、千万不要忘记、草原英雄小姐妹，还有新闻简报。

现在看来，这种手工、造假、蒙混过关以及像潜伏一样的实践，多少训练了我的"间谍"素质，也培养了我富于想象的应对能力，这跟我后来的所作所为还是有一点逻辑关系的。

谍战剧《风筝》里，负责内务预审的中共领导，就是利用检测字样和左右手写字的特点，确定了郑耀先既是"军统六哥"、又是隐蔽战线的"风筝"、又是旧政府遗留人员"周志乾"的身份的。

谍战剧《和平饭店》里也是。"钉子"老王潜入饭店，取得了王大顶的手写字样，伪造了其愿意归顺的"降书"，从而做实了这个土匪二当家和中共隐蔽战线同志陈佳影的合理关系。

两剧都有在笔迹上大做文章的桥段，都起到了逢凶化吉的作用，这就是手工的魅力。

进入初中，我也经常碰到笔迹这样的问题。时值1972、1973年，小平同志已强势复出，当时最大的动作就是振兴教育。这之前，我们的学习基本上属于玩笑性质的，说得好听一点叫寓教于乐，学工、学农、学军，拉练唱着"语录歌"，一天可以走50公里，还是在啃干粮喝凉水的情况下。后来不行了，上学不能推荐了，考试都要闭卷，每天的作业根本就做不起来，自然也就得不到家长的签字。这事难不倒我，我有手工技艺，我可以模仿家长签字。

我父母那时候是很忙的，整天在厂里搞什么会战，今天剥橘子比赛，明天扒鸡壳竞技，他们都是罐头食品厂的工人。我父母的字迹是很好模仿的。我母亲不怎么识字，让她签字，她会有天生的自卑感，要么胡乱得控制不住，要么羞答答的像一条毛毛虫。我父亲则不同，这是他难得的露脸机会，他会参照老师那时的习惯——不打分数，不计对错，只吝啬的写一个"阅"字，他不写阅字，他坐在饭桌前，喝着两毛钱一碗的生啤,看都不看,斜着身子就写给你一个"即日",然后是龙飞凤舞的姓签,比如吴,上面画一个圈圈,下面扭几下,怎么看都像是字母"OW"的上下组合。无论什么字,对我来说都不在话下。我独创了意识流签字,不是机械的描摹,不在乎点划的相称,我闭上眼睛,想象着我父母的样子,尤其是他们当时的状态,手与笔就呈现了一种前所未有的痕迹效果……

《和平饭店》里对痕迹专家也有这样的描述:就是根据情节的发展,判断出哪些地方容易留下痕迹,哪些物件上可能产生痕迹,继而分析推理出事件的逻辑,找出合乎情理的走向。这说法可以佐证我那种方法,而我作业簿上的画押,我父母也深信就是他们亲笔签的。

我的学习一直是不怎么样的,但两年的初中我也混得顺风顺水,原因就和我的作业表现及我父母的签字有关。到了期末,学习成绩的好坏,那是需要个人真刀真枪的,但有些成绩老师手里还是有主动权的,比如劳动好、集体活动好、思想表现优、学习态度优等等,这些好啊优啊我基本上都可以顺利囊括。

到了1976年,我已经上班去了。那时候都没有正式工作,但要找一个事情做做还是容易的,去学裁缝、去打铁铺、在居委会烫语录袋、或在家里糊火柴盒,只要你有手工的基础,又有足够的耐心,都是可以的。我去的是罐头食品厂,跟着我父母做临时工,听起来好像要稍稍的高级一点,其实也是在做手工,批黄桃皮子或削荸荠外衣,厂里会这个手工的人太多了,因此我就是做得再好也马上被大家淹没了。

但这一年,有两件事是特别考验手工的。开始是周总理去世,举国扼腕，我们厂长敏锐，当天就到店里去抢到了一批黑纱。

厂长是一个"强迫症"，什么事都要逞好，说黑纱没有字，就不够意思，等于白戴。我心领神会，就自告奋勇地接下了这个活。当然也离不开我父母的怂恿，说这事如果做好了，有可能临时就转为长期了。

我们中学门口的那条巷，按照今天的说法叫作特色巷，专做油印字，游行用的横幅、工作服上的厂标、运动衫上的号码等等。有一段时间，我很痴迷这种手工，放了学不回家，驻着脚扒在店堂里看。我知道这事怎么做，一张丝网，上面一张薄膜，薄膜上刻了字，再用橡皮刀蘸油漆在上面一刮，字就印在布上了。我把这手工用在了黑纱上，印了美术字"周总理，您在哪里"。这句话当时代表了全国人民的心声，因此，我们厂里的黑纱就显得很艺术，每个人都争着戴，我们厂长也觉得很荣光。

这年九月，毛主席也去世了，这一次就更加哀痛，地动山摇，仿佛天都要塌了下来，自然也是举国黑纱。不用说，任务又落在了我的头上，但我们厂长对我提出了新的要求，说上次的那个美术字不好看，显得呆板，最好用名家的手写体，才能充分表达出我们的情感。但名家是不会写这些内容的，我就去翻查书法字典，集了王羲之的字，不够，又集了有点类似的文征明的字、董其昌的字、王铎的字。前面那三位写得都比较周正，就是王铎的字有点斜，这个问题不大，我在刻薄膜时把它纠一点过来，"伟大领袖毛主席永垂不朽"，油印在黑纱上，就跟名家特地题写的一样，效果出奇的好。

这两件事都涉及到了拼凑和再呈现，我在做这些的时候，并不知道这也是隐蔽战线的基本功，是吃饭的手段。谍战剧《面具》里，地下党截获了敌人的密码，但无从破译。李春秋机警地发现，保密局站长家里的一本《孽海花》不见了，从而断定它就是敌人密码破译的母本。找来《孽海花》，从字里行间筛选和拼凑，密码就顺利地破译出来了。创造性的工作，总会带来意想不到的收获。我也因此从原来的"削皮"，调到了厂部的油印室。

接下来，我也到了谈恋爱的年龄。

我的对象其实就是我们家的亲戚，不过有点远。我们是在一次家族活动中遇见，具体说就是我们家老太迁坟，我被我父母勉强要挟了去，她也是拗不过她的长辈。我们有一点点一见钟情的味道，我觉得她顺眼，她也觉得我有那么一股邪劲。我当时问她在什么地方上班？她说，在墨池坊对面的门市部里。我说，是卖皮鞋的那个门市部？她说，你知道那里的？我说，墨池坊口子上有一个邮筒，邮筒边是一个补鞋的老头。这说起来也是间谍的要求，注意细节，过目不忘。我又说，我们碰到难，我给你写信怎么样？她说，写什么呢？有什么好写的呀？她这样一说，我就知道她同意了，她如果不同意就会说，不要不要，会被店里人笑死的，我爸知道了会打死我的。

那时候的恋爱没有什么内容，除了逛五马街，就是去九山湖。五马街像北京的王府井，九山湖则像上海的外滩，都是可以擦出火花的地方。尤其是九山湖，路边种满了栀子花，香得人心猿意马。对于这种花，温州人有更好听的名字，叫"白玉瓯儿"，白是色调，玉是质地，那兜着的花瓣就像瓯儿，甚至有歌谣唱那个情境的——九山湖边，白玉瓯儿开，一对对一双双，在那里谈恋爱……去九山湖，原来就是去寻找一种气味，抑或是为了某种释放。但这两个地方我们也没有去，我们还有点拘谨，那么写信，就是这时候最好的方式。

写信，其实也有点手工的特性。现代人为什么只电话和微信了，就是烦那些手工,更何况旧时的铺纸、研墨、润笔……

她担心我没有东西好写,其实她的担心是多余的,我可以写写我经历的趣事,也可以写写我厂里的轶闻。写好、信封装好、邮票贴好、投进邮筒,这个烦琐的手工变成了一封信到了她手里,一般都是会愉悦的。还不光是这样,我告诉她每个周一她都会收到我的信,那么早一个周六的中午,我就要把信投出去。我了解到邮筒的规律,一天只开启两次,中午12:00一次,下午16:00一次,如果是下午投,那经过收件、分拣、落实到片区、再分派到投递员手上,那周一无论如何是收不到的,所以我必须要赶在周六中午12:00之前把信投出去。

这是一个周密细致的完成过程,不是随心所欲的。我知道,严谨的处事作风,是会赢得我对象好感的。一般谍战剧里也都会有这样的情节,踩着那个点去送信、去暗杀、去救人、去做实一个证据、去撤销已经布下的计划,都要以时间和信誉作保障,否则,完成任务就是一句空话。

某次,我周五周六加班,就算信已经写好了,也投不上那个点了,也就是说,我对象要是等我周一的信,已经等不到了。这时候,我的手工才华就按捺不住了,整个周日我都在做着这件事:我写好信,装好信封,封好后贴了一张4分的邮票,有没有用过的不要紧,但一定得是邮本地的4分票,而不是邮外地的8分票。接下来我做的才是手工活,我在邮票上画了一只邮戳,在空白处也画了一只邮戳,一只代表收进所盖的,另一只则代表投递所盖的。我用的是稍干一点的墨汁,又加了一点点松节油,这样会有点油晕,还不容易褪色。剩下的就是我在周一上午的演绎了。在差不多的那个时间里,我骑车出发了。我学着邮差的那个样子,在人行道上一脚一脚的划行。沿街的店铺都已经开门,但店员们似乎都在埋头整理,做营业前的准备,因此,他们的眼睛是不注意外面的。人行道上人来人往,人少,我就划行得快一点,人多,我就踮一下脚,在快到我对象那个店铺时,我就装起了邮差的那个范,嘴里喊某某某信,然后随手一挥,就把信丢进了她的店堂里,没等她反应过来,我已经骑离了那个地方。这一系列细节我都做得天衣无缝,完全就是隐蔽战线的要求。

后来,我又被厂里派到了上海,去学习罐头封口机的流水技术,我虽然不是一线的工人,但鉴于我的优异表现,厂长奖捏我出去走走。在上海,信就不能像在温州那样写了,也不能像在温州那样投了,但信似乎显得更重要了。不能见面,电话又无从打起,又不能擅自回家,艰难的日子俨然就像隐蔽战线,只有坚持,也只能写信。

上海的信,周期都比较长,若等她再回个信,日子就更久远了。在上海,又是经常要变换住地的,这个月在遵义旅社,下个月也许就在九江旅社,再下个月说不定又在黄陂旅社了。为了苦中作乐,为了将信写得热闹,我就在信的字体上下功夫,也是将信写得有趣一点。在遵义旅社我用的是隶书,在九江旅社我用的是行书,在黄陂旅社我用的是仿宋体,隶书学的是刘炳森,行书学的是庞中华,仿宋体我曾在油印室刻过蜡纸,这样的方式,我对象马上就感受到了,觉得这个人不仅会写信,还会写多体字,说明这个人有趣味,对生活有追求,好感就更加上升了。

因为信,几百封信、各种故事的信、各种字体的信、寄自各个地方的信,我对象在十年之后嫁给了我。

后来,随着条件的改善,我们搬了几次家,从桥西里搬到水仓区,又从水仓区搬到会同门,再从会同门搬到学府路,房子一次比一次好,搬一次扔一次旧东西,但每一次搬家,妻子都会首先把那些信带上,像户口本和门钥匙一样。这里说明一下，我们其实是粗人，不是在故作矫情；写信也完全是出于私心，是在炫耀自己的伎俩；也是条件限制的缘故，不写信我们就像是聋子瞎子；信写得也不怎么样，基本上是拿不出来朗读的。但集得多了，自己也珍惜了。

这些信后来就不仅仅只是信了，它成了一种收藏，一种纪念。有时候整理家什，也会翻出来看一看，温暖立刻像音乐一样弥漫开来。有时候，两个人说不爽了，脾气僵住了，想到有这些信，心里马上就柔软下来，会觉得我们都写了这么多信了，应该给信一个面子，好好过日子，于是，我们啧了一声，会心地笑了。

手工越做越好，难度也越做越大。时间到了1989年，我们这个厂正卯足了劲想上一个新台阶——参评国家二级企业。这个时候，无论厂里的规模、员工数量、年产值和年利润、销售额和出口创汇都达到了一个高水平。但根据学习的经验和兄弟企业提供的情报，觉得软件台账还是很重要的，而这一点，喜欢打球并组建了一支厂篮球队的厂长，恰恰不怎么重视，需要大量的材料补充。于是，经过厂部的物色和大家的举荐，我又一次从下面浮了上来，被抽调到办公室，具体伪造以往的会议记录、领导签字以及相关文件……

谍战剧对这种手段的重要性特别推崇，《和平饭店》里就有呈现，陈佳影的身份被渐渐怀疑后，日本宪兵就急需"满铁机关"元老辛佑未眉的亲笔证明，来鉴证陈佳影。地下党利用关系潜入到日军内部，将辛佑未眉刚到的亲笔信描摹成所需文本，并且调包，保证了陈佳影在短时间内不被暴露。我在后来的材料整合时也都用上了这种手段，我描摹各种参会人员的签名、模仿文书的会议记录、在空白处添加所需的内容，以证明我们厂一贯以来就有创建的理念，并且早已经根植于心。我还根据需要把"新材料"做旧,把一些新材料补办进业已建好的档案。手工是我的拿手好戏。不用说,我们厂的申报工作进行得非常顺利,企业晋升了档次,厂长也有了荣誉,我也在厂部混得如鱼得水。

后来,也就是这几年,我的情况大家都知道了,就是我有了婚外的女朋友。这似乎没什么原因可讲,就是一个俗套。就像美女伴英雄,一个有才华的人,生活里总会有一些艳遇的。女朋友是厂办的打字员。我在厂里的风光、我手上的功夫、给厂长拟个讲话稿、给厂部写个年终总结、组织全市的交流材料、搞个通讯在报上亮亮相,这些"丰功伟绩"她都看在眼里,心仪是自然而然的,加之自己也有点贪心,一来二去就好上了。女朋友小我15岁,据说,这是处情人的最佳年龄,男女都一样,年龄相仿的或相差太大的就没有味道了。

仔细回顾相处的过程,涉及到手工的事情有那么两件,还比较典型。有一年,一个外地的报纸搞什么"属相"征文,那年正好是鸡年,我为了讨她喜欢,就说去试试。讨她喜欢就一定要写到她,文章里有一段是这样写的——

> 小时候曾经以为属相和人的样子有关。比如属马,健壮的;属虎,凶猛的;属牛,肯干的;属猪,懒惰的;属狗,忠诚的;属猴,灵动的;属兔,漂亮的;属蛇,诡异的;属鼠,丑陋的;属羊,温顺的;属龙,呼风唤雨的;属鸡,唯一的解释就是起得早。后来,自己长得熊腰虎背、凶神恶煞一般,马上就觉得这纯属无稽之谈了。
>
> 生活中和属相有关的事只有一次。多年前我交了一位女朋友,

都是成年人，我们相处得很认真，都觉得没有功利的驱使，应该纯粹。因为要求高，女朋友一开始就很注重两人的秉性，怕入情太深了，发现是个坏人，退身尴尬，就像现在相亲时要暗查一下对方的家族病，怕的也是玩不了多久就中途夭折了。女朋友属鼠，是那种胆小如鼠的鼠，却偏偏很有原则，尤其是那种形而上方面的原则。有一天就问我的属相？我说干吗？她说随便问问。我说属鸡。她马上就不随便了，说，哎呀，鸡和鼠是不合适的，我们怕是说不来的。我当时想，又不是婚姻，还要这么严格的"政审"，既然这也成了顾虑，那也太矫情了，不处也罢，就说那算了吧。结果女朋友哭了。女朋友是觉得，好不容易的一段关系，我应该怛忉一下，争取一下，哪有这么快就决绝的？当然，我们都没有因为这个鼠和鸡而离开，也没有因为是鼠和鸡而感到什么不适。我们客客气气，一直过来了好多年，到现在还是客客气气的。我知道，我们能够相处和属相无关，和条件也无关，但肯定和心底的一个尺度有关，那就是，不提任何形式的为难，也没有任何索取的倾向，无论到哪一天，都不会因为一个"欠"字而不够坦荡，不够理直气壮……

我把写好征文拿给她看，女人有时候爱虚荣，觉得你在哪里想到了她，她就很高兴。但真正的征文又是不能这样写的，万一入选了呢？万一刊登了呢？不是露馅了？所以，公开的场合还是要写写妻子的。对于手巧的人来说，这就是动动手剪接一下而已——

生活中和属相有关的事只有一次。那是我结婚之前，妻子家要去了我的属相，说是要合一合。妻子18岁跟我认识，我那年

20岁。我当时没有正式工作，她一直默默的"陪护"，我们的恋爱谈了十年，像马拉松似的。据说，属相拿给先生合的时候，妻子也跟去了，她付出了这么多年，也怕合出个凶信噩耗来，那如何是好。妻子属猪，先生开始说，猪与牛好，与羊也算好。还未等说到狗与马，妻子就心慌了，就脱口而出问，那与鸡怎么样？先生心领神会，赶紧说，那当然是鸡最好。于是，我们就高高兴兴的结婚了，确实也一直好到现在。但我心里明白，这与属相没有关系，倒是与我们18、20的相识有关系，与我们恋爱时的细节有关系。到现在，一些上了年纪的人还会问，那吴什么的这厮，他妻子是不是还是以前那小孩？那倒是也像那么一对啊……

这是不是很像谍战剧里那种双料间谍，为了维护和生存，兼顾着两家。至于最终有没有被入选被刊登，那是无所谓的，找个借口，就说人家没看上，就过去了。

俘获女人最有效的是什么？不是说好话、也不是送礼物、也不是惦记着什么日子，当然这些也要紧，是手段之一，但最最有力的武器就是送体检。女朋友没有体检的习惯，平时言谈之间也常常流露出反感医生的情绪，尤其是反感那些敏感部位的检查，现在你说要陪她去，陪她一个个科室走过来，偶尔还替她排个队，就像一枪击中了她的要害，她感动死了。于是，就订了体检套餐，又根据她工作和身体的特性增加了颈椎CT和彩色心超。

体检一般都要早起，那是因为首先要做个空腹验血，这就需要把出来的借口找稳妥，不然，早得突兀了，会让人心生疑窦。什么事能让一个人早起早出且冠冕堂皇呢？编一编当然也会有的，就看你说得像不像了。这段时间，厂里正在抓"质量提升"，每一个工序都要在原有的基础上有所改进,作为行政人员的我,就被指派到收奶工序督查去了。七点来钟,从各县收奶上来的车差不多都要到了,也是这个工序最忙的时候,测新鲜度、测溶比度、测营养成分、也测各类细菌指标,宁紧勿松。这个理由,不可谓不充分吧,妻子深信不疑。

这个时候,我已经接上女朋友,在路上了。我们去的是附二的体检中心,据说,那里的早餐做得最好。清晨的路,特别的好开,这件事也特别的有意思,因此,女朋友一点也没有之前对体检的排斥,反而坐在副驾上有说有笑。在一个十字路口,我们遇上了红灯,我正好停在第一辆的位置上,路口的视线非常好。这时候,女朋友碰了碰我的手,并用嘴努了努我们的前方,说,那人是不是在跟你打招呼啊?我看了看前面,斑马线走着不紧不慢的几个人,其中真有一个人在冲着我笑,我吓了一跳,当然也立刻认出了那个人是谁,我妻子的一位闺蜜!她这是要去哪里啊?去左边的公园锻炼?还是去右边的菜场买菜?但我不动声色,淡淡地说,不知道啊,好像不认识。但是,心里的不安显然已经像虫子一样爬了出来。我想起"不巧"这个词,也想起温州民间的一句老话:猪肚吃多了,总会吃出屎来的。心绪马上就坏了下来。

附二门口,场地本来就很局促,加之一早没有管理,陆续到来的车,早把秩序给停乱了。其实我也是一样,因为着急,因为想着帮女朋友排队,我也是将车子随便一停,奔里面去了。

正待情趣盎然时,兜里的手机突然振动了一下。我喜欢将手机开在振动模式,自己心里有数,同时也可以灵活把握。待稍稍的松弛了一点,掏出手机一看,呼吸立马又急促了起来。是妻子发来的短信,转自交警的通知:某月某日(今天)上午7:00时,在某某路附二体检中心门口,浙OQQ664号车,违反交通安全管理条例,不按指定地点停车，处以罚款一百元、扣点3分……

接下来的时间，我自己都觉得心神不宁了。女朋友偶尔的一照面，也都觉出了我的异常，悄悄问，怎么啦，有什么要紧的事吗？我说，也没事，就是车被交警抄牌了，不巧。女朋友也愣了愣，说，要紧吗，要不你先回去，我一个人可以的。我强作笑脸说，管它呢，不管它。我当然是不会先回去，这时候的回去算什么呢。

强打精神，陪女朋友体检好，送她回家。一路上，她好像也感觉到了事情的"不巧"，窝在副驾上不响了，也不动了。事实也确实如此，偶尔的一次起早，不巧被妻子的闺蜜碰见了；偶尔的一次体检，车子又被交警抄牌了；这辆车登记在妻子的名下，所以，短信是发给妻子的，也是她把短信转给我的！这就出现了一系列问题……

这一天真的叫作度日如年啊，就像间谍中了圈套，露马脚了。勉强的挨到下班，回到家，妻子又表现得没有事似的。这就更摸不着深浅了，我不知道她到底掌握了多少情况？她闺蜜有没有告诉她？她有没有研究过交警的短信？她如果懵懵懂懂的随便一问，早上收奶那边还顺利吧？我也会自己乱了阵脚的！这一夜，时钟的秒针在我脑袋里一下一下地响过。

不行，这样太被动了。第二天，我静下心来，窝在厂里做手工。手工服务于间谍，反过来说，间谍一般也都会手工。间谍就是这样，平时也许是窝囊的、木讷的、娘娘腔的，但在关键的时刻，需要他出手时，他强大的内心和能量就表现出来了。我整理了几位疾病专家的资讯，现在的网络很发达，搜一下都有；我又用去年的体检表伪造了一份昨天的验血报告，剪裁、粘贴、复印，比我做电影票那阵方便多了。如果你担心有拼接痕迹，没关系，把复印机的墨色调一调，痕迹立刻就无影无踪了。

一切准备就绪，我要和妻子好好地谈一谈了。我拿着医生的资讯和验血报告，我让妻子坐在我对面，我这样做的目的，是想让她感觉到我的诚恳和我们谈话的正式。我说，最近一段时间，我的身体出现了一些异样，异样的主要表现你可能看不出来，但我自己知道体重在急剧的下降。什么原因会导致这样的结果呢？要么是身体里面混乱了，血液出了毛病；要么是身体里面在打仗，异常细胞增值了。我这样说你也许听不懂，没关系，我们等一会儿再详细聊。

昨天早上，我是托了朋友约了附二的医生，朋友是医生的亲戚，所以，得由朋友带着我去，这样会方便很多。为什么要这么早？主要想赶在医生的门诊之前，那时候医生还没有上班，心里还清爽的，他可以说得耐心一点，具体一点；为什么没事先说去医院？而是说去了厂里，是因为不知道会有什么结果，怕你在家里无端的担心，平添了一些纠结。

医生是附二的肝病科主任，同时他还介绍了胰腺疑难病的主任。一个叫李永水，主任医师、教授，专业特长是急慢性病毒性肝炎、肝硬化的诊疗；还有一个叫陈家蒙，也是主任医师、教授，专业特长是肝胆胰脾外科及疑难危重病的诊疗。两个医生我都看了，他们根据我说的情况，分析说，内科的病，都有可能交叉着反应，为了有个判断的依据，建议我先做一个验血，说血项一般都会说明一些问题的。反正时间也早，他们就开了单，我就留在那里验血了，被抽了满满的三管，外加了一杯尿。

昨天一天，我就像行尸走肉一样，等消息是特别特别焦虑的，真的是硬忍。今天终于拿到报告了，就在这，有几项重要的指标我念给你听听：总胆红素13，总蛋白75.4，丙氨酸氨基转移酶14，肌酐（酶法）77，血清钙2.31，总胆固醇3.75，甘油三酯0.77，糖化血红蛋白5·1，癌胚抗原1·0，鳞状细胞抗原1·0……妻子说，念就不要念了，反正我也听不懂，你告诉我有没有事吧？我说，当然是没有事啰，一个"雨伞"也没有。话又说回来，没事了我才可以有心情、在这里跟你轻松地聊了。妻子噢了一声，说，没事就好。

我没有说起碰见闺蜜的事，其实这事说不说已经不重要了。至于交警的短信，我解释说，当时是心急，因为医生在里面等着，门口看似是有人管的，这些人也真是，明明是不能停的，却还收了人家的钱。你说我当时是什么心情，这里正和医生交流着，你那边抄牌的短信就发了进来，燥得我背上唰唰地冒汗。说起短信，妻子像突然想起来了，说，噢，我看都没看，我以为是你前几天在哪里违章的，一般违章的信息都是三天以后才到的，你可能是被那些巡警抓拍的，呵呵，看来你运气不好。

这件事就这样过去了。

这之后，我有很长一段时间都不敢轻举妄动。按照隐蔽战线的术语，叫"沉睡"了。女朋友也像是沉睡了，照面没有表示，平时闲来也没有音讯。她在想那天的事吗？怎么想？她会想，我后来是怎么圆了这件事的呢？

这样说来，我还真有点像那种双料间谍，既要安抚着那一方，又要稳妥着这一方，其实也是挺辛苦的。间谍是什么？间谍就是工于心计，善于技艺，为完成任务不择手段。西方人叫间谍，我们叫隐蔽战线，港台那边喜欢叫无间道。据说，它源自于佛学教义，本是指无间地狱，凡入此狱者，不得超生，不得轮回。也许，我们不知道，以为自己很精明、很能干、可以游走在人鬼之间，其实是：既不是人，也不是鬼，且人鬼都不会认。

最近有一对俄罗斯父女，也是双料间谍，被人用毒气闷了，坐在马路边的靠椅上，以为在促膝谈心，其实早已经脑死亡了。像这种事，一般也都是露马脚了、让主子寒心了、失去利用价值了、留着或许还是个隐患，所以，干脆就把他"和谐"掉算了。

原载《收获》杂志 2019 年 2 期

二　线

　　时间过得飞快，如白驹过隙。在文联工作几十年，一直觉得自己还是个后生，转眼就到了"二线"的年龄。二线，就不是一线了，就得"下去"了。这好像是我们市里发明的，其他地方没有。尤其是我们这个职业，有职称的，按理说应该像老中医一样，越老越香，越老越值钱，越老，面前排队的病人越多。但我们这里是统统"一刀切"，正县58，副县57，骨碌碌的滚下来。一刀切还有个意思是，不管你是一月的，还是年底的，一视同仁。一月的倒也无所谓，反正也到了；年底的就嘴巴翘了起来，觉得本来还可以混混，还可以享受一下，什么车补、职务贴、绩效奖金等等，现在突然踩了急刹，都没有了。甚至觉得还不止这一些，还有那种感觉，在位置上的感觉和被人称谓着的感觉。我倒无所谓，本来就是搞搞写作，位置的感觉相对比较淡薄，觉得下来反而轻松一点，可以东走西走，可以做自己想做的事情。

　　一刀切还不是让你回家休息，而是另外委以了重任。市里组织了一支巡查组,到下面县里去,美其名曰"农村基层组织作风巡查"。一共有10个组,每个组负责一个县。人手先分到一堆文件,都是针对农村问题的,有国家的《关于加强农村基层党风廉政建设的意见》《关于农村基层干部廉洁履行职责的若干规定》,也有省里的《村级组织工作规则》,还有市里的《农村基层作风巡查实施意见》和《农村基层作风巡查管理办法》,真是兵马未动粮草先行,戏未开唱先来一段锣鼓。为了尽快地让我们掌握一些相关知识,我们还拿到了一份"名词解释",就像现在"两会"报告后面附录的那种,什么"三访问题"、"三资管理"、"三务公开"和"五议两公开"等等。我们最关心最看重的信息就是"巡查组长由改任非领导职务的正县级干部担任,副组长由改任非领导职务的副县级干部担任,成员从市直单位科级干部中抽调",我的天,都二线了还讲究这个。

  我一直都是散漫惯了的人,虽然也是正县级别,但骨子里还是个作家。平时接触的也都是文艺工作,做的是"联络、服务、协调",现在要我到县里去、和农民伯伯打交道、巡查农村基层的作风问题、还要当什么组长,比穿背心出门还难。我找到市里的协调小组,因为级别的关系,接待我的是组织部的常务副部长。他说得很好听,说农村的事,没有小事,农村的事,都很要紧,所以要你们这些有丰富工作经验的、有较强的处置风险能力的领导去、还方能胜任。说的当然也对,没有经验,没有能力,我们也走不到这一步。但这块工作我外行啊,我的职业决定了心慈手软啊,所以,我意已决,我就是两个意思:第一,服从组织安排,我跟着去,就当自己是去体验生活;第二,坚决不当组长,因为思维和行为不在这条线上,或说完全没有经验。还有第三,不要去太远的地方,否则我坚决不去,理由是,我虽然年龄到了,但还是主席啊,主席是代表大会选的,按照章程要到换届了才能下来，所以，我还有事情，还要跑来跑去，不属于你们说的"改任非领导职务"。我强调说，我说到做到，你就是把我处分了，我也认了。搞文艺的人都是疯子，都是"一根筋"，这个上面都知道。

后来，一切如愿，通讯录印出来的时候，我就成了某组的普通成员，不是组长，连副组长也不是，嘎嘎。我去的是一个海岛县，叫六盘。六盘我以前去过两次，都是坐那种海船去的，一次是参加作品加工会，一次是带女儿去看海，但两次都被风浪滞留在了那里，行业里有规定，七级以上的风浪，船就不开了。现在不那么麻烦了，前几年，六盘把六座大岛连了起来，还做了一条跨海大堤，直接跨到了市区，这样，从市区到六盘，只需一个半小时的路程，比高峰时段的市区还好走，和其他那些县比起来，算很近了。

噢，忘了说要紧的事。我虽然不是组长，但态度还是要认真的，业务知识还是要掌握的，不打无准备之战，那些名词解释，我还是要复习一下，免得在县里寸步难行，在一些常识上闹笑话。

　　三访——是指集体访、重复访、越级访；
　　三资——是指集体资金、集体资产、集体资源；
　　三务——是指党务、村务、财务；
　　五议两公开——是指村级重大事务决策，要按照党员群众建议、村党组织提议、村务联席会议商议、党员大会审议、村民代表大会决议，且表决结果要公开，实施情况要公开。

好了，县里的事不容小觑，比文艺工作复杂多了。

我们这个组总共有六个人，都是"和尚"，没有"尼姑"，这在趣味上就差了很多。大家都知道，出去玩和下去巡查是一个道理，男女搭配永远是最佳法则，甚至是不二法则，二线也一样，没办法，怪只怪我们女干部太少了。这一年，退二线的正县干部只有三个，也就是说，我不当组长后，当组长的正县就只剩两个了。我们组的组长是民政局的一个"双副"，双副就是副书记副局长，虽然还是个副，但公示时的说法还比较好听，叫"转任重要岗位"。有一次，我的一位朋友也上了双副，我发信祝贺他。他回信说，级别又没有长，有什么好祝贺的？我再补了一信，他就高兴了——背心改胸罩，虽然都还是穿在身上，但部位和任务已完全不一样了。呵呵，这也只有我们搞文艺的说得出来。我们的干部体制是非常微妙的，双副就有可能提拔为正县，到了一定的年限还上不了的，还可以补一个"调研员"，叫享受正县待遇。

　　副县当组长，我们组长就很高兴，就早早的行动起来，召集我们大家到他的局里开会，同时也想尽一下地主之谊，请我们吃个饭。他们局是个大局，办公条件比较好，有会客的地方，有处理公务的地方，还有一个带卫的小房间，估计里面还有一张床，因为他挂在窗边的裤头让我看见了。不像我们文联，办公室局促得很，还堆得乱七八糟的。

　　我依次介绍一下我们组里的各位，赵组、钱摄（副组长）、孙钧、李车、王秘、和吴文，吴文就是我。大家都来自不同的单位，都不知道深浅，所以，这个开会的气氛就非常好，既客气又轻松，主要是散讲。第一个话题，是针对王秘的，他是来锻炼的科级干部，负责大家的后勤服务及材料上报，年轻人要支持，大家都明白，都说好好好。第二个话题是分工，赵组带一组，钱摄也带一组，到时候分头下去，有什么情况再合计一下，分分合合，灵活机动。这个提议大家不同意，说总共才六个人，分什么分，没必要，再说了，也不知道下面情况怎么样呢，复杂与否，危险与否，为了安全起见，大家还是一起进出的好。第三个话题是有关我的，说这是我们组的优势，以后材料什么的让我把把关，弄得好看点，大家眯眯笑，看似没有要求，其实都在说"这还用说的"？我就说，闲话一句，没有问题。第四个话题是组里分到了一部手机，到时候要公布出来的，是专门接听反映情况的。说电话每人轮流保管，半个月为一期，不然，半夜来个电话，他说半个小时，你一夜都不用睡了，这事让一个人麻烦也不妥，大家分担着。好，应该的，大家都同意。第五个话题是关于我们角色的，大家口气很坚决，说根据市里的精神，我们是指导性参与，不具体介入，尤其是不能接手具体案件，弄不好深陷其中不能自拔，很麻烦的，毕竟我们是发挥余热，不是首当其冲。大家都说对，还一致强调，每次下去，一定要有县公安的人陪同，万一被围困了，围攻了，不能脱身了，有个公安的人在，就有保障一点。

接下来说到一个很实际的问题，生活。生活就是日常的安排，上午怎么过去？中午在哪里吃？吃怎样的水准？饭后有没有休息？晚上睡在哪里？说到这些大家都呵呵地笑起来。这时候的我们，都是在二线的时段里，这个时段大家都在过渡，都在适应，不是我们客气，确实是不会想到怎样去巡查？怎样去克服困难？想到的都是放松，调节，怎样消解之前在位时的压力，怎样适应退下来之后的不适。赵组暧昧地笑着，拉开抽屉，拿出一叠纸，说，六盘已提前送来"工作汇报"了。我们就钻了头说，看看看看。汇报介绍了六盘业已开展的前期情况，什么动员部署、组织机构、工作机制、模式重点、摸底排查，等等等等，其中着重提到了后勤服务中的接待问题、住宿问题、用车问题、办公室及设备配置问题，这一块尤其具体和仔细。对县里来说，做好这一块，是巡查工作圆满完成的关键一环，是重要保障。这个，我们也这么认为。

　　我们还议论了一些别的问题，比如每周下去几天？赵组说，三天要的，要不然，蜻蜓点水，能做什么事呢？显然，赵组的积极性比较高。钱摄的嘴比较直，说我了解了，萍县悦县都只有一天，顶多再睡一夜，第二天上午回来，我们也不要给下面施加压力嘛。孙钧和李车也附和说，那我们就折个中吧，不领先，也不垫底。并且说了具体的想法，说周一就不去了，周一一般人家都有例会，我们就不打扰人家了，我们周二下去，睡两夜，头尾三天，第三天也不着急，早上起来吃了饭回来。赵组不响，我和王秘笑笑。他们三个还在继续说，说六盘的海鲜还是不错的，尤其是活的乌贼和带鱼，你见过活的乌贼和带鱼吗？活的乌贼是绿色的，闪着荧光，带鱼也一样，闪闪发亮，幽蓝幽蓝的，烧粥特别好吃。他们只顾说，只顾笑，小会就这样愉快地结束了。

　　我们要下六盘了，其实，赵组老早就等不及了。早几天，就有各种消息传来，说第二组已经去萍县了，说第六组已经下悦县了，说得我们组好像很落后一样。其实不是，我们心里是很明白的，这样的农村巡查，作风巡查，说白了是意义大于作用，真要是指望它的作用，真要是抓什么"小官大贪"，干嘛不派些年富力强的干部下来？派我们这些二线下来干什么？那两个组我们还不知道？后门早就被他们开去了。一个组长的老家就在萍县，家里还有些遗留问题没解决好，这样下去，像钦差一样，那些问题就迎刃而解了。一个组长的儿子在那边做有生意，要摆平一些事情，这是个千载难逢的好机会。我们这组人跟六盘都没有关系，套用一下眼下时髦的句式，我们下去是裸下，巡查也是裸查，没有任何负担。

我们约好了在市府门口等，这是最显眼的标志性建筑，一组人轻装上阵。噢不，也有特别的，全副武装的。钱摄爱摄影，穿了摄影马夹，背了摄影包，估计包里面长枪短炮的都有。孙钓爱钓鱼，带了丰富的渔具，说知道自己被分在六盘后，还特地去配了海钓的衣裤。李车喜欢骑车，把变速车也骑来了。大家都觉得奇怪，说你不坐车啊？你想骑到六盘去啊？他说，六盘有个全国自行车赛知道不？正规的赛道，我还没骑过，想去试试。看来，此次下去，我们不光是巡查，还带了很多艰巨的任务。

来接的车其实早早的到了，就停在对面的大会堂门口，是六盘机关的1号车，大家见了就很高兴，都情不自禁地说1号1号。政府里都有这种接待车，赫黄色的、中巴大小、里面有冰箱、桌子、沙发座，感觉像酒吧。1号车一般都是一把手用的，今天派出来接我们，可见六盘对巡查的重视，大家的虚荣心也洋溢了一下。

去六盘的路，现在好走多了。上了好江大道，钻两个山洞，再从高架上下来，左拐直走，就是六盘的专线，那条跨海大堤。六盘的跨海大堤，意义非凡，所谓的"天堑变通途"就是这样，把一个海岛活生生的变成了半岛，结束了过去起风就停航的历史。当年的开工典礼，六盘请了市里的名人去做嘉宾，我也去了。仪式的主要内容就是往海里倒石头，一声令下，鞭炮齐鸣，不知从哪里弄来的鸽子，盘旋在头顶，几十辆大车，前赴后继，争先恐后把石头倒入大海。就这样，六盘的石头一直倒着，倒了15公里，接上了市区，我们的车就这样一下子过去了。

中午在县府食堂吃，县委书记作陪。书记出来，就是规格，所以，上的菜也全是海鲜。大家也不客气，也不含蓄，心照不宣地吃着。

下午是见面会，在县委小会议室。为了配合这次巡查，县里都成立了"纠风办"(以下简称"纠办")。因为是巡查性质的会,不免的有点严肃。我中途出去接了个电话,发现会议室外面也都站满了人,一个个看着我,流露出一副不敢怠慢的神色。纠办主任首先介绍了县里的情况,说巡查,他们县去年就开始了,走在了全市的前列,也有了点小小的经验。因为是海岛县,他们总共才90来个村,比起其他大县,他们这个县就太"迷你"了。纠办主任说,他们不求搞得如何出色,出色也出色不起,但他们有特色。特色主要有两个,一就是"全覆盖",就是不搞突击,不搞抽查,总共才90来个村,我们都查,这在其他县是做不到的。二就是"公开会",就是不搞暗查,不轻易下定论,有问题就亮相,放在平台上公示,让大家去评议,最后开会公开辩论,就像法院公开审理,被查单位可以阐述,可以申辩,是不是问题,让大家说了算。这倒是有点新鲜。所以,纠办主任在说的时候就很得意,声音很响亮,说完了还过来一个个递烟,我们都好奇地看着他。

　　赵组也作了相应的讲话。赵组在讲话的时候我就想,这个组长还好不当,不当是对的。不然的话每到一地都要讲话,开始要传达,中间要吹风,最后要总结,还要时不时地表个态,提个建议,太麻烦了。我不是怕讲话,关键是不会讲这些话,讲起来也不像,生硬得很。讲文艺我们就内行了,轻车熟路,拿得住分寸。所以说,当成员真好,跟跟不用动脑筋,顶多是认真跟着。

　　议程后还讨论了几个相关的问题:一是谁是主力的问题。纠办的意思还是我们来领衔,这样有力,让人感觉是钦差来了,查起来方便。我们不同意,说不能本末倒置,作风建设是长期的任务,主要力量还是在基层,我们只起了一个指导作用,推动作用。二是外岛去不去的问题。除县府所在地的本岛外,六盘的外岛也有不少,有几个还比较大。纠办的意思是，外岛要慎重，说外岛原住民的文化顽固，生性又执拗，外面对它的同化相对较弱，可能查起来会比较困难。我们噢噢，不置可否。三是住宿问题。是长包还是临时订，长包难看，有奢侈之嫌，而临时订又怕旅游的人多了，到时候订不到。有人提议可以去住民宿，现在流行，且海边的民宿还是很有特色的，都是海景房。我们觉得不妥，民宿给人以别墅的错觉，怕影响不好。最后我们说，旅馆不用太好，最好是边上有健步道，晚饭后可以走一走，还是很舒服的。纠办说这个有有有。最后一个问题是重点，巡查说是一年，其实去了头掐了尾也就是七八个月，一个月巡一个村，也就是七八个村，我们毕竟不是蹲点，是以点带面，那么巡哪些村就很有讲究了。大家异口同声地说，那就抓阄，抓阄公平。这只是方式，不是方法，不存在对哪个村偏爱或偏见。呵呵，抓阄抓到的村，我们只能说对不起啦。

会议室出来，纠办主任搭着赵组的肩套近乎地说，你们只管轻松愉快地工作，我们留了一个礼物给你们呢。赵组好奇地问，什么礼物？主任说，县里已经瞄住了一个窝案，这要是移交到公安，判下来起码是实刑。赵组说，具体是什么事情？简单说一下听听看。主任说，环保局的，利用职务之便，事情多了。赵组高屋建瓴地说，这种事农村还是很多的，放城里现在谁敢？主任又说，我们领导说了，到时候算我们巡查的成绩，拿出来就是一大亮点。

大家听了都相视一笑，好像我们的巡查干好干坏都很有底了。

第一个抓阄抓到的村叫望兄村。纠办的同志说，这个村运气不好。说运气好像意味着这个村有什么问题，当然也可以理解为在次序上有点吃亏，打头炮的，一般都会啰嗦一点，我们也会认真一点。而对于巡查来说，确实，我们也没有什么经验，也不知要巡些什么，我们只当是工作的开始，每个人心里都有一点点兴奋。

望兄村在什么位置我们没有概念。农村不像城里，没有方位可鉴，是海边，还是山上？是自然村，还是住宅区？纠办派来的车，准时到旅馆里来接我们，我们一帮人从电梯里出来的时候，赵组对我说，上午以你为主，我们听你的。赵组是客气，是看在我级别的分上。我说，那不行，为了工作的一贯性，还是以你的思路为准。再说了，我们搞文艺的，也许说得不对味，到时候要往回拽，就别扭了。这也算客气地推掉了赵组的客气。工作上的事，一定不能含糊。一个单位出来的，还好通融，外单位临时组团的，不知道脾气，不知道方法，还是谨慎点为好。

我们坐上车往望兄村驶去。驶过几座大桥，驶过几个隧道，驶过几个小岛，车子向山道爬行时，我们才知道，望兄村在山上。这才让我们理解了这个村的名字，估计山顶还有个望兄亭，呵呵。我会想象起古时候渔民出海的情形，哥哥出海打渔，弟弟在家惦念，日子一长，久去未归，弟弟就上山眺望，盼着哥哥回家。这样想着，就突然发现车外的山道上都是人，有步行的，也有开摩托的，有单个的，也有成群结队的。他们和我们一样，都在向山上的村里进发。纠办的同志告诉我们，知道你们今天在这里，估计岛上的上访人员也都来了。

现在上访人员已不再是单兵作战了，现代通讯工具和良好的经济条件，使得他们很快就纠合在一起，他们有一个微信群，群名叫"上天入地"，上天入地就是无所不能，这也是他们行为特征的形象概括。纠办的同志还介绍说，从前天开始，他们在群里就发通知了，说今天有领导到望兄村来，他们马上就心领神会了。

在村民中心门口，我也是第一次近距离地接近上访者，我怀着好奇心打量着他们，他们也木然地看着我们。印象里他们应该是混乱的、高声诉说的、呼天抢地的、或跪地喊冤的，这也许是初级阶段。长期的上访实践，让他们练就了牛皮糖一样的脾性，反复失败的过程，也让他们积累了经验，他们知道吵闹是没有用的，诉求也是很难解决的，于是，他们也找到了他们的方法，只要有人来，他们就集合起来，有没有关系无所谓，能不能解决也无所谓，他们就是想让你知道，他们存在着，在和你耗着。他们今天的统一装备是红色的旅游帽，乍一看，这么多的红帽子是有些压力，但我们没办法，我们也不知道怎样和他们接触，我们就是在这些红帽子的无声的迎送下步入了村民中心。

　　从楼梯到楼上的会议室，已经站满了纠察队，三步一哨，五步一岗，手戴袖标，神色庄重。他们是村里老人协会的。他们一个个放我们进去，并不断高喊，领导出去！领导出去！他们所说的领导，是指县纠办的同志、街道的同志、村两委的。这样，这些领导就被他们一一的拦在了外面。他们说，领导在场，他们没有办法反映情况。这是我们没有想到的，这到底说明了民主？还是老人协会强大？还是干群关系有点紧张？这也一下子凸显了我们接访的严峻性。会议室里，早已坐满了我们约谈的对象和要反映情况的人，这样一来，我们原来设置的进驻仪式、村两委的欢迎、赵组的动员讲话、还有县纠办的表态，就只好取消了，赵组稍稍愣一愣，把尴尬压了压，赶紧说，我们直接接待吧。

　　按照原来的分工，我们分三个组接访，赵组一人一组，钱摄和王秘一组，孙钧和李车一组，我贴公告，这事简单，算他们对我的照顾。我就拉上那个纠办的同志一起。我们在村民中心门口贴了一张，又到了老人亭那里，老人亭边上有一块告示牌，村里大大小小的事情都贴在这里，我粗粗看了看，就有接种的通知、人口普查的通知、船只登记的通知、建设停车场的通知、和村里的财务报表，我也把我们的巡查公告贴在边上,还用胶带纸在"接听电话"上面"加固"了一下。之后,我们又到了村口,这里有一个小超市,边上有一块很好的墙壁,又干净又醒目,我们又贴了一张。干完了这些,我突然想去周边的地方看看,纠办的同志就说,那我陪你去。他就到超市那里借了辆摩托,他说他就是这个村里的人,都熟。

农村的自然景观无所谓好与不好,对于我们城里人来说都是新鲜的,我们骑着摩托向山上驶去。这个村的这座山,是六盘的第二高峰,山体也很大。水泥路蜿蜒而上,说陡也不陡,但摩托行驶起来就略微有些吃力。据说,这条路是当年驻扎的部队修的,因为没有考虑到交汇,所以仅一车的宽度。也许是很久没有人来过了,路边的灌木和茅草长得很疯,有两边向中间接壤的倾向,我们经过的时候,那些树枝啊茅草啊就唰唰地打着肩膀,我只得腾出一只手不停地撩拨。到了山顶,我们看到了用围墙隔出的军事基地,地上有很多钢筋的固定装置,我在想,这是一支怎样的部队呢?这些东西是用来做什么的呢?纠办的同志说,这里原先是一支雷达部队。

基地的围墙不高,我双手一撑,也能够爬了上去,一抬头,六盘的一半尽收眼底。还有一半,被远处更高更大的望海山阻隔了。噢,我现在联想起来了,我脚下的这座山,就是我们从市区过来时迎面看到的那座山,山体已经被劈开了许多,山下还有很多机器在作业,我当时就问,这干吗?这干吗?纠办的同志说,是的,你们过来时看到的那座山,就是它,是进入六盘的第一山。现在要把它炸掉,填到海里去,填出像市区那么大的面积,这就是"半岛工程",到时候,六盘就不是最小的县了。纠办的同志再拿手一指,说,你看见没有,眼前还有一条路在启动,像是从岛里一点点生长出来的,这是55省道,这条路要是拉好了,从市区到六盘只需三十分钟。噢,这真是一个巨大的工程，等于在海上造出一块地，等于在海上拉出一条路，这样的工程，一定是肺里想出来的，想想就很复杂。纠办的同志又说，再过三年，你再从市区过来，你感觉像桥头堡一样的这座山，就没了，就消失了。我心里暗暗唏嘘，一座山，现在变成了料场，马上要填到海里去，这么大的工程，它要涉及到多少事，关系到多少人。原来的那些村民，他们本来是靠山吃山的，现在山没了，他们吃什么？而整座山被炸了，国家一定要补偿的，那这些钱怎么用，用好用坏，就成了一个很大的问题。看来，这个村里的巡查不简单。

从山上下来，我们又转到了海边。东面，是一块新填出的空地，一排排民房已有了隐约的样子，到时候山上的村民要迁徙下来，在这里安家落户，慢慢的变成了居民。我们又去了南面，刚一进去，就掉进了一片喧闹中，是那种轰轰烈烈的作业场面。炸开的山体就在眼前，整个料场就在眼前，尘土中，各种机器在争先恐后的轰鸣，从山上下来的石头，要在这里加工处理，分类运走。一路上，我们不断在避让着车辆，都是那种高大的工程车，迎面来了一辆21号，又过去一辆48号，又开过来一辆63号，空车放进，石头运出，我想，照这个阵势，这里起码有100个车辆在工作。远处的海边，还有几十艘运石船泊在那里，像庞大的城堡。这些车把石头运过去，运过去，又咣当咣当的卸到船上，再由船运送到外面去，运到填海的地方，运到填路的地方。

我忍不住回头仰望，背后的山上，就是我们第一个要巡查的村，我刚才就是从那上面下来的，那里还住着上百户人家，他们等于置身在巨大的工地上，与山里的爆破为伴，与漫天的尘土为伴，与刺耳的噪音为伴，他们什么时候才能从山上搬下来，还有多少事情要解决啊……

中午大家都要回旅馆,也是县府的车过来接,现在换了2号车,我们开玩笑说,知道我们没什么名堂,档次马上就降低了。上周的见面会,基本底细都交代了,我们这帮人,都是一刀切下来的二线。现在的事很讲规矩,你们是二线的,县里就知道你们是来过渡的,是坐在老人亭里散讲的,那就是2号车的待遇,已经足够了。

现在,我们回到旅馆的包厢里吃饭,纠办的同志都已经安排好了,虽然是四菜一汤,但都是六盘最时令的海鲜,尤其是那个汤,很是讲究,叫蛋花紫菜泥蒜汤,一种海涂软体动物,不是咸菜豆腐汤或榨菜番茄汤,大家都很满意,悄悄说壮阳壮阳。但姿态还是要做的,我们和纠办的同志说,不要每天这样,我们也可以换换口味,到楼下的餐厅里吃自助餐,与民同乐。纠办的同志笑笑,作心领神会状。

我们边吃边说,说起望兄村的巡查。钱摄说,听接访的内容,还是有事情的。孙钧说,先搞清楚我们是真搞还是走过场?李车说,我们的时间有限,战线拉得太长,到时候收尾很困难的。赵组说,我主张真搞,要让县里知道我们的厉害,还真以为我们是二线,是来过渡的,那就错了。钱摄又说,农村的事,比较复杂,我们不一定都能够摆平。孙钧也说,家族和宗族,千丝万缕,他们县里自己都解决不好。李车也接着说,我们毕竟是二线的,力道不够,说白了就是一棵葱,是调色的,添香的,不是什么菜,更不是什么大菜。最后他们都叫我说说看,说吴文你说了算。这好像是客气,又有点拿级别压人的味道,其实都是二线,今天不走明天走,都一样。我就含蓄地说,县里还有纠办,纠办还有上级,我们如果动作太大了,会把他们晾在台上的,好像他们平时都在睡大觉一样。再说了,我们毕竟是二线,二线有多大的劲,能不能一以贯之,还是个问题。最后我说,头还是由赵组来牵，我们先摸摸情况，熟悉熟悉工作，待以后有机会再作调整。赵组讷讷地说，那好吧。大家也呵呵地说，那先这样吧。

我还说到了一个问题，公告上没有写举报箱，这样不好。虽然现在电话很方便，但举报箱作为传统的使用工具，还是有它得天独厚的优势。而电话也不是绝对的安全，能查到号码、会留下声音、老人小孩不会使用、打公用电话又怕监控，说到底，还有弊端。举报箱就没有这类问题，黑灯瞎火，雨天雪天，都不怕，都可以使用，只要自己有特务的意识就好。但也有意想不到的情况，据萍县悦县反馈的消息，说萍县的某个村，举报箱太小，一夜之间就满了出来；悦县的一个村，举报箱挂了几分钟，就被人撬了，丢在地上。这就不光是举报箱的问题，而关系到泄密、报复、安全问题，甚至会阻碍巡查工作的继续。所以，我建议县纠办马上要布置下去，做统一规格统一材料的举报箱，务必要大一点牢一点。

饭吃得不错，圆桌会议也开得很有成效，大家饶有兴致，都建议下午再开个会，把上午各自听到的意见捋一捋，汇总一下，到时候和纠办沟通一下，大家都说好。

饭后睡了一觉，大家的精神都很不错，于是带了笔记本，集中在赵组房间，把记录的内容都凑了凑，有以下几方面：

1、户口已经迁出去的，但八年前土地承包时又还在的，有没有赔偿？

2、青苗赔偿，三块钱一株，与村民的心理价位有差距，就搁着不解决了。

3、村里的基础设施建设，应该向上面要钱，不能从村集体资金里支出，比如路灯。

4、放山炮震裂了房屋，评估有猫腻，有人估得高，有人被低估了。

5、征地后移民，有人愿意，有人不愿意，有理解的原因，也有赔偿不合理的原因。

6、有人在外面生了小孩，但照样在村里上了户口，计划生育一票否决怎么理解。

7、养鸡场的棚子被拆，没有赔偿，这没有道理。

8、宅基地被划了红线，不能盖房子了，但移民又迟迟没有开始，房子不够住怎么办，应该支付点租金才是。

9、修路时拆了祖坟，没有统一安置，老骨头一直放在家里。

10、夜里工地能不能不运石头，那些汽车、那些铁船、那些叉车、那些石头，整夜轰隆轰隆，根本没办法睡觉。

我上午没参与接待，去贴公告了，当然也跑了一下山里的环境，跑了海边的工地，大致上了解了一些情况。我说，这里面的情况，比我们想象的要复杂，你看呵，大家汇总的意见基本上都涉及到了赔偿，只有两条看似没说到赔偿的，其实还是在说赔偿。一条是计划生育，为什么还要回来登户口，户口登起来干什么，有人头就有赔偿啊。还有一条，夜里不要运石头，工程进度就需要料场这样夜以继日的作业，那影响了休息怎么办，要赔啊。村民是很讲实惠的，他不讲意义，意义跟他没关系；村民也不讲今后，今后他看不到，摸不着；他看到的就是眼前，眼前损失了，他就要赔偿。

我说，眼前的这座山，是最终要被炸掉的，山上的村民，最终要搬到海边去，他们本来是靠山吃山的，种些土豆番薯，养些小鸡小羊，他们虽然身居海岛，但他们不会打渔，他们就是山民，山就是他们的生活保障。这座山炸了做什么？做石料，要填到海里去，造一个半岛，造一条通向外面的省道，这想法挺好。但是，这么大一座山炸了，国家的赔偿肯定是不少的，这些赔偿，放在谁手里村民都不放心，最好的办法就是要把它分掉，分到他们自己手里才稳妥。这就是为什么村民的意见都是赔偿的原因。村民现在还掌握了许多现代词汇，长年累月的放炮，房屋震裂了，这叫"次生灾害"；遮天蔽日的开采，尘土飞扬，这叫"粉尘污染"；夜以继日的粉碎，运输，这叫"噪音污染"；通宵达旦的车辆大灯、船只大灯、工地大灯、山体大灯，这叫"光污染"。村民掌握这些干什么？不是为了学文化，长见识，而是为了赔偿。所以，他们才会争名额，争内容，争赔钱。

这个村的巡查，可能不是干部的作风问题，也不会是组织建设问题，更不会是脱贫致富问题，可能就是这些赔偿的处置和发放问题。

说着，大家的神色慢慢的凝重起来，好像接到了一个烫手的山芋，好像吃东西不小心一下子伤了胃。

我们准备去看一看所谓的光污染，约好了晚上八点钟，去一趟料场工地。白天的光，叫紫外线，晒晒还补钙。晚上的光，那才叫光污染，会伤人的。

晚饭后，我们几个就在旅馆边的海堤上健步走。自从退到了二线，好多人都加入了健走行列，机关里还建立了"健步群"，每天自觉晒自己走了多少步，二线的晒得更欢，好像在晒自己的精神状态，又好像刻意在和年轻人较劲。这个旅馆算是找对了，出门横过马路，就是拦海大堤，上了就可以恣意地走起来，比马路安全多了。海堤，就是本岛的外围，外面就是大海，我们一边走，一边还可以欣赏海上美景。刚出来那阵，晚霞还没有褪尽，云朵层层叠叠，橘红的天边，意象万千。慢慢的，天色渐暗，由远而近的岛礁，就只能看个剪影了。再暗下来，就什么也看不见了，只有海上的微波，啪啪作响，像银片一样闪闪发亮。我们往东走，两公里处是原来的老码头，老码头现在只剩个遗址，但还依稀有当年的喧闹。等折回来时，身上的细汗也出来了，也觉出了海风的凉意，也催着我们的步伐加快起来。我们回到旅馆，县府的2号车已经在那里等了。我们稍稍的站一站，透个气，说几句闲话，也不上楼洗漱，就上车了。

车上已经等了一个人，说是纠办的同志要他过来的，是望兄村的村主任，上午他在外面有生意，回不来，现在，他要陪我们去看看光污染。我们想，你就是回得来，也被老人协会拦在外面了，嘎嘎。村主任看上去四十七八岁，样子有点"油"，像概念里的"痞子"，这特别不对我们的口味。这印象源于他古怪的发型，就是边上刮了青、顶上留了块的那种。说得好听点，他的追求有点"潮"；说不好听的，正经家庭的孩子没这样打扮的。村主任显然是不会说话的，村里的一点点事情，全被他说得七零八落，像撕破布一样。但我们听明白了。当过领导的人就这点好，有相对较强的归纳能力，特别是能抓住事情的要点，也就是说，山体是政府要挖的，但赔偿也不少，现在的问题是，村民想把钱分光，而村里，想留点做再生产再发展用……

2号车在岛上转悠。晚上的转悠特别不一样，特别有感觉，不是观光的感觉，而是恍恍惚惚的感觉。我脑子里很快就闪现出一个旋律，是一首老歌：天上布满星，月牙亮晶晶，生产队里开大会，诉苦把冤伸。那是我小时候的记忆。对我们来说，晚上还出来办公，那也是很久很远的事情了。今天晚上，我也是来查看村民的现状？来倾听村民的反映的？我想起白天贴告示的情形，路上，不断地有人拦住你说话，说那些约谈的人都是上面指定的，不能代表他们，他们只能在路上劫你。他们悄悄地说，暧昧的说，眼睛扑闪扑闪的看着你，看你值不值得信任，看你是认真的还是敷衍的。他们说话的时候又有一些人从路边、屋后、人群里显现出来，像田螺一样，犹犹豫豫的向你靠近。然后，七嘴八舌的、慢条斯理的、脸色通红或脸色铁青的、唾沫横飞或抵耳窃语的……

车子在山道上拐来拐去，黑暗没有给司机带来什么难度，显然，司机是经常在这一带出没的，就像一只本地的狐狸。农村的晚上，对于城里人来说就是睁眼瞎，就是两眼一抹黑，而对于乡下人来说，一树一屋一狗一虫，都烂熟于心，这会儿，我们钻出黑暗，钻出山道，来到了白天我见过的料场。山腰上的探照灯，在夜空里射来射去，间或会看到停在海上的船只；工地的铁塔上，也支起了无数的灯光，照出了油画的效果，也照出了电影片场的效果，挖掘机、粉碎机、输送带、卡车一直在忙碌地运作，这种光和气氛，从料场上升腾起来，冲上山坡，冲向村子，笼罩着整个山体，白天不知夜的黑，黑夜不知日的忙，这种长年累月的侵扰，即便是顽强的村民，最终也是会疯掉的。

我们像很大的领导一样，叉着手在那里视察，又举着手在那里指指点点，完了再钻进车里往回走。中途，我们把村主任搁在山腰的村口。没有了村主任，我们的议论也随之自由起来，我们说到了国家赔偿，有多少？怎么分？有没有方案？已经分了多少？分到怎样村民才算满意？剩下多少准备干什么？黑暗里不知谁冒了一句，这笔钱要是放在银行里吃利息，也是很可观的。

正说得热闹，司机明显的踩了一脚刹车，大家耸了一下身，都钻了头看车前的玻璃，黑暗里路上，车灯照出了一块白地，白地里一个男人举着手挡着自己的眼睛。男人穿一身迷彩服，不像是乡下人，但看得出他的行为态度，是执拗和坚决的。赵组轻声对司机说，你是本地人，你问问他什么事？司机就用六盘话问了一句，那男人说，我有事找巡查组。看来，男人是知道巡查组动向的，也许还认得车，掐着时间，是蓄意守在路上的。赵组就让司机打开门，让他上来。这意外有点刺激，我们都想看看是怎么回事。男人上来，也不坐，一手抓住身旁的椅靠，一边看着我们，他的呼吸有点紧，不是喘，也不是急，是有点激动。赵组说，我们是停在这里说？还是边走边说？男人说，没关系。他还回头和司机说了几句，大概说的是地址，他说的也是六盘话，我们听不懂。车子又慢慢的开起来。

　　我悄悄说，他戴的迷彩帽是真的，是尉官的。我曾经在部队里体验生活，我知道军装的真假。那男人就说了，自己是复员军人。他二十岁当兵，在西藏十二年，今年三十五岁。因为是西藏兵，出去时政府就答应过，回来给他安排工作，而且是公检法部门，但一回来，一切都变了……大家一听，觉得这事和巡查的初衷不合，就说等等等等，就打断了男人的话。赵组说，这个你可以找民政部门，我给你写个条，你找他们领导。钱摄也说，找信访嘛，让他们去协调。孙钓也说，我们下来是有专题的，专门巡查农村基层作风。李车也说，原则上我们不接访其他性质的案件。男人显然是久经沙场的，不慌不忙，语气平暖地说，我是军人，我也是守纪律的，要不是万不得已，我也不会找你们。我也知道这不是你们要解决的问题，我只想你们了解一下我的情况，通过你们反映上去，引起上面的重视，这要求不高吧。他说得很诚恳，不是胡搅蛮缠的那种，大家都停了一下，像在等赵组的态度。我是搞写作的，我觉得这里面有故事，不管跟我们有没有关系，我也想听听。我就接话说，这事我有兴趣，但我不知道能不能帮上忙。赵组半开玩笑地说，你是作家，你们可以聊，但这不是我们的工作啊，你自己掌握好。我说，放心吧，就算是我们的工作，像今天碰到的这些事，我们也解决不了，我们顶多也只是上报一下。男人听我说了，也没有特别的激动，只是说，你先看看这些资料，知道些政策，心里有个数，我再找你。说着递给我一个大信封。我赶紧起身接过，也老到地说，我先了解一下，不知能不能看懂。

正好男人也到了他要的那个点，就招呼司机停了车，车门打开，他健步跳下，转身向我们挥手致意。应该说，当兵的就是不一样，身手不错，脾性也明显。

我们继续走，回旅馆去。赵组说，作家就是这点好，敏感，对什么都有兴趣，就是别写爽了，把我们也写到文章里去。大家呵呵呵，我也呵呵呵。心想，有什么东西好写的啊？

这天，本来是要下村的，纠办主任一早就来堵我们，说今天市长要来六盘，要开个座谈会，让我们最好也去坐一坐。赵组问，他来什么事？纠办主任说，台会的事。赵组说，噢，台会的事重要，我们也去听听吧。

县府就在我们旅馆附近，步行十五分钟就到。县府路一带，早已是人头攒动，因为路上被拉了警戒线，看热闹的人只能挤在道路两旁，看上去不知是欢迎市长，还是给市长一个下马威。我们一路过去，还碰到了许多熟面孔，都是那天在望兄村见过的、"上天入地"的伙计，他们不应该涉及什么台会吧，但热闹的地方他们都会来"赶集"一下的。他们今天没有戴红帽子，他们今天换了"装束"，一小段横幅，写着"还我宅基地""还我赔偿款"，我们过去的时候，他们就展开了亮相一下。警察意识到了什么，扑棱棱的赶过来，他们又迅速地收了起来，装作若无其事的样子。县政府门口，早早的清了场，穿黑衣的特警，严阵以待，如临大敌，我们经过的时候，他们也上来盘问，真是的。

六盘的台会，历史悠久，不说有上百年，但起码也有几十年。都发生在讲六盘的群体里，据说，都是从福建那边迁徙过来的，相对的闭塞，也就形成了相对自己的互助形式。十几人二十人也可以，当然也可以更多，每月每人拿多少钱，给摸了顺序的会员，越是前面的，拿出的钱越多，因为他得到了有用的急钱，越是靠后的，收进的钱越多，因为他花费了等候的时间，这还算比较合理的。据说，涉及到的家庭有上万户。

按理说，台会一般不会崩塌，各个环节都有制约的关系，只要大家遵守规则，一般都是相安无事。崩塌的原因主要是"飙会"。什么叫飙会？半天才搞明白，就是有人不按照次序来，先高价拿走了会钱，那后面的人就沉不住气了，也唯恐有变，也高价飙会，本来是一个互助的形式，一下子变成了投机的形式，牟利的形式，性质就不一样了。道理很简单，十个罐子四个盖，最后盖不住了，就崩塌了。

市长是在县府会议室听的汇报，我们也参与了旁听。说白了，涉及到这么多人，这么多钱，有些人已经死了、自杀了，有些人已经逃了、失踪了，找市长有什么用？我们都是部门出来的，都知道这种套路，能协调的，市长出来一下，大家给个面子，事情也解决了。像台会这样的事情，等于是把球往市长那里踢。钱这个窟窿，再大的官也没有办法，他拿手指头给你剁吗？他赊钱填你这个亏吗？不可能的。但话还得市长来讲的：政府引导，维护稳定，打击非法，自清自理。都没有错，而且是放之四海而皆准的，就不知有没有用。

我们倒是准确的抓住了我们需要的东西：一个村支书，因为台会的牵连，无心工作了；一个村主任，因为台会的崩塌，威信扫地，说话没有人听了。这些东西整理一下，都是我们的材料。

市长是不大欣赏巡查的，觉得纯粹是形式主义，这个我们在市里时也听说过，但主意是书记出的，市长也只好配合。因此，虽然市长到六盘来了，但也没有要对我们作指示的意思，只是客气地叮嘱：在保障健康的前提下，愉快地工作，早点回来。我们坐在市长对面，两边都是挨个汇报的人，因为和市长有一面之缘，以前也在工作上有过交结，不管怎么样，我们还是要维护好这种关系的，都煞有介事地摊开笔记本，嗖嗖地做笔记。就我没有，我有个坏习惯，和我无关的东西一般不记，觉得没用，记着麻烦。我在偷偷地翻看那个退伍军人的材料（以下简称军人），他不定什么时候还会来找我，我要先熟悉熟悉他的情况，才能够很好地和他交流。

他给我的材料其实不是他自己的，而是几个文件。那天回来后本来想看看，无奈旅馆的灯光昏暗，加上自己老花，当然也怕这件事万一刺激了，扰了自己的睡眠，就搁下了。后来又回家了一趟，又生出一些新事，就把他忘了。今天反正没事，就把这材料带到会场来，开一个小差，匆匆补一下。材料总共是三个，一个是国务院和中央军委的《退役士兵安置条例》，里面的条款很多，我主要看第三章"安置"，里面有"自主就业"和"安排工作"。自主就业是说，部队和地方政府都会给一个一次性的退役金和相应的补助，让他们自谋出路。安排工作是说，有条件的，由人民政府安排工作，这条件包括服役满十二年的、有立功的、伤残等级上至八级的、是烈士子女的、还特别说到在艰苦地区和特殊岗位服役的，要优先安排。

另外两个文件是市里的《做好安置工作的通知》和六盘县的《退役士兵职业技能培训的实施办法》。培训的先不看，觉得应该不是很搭界。但安置通知的重要精神是，按照"公开、公平、公正"的原则，采取考试与考核相结合的办法，综合考试成绩、部队表现、服役年限等因素，从高分到低分录用。

　　我为什么专挑这些看，是因为我有这个直觉，不是当领导的直觉，而是一个写作者的直觉。安置工作是个大事，政府每年都会发一些文件督促和实施，说明这事情难度大。这个军人，在西藏当兵十二年，退役几年了还在那里跑，说明他在安置和就业上碰到了困难，没有落实，这是很纠结的，要是我们的子女，读书毕业了一直在那里晃荡，我们还不急死啊。

　　纠办总想安排我们到处走走，说这是市里的指示，说你们都是老同志了，要安排好你们的工作和生活。工作，你们可以慢慢来；生活，你们就听我们的吧。

　　我们当然要听他们的。六盘是个海岛县，没有什么人文景观，妈祖庙倒是有几座。但自然景观独特，尤其对城里人来说，海岛有它固有的神秘。我们今天要去的岛，叫大兴岛，基本上无人。赵组说，我们不当游玩，当抓阄抓到了这个岛，这样我们就有了巡查的感觉，也会心安理得一些。我们都觉得赵组说得对。

　　去外岛，我们要坐船。这种小船市里的内河里也有，我们叫驳船，开起来嘭嘭响，稍稍改造一下，也可以在近海打渔。听说是去外岛，每个人感兴趣的是它的远近，说要两个小时，大家心里就噢了一下。两个小时的概念是过去从市区到六盘的距离，也就是说，这船差不多要走到公海了。公海，对大家来说都是有吸引力的，公海就是茫茫大海，大家就忙着进进出出，要看海景，其实公海是没有海景的，就是波浪澎湃，一望无际。这时候，太阳也升高了，霞光也没有了，晨雾也没有了，一派蓝天气象，偶尔有几只海鸟掠过，瞬间就消失了。还有一些不知名的岛礁在远处趴着，黑不溜秋的，看了几眼，马上就兴趣黯然了。加上公海上浪大，船摆得厉害，感觉到头重脚轻，眩晕和想吐，一个个就钻回到船舱，待着老实了。我的反应更大，干脆占了两个座位躺下来，侧身闭目，蜷缩成一团，后来还被热爱摄影的钱摄拍了照，发到朋友圈里，确实难看，有人开玩笑说，像弘一法师在卧榻上圆寂，凄凉又单薄。

好不容易靠了岸，确实像个无人岛，但又似乎有人。问纠办的同志，说岛上原本有二十户人家，这几年都在外面买了房，搬出去了。偶尔也会回来收拾一下，看看房子，看看庄稼。人迹稀少了，码头上的海苔就特别重，坑洼的水里，水虱也特别肥，特别大，且一点也不怕生，到处乱爬，有些还蹿上了我们的裤脚，挥手赶它时，扑愣愣掉下来，掉到那些水洼里，还惊醒了其他蛰伏的生物，一张一合的，仔细一看，原来是小小的水母，还有海葵。

迎面是一片沙滩，再过去是一片滩涂，远远的有人在俯身劳作，也不知在干什么。问纠办的同志，说是这里的居民，闲不下手上的功夫，过来打个渔，捉个鲜，过过瘾。纠办的同志还高声地和他们说了句什么，立即得到了他们的回应，我们听不懂，再问纠办的同志，他不好意思地说，我说让他们保护好自然环境，他说政府什么钱拖着不给，还管我们屁事。我们笑笑，想着他们下来办事，碰钉碰鼻子也是常有的事，真不容易。有趣的是，沙滩上还插了一面国旗，迎风招展，一看，还是新的，可见是新换的。于是，疑问来了，谁换的？几时换的？换给谁看？感觉中无人居住的岛上不会有这种情结，再问就问出结果了，是纠办的同志昨天来布置的，说岛上没生气，挂个国旗，喜庆一点。哎哟，还真是用心良苦。我们马上想到，那些滩涂上劳作的渔民，该不会也是临时组织的吧，就为了我们今天的参观，造个气氛，做个陪衬，抑或是陪我们搭个话？

现在，我们沿着石阶往上走，一路上也会见着几处民房，都是石头垒的，体现出海岛房屋的特点，尤其是瓦背，上面密密麻麻的压着石块，是怕大风时吹走了瓦片吧。这些房屋都因为久没人住呈现出一副破败，有的窗子挂了，有的大门洞开。路上间或也会碰到几个人，是那些挑夫，挑石子、挑沙子、挑水泥，一问，说是来帮人修房的。修房？修什么房？挑夫回头向上一指，说，喏，山上的那两个房子。噢，这些石子沙子水泥都是从县城运过来的，再这样一步一步挑上去，很累人的。再问，都没有人了，还修房干什么？挑夫说，主人家想搞民宿，赚钱呗。这情况有点别致，可以想象，市区的人或者外地的人，扑棱棱的来到六盘，再转乘了小船上了岛，在这里过两天世外桃源般的日子，也是很有趣，很惬意的。正说着，一挑夫惊呼"小水小水"。大家莫名其妙，定了睛朝挑夫指的方向看，一条小蛇唰唰地游过，很快钻进了草丛里。大家呵呵一笑，就问挑夫是哪里人？怎么说小水？挑夫说，我们是重庆的。再问，挑一天多少钱？挑夫说，一天三百。大家噢噢，好像突然明白了重庆人是有力气的，那些"棒棒军"是很著名的，他们在老家挑惯了山城的坡路，来海岛挑这些石阶，应该是不在话下的。

中午在一处稍微干净的屋子里吃，也是纠办布置好的，已有人在收拾了，简单的摆好了饭桌，炉灶和铁镬还在，山上的柴火也是现成的，捡过来就是，只用带上点油盐酱醋，方便得很。小菜更是因地制宜，就是起先滩涂上劳作的居民捉来的小海鲜，几只石蟹、小盘跳鱼、两大碗蛤蜊。还有还有，原来驳船过来时就放下了拖网，一路拖过大海，开始也不奢望会有什么，拖到什么是什么，拖到多少算多少，结果收网一看，也有几条杂鱼和几斤水潺，这会儿都到了我们的灶上。杂鱼红烧，石蟹干蒸，跳鱼酒炖，蛤蜊做汤，水潺么，"大厨"想了想，说搞个多吃怎样，有椒盐的、鲜炒的、做成丸子的。大家口水喷涌，心里想，纠办这个工作安排得好，会动脑筋，钱用得也不多，但满满是情调。

那几个居民也和我们一起吃，气氛很融洽。既然是居民，应该对岛上的情况很熟悉，赵组就对纠办的同志说，既然来了，也请他们说说情况，也给我们的巡查提供些资料。居民也不客气，也没有什么障碍，也出于对村里的爱护，就随便说了。

说这个岛和边上的那个岛是一个村，我们这里二十户，他们那里三十户，所以，每次选举，他们那里的都是支书，我们这里的都是主任，这就是我们村的先天不足。支书比主任大，什么事支书都要说了算，支书和主任就说不来，说句面上的话，也就无所谓带领大家做什么事了。好在村里穷，穷就没有油水，所以，支书和主任都没有什么贪不贪的问题，确实也没有什么好贪的。

居民又说了一些具体的问题：省里下令要拆除"三无"船只，管起来是好的，但我们的船都是工具船啊，就是平时给自己方便，到海上看看养殖，到附近代个步，我们不是营业船，谁会想到去登记呢？没有登记的，就都是三无，就都要拆除，这没有道理啊。拆除还有计划，一个村要拆够多少，这就有猫腻了，就有空子好钻了。有些人就是去买了旧船给他拆的，赚那个补贴的差价。关键是买船的都是支书和主任的亲戚，我们轮不着，也不知道。再说了，拆船本来就是断了我们的生路，我们有个船，就会去海上养个东西，就会去滩涂上捉些海鲜，蛏子、花蛤、辣螺、石蟹、跳鱼，你们来了，我们就卖点给你们吃吃，你们没来，我们就拿到市场上换个小钱，是不是？赵组说是是是。赵组来了兴趣，也觉得这里面有漏洞，就问，拆船的事，有没有公示？居民说，公示是有公示的，但公示的都是那些被拆的船，叫人举报是不是自己的船。这些人我们都是知道的，从来也不打渔，他们哪来的船，肯定是买来的。但谁又会去举报呢？这是把难题推给我们，让我们做坏人。你举报了，好了，这个仇就结下了；你不举报，那就更好了，他会说公示期间大家都没有意见，这个公示就生效了，那些人就拿到补贴了。赵组听了，身子动了动，脸上明显地露出了一点激动，对王秘说，记下记下，这是我们的第一手材料，到时候都报上去。

那个喜欢摄影的钱摄，起先草草的吃了一下就跑出去了，也不知跑哪里了。摄影的人都这样，不管走到哪里，不管是晴天还是下雨，都穿着那件都是兜兜的马夹到处乱跑，这会儿不知从哪里又冒了出来。他兴奋地说，后面有个鸟岛，真漂亮啊。我刚才转了一圈，鸟很多，各种各样的鸟，基本没有人居住，甚至都没有人走过，生态很好，要是再养一段时间，推出来搞旅游，一定很好。说着翻出他拍的片子给我们看，有参天大树，有浓荫小道，有奇崛的岩石，有树冠上的鸟巢，还有鸟，有静止的、有起飞状的、有降落状的，也有像年迈的老头老太蜷缩着晒太阳的……

纠办的同志看了也不住地点头，说，你刚才说的搞旅游，这个建议很好，这个岛荒了可惜，我哪天叫旅委的同志过来看看，好好规划一下，说不定还真把这个死岛救活了，把荒岛变成了鸟岛。说得钱摄脸上一阵一阵放光，好像自己真成了"哥伦布"一样。

在旅馆的包厢里吃了一段时间，赵组突然心血来潮说，我们今天到下面餐厅吃自助餐吧。赵组还说，其实我们每天都是吃工作餐，但在包厢里吃，就说不清楚。特别是有好菜的时候，像那天吃到了一条蛤蟆鱼，样子很难看，营养却非常好，六盘人坐月子都吃这个，据说，也是好久没有看到了。钱摄孙钓李车他们就拼命拍照，发朋友圈，让别人猜猜是什么鱼？其实不妥。所以，赵组这么一说，我就说好好好，就叫王秘通知纠办的同志，我们接下来不吃包厢的点菜了，改吃楼下餐厅的自助餐。

餐厅是旅馆的创收项目，面对低消费人群，就在旅馆的楼下，大门直接开到马路上，外面可以进来，旅馆里面也可以进来，很方便。据说，双休日或旅游旺季，来六盘的人多，生意还挺好。我们也试试这种形式，尝尝鲜。唯一优待的是，我们不用办卡，也不用付钱，一盘一盘各取所需，由餐厅记账结算，我们悄悄估摸了一下，比吃包厢省多了，每人每餐四十块钱，根本就吃不掉。对我们来说，还有个好处就是，看上去好看，没有搞特殊化，且也有与民同乐的效果。

每天中午或晚上，2号车把我们从村里接回来，我们也不上楼，就先去餐厅。这天中午，我正点了菜在小桌前坐定，前面也来了一位客人，端着饭菜，说，我可以坐这里吗？我也没抬头，说没人，当然可以。坐下才看清楚，是那位军人。我说，你怎么也在这里吃的？他说，我反正一个人，走哪里吃哪里。我心想，他其实是了解了我的行踪的，来找我诉说的。我们一块吃着，说了几句无关痛痒的话，什么味道不错啊，菜也新鲜啊之类，然后他就问我，那天的材料都看了吗？我说，细则挺多的，大致上翻了翻。他说，那等会儿你有空不？我向你汇报一下？我当然得接应，不能推脱，我说这样，下午呢我们还要下村，我得稍微的靠一下，养个神，反正我们有的是时间，你先简单说一说，你看行不？他说好。

吃了饭，我就把他引到自己的房间，倒了茶，围着茶几而坐，我还拿出了笔记本，做出认真倾听的样子。

他说，我是2013年退役回来的，现在是2016年，我回来跑了两年的工作,还没有跑下来,原因很简单,他们说话不算数。原来说回来安排公检法部门的,现在不这么说了,说时代变了,情况不一样了,所有的单位都凡进必考,何况是好单位。你说像我们这种人,考试还考得起的?还考得过人家的?我20岁当兵,在部队12年,我们出生入死为什么,就是为了回来有一个好单位,好工作,踏踏实实的过好下辈子。你别这样看我,你什么意思我知道,你是想说,没有公检法其他单位也可以去啊。但其他单位也要考,考是一样的,统一的。不过没办法,我就要公检法,我对公检法有期待。

他说,我是西藏兵,大家都知道,西藏兵和其他兵不一样,为什么就不能开条缝呢?为什么就不能通融一下?那时候西藏兵招不起来,开始动员的时候,人还是挺多的,后来一听是去西藏,一个个就自残,有的喝酒,把肝喝坏了,转氨酶飙高;有的故意弄断了手,打了夹板石膏;反正不想去的办法很多。那年,整个地区就招了十个西藏兵,我们县就我一个,我很自豪的,我女朋友也很高兴。他们家有一种阶级情结,这不是矫情,是很可以理解的。她爷爷就是"渔霸"的原型,《海岛女民兵》的那个渔占鳌,其实就是家里有一条船,有两个帮工,她一家都被定性了,她爸爸那时候才五岁,但之后几十年都抬不起头来,所以,他老想有一个机会"翻身"过来。如果他女婿是军人,是西藏兵,回来又是公检法,对他来说是很有面子的事,他等于是打了一个翻身战。这些事对我们来说也许不算什么,算个屁,现在谁还关心这个?但老人不一样,他心里有个坎,横着过不去。

我女朋友是真心喜欢我当兵的,她倒没有什么功利,她就是觉得当兵光荣,觉得穿军装好看,一开始老问,西藏兵的军装有什么区别吗?能不能一眼就认出来?像飞行员或坦克兵?她有那种理想情结。她的表现也充分说明了这一点,到处说,我们新兵出发的时候她还赶到了市里，我是提前两天在市里集合的，先住在柴桥巷分区招待所，我现在还记得，出发的仪式是在墨池公园里举行的，我最近还去过一次，以前是区府大院，人武部就在门口。我们在大院里集中，她突然就从哪里冒了出来，弄得我很尴尬。我们领兵的首长倒很通融，说海岛到这里来不容易，让我们说说话。她悄悄跟我说，新兵装不好看，看起来傻傻的。确实很土，就是没有帽徽领章的那种，我们本来就是乡下人，穿了就更像乡下人了。这事弄得那些媒体的记者都把她当新闻了。

后来还真的炒了新闻，那个记者还挺有心的，一直在怂恿她，想做个专题，还陪她一起到火车站来送我，还拍了照。

我们的火车北上到了金华，又从金华南下到了昆明，到了昆明之后我们就融入了大部队，和全国各地应征过来的西藏兵一起，坐车往迪庆方向走。我们走的是滇藏老路，虽然难走了一点，但部队考虑的是我们的身体，高反状况，从林芝方向慢慢进入也许会好一点，慢慢适应，当年解放军入藏就是这么走的。我还好，就是稍稍的有点头胀，呼吸吃力一点，其他也没什么。有些新兵就不行，开始还是有说有笑的，到了米拉山口，就吐得一塌糊涂。我们驻扎在那曲地区，我们排还要再进去一点，那地方现在地图上还标着无人区，下次再跟你说说那里。

我女朋友后来又被记者鼓动起来，要去西藏探望我，这次还跟了个电视台记者，他们原先的设想很浪漫，想做个什么纪录片，他们根本不知道那些地方的艰难。那地方九月份已经很冷了，过一段时间就冰天雪地了。她想象的那边是很形象的，好像就是一个县城，实际上我们那曲边上就有十几个县，有聂荣、毕如、巴青、班戈等地方，不知怎么的，这些地方给人的感觉总是那么模糊，是散形的，不仅地名难记，特色也难以概括，看起来都差不多。她想象的都是电影里的镜头，漫天大雪，她穿着厚厚的棉衣，脚蹬大靴，在雪地里前行，走到我们兵站，正好我在外面站岗或是巡逻。她又赶到我们的哨位上，或跟着我们的脚印追我们，她以为自己会像一个藏女，可以自由地在藏地里穿行，实际上根本不可能，寸步难行。

他们先是坐飞机到成都，再由成都飞拉萨。在临近拉萨的时候，感觉就不一样了，张嘴就头痛，耳朵也闭住了，说话也听不见。他们看见很高很高的山在脚底下，看见非常白的雪在眼前闪烁，看见蓝绿的湖像宝石一样镶嵌在山上，这是假象，景色不能取代环境的恶劣。他们的飞机在两山的夹缝里飞行，飞机的翅膀都像要搁住峡谷一样，没错，他们的飞机就降落在拉萨河谷里的贡嘎机场。

他们到了拉萨已经是傍晚了，我女朋友感觉自己心里发慌，喝水喝茶都是苦的，坐着靠着都不适应，很快就头晕起来。好不容易到了旅馆，车里想出来时就没有站起来，头重脚轻，几脚楼梯还是拉着扶手上去的。后来就头痛欲裂，卧床不起，那记者给她泡了碗方便面，她也没办法吃。后来还是旅馆的服务员说，还是去打个点滴吧，说旅馆门口的药店里就有。那记者没有犹豫，怕万一有个什么意外，也不问是什么药，就把她拉去打了，大概是补充体能或增强血氧之类的药。后来医生也过来看了，让她马上走，她吓死了，就真的马上回来了。

即便是这样，炒新闻也没有问题，但她炒得太热闹了，搞得人人皆知，就下不了台了。这对我回来的工作也是个压力，大家都看着，好像非公检法不可了。就像脸扮上了，鼓点也敲起来了，戏不唱就不行了。

正说到要紧处，门口有人敲门，是王秘的声音，我隔远应了一声，问什么事？他说，下午计划有变，县委书记有空，想和我们交流一下工作，两点半去县委。我说好的。军人看了看我，也识相地起身准备走，说，我们还没有说完噢，我有空再找你吧，就是给你添乱了，抱歉啊。我也赶紧客气地说，没事没事，尽管尽管。

  县委书记召集的会，还是不一样的。其实不光是和我们交流，而是一个阵势的展示，同时也展示一下他领导下的工作。与会的不仅有重要街道的头头，还有监察局、民政局、信访局、审计局、渔农办、公安局和组织部的。为什么还有组织部？因为涉及到村级组织。

  书记年纪不大，但气宇轩昂，虽然面对的是我们这些老干部，但他不卑不亢，一点也不含糊。他和我一样都属于市管干部，在全市领导干部会议上偶尔也照过面，他的位置很可能还是省管干部，这更加提升了他的自信心。领导干部就是这样，只要是多一点点，心态就完全不一样。会议先由主要街道汇报，我记了一下大致有这么几点：海岛女民兵的特色难以继续；支书主任一肩挑决策不民主；党员年龄偏大不能发挥作用；村委会人员文化水平普遍低；网络不健全等（另一些我们已经巡查到的问题这里略）。各局部委汇报的情况有：村级班子整体素质低，业务知识弱，导致三资管理无法开展；党员干部受宗族、宗派、宗教影响，内耗过大；低保评定、大病救治、救灾款发放等方面极不规范；经济相对富裕的村，选举有黑恶势力参与（其他不突出的问题略）。

  书记的讲话就兼具发动和布置意义：市里派了经验丰富、政策水平高、善于做群众思想工作的老干部下来，是对农村巡查工作的切实支持。我们要通过巡查，尽快使农村干部的作风有所转变，密切联系群众的意识有所增强，清廉勤政的观念有所提高。不要有顾虑，也不要心存侥幸，哪里有问题，我们就巡查哪里，哪里信访多，我们就巡查哪里。要聚焦农村三访问题、三资管理问题、历史遗留问题、群众反映强烈的问题。书记还说,目的不是整人,而是要达到息事宁人,要恢复农村温馨祥和的气氛,最重要的是公安局,要切实保障巡查人员的人身安全。书记最后强调说:要紧盯关键,抓住重点,千方百计搭建举报平台;要耐着性子,抽丝剥茧,对诬告乱告瞎告的要坚决打击;要主动衔接,积极配合,无条件的做好服务保障工作。

最后我们赵组也说了几句,他夸奖书记的讲话,家底清、情况明、应对全、措施实。他说,中央强调对腐败问题零容忍,作风建设永远在路上。他还说,要提高认识,化解矛盾,改善关系,巡查工作不同于一般的行政工作,意义重大,任务艰巨,使命光荣。最后他也强调,要确保有质量,确保震慑力,确保综合效果。

交流会言简意赅,在一片掌声中圆满结束。

六盘的建设宗旨在悄悄地发生变化,原来的设想是要建一个市里的保障基地,储油库、万吨码头、应急机场、化学工业区、垃圾焚烧场等,一听就知道是在利用与市区的比邻关系和海岛的地域优势。现在不了,受了"金山银山"理论的影响,口号也变了,叫"建设海上后花园",也就是说,市区是工作的地方,而六盘,则是休闲娱乐的地方。方针定了,总是要有些相应项目的,现在的六盘,已经建成了一条标准的自行车赛道,基本封闭的、中粗石子沥青的、又有爬坡点和冲刺点、更有环岛的海景风光,非常漂亮和合理。还有全国海钓大赛也落户在六盘,六盘在东海边上,海湾长得漂亮,岛礁分布密集,介于微风和细浪之间,鱼类活动频繁,是理想的海钓基地。还有个项目是接轨国际的扁带运动,一项既时尚又刺激的运动。许多人不知道扁带是什么意思,说白了有点像走钢丝,但它走的是带,一条宽25MM,厚3MM,破断力在1500KG的扁带,不仅走,还要在上面做动作，有扁带行走、花式扁带、高空扁带、水上扁带等项目，是极具挑战的平衡运动，在日本和澳洲非常流行。

这几天，孙钓就格外高兴，因为六盘的海钓比赛马上要开始了。从六盘大桥下来进入本岛，迎面就是一幅巨大的海钓广告。各个主要路段也都挂上了海钓彩旗，彩旗上有印六盘建设口号的、有印六盘自然风光的、有印六盘可能上钓的各种海鱼的。说是海钓，其实也不出海，就是在几个海湾和附近的岛礁上进行。那些海湾啊岛礁啊，风浪并不大，平时都在网箱养殖，我们从高处往下看，那些网箱就像是一亩亩水田，在光线的作用下五彩斑斓。各地的海钓爱好者也陆续云集六盘，旅馆民宿爆满，服务员见面老是问我们这星期回去吗？什么时候退房啊？我们走，他们就可以把房价提高一点。但我们偏偏不退，我们还要加住一天，目的就是为了给孙钓助威，陪孙钓海钓，劳逸结合也是我们出来巡查的宗旨。孙钓也是花了本钱的，置办了海钓的行头，鱼竿不说，光衣服就有两套，一套是平时穿的，一套是比赛服，连帽带裤，颜色鲜亮，像那种潜水服，还有鱼兜和折叠凳。可以想象，他要是置身在黑黑的岛礁上，一眼就可以认出来。

这天上午，我们欢呼雀跃的把孙钓送到指定地点，再由船把他们送到指定的岛礁。我们也没有马上离开，站在岸边远远地看着孙钓，看他坐船开走，看他上了岛礁，看他摸摸索索的在找自己的位置，他的海钓服确实惹眼，有很好的辨识度，我们很容易在一群人中间找出了他。我们甚至希望孙钓的那个角落不断地爆发出欢呼声，这样，我们就知道孙钓的手上起钓了，有收获了。今天的天气也是真正的好，阳光明媚，蓝天白云，但海风很大，我们外行人估估起码也有七八级，要是在海上，这样的风力就不走客运了。可是，听组委会的人讲，海钓最好的条件是在阴天，海水浑浊一点，有一点点小涨潮，杂七杂八的东西都往海边赶,关键是海风要小,细浪啪啦啪啦的,这样,那些鱼才能待得住。这样说来,今天还不是海钓的好天气好条件。这也没办法,日子是几个月之前就定下的,而且是海钓协会的会长、原来的某部部长定下的,不能改。

将近中午的时候,我们好不容易等来了孙钓的凯旋,我们在码头接回他的时候,还以为他一定是满载而归的,还以为一定要帮他拎鱼兜的。可是没有,他的鱼兜空空的,一条鱼也没有,甚至连水也被他倒光了。我们惊讶地问,怎么啦怎么啦?他忸怩得像个孩子,口口声声说,风太大浪太大,人也被它冻死了。不过,看他的神情也没有什么太大的沮丧,似乎穿了一下正式的海钓服、正儿八经的出了一下海、跟一拨海钓爱好者混了一下、体验了一下海钓的气氛,就已经心满意足了。不过,他也客观的说,今天大家都放了空趟,连一条海蚯蚓也没有碰上,就是海钓协会的会长、那个部级离休老头、在助手的帮助下钓了一条海鲫鱼。我们赶紧问,大吗?有多大?孙钓说,也就是巴掌那么大。我们也为孙钓高兴,为海钓高兴,我们附和着说,不错不错,这条鱼还是很讲政治的。大家嘎嘎嘎。

下午,纠办又额外安排了几个项目,美其名曰:参观六盘的经济建设。纠办的同志说,这也是巡查的内容之一,深入了解六盘的实际情况,才能实事求是地开展巡查工作。我们觉得他说的很对。我们先是去参观一个黄鱼养殖基地,这个大家都很感兴趣,其实主要是对黄鱼感兴趣。黄鱼现在都很难看到了,是鱼中贵族,老百姓平时都吃不上,婚宴及重大请客才上来一条,一般还都是养殖黄鱼。养殖黄鱼为什么不好吃?就是因为是网箱的,被囚禁在海湾里,风不大,浪不急,不仅水浅,关键是圈养数目大,一米见方的网箱,养了二十条鱼,像早年代的澡堂差不多。这个基地就不一样了,它把附近的几个岛礁都拦了起来，他们用的是一种日本的钢网，感觉是在几个岛礁上面架起了天桥，工人可以自如地在上面走动。老板说，我们投资了两个亿。我们嘴巴都张了张，这已经完全不是网箱的概念了，仍旧在波涛汹涌之中，仍旧是自然环境之中，关键是圈养数，一米见方的水域就只有半条鱼，这就很接近自然生态了。我们中间有人问，好吃不好吃？老板说好吃。又有人问，价格多少？老板说一尺左右的七百。有人开了一句玩笑，说，怎么听起来像卖布一样。大家呵呵笑，频频点头说，这个可以，这个不错。搞得一个个像很大的吃货。

　　附近有渔民在晒肉鲳，一种小小的肥肥的鲳鱼，感觉是刚从海上捕上来的，没有泡水，也没有过冰，细鳞闪闪发亮，奇香无比，概念里鱼类应该是有一股腥味的，但看了这些鲳鱼就知道，真正的好鱼应该是奇香无比的。大家又七嘴八舌地问，多少钱一斤？几斤晒一斤？渔民回说，30块一斤，四斤晒一斤。这么一说，大家就在肚子里默算了一下，等于一斤鲜鱼才七块左右，就更想买了。就你五斤，我六斤的忙活起来。渔民高兴，纠办的同志也眯眯笑的，也说，我们这里喜欢干蒸蘸醋，下酒尤其好。

　　之后，我们又去了一个养鸡场，规模不大，也就是两百来只鸡，因为数量不多，我们就很自然的认为，这就是本地鸡。养鸡的是一对老两口。老头说自己的鸡是吃大蒜的，从来不生病。这么说着，也确实闻到了鸡棚里弥漫着大蒜的味道，还发现老太太在那里剥大蒜。我们心想，给鸡吃的大蒜还需要剥吗？直接捣碎了不是更好吗？不过，这剥起来的感觉似乎也挺好的，感觉讲究，感觉是弄了给人吃一样。看老太太剥得费劲，有人就出点子，说用板子轻轻一拍，蒜皮就裂了。有人反驳说又不是炒菜，拍了就没型了。也有人说，央视生活频道里曾介绍过一个办法，放锅子里使劲摇晃几下，大蒜皮就自行脱落了。

于是，有人就在老人的厨房里找来锅子，放少许大蒜，再使劲摇晃，果真灵验，大蒜和蒜皮分剥得清清爽爽。还有人建议说，把大蒜晾干或晒一晒，让蒜皮再干燥一点，做起来更方便。说着说着大家就想着买鸡，说要支持一下老两口，关键是吃大蒜的鸡真的很好，一个个精神饱满，脸红眼亮。有人说，那晚上，不是要把鸡养在旅馆里啦？有人马上补充说，反正孙钧的海钓也完成了，干脆回家吧。这个主意好，是要灵活机动，于是，大家就都各买了一只鸡。

最后，又到了一个温泉基地，就在海边。印象里这样的温泉海边是很多，应该是海底火山派生出来的，火山还没有喷发，或挤来挤去喷不出来，正好这里有一点点缝隙，它就钻出来了，地方上如获至宝。以往在一些海边景点，也有人用来煮鸡蛋，煮玉米，但用来洗澡泡脚的好像没有。现在到处在搞开发，把大自然的馈赠转为己用，造福于民，也挺好。我们眼前的温泉好像还没有开始，好像才刚刚在挖掘，好像有深井打到海里去，还盖了泵房抽水，边上是一排简易的房屋，被隔出了几个小间，有貌似澡堂的，也有貌似泡脚池的，模样还比较简陋。温泉确实很清，还呈现出微微的蓝绿，热气袅袅，非常诱人。老板介绍说，现在还在试制，要到明年才能营业。说经中科院什么所测试，里面含多种微量元素，特别是含氡，对皮肤病和香港脚有奇效。正说着，有手下人员拎来几双拖鞋，邀请我们试试。赵组乐呵呵的坐下来准备脱鞋，我悄悄在一旁碰了碰他的肩膀，提醒说，参观一下就可以了，泡脚就免了。大家突然意识到了什么，像刹了鼓点的钹，就顺势呵呵了起来，离开了温泉。

回旅馆的路上，赵组一言不发，甚至在回市区的路上他还是紧绷着脸。大家在车上一路说着鸡，说这个鸡漂亮，那个鸡精神，他也不接话。不知是被我提醒了，阻止了泡脚，让他有失身份？还是在检讨自己，怎么政治上这么不成熟，居然那个时候会想着泡脚？这要是被谁偷拍了，拿来做宣传，或上传到网上——一群巡查人员挽起裤腿，在喜滋滋的泡脚，岂不是糗大了？

巡查了一段时间，我们大致上也摸到了一些门路，总的原则就是：发现问题，移交上级，不作主张，不作处理，尤其是不要画蛇添足，留下后遗症。我们原来制订的计划是"三三三"，即三个大村、三个小村、三个有问题倾向的村，这是我们自己掌握的，差不多占了六盘行政村的十分之一。这也是县里照顾我们二线，既要有内容，又要有数量，既要圆满，又要安全，不然，就是把那些有严重问题的村给我们，以此来推动县里的工作，我们也不知道。

经过一段时间的巡查，我们在业务上也有了长进。比如某某村村民反映村支书私自开采村前海滩、倒卖沙子问题、比如某某村村民反映村主任宴请某省道指挥部、虚报柚子树赔偿问题、某某村支书向入党积极分子收取500元好处费问题、某某村主任生活作风腐化，长期包养情妇问题、某某村支书殴打上访人员致伤问题、某某村主任打击报复，取消困难户低保问题、某某村支书贿选问题、某某村主任截留救灾款问题、也有其他问题如党员赌博、老人协会扰政、公开账目看不懂、五议两公开执行得不到位、年薪三万元支书主任一肩挑没人干等等。我们把这些都做成了三个清单，即发现问题清单、问题移交清单、意见建议清单，当然还有实时办结清单。这些方法都是王秘动的脑筋，我再帮他梳理了一下文字，因此，市里也表扬了我们，说我们组的材料报得好看，说我们在细节上下了功夫，呵呵。

这天在某某村巡查，赵组有事请假，说是到杭州参加什么校友会。现在退下来后，这类活动也特别多，主要是没事了，空落了，就想趁还能走动,抱团取暖。赵组请假,组里就推我主持一下,我也只好冒充一下。正好村里也在做阶段性总结,要开个小会,把镇里的领导和纠办的同志都请来了,一定要我也代表巡查组讲几句,我也就不忸怩了。如果赵组在,一定会指出他们的一些不足,勉励他们加强改进,赵组有位置情结,不说不快,不说好像体现不出水平一样。我和他不一样,我只讲好话,不是我没有原则,我是觉得都退了二线了,要调整心态,摆好位置,何况人家还待你像老爷一样,何不来一个皆大欢喜呢?

文艺干部一般都不会讲话,我也一样,但可以讲得简短实在。我说我们在六盘的任务是巡查九个村,没有指定目标,完全是抓阄偶得,所以,被巡查的村,不说明有什么问题,而是恰到好处的提供了一个真实的样本。因此,我们会在一定时间里走一走,看一看。一是让大家感受到全市巡查的气氛,二是听听大家有没有好的经验可以启发。今天列席了这个会议,很有感触,六盘岛清水秀,云淡风轻,我们觉得,好的地方,好的环境,就应该有好的政治生态,有好的整体面貌,果然如此。在县委县纠办的部署下,在去年六盘自己巡查的基础上,巡查工作是有序的展开,各项工作也是有序地跟进……

我说完,组里的各位都侧着头朝我眯笑,频频点头,示意我说得好。这没办法,这就是二线的状态。二线就是温吞水煮牛肉,少吃点,轻走点。我们到了一个村,一般都是一个固定的套路,找村民谈一谈,拿台账查一查,台账我们也不内行,也就是形式上翻一翻,如果这个村碰巧在做什么工程,那最好了,我们就会眼睛一亮,把经费什么的问一问,再到工程那里看一看。然后就到这个村的名胜古迹转一转,权当了解一下当地的风土人情。

这个村也比较有趣,天上掉下了一个纪念馆。大概是十年前,一个什么图片社的记者，驾着一架轻型飞机到这里航拍，结果飞机发生了故障，挣扎了几下还是掉了下来，飞机也毁了，记者也牺牲了。这个纪念馆就是为这个记者建立的，里面放了一些飞机残骸、一些摔坏的摄影设备、记者生前的一些实物、摄影马夹、笔记本等等，纪念馆外面的墙壁上，是一幅巨大的航拍图，拍的就是这个村的全貌，听说就是从记者拍的片子里截取下来的。我们正准备参观，纠办的同志就匆匆跑来报信，说市里纠办的副主任下午要来，让我们早点回去，我们就只好"忍痛割爱"了。我们天天在下面喊自己辛苦，喊上面不关心，现在好了，关心来了，我们还不是要"受宠若惊"一下。好在本岛不大，赶回去也就是半个多小时的车程。

市纠办副主任其实也就是个副县的职位，但搞起来却很不一样，板着脸、声音很响、态度很硬朗，好像对我们的工作不大满意，说我们：1、要提高发现问题的能力，不要复制前期的工作（意思就是说我们在跟着惯性走，在炒冷饭）；2、不是巡察，是巡查，要开动脑筋，出动出击，突出一个查字（意思就是说我们在走过场，没有深挖）；3、要确立专题，形成特色（就是说我们既没有抓住东西，又流于一般）；4、要梳理主次，抓住难点，各个击破（就是说我们一直在混日子，没有在点上）；5、要加大宣传力度，形成巡查氛围（就是说我们静悄悄的，没有动静，更没有震慑力）。我们一点也听不下去，一听就知道不是从农村出来的，没有在部门干过的，也没有下过基层的，就是个混机关的，高高在上，脱离实际，这样的态度要是跟县里人讲，马上就把他轰走了。但我们没办法，我们现在是二线，归在这条线上，他又代表市里，分管着我们这一块，他要是说我们不好，我们还敢说自己好的？

县纠办倒是很知道接待人，看看情况不妙，就安排了特殊的内容，首先是吃单位食堂,"八项规定"以后,吃酒店都不行了,就是吃得再便宜也不行,大家就审时度势,从地上转入到"地下",转到了单位的食堂里,名义上是自己买菜,但吃的是什么东西,只有嘴巴知道。其次就是借海事局的快艇视察一下六盘海域,这个项目还是有点意思的,公海本来就出去不多,加上是快艇,刺激和吸引力可想而知。纠办副主任也觉得很有想象力,脸色马上就好看了起来。

所谓的快艇其实是一艘比较大的舰,有平台,有驾驶舱,停在海事局的码头上,显得很有气派。我们登上快艇,鸣三声汽笛就出发了,计划是绕六盘一周,大概要一个多小时。今天快艇上的人员都穿上了制服,搞得很正式,不知道他们平时出勤是不是这样?总感觉是做给我们看的,假假的。艇长向我们介绍,噢不,是向市纠办副主任介绍,我们是旁听。说这样的艇浙江也只有三艘,宁波一艘,舟山一艘,我们这里一艘,价值五千万。我们都透了一口大气。我们站在驾驶舱里,前面是茫茫夜色,大海也只是一个感觉的意象,看不到什么内容,但操作员好像是火眼金睛,目光炯炯,能看到前面的岛礁,能看到过往的船只。在这个过程里,艇长陆续呼叫了三次,拿着话筒,对着前方,字正腔圆的问,前面是什么船只?装什么东西?从哪里来?到哪里去?感觉有点程式化,但又感觉像那么回事。过一会儿,艇长又喊话了,说发现了一条可疑船只,他在话筒里说,你的船吃水太深了,上面装的是什么?对方听到了,也通过无线电说得啦啦响,我们听不懂,但艇长听明白了,就说,好的,慢慢走啊,注意海上安全,注意海上风浪,保持和沿海各监管站的联系。啊啊。

我觉得一点意思也没有,像做戏一样,就想去外面的舰舷上走一走,透透气,顺便也抽支烟。快艇呼啦啦的往前开,海风里感觉有一些毛毛雨,其实也不是毛毛雨,是海浪起来时带来的水汽水雾,不过挺舒服的。我抽着烟，故作享受地咝咝作响，突然，有东西轻轻地碰了我一下手，我回头一看，惊呼，怎么是你？你怎么在这里？他嘿嘿笑着说，上个船还不是小菜一碟，又不用什么本事的。是那个军人！我暗暗想，他在西藏是不是侦察兵或特务连的？再一想，也许这就是军人的素质吧，军人总是非同一般的。军人也顺便解惑说，没什么，朋友是这只艇的副艇长，和我是同一年的兵，我在西藏，他在青岛，他当了六年兵，回来分得不错，我回来就什么也没有了。他说，我跟朋友说想碰碰你，我知道你们晚上要来这里，他就把我带上来了。我起先躺在后面的巡逻艇里，雨篷一遮，隐蔽的很，鬼也不知道。你们上来后，快艇一走，我就可以出来了，嘿嘿。我问，后面还有巡逻艇？他说，有啊，有两只，就在后面，雨篷盖着你看不到，有追击任务时才会放下来。我感慨了一下，他还真有心，真顽强，也许，有诉求的人或说上访的人都是这样的。

　　他今天要讲的主要是他自己，他们在西藏的生活。说自己怎样进的林芝，怎样过的米拉山口，怎样过的那根拉，怎样到的那曲。他说，听说纳木措很不错，但我们过来的时候没有停，我们一路北上。

　　路上很少有汽车经过，越是往里面开，路上就越安静。偶尔会看见几个藏民走过，头低着，背着箩筐。我们走的就是俗话说的"天路"，笔直笔直的，前面好像是翘起来，要通到天上去一样。九月的天，我们这里还是风和日丽的，西藏那边已经是风雪无常了。我们的车摇摇晃晃地开着，开得很慢。眼前，一朵朵白云飞飘过来，好像要砸在车玻璃上，只一会儿，迎面飞来的就是大雪。汽车开到了那根拉，那里属念青唐古拉山脉，一边是五千多米的山口，一边是肥沃的草地。说话间，一些新兵马上就有了反应，有的想吐，有的呼吸困难，有的嘴唇青紫。这一段的路坡度很大，我们的司机很有经验，挡挂得很小，开得很慢。旁边，一辆卡车箭一样冲了过去。我们的司机说，不好，他要翻车了。一会儿，我们经过的时候，那辆车已翻在公路边，司机被摔得很远，四仰八叉的，那种歪歪扭扭的样子，证明他已经死了。司机说，那都是一些外地车，不熟悉这里的路况……

　　我们一开始都驻扎在那曲，其实是那曲的一个镇，那曲是个地区，那曲的地盘很大。第一天指导员就给我们上"地理课"，墙上有一张那曲地图，指导员指给我们看，我上次跟你说的只是几个县，其实还有很多县，像尼玛，这个县非常大，占了整个那曲的一半以上，在最北边，在大山的包围中，都是我们耳熟能详的大山，昆仑山，冈底斯山，可可西里山，平均海拔都在五千米以上，还有个双湖特别区更荒凉，一年四季无人。我们听指导员讲的时候都会想，指导员和我们讲这些干什么？是怕我们逃走吗？但他讲了之后我们确实就没有想逃的念头了，呵呵。

　　这里是很艰苦，有时候水管冻了，没水喝，我们都要出去挖雪，挖来烧了喝。这里的雪很干净，一下下一夜，一下就一米多厚。我们也训练，像所有部队一样。有些新兵不适应，整天头晕发烧，开始不知道自己是高反，为了表现好，硬撑着，瞒着部队，后来就顶不住了，病倒了，受伤了。在部队受伤是很正常的，有时候抢险，有时候被雪崩了，有时候放哨冻的，都会受伤。我们扎过的地方很多，这里扎一段，那里扎一段，像索县、申扎县、安多县、嘉黎县，我们都扎过。我们有时候也出去，那是有探险的人迷路了，受困了，受伤了，这些人被我们发现了，我们都要把他们送出去。送出去算一个好差事，排长会给他喜欢的兵恩惠一下，我也被派过好多次，顺便可以到外面看看，打打电话，买些东西。

　　我们那里也有换防，换到南边算是运气好的，条件好一些，海拔低一些，关键是气候暖和一点，人就舒服起来了。和印度交界的麦克马洪线，我也巡过两次。说是边防线，其实没渲染的那么厉害，没有想象中的对峙和虎视眈眈，也很友好的。有时候我们巡逻，也会碰到那些印度兵，我们都会装模作样地过去，又心照不宣地相互笑笑，眨眨眼。我们的哨亭有时候也相互使用，他们有他们的哨亭，我们有我们的哨亭，有时候天气突然变坏了，风雪交加，都会就近躲一躲，也不计较谁的谁的。我们有多余的食物，也会故意放一些在那里，想着他们真的在那里避一避，就可以用得上。这也是搞好两军关系、不那么敌对的一个好办法。

我们正说得有味，驾驶舱里的纠办副主任叫我，我说在外面先抽支烟，马上就来。军人说，那我也先走，我们再聊。我说，没关系的哪，人家又不认识你。他说，我又不怕他们的，我是怕为难我的朋友。说着闪进了黑暗里，也许是闪进了他说的巡逻艇里，真是的，他还要躲在里面，要躲到我们上了岸他才能出来。

接下来抓阄抓到了鹰岩岛。鹰岩岛，顾名思义就是岛上有一块像鹰一样的岩石，远看跃跃展翅，近看什么也不是，就是一块斜着的岩石，用来躲雨还差不多。鹰岩岛是个外岛，走起来不大方便，但外岛有外岛的味道，来回要坐船，在那里要住民宿，岛上也没有什么交通工具，真的像过去的"下乡"一样，这吊起了我们的胃口。

鹰岩岛我以前也去过，那时我还在岗位上，有一次将作家协会和美术家协会联手，搞了个"你写我画"活动，计划把下面的10个县都写一写画一画。那次记忆最深的就是，想回来了，结果船已经开走了，只好又住了一夜，那一夜就觉得特别的憋屈。

现在去鹰岩岛是坐那种混装的船，既载人又运货，特点就是两个，脏和臭，脏是因为混装，汽车和人都在一起，乌烟瘴气；臭是因为它什么都运，鸡鸭鱼肉，石子水泥沙，其实海边的船都是这样，腥味长年累月笼罩，已经挥之不去了。早一天，纠办的同志就发了一张航班表和岛内交通说明，意思是说，虽然不方便，但掌握了这些，出入还是可以自如的。对开的两艘船分别是：上午6：00、9：00，下午13：00、16：00，从本岛到鹰岩岛，需要一小时。岛内的交通也很有意思，有三辆小中巴，四辆出租车，中巴五块一人，包车五十，五块钱可以绕岛一圈，五十块可以用一个小时。出租车则没有起步价，按四个自然村的远近定价，分别是十块、十五块、二十块、三十块，岛上的人一般都乘十块，乘三十的较少，乘三十的一般都是酒鬼或赌徒，他们要赶场，不在乎远近不在乎钱。车子不会在路上空转，也就没有招手停车这一说，要用车都是打电话。车子闲着吗？闲着。那就过来吧。就按照指定的地点开过去。岛上的人基本都认识，夜里也随叫随到，所以，出租车也等同于自备车，所以，人脉好一点的车主，生意也就会好一点。

  船是几个人合资的，这样的形式，使得这些船主都特别的牛。我们刚到码头的时候，门口就拦着，不让进来，车队和人队都排得长长的，无端的生出了许多混乱。保安也很凶，用脚踢车，用手推人，当然踢的都是摩托，汽车他不敢踢。我们也被拦在了外面，当作乡下人。赵组就看不惯，就说他，说他管理不好，说他服务态度差。保安居然还回他，病人还狠过医生，顶嘴说，你们哪里的？不知道规矩啊？说爱乘乘，不乘拉倒。纠办的同志上去和他悄悄说，这是市里下来的巡查组。保安还犟着头说，什么巡查，我不懂。显然，这鹰岩岛也确实闭塞，山高皇帝远，连架势都不会看。

  买了票，上了船，左等右等，就是不见开。只好叫纠办的同志去问，回说，这船暂时开不了。为什么？不为什么，开船要七人，现在还只有六人，有安全隐患，万一被海事或海警查到了，怎么办？你负责啊？噢，认真起来了，上纲上线了，我们无语，但我们知道，这是故意在抬杠，是对之前我们说他的报复，我们哑巴吃黄连，只好硬等。

好不容易上了岛，已经是中午了。这里没有严格意义上的旅馆，民宿倒是不少，但都是自己家里腾出几个房间的那种，简陋得很，我们只好挑了稍微清爽的一家，勉强对付一下。吃了饭，贴了公告，挂了举报箱，回来睡了一觉，疲态简单地恢复了一下，精神也抖擞了许多。下午去村民中心听汇报，就在斜对面的不远处，顺便看了看举报箱，咦，已经有一张小纸条进来了，拿出来一看，写着"有人很公正，知道很多事，可以在晚上找他"，还写了手机号和具体地址。农民的狡猾啊，故意绕了一下，既低端，又好玩。

村民中心的门口，已经围了很多人，也不知是来看热闹的，还是有什么诉求的。等我们走近，有两个说着说着还打了起来。打是最能够看出真假的，这两个的打，明显就是假打，拳头松松垮垮，且都是落在一般部位。假打就是为了演戏，为了引起我们的注意，见了我们，他们立马就收了架势。赵组问为什么打？一个说要一起听听支书的汇报，一个说你们进去了这个汇报就肯定被搅了。一个正一个反。赵组想听听反的，问为什么一定要一起听？那个就卷了舌头，振振的说起来，显然也是喝了酒的，声音自己都控制不住。和上次望兄村的不同，望兄村是老人协会要领导回避，不然不好说，鹰岩村是领导汇报时他们一定要在场，否则，支书的汇报肯定就不真实。他的意思是，不对就反驳，就对质，这才叫实事求是，才能让巡查组听到真实的声音。说的也对呵，但这种劲头不对，说不定汇报真的就被他们给搅了，会也开不成了，这就闹笑话了。赵组马上和支书交流，支书也摇摇头，表示无奈。赵组又和纠办的同志商量，纠办的同志也觉得为难，觉得这样勉强干预的不好。赵组说，那怎么办？汇报会不开了？这不是被搅的问题，而是直接就被破坏了，是根本没办法工作了。赵组只好自己去跟那个人说，说能不能这样，我们先听支书的，然后再听听你的？那人说，那还不是一样，你先入为主了怎么办？那人还说，我知道你们是做做样子的，不会真想查什么事情，时间一到，拍拍屁股走人，还不是照样。赵组也摊了一下手，退了回来。整个过程，纷乱又嘈杂，大家也都没有办法。巡查组的其他几位，本来也就是出来跟的，更不会拿什么主意，王秘就直接傻掉了，喃喃说，农民怎么这么不讲面子啊，直接就对着干啊。我一直在看，看现场的动态。我平时写小说，喜欢观察人，我看到这帮人里面有个人一直在眯眯笑，掺着手站在后面，他的手很特别，很大，很粗，关节上都是灰白的老茧，估计平时是练铁砂掌或者打沙袋的。我平时也结交一些江湖朋友，知道这行里的一些做法，知道这场合不会凭空乍起，不会都是乌合之众，一定有人在后面怂恿或支撑，不一定有什么目的，但喜欢在这个群里做大，在混乱中体现自己的价值，这会是眼前的这个人吗？我悄悄地走到那人跟前，也就是四十来岁的一个后生，我叫他老大，我说，我邀请你参加我们的汇报会，你看怎么样？但你得劝走你的那些人，不然，这样僵着大家都不好做事。他说，我不知道啊，我也是看热闹的。我说，你不是看热闹的，你知道怎么收拾这样的局面。我又说，我可以单独的接待你，听听你的意见，你有什么意见要告诉我吗？他马上说，那没有那没有。他说着，就走到那两个打架的跟前，拍拍他们的肩，附身向他们耳语几句，后面的一句他故意的高声起来，说，散了散了，我负责把会议的精神带给大家，我保证支书说的都是实话，一五一十，不实我负责。人群像被枪吓了的鸟，立刻就散了。这件事我非常感慨，我们这些人，平时觉得自己很有水平，很有能力，以为很多事自己还可以帮上忙，一刀切下来的时候还耿耿于怀，其实早已经落后了，没用了，根本就是一筹莫展。而那个后生，凭他的气场、人脉、社会基础，一句话，风平浪静。

　　这个村的支书和主任是一肩挑的，汇报会其实是很简单的，有那个后生在，相信支书讲的都是真话。鹰岩岛基本上就是一个孤岛，青壮年都外出打工去了，剩下的就是"9938部队"。办办民宿还可以，民宿不用村里介入，属私人行为，因此，村里也基本无事，支书也就是做做样子。这样说来，后生起先的意图，是想激发一下支书抑或村里？后生插了一句看似题外的话，说，地荒了，没人种了，实在有点可惜。民宿虽然是自生自灭，但也要靠村里推动，不能只是岛礁、海湾、渔家乐，油菜籽不能送一点吗？你送了，他们就会种，油菜花开了，环境也好了，外面来的人就有东西看了。其实，后生说的还真是一个点子。据说，后生长期在外面经商，这次是偶尔回来，凑巧碰上了我们。他后来悄悄对我说，我就是一点也看不起他们，碌碌无为也就算了，还局门小，一个办公楼的装修，也要插一手，这点小钱，也不怕把自己给噎着。噢，原来他还有恨铁不成钢的意思。这些听听也好，可以不动声色的掌握一些情况。

　　晚上，我还是被那张条子所吸引，在民宿吃了饭，装作出来散步，我就联系了那个自称公正的电话。电话通了，地址也说清楚了，我就约了赵组一起去探访，但找来找去就是找不着，乡下的地址对于我们城里人来说就是无序，就是没有逻辑，兜了一个大圈子，原来就在我们住地的后面，真的像地下党接头一样。接待我们的是一个八十多岁的老头，行动不便，又怕惹眼，就来了这一手，引我们过去，原来，写条的和自称公正的都是他自己。

他说的情况倒是事实：他想盖房子，但四邻都不把名字签给他，所以他盖不了房子。四邻为什么不签名给他，就因为他提了支书的意见。我们坐在他家像山洞一样的石屋里，感觉自己人都矮了半截，背都驼了，虽然点着灯，依然看不清屋里的陈设。他透着窗户弯腰指着外面说，你看那房子，盖得那么大，那么高，盖了六层，我们这里的房子你盖六层干什么，就是卖嘛。又说，晚上你们看不出来，白天你过来看看，光线全被它挡住了。这样的房子，怎么盖起来的，我也没有签字，它就盖起来了。我们问，你确定这是支书盖的？他说，他自己就住在里面。我和赵组互相对望了一眼，觉得这可能是一个事情。我们说好了不查事情，不处理事情，但发现了事情我们还是有点兴奋的。

第二天，我们找了土地和规划部门，手续都有，档案都有，不存在什么违章，上次省巡视组来市里时，这件事也反映了上去，巡视组也下来走访过，也没有什么处理意见。一开始都以为支书有买地的嫌疑，但他联系了十四户人家，签了字，画了押，办了联建手续，房子就这样盖起来了。也许会有一两套多余的房子卖给别人，但那已属于另外的问题了，也批评教育过了。这事又回到了原点，呜呜。

这天晚上，老头找到了我们住地，说你看你看，你们白天去调查的情况，村里领导马上都知道了，打电话给我外地的儿子，也不说我反映的事，就说小学仓库现在有用了，你家堆放的一些杂物，要马上清理掉。这就是农村的打击报复，还是挺有意思的，玩圆月弯刀，什么事都可以拿来难你一难。

我们再了解了一下，原来，老头一直在反映情况，村里也挺烦的，正好他们家房子小，东西放不下，村里就缓和了一下，让他把一些东西堆到小学的仓库里，也算是互相妥协。老人有三个儿子一个女儿，儿子死了两个,还有一个在外面,估计也搞不出来,女儿是弱智,现在和他一起生活,四十来岁的人了,还像个小孩,那天我们去他家时见识过,穿了条裤头就跑了出来,嘴里哇哇作响,也不知什么意思。最后,赵组拍了一下大腿,说这事我有办法。就和老头商谈好,房子的事,一下子解决不了的,你先暂缓一下,我们先给你一些补助,帮助你改善一下眼前的生活,再带你女儿去做个体检。老头同意了。我悄悄问赵组,你也可以搞补助的?赵组得意地说,给一点吧,息事宁人嘛,我们单位有一个"马寅初基金",是专门补助那些"因生致贫"人群的,他这不正是因生致贫吗?正正好。我们说完,挤挤眼,都忍俊不禁地嘎嘎一笑。

第三天,我们包了两千块红包,把老人邀到村民中心,我简单地导演了一下,当着大家的面,赵组把红包递给老头,老头也露出了久违的笑容,王秘用手机拍了照,支书也搭进去拍了一张,大家各取所需。

鹰岩岛好像就是为李车来的。就像前面鸟岛是为钱摄去的,海钓是为孙钧办的,之前我们说的全国自行车公路赛,就是在鹰岩岛,实际上就是一个环岛赛,这次正好给李车撞上了。我们这才知道,这条环岛公路修得还是不错的,岛上本来就不通外面,本来车就不多,这条路修建最初就有办公路赛的想法,中粗沙子的沥青路,不软也不硬,骑起来特别带劲。而且这条路的走势也是依从了岛上的地理,设置了许多个爬坡道、冲刺道、转弯道,骑手在这里能够体验到各种路况。更带劲的是,岛上的自然景观和人文景观毫不做作地融为一体,一会儿是教堂,一会儿是养殖场,一会儿是妈祖庙,一会儿是石头房子,一会儿是空阔的海面,一会儿是热闹的码头,一会儿是安静的港湾,骑着骑着,都会给人一种精神豁然的感觉,有点"环法赛"的味道，一般公路赛是无法跟它比拟的。因此，这条路虽然投入使用的时间很短，但已经在骑手中聚起了人气，占据了重要的位置，还可以吃海鲜，大家都很愿意到这里来。民宿也是这样应运而生的。尤其是那些赛车，从混装的船上运过来，赤橙黄绿青蓝紫，一下子将码头充斥了，给这个海岛也带来了别样的生机。

李车平时骑车也都是自由骑，没有要求，跟那些广场舞、徒步走、太极拳、门球队、踢毽子、抖空竹的没什么区别，顶多也就是骑远一点，从市区骑到六盘，算很了不起了，什么时候骑过这么正规的赛道？骑过正式的比赛？

这些天，陆陆续续到来了许多车，他们都是来熟悉环境和场地的，三三两两，间或从各条路上闪过，都会恍惚一下。李车也请假回了一趟本岛，去旅馆把自行车运来了，把骑行服和头盔也带来了，他的头发本来就已稀疏，头盔纯粹是装装样子。现在的难题是怎样开个后门，混进参赛的队伍里。这可不像城市马拉松，有半马和迷你马，你可以量力而行。这是赛车，是在赛道上，上去了就下不来了。再说了，像李车这样的年纪，能不能适应比赛，身体吃不吃得消，还是个问题，弄不好自己摔倒了不算，还带倒了一大片。后来还是纠办的同志跟县旅委及组委会做了沟通，正好也有一些六盘的骑友跃跃欲试，就一起被安排在爬坡道上，让他们尝尝鲜，过把瘾。

那天，我们没有像送孙钧一样送李车去比赛，赛道毕竟是赛道，是封闭了的。除了个别有村庄的地方组织了啦啦队以外，其他赛段基本都清了场，实行了管制，闲杂人等一律免进，骑手就只管大胆地风驰电掣吧。事后，我们听李车说，虽然跟比赛没有关系，也不计成绩，但还是有一点点紧张的。他们被安排在指定的地点集合，大家也都穿上了骑行服，头盔、护膝、短裤、紧身衫，一样也没有少，这种感觉非常好。他们早早的跨上了车，等着指挥员的指令，他们知道自己在做什么，所以他们时不时地要回头张望。李车说，我们的脖子都扭酸了。他们的后面是绵延的车道，看似弯曲细长，像蚯蚓一样，实际上还是很壮观的。从他们这个角度看，虽然不能看到赛道的全貌，但也会在间隙里看见赛车一闪而过。一会儿，他们就看见密密麻麻的车队从后面骑来，他们骑得真慢啊，像蚂蚁爬行一样，其实是看起来慢，实际上肯定不会慢。大概还有八九百米的样子，指挥员叫他们骑起来骑起来，他们就三三五五的骑起来。他们当然也是拼命的骑，当然也是风驰电掣，好像也生怕后面的队伍赶上来。爬坡段不像他们想象地那样难骑，其实他们已经快到坡度的顶端了，坡度也快要结束了，但后面的队伍肯定是难骑的，他们要骑很长的一段距离，才能够骑上爬坡道。他们和后面的车队一直保持着这个距离，好像车队也很难追上他们，但有那种追的劲头在里面。他们只骑了一小段，感觉还没有过瘾，到了一个岔路口，他们就被拦下来，被放进了一个岔口里。然后，他们又被汽车载走，抄近路运到另外一个爬坡道上，又爬了一次坡……

我们感兴趣的是有没有什么奖励，奖金或什么意思意思的奖牌。李车说，那没有，给你体验一下已经很不错了，感受一下大赛的气氛，感受一下正规的赛道，这种路我们平时哪有机会骑得上？不过，李车又说，每个人最后都分到了一个布偶，就是那种绒布玩具。我们兴奋地说看看看看。李车就拿出一个绒布兔子，还挺萌的，耳朵短，尾巴长，牙齿比头还大。我们就哈哈乱笑。原来，赛事组委会是拿李车他们当"兔子"了，就是撵着他，给正式的赛车队伍寻点刺激。

上午还是参观建设，不过不是黄鱼基地那类，是六盘县里的项目，基础建设和硬件建设这一块。纠办安排得很好，像拉链一样严丝合缝，像纽扣一样一环扣一环。我们知道，这就是所谓的劳逸结合，就是巡查加休闲，说不定还有点什么实惠。人也真是有趣，其实都不缺什么的，但上了年纪，退了二线，只要一说到实惠，就很高兴。我们上了车，拿到的"小贴士"里这样写着：崖屏街道陪同巡查组参观——8：45，深港花苑（一个别墅群）；9：00，环六盘渔港经济带（沿海一带的经济布局）；9：30，蓝色海岸线提升工程（围着峭壁做一些栈道）；10：00，六盘联合污水处理中心（海水再利用工程）；10：15，北屏中心商业区（北港村和崖屏村合作服务项目）；10：45，崖屏村民中心改建项目（包括农村文化礼堂建设）；11：00，辐射对岸的形象工程（做给对岸邻县看的声光电项目）；11：15，东接西连旅游综合体（与对岸邻县共同打造的旅游项目）。我们一个个走过来，背着手边看边议，有时候还发表一些具体意见，比如在这些区域怎样融入一些民俗和信仰元素，说民间还是很在意这些的，运用得好，对经济发展大有好处，如果迟早要纳入的，还不如提前做出布局。陪同的人员都拼命点头，觉得意见很中肯，非常有建设性，可操作性也很强。就是在深港花苑，原定只看十五分钟的，却被我们拖了半小时，原因是那个老板在介绍项目时唾沫横飞，极具煽动性，我们每个人都巴不得买它一幢，面朝大海，闹中取静，设施和布局都是同济大学设计的，十年二十年都不会落后。我们听得津津有味，都赖在那里不肯走。后来还是纠办的同志悄悄提醒了一句，说自行车钢圈都会生锈的。意思是说，这地方潮湿，腥味，盐性大，海风长年肆虐，什么东西都经不起腐蚀。这么一说，我们就都哗啦啦的转身走了。

下午的活动就很热闹，是我组织的。我下去之前就已经计划好的，要给六盘送一台演出或带几个书画家下来，也算我们对六盘的支持，县里肯定是很喜欢的。这不，纠办也把它当作一项福利，要恩赐给某个乡镇或街道，但一直排不下来，正好崖屏街道获了个市里的"优秀基层支部奖"，就借机赏给他们了。

但是，我们被临时带到海风街道去了。海风街道自然是很高兴，像过节一样，但崖屏街道就不爽了，书记主任都翘起了嘴巴。纠办有纠办的考虑，也是征得了县里的同意，说海风这次创建工作落选了，备受打击，急需鼓励。而崖屏，好处不能都让他们得吧，也把福利让一点给海风嘛。最后事情怎么解决呢？纠办主任有办法。他悄悄叫我弄了两张好的书法，给崖屏的书记和主任，他们就闷声接受了。现在农村的干部都知道书法值钱，尤其是市里下来的名家。而海风的任务，就是款待好这些艺术家们，晚上弄一桌好吃的。海风的书记自然是心领神会，应得很响，说，我就是自己掏钱请客，也要让艺术家们满意而归。

我一共叫了五个人，这会儿都已经到了六盘，到了海风。这些人我都很熟，说白了，都是我原来的手下，老主席请他，一般都会给面子的。再说了，我事先也把消息透露给他们了，红包是有的，不多，不能和你们的润格比，但买烟买酒是足够的。他们其实也是很愿意来的，就当是游山玩水，还有接待，还被人呼得人五人六。在家是写，出来也是写，出来还可以练练胆大，以后表演起来就更得心应手。我请了市里的书协主席，胸架要拉的，不然说不响；又请了一个获奖的新锐，介绍起来有噱头；还有个专门写大字的，尤以四个字见长；还有个擅长现场表演，写字像打拳一样；还有个写意花鸟画家，又快又有气魄，荷叶上面一瓢虫，岩石下面两黑鸟，之类。就这些人，自己驾车从市里开过来，字还没写，画还没画，纠办就对我竖大拇指，说厉害厉害。

农民的祠堂里，张灯结彩，桌子摆下了，毛毡铺好了，宣纸买来了，笔墨准备了。书画家们刚站好位置，后面的农民就围了一圈，一个个钻了头看。那个像打拳的书法家，一手拿笔，一手拿毛巾，马步一扎，大家就喊好，刚写了一个字，大汗就出来了。那个写大字的也是，笔走龙蛇，出手奇快，上善若水，宁静致远，再多一个字就是更上一层楼。写一张，后面的农民就拿去晾一张，一会儿就把地上铺满了，现场的气氛，那是相当的好。纠办高兴，街道高兴，我也舒了一口气，有一种为六盘做了贡献的轻松。

晚饭，街道搞得很别开生面。海风的沙滩还是很美的，像月牙一样弯在海边，细沙很白，很干净，也很松软，他们在沙滩上请我们吃烧烤。说是烧烤，其实菜都是酒店里送的，无非是摆在沙滩上而已，搞出一种野炊的味道。

其实也不是在沙滩上吃，是在沙滩的上面，一个用木头搭出的平台上，平台很壮观，从这一头横跨到那一头。涨潮的时候，海水正好满到平台下，大家照样还可以坐在平台上，这种感觉非常好。海风的书记悄悄地对我们说，每天晚上，都有很多人在这里搭帐篷，夜宿。这个听起来有点时尚，但是，谁会到这里来搭帐篷呢？夜宿呢？是这里的年轻人？还是城里来的年轻人？烧烤当然也是有的，远远地望去，沙滩边还有几团火，一闪一闪，还有一群年轻人在那里快活。书记说，这是一个单位在这里过团日，等会儿还会跳舞。说着，我们就好像闻到了烤羊肉的味道，烤鱿鱼的味道，啤酒花生火腿肠的味道，空气中还有音乐弥漫了起来。其实，我后来知道，这也是街道组织来的，是来给我们助兴的，凑热闹的。

书记问我们要不要去看看，也算深入生活，体察民情。赵组他们喜欢坐看，艺术家们喜欢喝酒，但我要去看看，我平时比较喜欢扎堆，不喜欢严肃的宴席，不喜欢大鱼大肉，喜欢别具一格的零食小吃，尤喜欢烤羊肉。黑夜里的沙滩确实好，很享受，音乐还在放，音质很淳厚，现在这种"蓝牙"很方便，可以和手机连起来用。有几个年轻人已经在那里蹦跶了起来，我也忍不住跟着节奏，摇摇晃晃起来，我摇的是自己臆想的"狗熊舞"，就是电影《白日烈焰》里、廖凡破了案、在舞厅里顾自摇晃的那种，无所谓好看不好看，就是沉醉、自我、放松、恣意。摇着摇着，我也会蹭到烤炉边，撸一串羊肉，再端一瓶啤酒……

说来我自己都不信，烧烤炉后面的那个人，竟然是军人！我吓了一跳，也愣了一下。没办法，他就是军人出身，他就有这样的潜质，他想见我，想找到我，分分钟的事。我只得装作在等烧烤，不动声色的陪他说话。

今天，他跟我说了他的失落。他难过的主要是两件事：一是他女朋友走了，不知道到哪里去了，毫无音信。她确实等了他好多年，后来也陪他东跑西跑，最后无望了，她也撤了。她听她家里的，她一心想他有个好工作，公检法都可，可以为她家争口气。军人说，我知道她心里也是油煎一样。人和人之间其实就是靠一些事链接着，于我，就是一个工作，于她，就是一个寄托。现在她放弃了，就是放弃了寄托，对这件事不在乎了。这对两个人来说，都是折磨，都是冷暴力。我说，我看了那些文件，你们退役不是有补助吗？没有工作，你拿了补助可以自主就业啊，干吗把自己吊在一棵树上？他说，补助没什么名堂，就算一年一万，也就是十二万，十二万能做什么呢，租个店面就没有了，根本就没事可做。海岛不像你们市里，经济环境好，资源多，机会也多。海岛就是和鱼打交道，这东西靠天吃饭，没个定数。

第二件事就是他家的老屋。那是我祖辈留下的，一排连着的，我父亲在中间，边上是大伯和小叔。我父亲一直想把老屋抬起来，他巴望我回来后有个好工作，受人景仰的，或有权有势的，搞个三层四层，可以派用场，但边上的大伯和小叔不同意，活活就把我父亲气死了。不怕你笑话，农村人就是这样，自己不能好的，也不想让别人好起来，根本就没有情面。我想，我要是有个好工作，公检法的，也许就不至于这样。

  他说，还有更难受的，自从我回来以后，跑得多了，反映得多了，就被县里瞄上了，进入了"三访"黑名单。当年是敲锣打鼓送我去当兵的，我去了西藏之后还做了很多宣传，现在自己的承诺不兑现不说，连一点起码的尊重也没有，各种防我，专人联系我，专人盯梢我，昨天我在厕所里拉屎，旁边蹲着的那位就是，开始我还不知道，后来我起来了他也起来了，我就知道了，一般拉屎的不这样，不会这样跟着。我回来的时间不长，听他们说，每逢大事都这样，不管是开什么会，开运动会也一样，都要二十四小时在线，随叫随到。我也是军人出身的哪，也是受过教育的，也是有纪律的，我们哪里受得了这个！

  这确实是个问题。我想缓和一下情绪，就去拿了一瓶啤酒给他，我说你怎么又来烧烤啦？他笑起来说，到处都是我们的人，我想做什么都是可以做到的。这个我信。我说，你觉得我是个可以说话的人吗？他说，你不像个领导。我说，那好，你听听我说得对不对。工作的事，女朋友的事，包括你家里的事，我觉得你是钻了个牛角尖，走进了死胡同，让自己纠缠在里面了。我说几点你听听有没有道理：第一，上访没意思，上访也没有用，上访把自己的身价给弄低了。第二，你是从部队出来的，你有你做人的底线，你也做不了什么坏事。第三，你还要在这里生活，你要考虑你今后的形象。第四，工作是会变的，过去国营单位多么好，改制一来，工人还不是统统下岗？第五，任何事都是事在人为，转一个弯，往前看，也许就是一条新路。

我还告诉他，六盘文联是我们系统的，我们没有管理的关系，但还是可以说得上话的，你先去那里做做服务工作怎么样？有兴趣的话再学点什么，摄影书法都可以，黄馒头成大师，也不是不可能的。这事也不难听，不会比你的公检法难听，学好了还是个艺术家，人生的轨迹就发生变化了。女朋友可以再找，老屋抬不了可以买嘛，事情不会是一成不变的。

他沉吟片刻，说，你让我想一想。

和军人说好，我马上给六盘文联的头儿打电话，对方说正在青海扶贫。呵呵，现在文艺也可以扶贫了。我说，我找你有事，你什么时候回来？头儿说，一个礼拜以后回来，什么事，你说吧。我说，电话里一句两句讲不清楚，等你回来吧。头儿说，你轻易不求人，一定是有要紧的事。我说，要紧要紧，确实要紧。

年底边，六盘要开两会了，感觉形势一下子就紧张起来。再隔一个月，党代会也要开了，这个期间，代表资格也要开始酝酿了。这些事本来都是组织部统战部在抓的，但今年对代表资格审得严，很多部门都介入了。所以，纠办的同志也都在叫，忙死了忙死了。

市里也特别交代我们，要适时关注六盘两会期间的信访情况，和党代会代表的甄选工作，尤其不能让信访的风气抬头，说每当这个时候，信访人员就特别活跃，平时连人影也见不着，这时候一个个都像田螺一样。这事我们在位时都不关心，现在二线了，反而要关心起这个了。

那些天，我们就不像平时那样，一周只去一两天了，根据六盘的需要，我们差不多就像正常上班一样。赵组也说，如果出现了"三访"情况，而且被他们访成了，什么是访成了？就是跑到北京了，虽然处理的是他们的领导,但也是我们的失职,我们这段时间的巡查就算是白费了。我们听了头都抖了几下,身上的汗毛也竖了起来,觉得赵组很可爱,同时也知道了,他的热头气是骨子里的,是与生俱来的。我们暗想,像六盘这个小地方,穷地方,也许会有,但好像没那么严重吧?

巡查暂时的先放一放,我们要把重心转移到两会和代表资格上来。我们不再在旅馆里简易地"办公"了,纠办把会议室腾出来,让我们临时坐坐,有专人泡茶,有专人收拾,我们又享受到了在位时的待遇,呵呵。

了解和汇总过来的情况确实也有点意思:

党代表方面:一个村支书,被人举报说曾经被公安拘留过。调查的结果是:四十年前,他是个走村串户的篾匠,在一户渔家做生活时,男主人想让他借种造人,他推不过,也借了。后来男主人知道是女方不会生,心里面不舒服,就把他当流氓罪告了。一个村支书,阿哥是党员,出了问题;阿弟是党员,也出了问题;这就是他把关有问题了。调查的结果是,为了与宗族势力抗衡,支书想在发展党员上加强自己的力量,结果阿哥阿弟都不争气。

信访方面:1、有人换了手机,联系不上了,接电话的已不是他本人;2、事情都告知清楚了,但就是不想息访,分发的材料都是十年前的,现在还在用;3、一个法轮功人员,动员他上山疗养,他说自己已经不练了,坚决不上山;4、一个原国民党军人,突然说自己是起义人员,要求澄清历史。

交流讨论的时候。纠办的同志也在叹苦,说原来我们还羡慕信访办的,说他们到处跑,现在轮到我们吃苦了。说现在上访人员是拿上访作武器,要挟乡镇,要挟信访办,甚至要挟我们,公开叫嚣自己要上访，好像上访很大一样，大家都怕他；有的上访人员说，不上访可以，但要按上访北京的费用折算给他们，还要途中补助，这算个什么事嘛。这种感觉很差，尊严严重受伤。但纠办的同志有两个说法我觉得还是挺有意思的，一是说上访就好像马路边的乞丐，给不得，第一个不给，第二个觉得你抠，也不会向你要；第一个要是给了，后面的就觉得你心善，就一哄而上了。二是说上访就像是打篮球，五个对五个，防得稳固，攻得坚决，最后还是会把球投进去的。所以，风声鹤唳是对的，有漏网之鱼也不足为怪。

大家还讨论了拟发的县两办文件，"关于开展信访问题化解攻坚月活动的通知"，我大致上记了一下内容：1、县级领导要牵头协调化解；2、部门一把手要亲自带头化解；3、属地和事权单位要联合协同化解；4、纪委、信访和纠办要跟踪督办化解。集中查办一批初信初访案件，最大限度地促使息诉息访。还有几个怎样：怎样加强领导，怎样梳理排查，怎样讲究方法，怎样严肃纪律。我们听了都觉得警钟已经长鸣，步骤已经到位，应该万无一失的。

受气氛的影响，我也是有点心情激动的，觉得在农村、碰到了一些事、确实是经历了体验的。想想自己在文艺部门，那可是四平八稳，歌舞升平，从来没有这种危机四伏的感觉。文艺家都是个体户，孤傲、自恋，有意见也都是写写纸条，说谁当了两届了还不下来啊、谁的成绩和他的职务有关啊、谁利用工作之便给评委打招呼啊、谁违反了计划生育，虽然罚了款，虽然放开了二胎，但也是违反国策在先啊、应该一票否决啊，等等，都是些皮毛小事。你要是邀他过来谈谈，尊重他一下，他面子厚，也就顾全大局说算了算了。

中午在县府吃了，回旅馆休息，这是雷打不动的，动了就会影响精神，下午就没办法做事了，这都是机关养出来的毛病。从县府到旅馆,也就是十分钟的路程,一个个已哈欠连天了,就像那句话说的,饭后饭软。乘电梯上楼,开了房门,脚还没踏实,身后那个军人也跟了进来,我轻啊了一声,心想,你怎么候得那么准啊?军人也不回避,说,我一直在安全通道里等着,隔远听着你们的声音。

他坐下,要了一杯水,说,你们上午在开会吧。我开玩笑说,你又知道。他也嬉笑着说,我是猜的,这个时候,你们肯定都在拼命地开会。他又说,我看你也不是搞这些的料。我说,你指哪方面啊?他说,对于信访啊,你们肯定没有"地下工作"的经验。我说,那倒是。他说,我念你人好,才过来和你报个信,有没有用,你自己看,我也算还你一个人情了。

接着他说了他所知道的情况,他其实也算是那个圈里的人,也许他看不上他们,也许他不屑于这样,但他们的一举一动,他还是知道的。1、上访人员的微信群已经改名了,原来叫"上天入地",现在叫"坐看风云";2、某印刷作坊,最近印了一批"上访衫",直接把内容印在衣服上,更隐蔽也更直接了;3、北京已经有了这样的产业,以介绍看病为由,一个人两万,边看病边上访,回来社保还可以报销;4、上访路线有变,像地下党过封锁线,一路上有人护送;5、还有一个,在佳木斯有店面,最近被划了红线,拆迁还没有获赔,店面却突然被烧了,他觉得是有人想逼走他,可能直接从佳木斯上北京;6、还有还有,他们现在的材料做得都很正规,都盖了骑缝章,这说明什么?说明机关里有人帮他们出主意……

我一听,心里也惊了一惊,真是道高一尺,魔高一丈。这些情况,我们上午都没有听说过,这些事情,哪怕有一件被他们做成,六盘的领导就要拜拜了。我还是关心军人,我希望他和这些事都没有关系,我说,你最近都在六盘吧?哪天我文联那边联系好,我们一起过去一下。他说，我在，我都在，但也有可能会去一下西藏。我说，你去西藏干什么？他轻松地说，玩玩，反正没什么事，去会会老朋友。我说，玩玩是可以的，但千万不能做傻事啊。

　　送走了军人，我赶紧敲开了赵组的门，我们又一起找了纠办，把情况一说，他们也脸色煞白了。不是说这些事情有多么大，而是他们觉得自己已经是天罗地网了，了如指掌了，却原来一点也没有掌握住，完全是游离的，空白的，这是很危险的。

　　年底事多，主要是市里的书记事多，所以，等书记一有空，市里就先把总结会开掉了。大会堂的新闻厅，可以坐一百多号人，一年一度的全市领导干部会议，也都是在这里开的，现在正好，十支巡查组加上领导加上部门坐得满满的，虽然气氛热烈，虽然有说有笑，但我知道，大家的心思已不在这里了。心思在哪里？在单位里。车贴还发不发？补贴到了单位没有？年终的绩效考核还有多少？我还能享受些什么？也有的在想着明年的去向，退休还没有到，是继续二线？还是继续巡查组？还是放我们回家了？

　　每个组都分别汇报了取得的成果，都是满载而归，都是漂亮的歼灭战。有个组甚至意犹未尽地表态，明年还要到那里去，说是建立了感情，说县里也舍不得让他们走，还说要宜将剩勇追穷寇。我们六盘组的汇报比较实在，这归功于王秘的起草和我的修改，客观准确，用数据讲话。

　　市委书记的总结也非常好，讲得很客气，说我们这批人，克服了年事已高的不便，克服了身体欠佳的困难，克服了下乡生活的不适，远离家庭就不用说了，充分发扬了有谋略有能力有担当的老干部风范，督促了各县农村基层作风巡查的圆满完成，不说查处了多少问题，但至少起到了震慑的作用，可喜可贺。书记还告诉大家一个好消息，我们这个二线干部发挥余热的举措，得到了省委常委会的认可，准备在全省各地推广实施。

我们也回想了一下自己在六盘的日子，可以总结为五点：一是轻松完成了任务，二是度过了二线的不适期，三是深度见识了六盘的全貌，四是改善了身体状况，五是找回了在位时人五人六的感觉。哈哈。每个人还都有具体收获：赵组，本来也就是部门的一个副手，通过担任组长，无论思想和心志上都日臻成熟，还额外颁出了一个"马寅初基金"，下次有希望再出任组长。钱摄，本来摄影也就是手机水平，通过六盘的实践，不仅技术上有了长进，还发现了鸟岛，为六盘做了贡献。孙钓也是，一直在嘴里念叨海钓，其实都是在滩涂边巡巡，真正穿上海钓服，上了亦风亦雨的岛礁，还是第一次，收获了处女钓。还有李车，平时也就在老年队里骑骑马路，这次骑了正规赛道，参加了正式比赛，还当了一回兔子，也算是过了一把瘾，不虚此行了。王秘就更加实惠了，听说已被列为了后备干部，明年要参加"中青班"培训了。我也一样，有机会体验了一下不一样的生活。最能见诸成效的，是各位发在微信上的照片，一个个红光满面，每个人看了都说，看把你们养的，胖了胖了。

我还是惦念着那个军人，这天下午，我又跑回了六盘，自己开车去的。我找了六盘的文联，面子是有的，他也愿意帮忙，难题是现在临时工也要指标，说，不用指标的是菜场边的保姆。我又跑了人力资源和社会保障局，局长是有一次人才疗养"新疆团"的，他说感动于我为六盘的操心，指标可以给，但还要财政点头给钱，这是根本。我后来就直接找了六盘的县长，女县长是我们一个县级班的，还一起去过清华，让她来协调财政。我说这不是解决一个指标一个工资的问题，这是在消除六盘潜在的隐患，这事你做不做？女县长当然说做做做。这些事，都是做德的事，在农民看来像天塌下来一样，在领导这里就是动动嘴皮子。叫相关部门碰个头，做个纪要。后来，我又带军人去了文联，见过面，交代好。文联现在也有很多公益班，讲文学的，讲音乐舞蹈的，讲美术书法摄影的，正缺打杂的人手。我还给了他们一个小小的承诺，我可以定期给他们讲一些课。这样，就好像铁板钉钉了，更加笃定了。

过了几天，六盘也要开巡查总结会，这个会有一点点别扭，别扭的是，不重视不行，都是全市部署的工作，每个县都这么做了，却又是一个敲边鼓的工作，不能太过认真，也不能喧宾夺主，弄不好不仅吃力不讨好，很可能还贻笑大方。但样子总是要这样做的，新娘子虽小，堂还是要拜的，会还是要开的。顺便再请一顿饭，才算是真正的圆满结束。

会议在望海山庄的书院进行，这也看出了县里的用心，尽量不那么正式。规模也不像前面那次，没有了相关部门的参与，就是书记、纪委书记、常务副县长、监察局长、纠办主任等，我们两对面坐着。主要议程就是巡查组把工作通报一下。赵组认真，写了十六张纸。在六盘的半年多时间里，四月份下来，年底前结束，街道乡镇，海岛渔村，每到一地，都要宣讲，但都是即兴式的，不是做报告，今天可不一样，是代表市巡查组，向县委书记做通报，赵组觉得，那是要好好说一下的，是要拿出一点架势来的，不然，还真以为我们是来过渡的。但我们几个却不是这么想的。钱摄说，前面都已经客客气气了，就继续皆大欢喜，好话说到底吧。孙钧说，市里都已经收尾了，我们还那么顶真，别人还以为我们这么有味道呢。李车说，过过瘾就好了，还真拿自己当组长啊，人家还是个省管干部噢。王秘笑笑，不敢作声。

我不好多说，因为组长这话题和我有关，有点敏感。但也许就是这最后一句话刺激了赵组，什么组长，什么省管干部，他的脸色一下子就沉了下来，心里也下定决心要认真了。

没办法，脸扮起来了，身架也端起来了，为了烘托气氛，我们也只好拿出笔，唰唰地记起来。赵组说，在六盘，我们采取了十多种巡查的方式，有座谈、下访、查找、问卷、约谈、接访、探讨、研判、整改，等等，先后开座谈会24次，谈话57人次，接待群众43批次62人，接听举报电话89个，受理信访件103起，梳理和交办问题91个。我们都吓了一跳，都相互看了看，我们原先都没有在意这些的，没想到赵组他这么会整理。接下来，赵组就说到了"发现的主要问题"。他还真说了，根本就没有考虑我们的意见，我们几个又钻了头相互看，估计也有人向他眨眼睛，但他不理睬，当自己没看到。坐在我身边的王秘，好像有点想哭的样子，好像在说，我没有整理过这些啊。我忍不住瞥一眼对面的领导，他们的身姿已经不一样了，一个个都端起了肩膀，眉头也瞬间夹了起来。他们肯定觉得这无非是一个象征性的会，类似于圆功酒，大家呵呵呵呵。显然，他们没有准备，这个会的风头竟然是这么强劲。

主要问题第一部分是村级组织方面，这些问题也确实存在，但不能归纳，归纳起来就非常可怕。一是村干部素质不高，党员先锋模范作用不强；二是个别村干部一手遮天，以权谋私；三是两委班子不团结，干群关系紧张；四是村两委办公楼两极化情况严重；五是村务管理混乱，缺乏监督，存在欺上瞒下现象。

第二部分是农村"三资"管理方面，第三部分是工程项目管理方面，第四部分是镇级及基层站所工作作风方面……赵组念得抑扬顿挫，吐沫横飞。我发现，对面六盘的书记有点坐不住了，一会儿动动茶杯，一会儿擦擦嘴巴，还不断地把头扭向纠办主任那边，有明显的不满情绪。他的动作里有很多意思，有些是做给我们看的，好像要告诉我们，农村就是这样的，这些问题都是普遍存在的，这些问题的存在原因很多，有环境的原因，也有条件的原因，有宗族宗派的原因，也有素质档次的原因，处理起来都非常棘手，不知道的人往往"躺着说话不腰疼"。而有一些，是做给纠办主任看的，好像在质询他，怎么会有那么多不足呢？怎么没有把巡查安排好呢？至少你后勤这一块就没有做好！

客面上，书记的表态也是很诚恳的：接下来，我们的任务很重，要在风险排查、研判深入、问题化解、督办整改的基础上，使农村基层作风巡查工作常态化，自觉化。

会后，圆功酒照常吃，吃得也相当好，意见归意见，这一点气量书记还是有的。但气氛里明显也有了"绵里藏刀"的倾向，那个纠办主任，频频找借口向赵组敬酒，大有把赵组"现场直播"的意思，我们都感觉到了，但拼命打圆场也没有用。

当然最后，最难喝的酒也会结束，酒结束了，巡查也就结束了。我后来问王秘，一开始纠办主任讲的那个案件、那次说要送给我们的、作为我们巡查成果的"礼物"，后来有没有给我们？王秘说，没有，有一天我也弱弱的问了，他理都不理。

后来，我在报纸上也看到了这个报道，说六盘县纪委、纠办，通过近一年的明察暗访，一举挖出了原六盘环保局某副局长及其手下，利用手中的权力，在客户申报项目上，设卡布难，吃拿索要，疯狂敛财的窝案，老百姓拍手称快。报道写了近四千字，登了一版，但只字未提巡查工作，其中味道不言而喻。

纠办的同志和我倒还有联系，说你传递的军人反映的情况，准确，及时，他们格外重视，马上部署，跟踪关注，都做了妥善处理。倒是那个军人，他自己失踪已有一段时间了，家里没有人，电话也不接，问亲戚朋友也都不知道，他们有点担心，希望我能帮帮忙，想办法找到他。我马上紧张起来，转身就和六盘文联的头儿联系，头儿说，我也正想找你。我说，找我干吗？头儿说，别人说的话，我传达给你啊。我说，你说你说。头儿说，说你人是好的，也是热心的，就是老了，不了解现在的青年人，想法也完全不在一个频道上。我说，这话是谁说的？头儿说，那个军人说的。我说，我就是问你他的事，现在怎么样了？头儿说，人倒是来过了，人也不错，在这里上了两天班，第三天就不见了。我说，他有说自己去哪里吗？头儿说，没说，不过之前好像流露过一个念头，说想去西藏买支枪，说西藏民间散落了很多枪，他知道怎么能搞到它。我听着电话，倒吸了一口冷气，好像一下子也没有主意了。

原载《钟山》杂志 2019 年 2 期

上海长途汽车

有一段时间,我经常往返于温州和上海。我是温州人,去上海干什么?去上海"跑单帮"啊。跑单帮这个词,旧社会的人都懂;解放后不大用了,就很少有人懂了;现在更是,就几乎不懂了。当年看样板戏《沙家浜》,"智斗"那一场,胡司令问阿庆嫂,阿庆呢?阿庆嫂答,我哪知道呀,有人看见他,说是在上海跑单帮呢。知道是这件事,但具体做什么,还是不懂。后来,有人问我在干什么?我说跑上海啊。跑上海干吗?上海东西多呀,带些紧俏的东西,再回到温州卖。那人就说,噢,在跑单帮呀。后来,这个词又有了一些歧义,或是异义,叫"投机倒把"。那是1978年前后。

上海有什么东西好带的?那就多了。过去上海叫十里洋场,解放初期还说它的空气也是香的,在老百姓心目中,上海一直就是全国物资最丰饶的地方。上海的百货商店那才叫百货商店,光南京路上就有"一百""十百""华侨商店""友谊商店",都是进去后可以转一天的。

这些都是我跑上海要去的地方。去干什么？排队买东西啊。那时候物资紧缺，什么东西带回来都可以赚钱，当然是指好东西，温州没有的东西。玻璃茶杯、高脚痰盂、搪瓷脸盆、五彩被面、平板玻璃、牡丹香烟、还有电子石英表、后来还有针织尼龙布料。这些，都是温州人结婚必备的东西，所以，我跑单帮也是一定有生意的。

那时候走上海的都是轮船，开始叫"民主"，后来叫"工农兵"，再后来叫"繁荣""繁新"，每星期一趟，船票又贵又紧张，三等舱8块，统铺也要5块，相当于普通工人十来天的工资，所以，我舍不得乘船，宁愿坐长途汽车。长途汽车是2块5，乘一天一夜，路上像抬轿一样，骨头都颠散了，也像生了一场大病一样，要半天调整才会缓过劲来。

去杭州只用1块8，但我不去杭州。为什么？杭州没有商机。杭州虽然和上海只差两百里，但理念上完全不一样。就像杭州是温州的省会，但我们说话杭州人听不懂。不去杭州还有个原因就是，我曾经在杭州受过挫折。

那是"文革"期间，我随祖母在杭州生活，也因此要在杭州读书。我读的是庆春门边上的刀芒巷小学，中午便在附近的杭州机床厂吃，因为我姑妈在那个厂里。

在温州时我有集破烂的习惯，把一些没用的东西集起来，积少成多，等收破烂的人一来，和他换些零钱，或接济家里，或留点自己用。这些破烂有：鸡毛、头发、废铁、牙膏壳、肉骨头、甲鱼盖、鸡肫皮等等。总之，这件事不坏，一方面养成勤俭节约的好习惯，知道钱来之不易，另一方面也算参与一些经济活动，锻炼锻炼，穷人的孩子早当家嘛，家人也很支持。这是在温州，温州有温州的生活环境，人文背景，价值取向，道德评判。

在杭州我读的是四年级，这是个不紧不慢的阶段，所以，很多的时间，我都在机床厂里玩。机床厂是全国行业中的一个大厂，大到一条厂区道我都没办法走到底，走着走着，觉得没有尽头，就退了回来。厂区里堆着没有发出的各种机床，也堆着来不及清理的工业垃圾，这些垃圾，很快就把我集破烂的积极性激发了出来。在之后的日子里，我在机床厂的玩，就变成了"淘金"和"寻宝"，我时不时地会带些"宝贝"回来，有时候是一个铜螺帽，有时候是几片铁垫圈。

我的收获当然是可观的，因为我的基地是偌大的一个机床厂。但这些东西我又不能放在姑妈家，只能放在书包里，这样，我的书包很快就物满为患了。那时候功课不多，书包都比较单薄，其他同学都是蹦蹦跳跳的去上学，而我却像个搬运工一样，负荷沉重。放学后，同学们像出笼的鸟儿、伸开双臂作老鹰俯冲状、乌拉乌拉地跑回家，我却像个老太太一样背着书包步履蹒跚。我想，等什么时候收破烂的人一来，我就轻松了，我就可以把这些东西换成小钱，买一本自己喜欢的笔记本，买一把梦寐以求的铅笔小刀，或花三分钱去吃一碗撒了桂花的甜酒酿。

后来，我的秘密被姑妈发现了，她无意间拎了一下我的书包，差一点没把腰给闪了。家里立刻召开了一次"公审"小会，虽然没有上老虎凳和辣椒水，但也上了纲上了线。最后的处理决定是：我由姑妈陪着，把那些螺帽垫圈什么的送到机床厂保卫处，还当面做了检讨。厂领导也不失时机地秀了一下批评，大致的意思我现在还记得：1、别看这是垃圾，但也是公物，公物是不能随便拿的；2、小孩子要好好学习，天天向上，不要一天到晚盯着这些东西；3、从小就有这些资产阶级思想，长大了怕是要犯罪的……我被他们批得体无完肤，只能低头认错，表示坚决改正。

这就是杭州和温州的区别。杭州的小孩不集破烂，杭州也没有收破烂的人，杭州视经济活动为洪水猛兽，视我的行为是挖社会主义墙脚。

所以，杭州和上海不一样。杭州人见了温州人会说，温州人很傻的，都不知道休息的。上海人则不，一听你是温州人，眼睛一亮，会说，温州人都很有钱的。

去上海的车是在温州西站。温州好像没有东站和北站，只有西站和南站。南站是往温州下面乡下的，西站则是往温州上面的外地的。西站上车，出了太平岭，出了双屿镇，过了化工厂，就到了梅岙渡口，滔滔瓯江阻隔了温州和外面的路途，所以，过了渡口才算是真正走出了温州。渡口的排队是长年累月的，没有闲暇时间，一来一去的渡轮渡着行人、板车、三轮车、拖拉机、也渡着汽车。一般都要等上一个多小时，如果这天在四五十分钟过去了，大家心里都会暗暗高兴，今天可以提前到达目的地了。大家就这样坐在汽车上，居高临下地看着窗外，窗外是一拨又一拨的小贩，他们卖粽子、香糕、橘子、咸鸭蛋，渡轮的这段时间，就是他们的生意时间，所以，他们都在声嘶力竭的叫卖，希望能引起你的注意。

过了渡，大家才会觉得是真正的上了路。后来有了高速后叫"金丽温"，还有一条叫"甬台温"，都是从这里分出去的。浙南多山脉，接下去是青田、丽水、缙云、金华、衢州，都是山路，要一直到诸暨、绍兴、宁波、嘉兴，才是平原。

这时候的车上才是一片小天地。从温州出发的人，不一定都是像我这样跑单帮的，也有出差的、探亲的、看病的，有些人就是在车上做生意的，他们把车作为柜台、店面、场地，卖一张车票就可以在车上摆摊，他们本来就是脑筋很好的人。

这样的路，这样的车，一路上都是慢慢悠悠的，乘客们也都习惯了，坐上车就是完成了任务，坐上车就只能交给车了，死心塌地了。车开了一会儿，生意人就开始活跃起来。首先出场的是"湖海"。湖海是温州人特有的称呼，好像是从江河湖海中省略出来的，也好像含蓄着江湖的意思。温州人都知道，湖海就是卖膏药的，跌打损伤，活血化瘀。湖海都有标志性服装，笼裤、腰带、短打、护腕。湖海也都是身体强壮的，别人大衣裹颈的时候，他一般都要光膀子赤膊。"晴天防落雨，有命防病苦"，说着说着就在车上练开了。练的项目很多，但都是可以在车上施展的：铁丝扎腰，来回走几步，扎下马步，运气屏劲把铁丝崩断。板上拔钉，先是用手掌把钉摁入板中，再用牙齿把钉从板中拔出。还有肚皮吸碗，就像是长在肚皮上一样，无论你怎么使劲，就是扒不下来。在乘客一遍又一遍的赞叹声中，湖海也陆陆续续地亮出了他的膏药，有贴的，也有喝的，还有吞服的。那时候做苦力的人多，膏药是很有市场的。

接着是第二个出场。不知他们有没有事先约定，或门类、或品种、或次序，不能撞车，撞车了就是抢饭碗，就不够意思了。生意的好坏靠的是运气，是经营。第二个是补脸盆的，口诀念得像唱歌一样，"缸也补，桶也补，木头也补，铁皮也补"，其实就是一支香烟大小的焊药，用火一点，直接溶化在打了洞洞的铁皮上，冷了就补上了。那时候家里破脸盆漏水桶都有，生意也不错。

第三个上来的有点娱乐性质，卖弹簧棒，练胸肌和手臂用的。这人反差较大，一般这样的买卖都是身材魁梧的，这人却精瘦矮小，所以，他的演绎就更有实效性，也让人觉得他确有奇功。他练的项目是拉力器，他可以拉两百斤，你拉一百五的，他奖励一毛，拉不起来的，他收你五分。这个公平正道,童叟无欺,是男人都想试一试,当然,也都是以失败而告终,那就买一根弹簧棒回家练吧,两块钱一根。他最好,表演也赚了,买卖也赚了,赚两头钱。

这样的车,路上不寂寞,像个游乐场。那时候的车,到了一个地方,都要在车站里面兜一圈,有客就带走,没客继续走。那些生意人,有在青田下的,有在丽水下的,也有在金华诸暨下的,也许回道温州,也许就在当地摆地摆摊,不管。我们继续走,疲了就歪头睏一下,摇摇晃晃也是很舒服的,就像温州话说的"吃不如撮,睡不如瞌"。醒了就傻着眼看路边的风景,路边是稀稀落落的庄稼、是扑满灰尘的小屋、是蹲在地上吃饭的妇女、是挂着鼻涕看着我们的小孩、是趴在地上肚皮一瘪一瘪的野狗。

我喜欢司机老姚。曾经想,长途汽车司机应该是什么样的呢?就是老姚这个样,个子高高的,宽厚结实的,灵活机智的。他要是坐在车上,车子就有了重心;他要是坐在车上,无论是土路、碎石路,还是上山下坡,都是溜溜的;他要是坐在车上,车上的一点点异响,一点点故障,他就会知道,马上会手到"病"除。他还有那种一般司机不太有的自律,车上怎么热闹,都不会让他分心。

我们早上从温州出发,一般中午会在一个叫作"白马"的地方歇一歇,这地方有很多路边店,司机们都会在自己熟悉的店里吃饭,把乘客拉到这里,就是给这个店里带来恩惠,他就可以心安理得的吃这吃那。店里有盖浇饭,也有自助餐,也有生啤,生啤一毛,自助餐两毛,盖浇饭一毛五,我们一般都吃盖浇饭。司机虽然是另外吃,但我们知道是吃我们的,这是规矩。老姚一般都认准那家挂着"打风炮"牌子的路边店。我以前不知道打风炮是什么意思,以为有什么暧昧的注解，其实不是，但打风炮这个词很有特点，我记住了。大概是他们店有那种气动扳手的意思，换轮胎用的，或一些螺丝锈住了，手扳不动脚也踩不动的，就用风炮打。老姚吃了饭一般都会再喝杯茶，端一张长凳，坐在路边，笑眯眯的。这时候，我们一般都在玩一种用刀劈甘蔗的游戏，把甘蔗的根部削尖，把头削平，像铅笔一样立起来，然后用刀劈下来，两分钱一刀，劈多长，这个长段的甘蔗就归你了。这得把甘蔗平衡好，把刀稳定住，眼疾手快才能劈得深。劈得深的才合算，反之就不划算。我们玩得很开心，愿赌服输嘛。这时候，老板娘就会站在老姚的身后，依稀隐约地靠着老姚，一起看着我们。老板娘是个健康蓬勃的女人，她的围裙从脖子上套下来，遮住了她的身体，但我们还是能感受到她高高的胸脯。老板娘这是信号，是想让老姚上屋里去，上屋里做什么？司机们都知道。但老姚基本都不为所动，他乐呵呵地看着我们，当自己没感觉到身后。喝好，歇好，老姚就开始检查，用铁钎敲敲轮胎，听声音他会知道轮胎的气压，有没有石子嵌在轮缝里，要不，他就用风炮把螺丝紧一紧。接着，他会从车后的架梯爬上车背，把行李都压一压，把篷布锁结实。据说，接下来走的是浙西山里，这里有很长的一段山路，他要开足马力一口气翻过去，不能在路上抛锚，不能慢吞吞的蜗行，老姚知道，这条路的事情说不定，一些地痞会飞身上车，然后割篷布扔行李，那就出事故了。

  与老姚一起搭档开车的我们都叫他"猴子"，听名字就知道，他是个瘦小干练的家伙。他年轻，喜欢开夜车，所以，他的车技怎么样，我们看不到。他白天在车上也会和乘客一样，会参与那些买卖，会跃跃欲试，有时候无形中还起了"媒头"的作用，就是诱使别人上当的那个人，我们现在叫"托"。严格地说，车上的这些生意，也是没有办法管的，他买票乘车，顺便做点买卖，也很不容易的，但车上确实给他们提供了舒适便利的环境。

猴子也没有别的不好，就是贪吃。到了白马那个地方，他就会挑三拣四地找吃的。老姚很随和，老板娘做什么他就吃什么。但猴子不同，猴子贼鬼，就前院后坦的找东西，有时候弄来一只鸡，有时候弄来几只青蛙，几条鳝鱼，都没有什么好弄的，也要额外的炒几个鸡蛋，不吃点难受。

猴子还有个特点是喜欢"放血"，这个词比较晦涩，后来直接了就叫"打炮"。他如果想，在车上的时候就会表现出来，说自己眼睛生疮了，鼻孔呼热气了，嘴角起大泡了，浑身上下窍都闭住了，要泄泄火，释解一下。他这样说的时候，老姚就看他，笑笑。我就知道，等会儿猴子会找老板娘了。我们是长途汽车的常客，不是过客，长途汽车以及路上的一切，就是我们的生活形态，我们熟知，并了如指掌。中饭的时候，吃着吃着，猴子就突然不见了，老姚心知肚明，只是不管他而已。我们饭后照例在玩甘蔗，老姚也照例端了凳子坐路边喝茶，这时候，身后肯定是没有老板娘的。老板娘哪里去了？一定在这间路边店的某个角落里，也许在楼上的卧室，也许在楼梯下的厕所里，也许在关了门的厨房里，也许在屋后的柴仓里，或许在不远处的那片草丛里，反正只要哪里没人，猴子和老板娘一准在那里。一会儿，猴子不知从哪里现了出来，像田螺一样，装作若无其事的样子，喊，上车啦上车啦，走啦走啦。乘客们就被催起来，骨碌碌地上车，继续下面的路程。接下来，猴子窝在副驾座老实了。老姚会笑眯眯地开他玩笑，火泄啦？舒服啦？他也会诺诺地回答，就像虱烫了一样。老姚说，这下眼睛啊、鼻子啊、嘴巴啊，都好啦？他也会下意识地摸摸自己的脸，说，就像蛋壳里剥出来的一样。老姚还会说，童子佬，钞票难赚的啊，省几个起来，叫你妈讨个老婆给你，猴子说，托你的福，很不幸，老婆还躲在丈母娘的肚子里。我第一次知道猴子这行径也是胡乱猜的，见猴子哪里出来，一副失魂落魄的样子，我就拿话探他，说，你怎么鼻子这么白？猴子吓一跳，说，真的？哪里啊？然后拼命的摸脸摸鼻子。后来上了副驾座，还在倒车镜里看鼻子，然后回头看我，说我骗他。我就嘎嘎笑，说，心虚了吧，干坏事的人，马上会露出"马脚"的。这说法是朋友告诉我的。

　　下午的车上都是卖吃的。也是一样，一个个的上来。先是敲糖，这是温州特产，说是治咳嗽的，这话不知从哪里说起，吃糖能治咳嗽，也有人信，买的人还挺多。接下是乐清香糕，市面副食店里卖五分一包，一包里有三块，红的、灰的、黑的。据介绍，红的掺了玫瑰花，滋阴的；灰的加了薄荷，吃着吸口气，凉凉的；黑的里面有芝麻，说吃了补肾。车上卖一毛一包，也可以拆开来卖，三分一块，也有人买来尝尝。中途上来的有卖金华酥饼的，绍兴豆笋的，嘉兴粽子的，也有提前卖上海五香豆的。有一个卖瓜子的苍南人，我在车上也碰到好几次了。我开始也奇怪，卖瓜子卖到上海，或在上海卖，能卖几个钱呢？卖瓜子还要赏吃，他一捧一捧的请大家吃，"嘻瓜子嘻瓜子"。他说吃瓜子，我们听起来像是嘻瓜子。他是苍南人，不说闽南话，也不说他们自己的蛮话，说带点福建口音的"苍普"，听起来很有乐感的。

　　晚饭在嘉兴吃，这边的饭店没有花头，猴子头虚眉低的，无奈地说，没办法，没思路，就会没花路，没花路，就会没出路。他嫌这里没"项目"。乘客也纯粹地吃饭。平原不像山区，不做额外的生意。平原的风轻微、柔和，不像山区的风，有时候凛冽，有时候粗糙。吃了饭上车，路也平坦起来了，饭后饭软，要是再没了情趣，就很容易睡去。老姚也在副驾座躺了下来，车由猴子开，人车都带着无聊，嗖嗖的往上海驶去。

在上海我也是挺忙的。我最早住在黄埔旅馆,那是在南京路江西中路的边上,是为了进出方便。后来觉得贵,就换了小旅馆,其实也差不了多少,但省一点是一点。先是浙江旅社、福州旅社、再后来换到遵义旅社。后来发现,还是遵义旅社最好,住的人都是各地到上海跑业务的,有推销自己产品的,比如永嘉做阀门的;有到处签合同的,自己并不生产,回头再卖给别人,是来自乐清的;还有就是像我这样跑单帮的。旅社里消息很多,也不知哪来的渠道,蛇洞蟹洞,路路相通,各有来路。说一百今天有什么,十百今天有什么,豫园今天有什么,等等。那时候,很多商品都要凭票,那是针对那些稳定的、有供给关系的、有计划需求的上海人的,而对于每天数以万计十万计出入于上海的外地人来说,定时定量的放卖一些紧缺商品,则是大上海对于全国的姿态,也是对我们这些人的恩惠。我的时间都是排得满满的,每天被这些那样的放卖支使着。早上赶到一百买香烟,排队,一个人限购两包;一会儿赶到华侨商店买五彩被面,这些平时都要"华侨券"的,今天免票;十百有婚床用品,豫园有针织尼龙布料,友谊商店有手绘衬衫,为了买这些东西,我基本上都在路上跑。上海地大,我买了公交月票;上海的饭店吃饭排队,我就在社区食堂里搭伙。当然,我也没有太多的钱去囤积这些东西,我是根据温州搜集的需求来的,是有针对性的采购,也因此,我会显得比较忙,生意很好的样子。大概半个月左右,我会满载而归的回温州一趟,那是我最最风光的时候,有人追着我,黏着我,求着我,我把采购的东西逐一脱手,差价都由我说了算。然后,在温州享乐几天,接一些下趟的业务,再酝酿了精神出去。

有一次我得到消息,说上海钟表厂早上六点会有石英表出售。石英表是什么东西？没听说过。我那时候还戴不起手表，我父亲倒是戴表，但也是那种三十块一只的红梅牌，所以，石英表我很想去看看。那天凌晨五点，我就赶到上海钟表厂了，已经有人在那里排队，他们比我起得更早。六点钟，临时设置的窗口一打开，我们就群情激奋，像战时沦陷区准备抢粮食一样，但只卖了几只他们就不卖了。我当然也买到了。石英表确实漂亮，是全新的钟表概念，不是那种指针走圈形式，而是窗式的数字闪现形式，非常的新颖和漂亮。后来，我用这只10块钱买来的石英表，在温州渔丰桥调剂市场和别人换了一辆永久28英寸锰钢自行车，据说那车的市价是180块，是时尚达人骑骑的。

有时候，我也会接到平板玻璃的业务，那是温州人结婚用来压桌子的，桌子上有十块大钞，有全国粮票，有纪念意义的相片，用平板玻璃压着，供人欣赏参观，是当时婚房里最时髦的摆设。这可是温州人说的"琉璃货"，就是砰的一声什么也不是的东西，可不能掉以轻心。在上海运来运去的时候我都是自己背着，最后回温州时，我也会"蹲起来打一棒"，奢侈地坐一回轮船，只为这玻璃贵、摔不得、而且有的赚。

带胖货的时候我就坐汽车。什么是胖货？比如装在盒子里的茶杯，对扎起来的高脚痰盂，用网兜装着的搪瓷脸盆等等。这些东西要提前运到车站装到车背上。这时候的长途车，中间城市已经不停了，也改成卧铺了，两层的格子铺，累了可以躺一躺，票价却提高到了四块。

上海汽车站在上海火车站的后边。初到上海的人，会觉得火车站广场是那么的有气魄，不可想象，心里叹服上海就是大手笔，就是不一样。汽车不是上海的主要交通工具，所以就龟缩在火车站后面，场地也好像是火车站的一部分。在上海，买轮船票是一道风景，有时候在十六铺,有时候在公平码头,要好几天之前去排队,人山人海,风起云涌。曾经有一个温州的朋友,在十六铺一带是一霸,公开身份是维持队伍秩序,手拿粉笔,红黄蓝白都有,以他的粉笔为准,在你的衣袖上画序号;隐蔽身份是黑社会的"打脚",腰间常年插两把匕首,夏天用衬衫遮着,冬天用军大衣遮着,所以他的绰号就简称为"衬衫"。也因此,我要是乘轮船回家,也没有为买票排过队。我和他的交往之前就有很深的默契,他在那个地方有一张凳子,是他偶尔休息时坐一坐的,他给我票,我给他钱,他不会多赚我一分钱,我多给一点他也坚决不要,但我会在离开时在他的凳上放上一包烟,要么是红牡丹,要么是那种抽起来甜香的黄凤凰。汽车站相对要人少一些,没那么复杂,但每天也是各色人等都有,都是行色匆匆、心情着急的样子。票一般都好买,真要是买不到,加两块钱,有人把你领到对面的弄堂里,马上就有。

　　和温州到上海一样,车上也总有几个闲人,和去程的买卖不同,回程上基本都是娱乐性的,或者说有赌博色彩的。也是,上海回温州,该办的事已经办了,该买的东西也已经买了,心情轻松,闲钱没用,玩一下又有何妨。

　　上海的汽车,一般是从嘉兴这边过来的,这是走后来的甬台温这条线。偶尔老姚和猴子他们有事,会绕一下临平和萧山,我就知道,他们要走后来的金丽温了,这条线要稍稍的远一点点。卧铺车就这点好,累了可以上去躺一会儿,不累可以坐到下铺来玩,有时候下面坐的人多了,像开会一样,也很有气氛。有一次猴子说,即便是这样,晚上也有人叫床的。我说,你听到啦?猴子说,你们都睡着了,当然是我听到啦。世间无奇不有,这也许是真的,谁知道呢。我经常在路上跑，晚上一般都睡得好，不像那些偶尔乘车的，白天晚上都很兴奋。

白天的车，下面都有项目，即便是不参与，看看热闹，轻松一笑，时间也过得快。开始上台的是闲人甲，他演的是"三张牌"。三张牌就是三张扑克牌，翻来覆去的耍，最后摆在地上，让你猜什么位置是什么牌，猜对了他给钱，猜错了你掏钱。这有点像那个著名的古彩戏法，三个碗三个球，猜什么碗下几个球。这时候，三张牌也耍了，也摆在地上了，看热闹的人有，但想试试的人没有。大家都知道，这些都是骗局，不沾最大，小心无错。但车上毕竟是单调的，车上的人也都是匆匆过客，不存在诱骗和使诈，试的全是运气，也没什么好纠结的。于是路人子首先探了头，试了一下，马上猜中，赢得小钱，而且是屡试屡爽，说明这耍牌的技术一般，有漏洞。这样，其他乘客的胃口也被吊了起来，也犹豫着纷纷加入。

这期间，闲人乙也按捺不住寂寞，也摆下了棋局。棋局凭智力和经验，也相对斯文。这形式公园门口常有，我也略知一二，但车上摆的是清盘棋，不像混盘棋那样容易起争执，感觉还是好的。而且规则就写在纸板上，摆在旁边，光天化日，有人作证——红黑自选，红方先行，和棋算红胜。棋局之所以能吸引人，就是因为看似简单，看似可以一步杀死。其实不然。所以，乘客们还是观望，或隔远指点着议论，不敢一试。这时候，路人丑说要试试。有人要试，闲人乙当然高兴，一边装作不屑，一边又认真对待。但路人丑的确是民间高手，也许平时就在公园门口练棋，据说，棋局就是下得多才练出来的，是搭了本钱学的；又据说，练到一定的程度，会学着改棋局，能改的更会玩几下了。所以，他和大家想的都不一样，他瞧出了棋局的陷阱，但就是不往里面跳；他声东击西，迫使对方出现了软招，然后点破；他还频频的与其他乘客互动，也讨论分析，这引起了其他乘客的兴趣。

于是，也有纷纷加入讨伐队伍的。

闲人丙玩的项目是"两张牌"，俗称"牌九"。这个更是眼中道理，没有歪门邪道，一人摸两张牌，比的是牌面的大小，简单，不用动脑筋。但两张牌是有难度的，扑克54张，要拿掉22张，剩下的32张作为作战的武器。两张牌还有口诀："天地人和梅长板"，老听打赌人挂在嘴上，但不知是什么意思。若说是什么比喻，好像解释不通；若说是大小的顺序，好像也不是那么回事。最大的是"双天"（两张红Q）、第二是"双地"（两张红2）、第三是双皇帝（黑桃A与黑桃3），下面依次的大小是：两张红8、两张红4、两张红10、两张红6、两张黑4。红Q和红9叫"天九王"，红Q和红8叫"天降"，听起来很有气魄，在单张组合中算大的。牌里也有粗话，比如摸住了"红桃10和黑桃10"，叫"通奸"，就像我们现在说的"AV"，也有点像。其实，单张凑成10的都有这个意思，算倒霉的臭牌。我听过，也知道一点，但没有玩过。

路人寅说自己手气一直很臭，说不定车上会好一点，他不信邪，要摸一下。这个响应的人最多，都是奔着简单和手气去的，但大家都忘了，还有"出老千"这一手。最后玩到车里鸦雀无声，偶尔有话的，也是说自己输得最多。打赌谁都说自己输，到最后也不知是谁赢的。

对于车上的这些，老姚和猴子也只是笑笑，也许，他们更关心的是行车安全，也许，他们觉得车上这样热闹也好，分散了大家的注意力，时间过得快。

也有人对这些都不感兴趣的，路人卯就是这样，边上的输赢跟他无关，他连眼睛也没有抬一抬。他样子像个"厚佬"，温州话的意思就是拈花惹草，下流猥琐。他能说会道，这会儿正粘着边上的一位妇人套近乎。妇人矜持着不予理睬，她侧着脸看着窗外，脸上有隐忍憔悴的痕迹，也有辛苦劳累的痕迹，但人还是清爽的，清秀的。

猴子一直在盯着路人卯看，我想，以猴子的秉性，一定在看他怎么狩猎，再怎么下手。看了一会儿，猴子就招呼路人卯，问他手头有没有烟，贡献几支。司机索烟，乘客一般都是乐意奉献的，好像也是对开车辛苦的一份敬重。路人卯就颠颠的跑到副驾座，一边给猴子递烟，一边弯腰点火。猴子咝咝地吸着，又喷出很大的一块，烟雾中，猴子附在路人卯的耳朵上说了几句话。路人卯看看他，又看了看那妇人，点了一下头。之后，路人卯回到位子上，再也没有粘那个妇人，转而关心其他了。

后来吃中饭的时候，我逮住猴子问，你起先和路人卯说了什么？猴子反问道，你都在路上跑的，这个还看不出来？整个一"三只手"，在那边擦来擦去，想打那妇人的主意。又说，我告诉他，她是我的老客，最近是她的非常时期，她儿子在上海做手术，她上海温州两头跑，她的钱都是救命钱，你要是动了它，是会折寿的。我心里轰了一下，有点另眼相看猴子了。

当然，车上还有别样的风景。闲人丁，也是不为车上的热闹所动的。他看上去一表人才，斯文稳重，一直在位子上看书，好像所有的心思都在他手上的书里。路上跑多了，我也喜欢看看人，各色人等，各种表演，也有趣的。一般的经验，在车上看书是看不进的，轮船上可以，车上就是不行，会头晕，会想吐，会昏昏欲睡。他既然这么爱看书，我就盯着他看，一看，他就露馅了，有毛病了，他的眼睛是死的，他的表情是木的，他的速度是没规律的，他的翻书也是机械的，不是跟着书的内容翻，也不是沿着书首往下看，而是眼神直接就散在书上了，等于没看。再一看，他的意识就像是一根触角，随时感应着边上的一位女人，留意着女人的一举一动。

那女人举着一个小收音机，捂在耳边在听她的越剧。越剧唱的是《追鱼》和《盘夫索夫》，我们熟悉的《葬花》《碧玉簪》她大概早已经听腻了。也许，她就是想保持着，在车上的这份清醒；也许，她故意借助着越剧，在拒绝别人的搭讪。但是，我也发现，她偶尔也会下意识地护一下背着的那个挎包，这个下意识的动作有点糟糕，把她的身份暴露了，也把她身上的秘密出卖了。

在车上，总有这样那样的事情。那天的车上，还碰到了另外一个人和另外一些事。一个到温州精神医院看病的病人，时不时的说自己尿紧，虽然有家人陪着，但也拿他没办法。他的尿最大，他的尿就像圣旨，老姚一听到了指令，就马上找路边停车，让他下来撒尿。有时候，他站一站就上来了，说没有；有时候，他半天也上不来，说感觉有就是出不来。后来，他一说尿紧车里人就骂娘，有说本来这一盘会赢的，被他一搅，手气又败了；有说这堪比一路上停了许多小站，到温州要猴年马月了。老姚都笑嘻嘻的说好话，说，就当是自己家里人病了，有什么办法呢，还不是要迁就他。猴子也说，等到了晚上，他睡着了，我再开快点，给大家给补回来。

温州其实没有其他有名的，就是精神医院有名。你到了温州，出了梅岙渡口，经往市区的方向，一路上就会不断地出现这样的路牌——"精神医院""精神医院"。

但任何车，无论快与慢，终究是要到站的。

后来的某一天，温州西站，我又要去上海跑单帮了，你猜我发现了什么？在西站边的一个旅馆门口，我看见了耍三张牌的闲人甲和摆棋局的闲人乙，他们两个是熟人吗？这会儿正对着脑袋点烟，还有说有笑的。一会儿，又从门里走出了路人子和路人丑，他们又在一起相互点烟。我还想,他们是在那个车上认识的吧?又正好到温州办事?又凑巧住在一个旅馆里?这么一想,觉得不对,没那么凑巧,就明白了那天车上的那些事是怎么回事了,他们原来就是一批"摊主"和"媒头",是组团出来"做生意"的。

再后来,我还有惊人的发现,在西站边的一个小吃店里,我除了撞见前面的几位外,还撞见了玩两张牌的闲人丙和路人寅,还有看书的闲人丁和厚佬路人卯,他们围着一桌在一起吃早餐!这会儿,我就不得不佩服他们了。你可以想象他骗的手段,可以想象他有诱使的媒头,可以想象他们相互之间的配合,但你想得到为了完成任务他们是八个人一起的吗?这还不叫人上当的?

我还是乘这个车,还要继续往上海走。闲人们和路人们也许还要待在温州享乐,或组团乘车到别的地方去了。在那趟去上海的车上,我还听到了另外一个消息,是猴子告诉我的,说那个听越剧的女人,在上次那趟车上被偷了。他也是听车站派出所的民警说的,说偷得神奇和蹊跷。女人是到了家里才知道的,她打开挎包一看,里面的一千块现金不见了,取而代之的是一扎白纸,也是钞票一样的大小,也是数好的一百张,不知是什么时候被调包的,女人马上就傻了。我问猴子,依你的经验,你觉得会是谁偷的?猴子说,我没看见,我也不知道,不过,我是不会替她难过的。又说,她也和你一样,在上海温州跑,投机倒把,小钱换大钱,来钱太容易了,也不一定都是良心钱。我苦笑,我无语。

我想想自己,这么多年,在真的没有在路上出过事,但我不是侥幸,而是有原因的,我有我自己的准则:在路上,低调,懵懂,退一步,不惹是非。

老姚一直在这条路上跑长途,原来和猴子搭档,后来猴子跳出来单干，跑物流去了，他又和别人搭档。跑国道，跑省道，后来又跑高速。到1995年，老姚安全行车350万公里，有望评上全国劳模了。这是个什么概念？就是跑上海温州7000个来回，就是每天跑500公里、一年跑350天、跑了20年无事故，这了不得啊。就是做一件最简单的事，比如每星期换一次衣服，一年都不拉，你也做不到。何况开车，开长途车，开安全车，开这么久。

但是，老姚没被评上，有人写材料举报他，说了他"三宗罪"：1、说他安全是安全，但开得太慢，实际上也耽误了许多事；2、说他的车，像什么"土壤"和"温床"，给投机倒把分子提供了方便；3、说他怂恿了"车贼"，甚至沆瀣一气，不仅败坏了车里的风气，也给劳动人民造成了损失。这还评得上的？虽然有点无厘头，但还是被马上拿掉了。

有人怀疑，这会不会是猴子干的，说猴子眼红了。猴子听到这话的时候，会马上跑到天底下，指着上天发誓，说，扯蛋，损人利己的事，我会干我是狗生的；损人不利己的事，狗生的才要干呢！

原载《作家》杂志2020年3期

养匹马怎样

我不知道60岁退休的规定是怎么做出来的？

1967年，我爷爷六十出头就走了；1969年，我奶奶也是差不多的年纪去世了。那时候，我爷爷胡子雪白，背脊佝偻，出门一定要拄上拐杖；我奶奶也是后脑盘了发髻，穿斜襟布纽的衣服，小脚站着都是颤颤巍巍的，感觉轻轻一碰就会立即摔倒。那时候我们都觉得他们已经到顶了，该走了。上世纪八十年代，也是我正壮年的时候，月工资26块，后来长了一级31块，累死累活才勉强糊口，没有脸盆藤椅我都想退。要是这规定是在那时候做出的，是在这些普遍经验下拟定的，是对的。

但是，这规定居然还延续到现在，而且，巩固这规定的还有一个强有力的说法：你不退，后面的人怎么上来？也是噢。

那现在的花甲之人都是什么样的呢？早上六点可以起床，夜里零点可以不睡，饭每顿可以干掉两碗，工作八小时不会喊累，如果约麻将还可以战个通宵。这算是普通的,要稍稍好一点的,隔一天去游个泳,隔两天去健个身,隔一周要磨个房事,隔一个月去跑个"半马"。所以,我退下来的时候,也就被别人瞄上了。瞄你的理由是:有丰富的一线工作经验,有处置各种风险的能力,有广泛的社会关系资源。具体到意向有:民营企业请我做党委书记,企业家协会让我当秘书长,职业技术学院聘我为客座教授。这个架势大家看出来了吧,我是一个当过领导的、又有点文化的退休佬。但我一律都予以客气又严正的回绝,我的理由很简单,都是做过正经干部的人,哪有这么好使唤的?

其实,我也不是那么有名堂,不过是我不想被什么事困着,想轻松、潇洒、没有负担地做一件事,可以的话也顺便赚点小钱。我朋友说,赚点小钱容易,那个没意思,最好还是要有点情怀。这话说得好。年纪大了,情怀很重要。我本来也有做公益的打算,但又觉得太早了点。公益难做,有许多被人"误以为"的地方:误以为你很有钱,花不掉;误以为你做了亏心事,想弥补了;误以为你有病了,想做好事救赎了。我还是有情怀地赚点小钱比较好。正好这时候,我看到了一个美国电影,《实习生》,说的就有点像我的这个意思。

70岁的本·惠科特在退休之后感觉生活无聊,有一天偶尔看到一则招聘老年实习生的广告,就去试了。自然,他成了朱尔斯·奥斯汀创建的时尚网站的实习生。开始的时候,本并不适应,但很快,他以儒雅的风范打开了工作,并感动和改变了周围的人。人生阅历丰富的本还帮助朱尔斯重新认识了自我,并正确地对待家庭和亲人。两人也从上下级关系发展为无话不谈的忘年交。本的表现告诉我们,优秀的人,不管什么年龄段都应该是优秀的,包括他的工作精神和工作习惯、生活态度和生活方式。这个儒雅的老头我喜欢,我也愿意成为他这样的人；那个漂亮的女老板我也喜欢，如果在接下的事情里能遇上一个也好。

关键是我也有这样的素养和风范。

我会书法，虽没有正式拜过老师，但自学至今从没有断过。大字学过《东方朔画赞》，小字学过《张黑女碑》，结构学过褚遂良《倪宽赞》，布局学过王铎和董其昌。我题过公园的亭匾，也写过大庙的对联，写过会议的横幅，也写过亲戚家的讣告。虽然没卖过字，但朋友若有需求我还是乐意奉送的。现在小孩会拿毛笔的越来越少了，我虽然不办习字班，但教教小区的孩子写写字，一定是很受欢迎的。

我还会健身，业余坚持好多年了。我知道比赛的那些套路，怎么选曲子，怎么编动作，怎么做赛前热身，怎么抢位做自由展示，怎么抹油才有立体感又不至于像个黑人。我的水平是可以参加比赛的，我知道怎么练斜方肌，怎么练三角肌，怎么练前臂肌和小腿肌，我看比赛都可以看出他们的薄弱环节。无奈，自以为自己是个文化人，不想穿着三角裤去上台比划。但做做私人教练还是可以的，这行当现在时髦，也是很受少妇们青睐的。

我还烧得一手好菜，现在有这样的钟点工，专门为不想动手的人买菜做饭。可口的饭菜，可以给一天带来好心情。看过电视剧《都挺好》吗？职场金领苏明玉，怎么就看上"食荤者"的老板石天冬了，就是因为他能做得一手好菜。以做菜的买菜、配菜、刀功、火候、掌勺、摆盘等纵向推理，能这样讲究的做菜者，一般都是个暖男。我拿手的菜品是生炒牛肉丝，吃过的朋友都说，入口即化（反之就咬痛了头筋），还有葱油鲫鱼，吃过的朋友也说，嫩得像果冻一样（反之就满口生渣），这两款菜都是三五分钟解决的事情，考验的既有刀功也有火候。当然，其他家常菜更是不在话下，相信吃腻了外卖的人是很多的。

　　我还有伺候老人的特长，尤其擅长伺候卧了床的老人。我老爸脑溢血"全身不遂"就是我伺候的。我原来以为一般男性老人都会喜欢年轻淳朴的女性保姆，但我老爸不是，说自己在她面前尿不出来，还说，她会看你好说话就漫天要价。没办法，我只得自己来。伺候过老人的人都知道，比伺候女人和孩子简单。你不用操心他的吃，也不用操心他的穿，甚至都不用操心他的卫生状况，因为有时候他都不在卫生状况里，你操心也没用。你也不用在情绪上和他较劲，因为卧床的老人基本上都没有自主意识或自主能力，你只要有体力就行。这一点我没有问题，我可以连同床单把他一起拎起来，可以从这个床搬到那个床，可以翻来覆去地替他擦身。这样的老人，一般小区里都有不少。

　　这些，都应该算得上有情怀的事吧。

　　说干就干，我打印了一张小广告，贴在小区的保安室里。保安室有三个房间，兼具门卫、监控、储物的功能，来往的人比较多。我有时候没事，也会踱到那里看看，装作翻找快递的样子，顺便也留意一下有没有人在广告前驻足，有，就说明人家有需求，我就想，我的手机；里马上就会有动静了。

　　可是，我的手机一直也没有响，不仅没有响，我还发现，大家看我的反应也开始有了点异样。有时候在路上碰到邻居，明明很熟的，他马上装作要接电话，把自己走开了；门口的保安，看见我的车过来，不等车停一停、智能感应一下，却早早把栏杆升起来了；还有我们一个楼的女孩，有一天正好赶上一起进电梯，发现是我，突然又回到信箱前翻报纸了。

　　我知道，一般人都是这样说退休佬的：说心里有了落差，会在家无端地凶老婆；说没人请吃饭了，肚里没油水了，脸色蜡黄了，精神也萎靡了；说突然没人找了，没事情做了，心里空落落的，像热锅上的蚂蚁，在路上乱窜。而我贴出来的"求做事"的广告，大家会不会以为我精神失常了，会突然的失去自控，发起神经来？

还好，没有那么糟。我在小区里的辨识度，还是较明显的。邻居知道我，也琢磨出我心里的意思，有人就在广告上写了字，说，老师若有时间和精力，帮我们小孩提高一下作文，我们都会很高兴的。我心里确实也感动了一下。这是内行人啊，熟知我的底细啊，也无意间泄露了我原先的职业，我是一个教语文出身的教书匠，后来慢慢的成了中学校长，直至最后做了教育局长。但是，这件事风险太大。

这件事对我来说当然是很容易的，等于是武士的刀、木工的刨、乞丐的碗，但我之前之所以没有在广告上提及，实在是这件事不好误人子弟。我们都知道作文的讲究，从情感出发，从生活中来。而我们平时灌输的套路，都是华而不实的花拳绣腿，这种东西蒙一时可以，若当成宝贝藏在身上，肯定要害人的。我当然可以教他们N种令人眼睛一亮的开头，可以教他们描写人物的几大技巧，可以教作文如何得高分的诀窍，可以教结尾怎样写才能余音绕梁，甚至可以提醒孩子们作文的N种常见通病，等等。但明白人都知道，作文也要靠天赋和才华。现在的家长都太功利了，他让你捉一捉，中学的就要考上实验高中，高中的就要奔向重点大学，你要是没把小孩的作文弄上去，那你就是骗子，就是臭狗屎，就是想钱想疯了。

那怎么办，难道真的就这样退了算了，过起老人的生活了？或搞搞假收藏，让人家骗骗；或像小区里的那些妇女，一大早穿着睡衣，裹着睡帽，一脸的睡痕，急急忙忙的下楼遛狗，看着狗跷起腿撒尿，看着狗坠屁股拉屎，操心狗聪不聪明，要不要找对象，有什么防疫药，吃什么好狗粮？真要是到了这地步，我还不如养匹马呢！想到这一点我自己都激灵了一下，养马多么出其不意，别出心裁。除了猫和狗，你也许还听过养其他宠物的，比如蟒蛇、蜥蜴、臭鼬、穿山甲，等等，但那些都不好玩，拿不出手，甚至还让人心生畏惧，起鸡皮疙瘩，跟养马怎么好比。马第一个印象就是漂亮、温驯，第二个印象就是健壮、精神。设想一下，你家的院墙上要是伸出一个马头，目光炯炯，又和蔼可亲，是不是感到很惊艳？要是再拉出来遛遛，的笃的笃，一耸一耸的，不要说骑上去，就是牵着，后面也肯定跟起一大串好奇和羡慕的人。

  我曾经看过一个小说，叫《买匹马怎样》，是发在一本叫作"中国纽约客"的杂志上。主编宗先生对这篇小说很推崇，曾在一个座谈会上提起过它，他说，小说里有买车，有现实生活，有对马的各种研究，但又有超乎寻常的想象，这个小说就飞起来了——王勃和李回珍决定去买个车，但又为买车的各种细节而苦恼，买车要一大笔钱，买车要学习驾驶，买车要购置停车位，买车要掌握很多车的知识和交通规则，现在路况又不好，买了车也不一定好走，还要维修保养，还要担心这担心那，人马上就沦为车奴了，还不如买匹马好。小说的最后，马还没买过来，人已经被想象的马影响到了，连走路也像骑马一样变成了罗圈腿……这个小说的初衷是想摆脱车的困扰，想象着马的好处和马的运行可能性，和我现在想到的养马还是两回事，目的也不一样。过去买车要一大笔钱，而买马相对便宜；过去开车麻烦，而骑马相对简单；过去有许多条件限制车，而没有什么来约束马。现在这些都不是问题了。现在养马不是把它作为工具，不是要使用它，而是将它作为一件艺术品，供人参观，供人欣赏，顺便普及一下马的知识，如果有可能，在提供服务的同时再收点小费，把它作为一项事业来经营。

那么问题来了，到哪里去买马？不是想象的买，而是真买。

我们知道，现在的马真是越来越少了。我年少的时候，城市里还可以经常的看到马，一般都是白马，看上去安安静静的、走路也小心翼翼的、甚至有时候是大腹便便的、是那些郊区农民拉来的、走街串巷卖马奶子的马，一毛钱一杯，连泡沫在一起也不会超过二两。据说，营养特别好，主要是清肺，治咳嗽，小孩子喝尤佳。现在各种营养品铺天盖地，谁还会等一杯马奶子呢，不会了。现在连马奶子的马也见不到了，更何况我要的马不是这种挂着两只马奶子的马，而是那种精神抖擞的、威风凛凛的、必要时还会放下一只"战备腿"的马。

好吧，当然，现在买马的途径也是很多的，关键是有钱有闲有条件了，有钱能使鬼推磨，有闲可去海之角，有条件可以通过各种渠道了解到马的信息。

马戏团的马还是不错的，也算是一种观赏马，这些马一辈子都待在马戏团里，早已经疲惫不堪了。我可以通过关系去说服马戏团，说马戏也要与时俱进，说现在观众的口味是很刁的，过去的马戏模式早应该淘汰了，无非是跑跑圈，在马背上倒立，在马背上翻跟斗，现在谁还要看这种毫无刺激的马戏呢？现在的人喜欢离奇神秘的，比如与蛇共舞，与鳄鱼同眠，或者教鸡啊青蛙啊兔子啊狐狸啊起床睡觉，等等。这样，马就可以置换出来了。

动物园的马也是不错的，原先，它只是作为一个品种存在，既没有表演，也没有其他任务，利用价值极低。尤其是冬天，它拴在外面的柱子上，在肃杀的寒风中一动不动，要不是风吹尾巴飘，还以为它是一座蜡像呢。不过，动物园一般都是国有的，园长可能不敢做主，没关系，借也行，我可以给它办理"保外就医"，让它在优美的环境里待一段时间，培养一下做马的应有的感觉。

部队的军马当然是最好的。军马往往都是好马，要么是原生马，要么是蒙古马。世界十大好马中蒙古马也在其列，还排名第五。这是一种古老的纯种马，优点明显，个子小，耐力好，成本低，不畏寒冷，生命力强。个子小它自身的负荷就会小，就像人瘦小一点肯定动作敏捷；耐力好适合长途奔袭，怪不得成吉思汗都可以打到芬兰那边去；成本低就是好养，吃得简单，就算你有荷兰的弗里斯马、土库曼斯坦的汗血宝马，但养不起有什么用；不畏寒冷就不用说了；生命力强就是体质好，易于繁殖。但军马是军产，把军马掳走了，无异于挖国家集体的墙脚。不过不要紧，跟军马差不多的马也可以，我知道哪里有。

有一年我在内蒙，跟着武警"走边防"，坐着武警的吉普车，在边境线上纵横驰骋。这里没有树，草也不多，沙漠倒是很大。我们走了大概有半个小时，也没有看见一个人影。我就跟武警开玩笑说，我们概念里的草原，完全基于德德玛老师唱的歌：美丽草原我的家，风吹绿草遍地花，骏马好似彩云朵，牛羊好似珍珠撒。我说，怎么都没有看见马啊？武警说，你要看马呀，那还不容易吗。这武警大概也是什么头目，或者正好管着马事，随即拿出手机，打了一个电话。我听不懂他们说的什么，但在那个语境里，我能够猜出他们大致的意思：这里有个乡巴佬想看马，你放马过来吧。我们又开了一段时间，一会儿，静谧的草原上似乎有了一点响动，像地底下擂着沉闷的鼓声，远处的沙漠高处，一股黄烟升腾了起来，接着边缘像涂了一条黑线，接着黑线像墨水一样往下流淌，慢慢的，才看清是一片马群朝我们奔来，足足有好几百头。我们还看见一个骑手在马群里穿梭，他向左横穿，马群也向左跑去，他向右横穿，马群也向右过来，看似在有序地追逐，但又跑得狂野和肆意。后来,那骑手就斜插过来,急刹在我们跟前,那群马也陆陆续续赶到,散落在我们周围。那都是红棕红棕的马,油黑油黑的马,看上去就觉得健康很力。我还发现,那骑手骑马是不用马鞍的,他下马的时候是滑落下来的,上马的时候也是小跑几步然后飞身上去。武警说,这是我们聘用的马倌,但这些马都是他家的。那天晚上,我们在武警哨所里吃饭,那个马倌也在,我出于好奇就有意和他接触,他也喜欢吹牛,就无意间"泄密"了;他父亲以前也在部队里养马,父亲高瞻远瞩,心思贼多,他有提前知道马发情的本事,一旦发现了,就趁放马的机会,偷偷地拉马回家,与家里的马交配,这是个神不知鬼不觉的事情,也不会留下什么痕迹,部队的马快活,我家的马也高兴,久而久之,我家的马也慢慢的变好了。他还告诉我,蒙古马有些优点是很突出的:它的眼睫毛浓密,不惧风沙,基本上没有眼疾,而且视力好,甚至没有色盲;它的蹄质异常坚硬,基本上不用钉马掌;它的肺活量还特别大,加速跑的能力还特别强,像豹子一样。这样我就知道了,他家里有好马。

好马是不能养在家里的,养在家里就起不到"有情怀"的作用,尽管我现在的居住条件还可以。我的家正好在小区的边上,一楼带花园的那种,我要是把花园整理出来,养匹马也是绰绰有余的。花园边就是花墙,路过的人只要踮一下脚,伸一下头,立刻会发现原来这里还有一匹马。但那样的马,相当于死马,仅限于摆设。小区的人要是来参观,站都站不下,要是有谁说让它走个"盛装舞步"看看,根本就撒不开腿。更何况还有许多意外的情况,比如中午想眯一下怎么办?刮风下雨想避避身怎么办?难道还退到家里来?

那句话怎么说的,起早做好事,老天也会相帮的。正好有一个机会可以完善我的计划。我们小区对面刚拉了一条马路，周边陆陆续续也拆倒了一些小厂，虽然划了红线，还在规划的图纸中，但二次利用已经在悄然进行了，指挥部也欢迎大家去接洽业务，比如违章车的集中地、临时的农贸市场、摩拜单车的堆放点，等等。在经济异常活跃的小城，每个人都会想到先赚一笔再说。我也去指挥部接洽了一下，我说我需要一块靠路边的空地，我没说自己要养马，这话说起来让人费解，要解释半天，我的理由冠冕堂皇，是以小区"业委会"的名义，要租一块临时停车场。我们这个小区一开始就对车辆的急速增长估计不足，现在已经是车满为患了，每天抢车位就像打仗一样，有了这个场地，晚归的车就可以定定的过来。其实，他们才不管你派什么用场呢，给钱，就愉快地决定了。

我就当租了个场地让自己消遣吧。这个场地的面积大概有一亩多点，位置就在那条新路的边上，朝向好，进出方便，视线也开阔，路过的人只要稍稍的转一下脸，抬一抬眼，马上就会看到。现在，我要按照养一匹马的要求来布置我的场地：我要拦一圈铁丝网，铁丝网既能隔离，又一目了然；我要简单的平一下地面，基本以那种哗啦哗啦响的碎石为主，也有一块意思意思的草坪，一洼人工的小池塘，几根仿古的栓马石，一座装饰用的假山，要尽量的接近自然环境。马厩还是要有的，里面可以有三处安排，一处放干草，这是马的主饲料；一处是我的值班室，兼放一些马的配套器具；一处就是马厩，是马平时生活休息的地方，要干净舒适，地上铺了干草，石臼里盛满了清水，栏栅是充分体现尊重的，就是挡一下马的前胸，想象中的马，高大，诚实，意思意思有个隔档就可以了。特地强调一下，场地外面的设置我是煞费苦心的，如果我们从高处鸟瞰，前面说到的几处，就像棋子一样散落着，就算是来了一匹爱撒欢的马，它也不可能痛痛快快地跑起来，这就抑制了马性情的发挥，它就只好乖乖地待着了。

这一切都是在没有马的情况下完成的，这需要强大的定力和强大的驱动力，定力就是要做，而驱动力就是要顶住各种各样的压力。有质疑这件事的，有质疑我的选择的，有质疑没有人看怎么办，有质疑能不能持续和最终效果的。我一概置之不理。到了这个年龄，脾气往往是所向披靡的，也是做成一件事的根本。

真是想什么来什么。这使我想起我们这个小城新进的一种出租车，叫"曹操出行"，开始还有点费解，回过神来马上就觉得这个名字好，"说曹操曹操到"，不正是出行人迫切的心情吗？对于我来说，具体到马这个物件上，也是。那天清晨，天刚刚蒙蒙亮，往日的这个时候，我要是起来了，也是去给别人送丧。最近因为在修缮场地和马厩，心吊着，睡不着。前面新辟的马路，还没有投入使用，路上也没有杂七杂八的白线，看上去更像是一片旷野。路的两边，都是附近小区昨晚迟归的小车，此刻，它们身上闪烁着晶莹的夜露，老实地蛰伏着。突然，远处传来的笃的笃的响声，要是在往常，这时候，无论什么声音，我都会忽略不计，但今天不同，心里有东西在作祟，我立刻就想到了马、马蹄、马蹄声声。定睛望去，还真是。远处马路的尽头，还是一片晨雾，晨雾中居然走来了一匹白马，白马上是一位骑士，脚蹬高靴，牛仔长裤，水蓝色的衬衫，外面是棕色的夹克，头上还压了一顶礼帽，像美国片中的牛仔。他们悠悠地走着，走得很慢，像走在一种仙境里，又像是走在浩渺的烟波里，给人一种万水千山和长途跋涉的感觉。就在这朦朦胧胧的意象中，我居然发现，旁边还跟了一匹白马，那白马也像是隐现在迷雾和水汽里，也走得一耸一耸，虚幻又踏实。我的眼睛瞬间就定住了，散光了，迷茫了。他们就这样朝我走来。

这个人居然是卖马的！那我肯定也是个买马的！我买马心切，也不管他的马什么来历，合不合法，是什么马种，只要漂亮就好。对于我来说，养一匹马、而且是一匹寓教于乐的马、可以与之亲近、供人观瞻、兼具服务的马，是当务之急。

小城里突然出现了一匹马，而且不是在动物园里，这在一定程度上是个新闻。一时间，来我这里看马的人很多，一时间，这条新辟的马路、还没有运行的马路，人车熙攘，像一个集市，甚至引来了交警和"城管"。

场地里每天都是各种各样的人，好奇的，摸情况的，到此一游的，这里面要数小学生和幼儿园的小朋友最多。因为要环保，牲畜早已经不让养了，因为禽流感，活鸡活鸭也不让上菜场了，一匹欢蹦乱跳的马，自然是很受欢迎的。这真是一匹漂亮的白马啊，浑身雪白，没一根杂毛，额头上一块灰色的胎记，也像是故意画上去的，因此，我们也更愿意认为，它就是一匹好马，就像我们觉得长得漂亮的苹果一定好吃一样。它也是一匹乖乖的听话的好马，噢，忘了说了，它还是一匹雄性的年富力强的好马，看看它的体形，看看它的牙口，看看它脖下胸前突起的肌肉就知道。它在马厩里，安静、斯文、有礼貌；它在外面也一样，每时每刻都是精神的，挺拔的，像那些仪仗队员，很敬业。

有一天，一位年轻漂亮的女老师带了一班小朋友过来，白马也很高兴，给予了积极的配合，叫它吃草吃草，叫它喝水喝水，叫它拍照它就含情脉脉地照相，叫它走几步它就昂首挺胸地走几步。小朋友的话题也是很多的：马是怎样睡觉的？马大便后擦不擦屁股？马平时就吃一种食物吗？马生气时也会咬人吗？我都愉快地一一作答。我还会告诉小朋友：马的头发为什么要这么长，它和眼睫毛是什么关系；

马背上为什么要留鬃毛，它除了引流作用，还有跑起来好看；马蹄是什么质地的，为什么钉马掌不会痛；我还会讲马的脊椎构造，背肌的分布，它之所以可以骑行，肯定有特别之处；我还会像那个红色电影《决裂》一样，给小朋友讲"马尾巴的功能"，当年葛存壮老师演得太经典了，让我们一看到马就会想起他的声调和表情。那天的女老师大概也是太漂亮了，她长得白白净净，穿着时尚鲜艳，性情开朗大方，笑声像摇曳的风铃一样。她的笑声不仅感染了我，可能也感染了马，这马也真是的，不知什么时候，趁人不备，悄无声息的把腿间的东西放了下来。这一幕被女老师看到了，她羞涩的转过身，想带小朋友离开。但小朋友也看见了，他们可不想走，他们好奇地看着这匹马，这匹变得奇特的马。这个问，老师，这马是不是生病啦？那个问，老师，马怎么有五条腿啊？这怎么说呢？这真是意外的一幕，尴尬的一幕。我只好帮着老师圆场，胡诌说，这是战备腿，是马打仗用的，不打仗就收起来，打仗的时候就放下来。小朋友又问，那现在马要去打仗吗？我噢噢，继续胡诌说，看马这样子，要明天才会去打仗……

可是，没过几天，这匹马突然就失踪了，我不相信。

这些天，为了帮助马适应环境，我都和它在一起，同吃同住同劳动。它居然没一点声响，是等我睡觉的时候溜的？马厩里都设置了栏栅，它是怎样遁出去的？这样的场地，没有高台让它跳跃，没有余地让它助跑，它又是怎样跨越铁丝网的？难道它还会飞？但它确确实实的失踪了。那一刻，我脑子里一片空白，起身时穿了一半的衣服，到晚上了还是那样。我开始还担心它会不会走丢了，它不知从哪里来，它知道回哪里去吗？后来想想，老马识途，年轻一点的马，想必也能够摸回去的。它为什么要走呢？是我待它不好吗？又没有虐待它（比如让它训练高难度的动作），也没有逼它做苦力（比如犁干硬的地，驮沉重的物），我把它当作宠物一样，每天好吃好喝，围绕它的，不是美女就是小孩，它应该是满足的。

后来，那些质疑的人就嘲笑我，说你做不成吧，你还不信。说你收养的是一匹原生马，或是流浪马，它是不小心被人劫住的，顺便卖给了你，是违背自然的。你哪里知道它想什么，它要什么，它都自由散漫惯了，哪里受得了你这里的喧闹和折腾，不逃才怪呢。说原生马的能力是很强的，你见过那些悬崖羊吗，这么小的蹄子，都能在悬崖上行走自如，原生马的本事就可想而知了，能上山崖，能下沼泽，能跃沙坑，能涉江河，你设置的那些障碍，根本的就是小儿科。

又有人说，你收养的是匹"越马"吧。什么意思？解释说，就像那些越南新娘，嫁给你，该要的要了，该拿的拿了，等你安然了，放松了，她却跑了，让你人财两空，我们以前说的"放鸽子"，指的就是这个。难道马也会这样？人会这样，马当然也会这样，牲畜本来知道什么呀，都是跟人学的。这些越马可聪明了，它到了你这里，该住的住，该享受享受，实际上都在察言观色，就像是踩点，如果你这里正好也有其他马，或其他什么动物，它们厮混熟了，有一天它就把它们给拐跑了。你还算幸运的，你这里也没什么名堂，它待下去也没什么意思，就掐准时间提前回去了。我听了愕然。

原载《人民文学》杂志 2020 年 5 期

大家都叫她詹妮弗

詹妮弗大概有三十四五岁，她住在我们楼上。我们这栋楼总共有十来层，有二十户人家。平时基本上没有来往，也不大会搭话，大家进进出出的都很严肃，好像都城府很深的样子。这也是现在的人普遍的样子，也是现在的住户普遍的样子，不知道是好还是坏。不像以前，搬家了，邻里间汤圆一分，就算搭上了关系，就可以走动了。现在的住户，你分他一个手机也没用，也不理你，更何况不分，大家不屑于这种形式，觉得多一事不如少一事。

但詹妮弗不一样，整天乐呵呵的，好像跟大家都有亲戚关系。偶尔在电梯里碰到，她都会响亮地招呼，上午好、吃了没、现在出去啊。詹妮弗搬来的时候就有个小女孩，小女孩也被她调得伶牙俐齿，见了我也会脆生生地叫伯伯早伯伯好。后来，市面上流行"爷爷灰"，我一直染着的头发也不染了，露出了原来的面目，小女孩再碰到我时就不正眼看我了，叫声也犹豫了，蚊虫叮一样的"阿公好"，也像是还愿一样。再后来，小女孩见了谁也都不叫了，人也由原来的机灵，变得了木木，仔细看她时，感觉好像也变丑了。小孩子不笑了就不好看。现在，小女孩大概有十一岁了。开始，我还以为小孩子长大了都这样，害羞了，懂轻重了，心里有主张了。有一次她放学回来进不了楼，趴在台阶上做作业，我正好回家，问，小孩，要不要一起进来？她拼命地收拾书包，也急急地跟了进来，就是没有一句话。我后来以为，这也许和她没有父亲有关。

自打詹妮弗搬过来，我就没有见过她的老公。詹妮弗年轻，一个人风一样卷来卷去，也许觉得无所谓，但慢慢的小女孩就会有所谓。她长大了，会觉得这个家不一样，会觉得别人的眼光不一样，她的内心就会小心的收缩起来。后来，詹妮弗养了一只狗，小女孩好像开朗了一点，有时候她带了小狗到楼下玩，会忘情地叫几声，会欢快地撒腿跑，会喃喃的和小狗碎碎念，会在逗狗时不经意地笑出了声。

詹妮弗不知是做什么的？按理说，一个人的穿着是可以看出她职业的，但詹妮弗的穿着看不出来。她很少穿制服，一般都是穿休闲装，有时候还背了一个长筒袋，两支羽毛球拍的手柄翘了出来，意气风发的样子。有一次我忍不住问她，你平时有打羽毛球吗？她笑嘻嘻地说，没有啊。我说，那你背了个球拍做什么？她说，好看啊，背着玩啊。我呵呵。这让我想起那些骑车友，也没骑那么远，也骑不到哪里去，但头盔、绑腿、手套、骑行服、空背包还是要的。

詹妮弗本来开一辆小别克，她难道也在机关上班吗？机关的女同志，一般都很少开豪车的，都是宝来、起亚、马自达之类，开个甲壳虫，也算是很时髦了。有一天，我正在小区里快走，后面一辆车老是摁喇叭，我回头一看，是詹妮弗，她像是有意提示我，自己换新车了，一辆宝马系的"小飞轮",虽然只是八成新,但我能大致猜出她的工作了:设计公司的策划、证券基金的中介、或什么商场的店长,所谓的白领最爱这款车。这样的工作,时间弹性大,相对清爽轻松,收入也过得去。这样的工作,才会有衣食无忧的散淡感,也会有心绪和时间弄弄小狗。

詹妮弗的小狗叫酋长,咋一听觉得这个创意很好,后来看了一部电视剧,里面的小狗叫局长,我就知道,詹妮弗的"酋长"是那里套来的,不过套得还挺有味,要是也套个主任什么的,就俗气了。酋长不一样,让人联想到广袤的疆域,那些神秘的传闻和色彩。

每天早上七点,詹妮弗都会带她的小狗下楼,小狗兴奋地撒欢,到处乱窜,小区里立刻会响起詹妮弗拖长声调的呼唤:酋长——酋长——。詹妮弗的小狗是柴犬,也叫秋田犬,黄白相间,一副忠义勤勉的样子,日本有好几部电影都拍过它。詹妮弗的小狗确实也很有意思,见了你也不生分,经常会伸着脑袋看你,我有时候在那里活动手脚,比划个什么,它就认真的蹲在一边,好像也看懂一样。

我们楼下一层是架空的,有一些简易的健身器材,但都不好用,一用就知道是从不锻炼的家伙搞的,唯有引体向上没什么要求,还马马虎虎。詹妮弗看过我做引体向上,边看边啧啧,说,嗯,你这个难。我问,怎么难?她说,我看别人都是借力晃荡上去的,你是勾起腿垂直硬拉。我说,你还看出门道了。她说,你有八十公斤吧?说明你手劲大。这个我及时纠正了她,说,你只说对了一半,能拉动自己身体的,不等于就举得起自己身体的重量。她又说,你能这样拉,血压一定都很正常吧。她这个说法倒让我吃了一惊,居然和机关医务室的大夫说的一样。大夫说,能练,还练到这个分上,说明你血管扩张得好,说明你血流量充沛,一般是不会高血压的。

詹妮弗也会让小狗表演给我看，表演趴，表演蹲，表演半站，表演假死，詹妮弗做一个"手枪"，嘴巴啪的一声，小狗就应声躺倒，算被枪毙了，还闭了眼睛。柴犬本来就样子精神，表演起来还这么认真，詹妮弗也乐得咯咯笑，说它都听懂的。詹妮弗的小狗还会表演笑，叫它笑一个，它就笑一个，这就很滑稽，超出了一般小狗的有趣。

有一天，我刚下楼，发现詹妮弗和一个遛狗的男人在那里相怼，等我走近了，那个男人就离开了。我问詹妮弗，怎么啦？我的理解是那人没主动清理狗屎，被詹妮弗撞上了。詹妮弗说，算了，不说了，说起来恶心。这天晚上，詹妮弗在小区群里发了一张图：能看出是小区的某个角落，树丛中有个隐约的身影，一看就知道在干什么。詹妮弗还在图下配了一句话：小处不可随便，再有下次，小心让大家"人肉"你。噢，是这事，詹妮弗还是有心机的，要是换了我，真不好说会不会直接揭露。不是我们没有是非，而是面对着一些无良，我们常常脸薄，或见不得别人的尴尬。

詹妮弗经常的会在小区群里"吐吐槽"。我们小区有一个微信群，有百多家住户，各种"头像"，各种"名称"，什么"狸""桃胶""卡宾枪"，不知道谁是谁，必要时才会亮出几栋几号。"詹妮弗"也是微信名，但好多人知道这是她。小区群的功能，基本上就是发发通知，比如什么时候打虫啦、什么时候停水啦。还有就是业主们发发牢骚，院子里怎么这么臭啊、这车停得怎么走路啊。也有相互抱怨的，几楼的，浇花看看下面好不好、某某人，半夜还装修啊，还让不让人睡啊。但大部分时候都是吐槽物业的。我平时只是看看，很少说话。不说话的原因是群里自以为是的太多、土豪牛逼的太多，这些人好像千年没和人说话一样，你一说话，马上就有人和你接应。接应还好，还和你抬杠；抬杠也好，还和你怨怼；甚至有直接叫骂的，某某人，有本事你现在出来。这算什么事啊，犯得着吗。詹妮弗也喜欢吐槽，但很少吐物业的，一般都是吐业主的，而且吐得还挺有道理。比如有人嫌小区的保安太老。詹妮弗说，负责任就好，又不是和别人打架，老一点怎么啦。比如有人对物业有意见，就会拿不缴物业费相要挟。詹妮弗说，你这样说就没意思了，你不缴，他一点也不害怕，明天就不来收垃圾了，麻烦的还是你自己，不信你试试。

去年底，群里掀起了讨伐物业的小高潮，事情的起因是物业砍了鱼塘边的一棵树，大家群起攻之。有说树是业主的，物业就没有权利砍；有说物业不把业主放在眼里，拿业主当什么了。物业也拼命解释，说这树很脏，又掉花又掉叶，把鱼塘都弄坏了，鱼死了不少。又说，没事先打招呼是他们不对，今后一定要吸取教训。群里还是不依不饶，一会儿说要物业赔树；一会儿说物业砍树就是在挑衅业主；还说物业是业主雇来的保姆，现在保姆要骑在业主头上拉屎拉尿了。詹妮弗忍不住又说话了，说树也不是什么好树，叫合欢树，就是名字好听，但确实也是比较贱的树，有机会换棵好的吧。至于说物业挑衅业主，说大了吧，人家也解释了，也抱歉了，还要怎么样，批斗、游街、辣椒水、老虎凳？又说，物业不是保姆好不好，就算业主是董事，是股东，那物业就是职业经理人啊，是我们请来管理小区的，没事他挑衅你干什么，他不要饭吃了？詹妮弗是小区群里为数不多、但能说句公道话的人。

物业和业主的微妙关系，在这次新冠疫情阶段有了集中的体现。

疫情来袭，我们这里也没有幸免，并很快被喻为了"湖北第三市"。原因很简单，我们这里在武汉做生意的人很多，原来还是做做服装、皮鞋、眼镜，现在发展了电器和汽摩配，甚至还有海鲜。这些人要是都从武汉回来过年,那我们这里的疫情就不好说了。开始的时候,我们也只是看看热闹,翻翻手机的各种信息,在不断震惊和佐证中挣扎,人也快疯了。真正的严峻是在这三件事之后:一是我们市长的访谈上了热搜,其实我们市长说得也是很平常的,关键是外地那些官员表现得太差劲了,一件事都说得颠三倒四,我们市长说的可都是数字,尤其是春节期间取消了多少万桌酒席,这个统计本身就很出彩,外地人哪里会想到说这个的?二是一个什么地方贴出了"悬赏通告",说发现湖北人奖两百,发现我们这里的人奖一百。这不,我们一个老兄不干了,致电对方交涉,凭什么歧视我们,凭什么湖北人可以两百,我们就只值一百,我们什么时候掉过价了,起码也要和湖北人一样,甚至还可以开价更高。我们这里的人就这样,不论事,论面子。三就是网红医生张文宏,我们这里的人,虽然在上海工作,但他是搞病毒感染专业的,他的一句话一夜飘红,"不能欺负老实人,这次全部由共产党员上",我们这里的人就是这样胆大务实。于是,隔离的风声,就像寒冬里的夜幕迅速地拉了下来。

政府的号令从电视上不断传来,而且一天一个样,一次比一次严重。"手机报"也不时传来消息,说高速西封了、高速北封了、高速南封了,只剩下一个高速东,也是三步一哨五步一岗,就像老电影里的那句台词,"连一只鸟儿也别想飞过去"。我们小区也很快行动起来,通往菜场的后门断了,通往公园的西门锁了,东门本来是消防道,现在也被不能出去的小车堵死了。唯一的北门,门口的帐篷也悄无声息地搭了起来。物业也在群里紧急招人,求助志愿者。也是,物业就这么几个人,白天要值班,晚上要守夜,要把小区守得像铁桶一样,没有人手怎么行。那些平时吐槽物业的住户,这时候也不知躲哪里去了。一些体制内的人还稍稍的好一些,会在群里表个态,说,排起来排起来，说，我们单位有事，我出钱好不好？詹妮弗一如既往的热心肠，很快就报了名。我也在群里留了话，说，白天最好机动，晚上一般没问题。

詹妮弗肯定是没经历过"值班"的，还比较轻松，觉得好玩，老是在群里发照片：一会儿是简陋的帐篷，一会儿是紧闭的大门，一会儿是冷雨下空荡的马路。她也拍一些人物场景，巡逻执勤的物业，帐篷中困顿的保安，送东西的快递小哥，还有她和她的女儿，两张戴着口罩的脸，一大一小的红马夹，还不忘号召大家在群里点赞。

我是有一点点担心的。好久没有这样风餐露宿的值班了，之前也有过两次，一次是单位组织的"抗台"，一次是给领导的长辈守灵，但那些都没有什么危险，甚至还可以嘻嘻哈哈。这次不一样，虽然不是在真正的疫区，虽然包裹得严严实实，但就是有一种莫名的担心。都说这病毒诡异，诡异就是没有规律，就是你对它掌控不了。你不知道它是不是存在，有没有粘在你身上，会不会不知不觉的感染你，防不胜防。几天下来，居然喉咙也疼了，腿脚也软了。都说中招的最初反应就是从喉咙开始的，疼痛、干咳，继而疲软、发烧，最后CT一照，肺已经成磨砂状了。会死人就是可怕的，整天在琢磨自己身体的感受，偷偷拿体温表测量自己。后来仔细想想，是值班值的。值班的任务是盘问，检查，防出去，也防进入。一些人对禁足不理解，非要闯一闯；一些人对口罩不接受，偏偏不戴；这些都要解释，说服，都需要声音，喉咙，甚至还差点和别人打上一架。除了"文革"，我们什么时候这么用力地说过话，免疫力就这样被累坏了。

形势真正的吃紧起来，是我们小区也发现了一例"疑似"，上面如临大敌，白车白衣呼啸而至，直接把那家住户给封了。大家看得见看不见的都趴在窗口张望，心情也像霜打了一样，本来还偶尔有人出来在小区里一闪，这会儿连小狗也赶不下来了。后来还好，那个疑似的业主在群里解释了，说他和武汉没关系，是和外面回来的朋友吃过饭，吃饭间才得知朋友去过武汉，他饭后就跑到医院隔离了。其实他并没有回过家，请大家放心。群里马上就有人噢噢，有人点赞，有说这人还是惜命的，也有说这人素质还不错。

　　詹妮弗的值班很认真，她有点"照书读"，上面规定，每户每两天只能派一个人出来购物，詹妮弗就雷打不动地坚决执行。在这个过程中，有一个女人引起了她的注意，她几乎天天出去，而且是早出晚归；有时候看都不看我们，径直地绕过我们帐篷，有时候又正好在打手机，弄起来很忙一样，我们又不好粗暴地干预她；显然，她已经违规了。有一天，詹妮弗逮着机会上前把她截住。远远的，我看见詹妮弗一脸严肃的在和她说话，阐明我们的纪律？敦促她自觉遵守？顺便也要求她不要让我们为难。而那个女人，也在做着手势解释着什么，看着也是着急又无奈的样子。詹妮弗回来后还有点情绪，说，说自己上班，谁不上班啊，我们还值班呢。我悄悄告诉詹妮弗，这个是我们市里的新领导，她确实比我们忙。詹妮弗惊讶了一下，说，不会吧，我怎么不知道？我说，以前不是，也是刚刚上去不久。詹妮弗吐了一下舌头，说，那我是不是糗大了，是不是看着很白痴啊？我开玩笑说，这也是我们的工作啊，她是本职工作，我们还是志愿者呢，我们比她伟大。那天晚上，詹妮弗的敦促起到了效果，市领导回小区时还特地进到我们帐篷，递上来一张纸，是"市办"开的证明，说疫情期间他们都正常上班，请小区酌情予以方便。这还差不多，这也算事情有了一个交代，大家都顺着"台阶"下吧。詹妮弗还稍稍的有点感动，说，这是不是也算平易近人啊？我赶紧纠正说，也不是，充其量也只能算是比较自觉。

后来，有一天，上面来了检查组，不知是街道的，还是区里什么部门的。正好又是我们值班，我们和物业一起陪着他们。几个人端着架子在门口说话，接着又到小区里面转转，最后还站在那栋隔离楼前指指点点，说这个不行，那个不到位，什么东西要补起来。詹妮弗在一旁听着不耐烦了，冷不丁把前面的"秘密"透露了一下，说，放心吧，市领导都住在我们小区呢，相当于天天在监督我们，我们比你们还紧张，哪里敢有半点怠慢啊。说得几个人一愣一愣，相互看了看，就不再作什么指示了。我们后来开玩笑说，詹妮弗赶客还是挺有水平的。詹妮弗笑笑说，我这是在宣传啊，是恰到好处地与他们共勉。

那段时间，宅家是第一要务，张医生也说，宅在家里就是最大的贡献。宅在家里做什么？看书学习，锻炼身体，还有就是做厨子。做厨子最缺的就是食材，菜场的东西不多，大家又不大出来。怎么办？詹妮弗神通广大，她可以弄到蔬菜。詹妮弗就在群里发消息：时令蔬菜，50块钱20斤，30份起免费送，需要的住户请"接龙"。这期间，上过菜场的人都知道，就像打仗一样，无论什么菜，均不问价钱，好像问一问价钱就是小气，就是不识时务。平时一个猪后蹄，80块都要迟疑一下，现在140，眼睛都不会眨一眨，立刻就抢走了。所以，买菜的人都知道，詹妮弗的菜有便宜。我也当面表扬了詹妮弗，说她这个阵排得好，好就好在给我们单调的值班增添了乐趣，也为业主做了一件实实在在的好事。在私信里，我也给她发了三朵"玫瑰"三个"大拇指"。詹妮弗也给我回了三个"害羞"三个"流泪"，并说，刚才在门口还有人说要佩服我，说我这时候还想着做生意，不容易。晕死，我成什么人啦，我想钱想疯了。我马上给了她三个"偷笑"和三个"流汗"。

晚上，詹妮弗将蔬菜图片发到群里，有白菜、土豆、西兰花、水芹、茄子、西红柿,赤橙黄绿青蓝紫,又营养又好看,接龙很快就到了30位,还超出了许多。詹妮弗戏谑,生意还是挺好的嘛。第二天上午,蔬菜运抵小区门口,詹妮弗就在群里叫开了,蔬菜到了,大家及时来领噢。冷清了多少天的门口,这时候才稍稍的有了一些人气,也有人在远处悄悄地看我们几眼。

可是,到了晚上,问题来了,蔬菜还剩了九份没人领。詹妮弗有点急起来,倒不是几块钱的问题,是这时候开这样的玩笑有意思吗。我也跟詹妮弗分析,出现这种情况的几种可能性:一是有人点赞点惯了,将接龙也当点赞了;二是接龙的人不是当家人,接了后当家人说话了,说这个不好吃,那个放不住,于是就爽约了;三是接了龙之后出去了,不在家,把这件事给忘了。我让她别急,再等等看。

一个晚上,我也在关注群里的动静,任凭詹妮弗在里面提醒,"重要的事情说三遍",群里就是没有人接应,我都可以想象詹妮弗已经在门口拆帐篷了。后来临睡前,我在詹妮弗的私信里留了话,说,要是明天上午还没有人来认,我帮你一起处理好了。詹妮弗大概在忙着,没看见我的留言,后来接话了,说,大功告成,我叫亲戚朋友都给拿走了,还不够分,嘎嘎。

后来,詹妮弗还在群里推过肉,内容有猪肉、脚蹄、老鸭,价格也依次递进得贵一点。我以为詹妮弗被前面的卖菜倒了胃口,不会再干了,没想到她的积极性还那么高。不过这一次,詹妮弗学乖了,吸取了前面的教训,再三强调大家非诚勿扰,打钱接龙,钱到了才算数。过后,我在私信里问詹妮弗,这次的效果怎么样啊?是不是大家都很诚信啊。詹妮弗无奈地说,大哥,别说了,现在什么情况啊,颠覆"三观"了,居然有人订了猪肉拿走了老鸭,还千呼万唤不出来,呜呜。我也啊哦了一下,安慰说,不奇怪啊,国难当前,卖高价口罩的也有的是，并发了她三个"擦汗"。

谁也没有想到这个隔离的时间会那么长，不要说宅家的人都宅烦了，就是我们经常在外面值班的人、能出来走几步的人，能看看各种"西洋景"的人，也都被拖得精疲力尽。开始的时候，红马甲红袖套，后来烦了，不穿不戴了；原来一直是戴口罩的，后来看看没人就耷拉到下巴下，有人了再拉上去；本来进小区要好多条件，出入证、测体温、健康码，后来看看面熟，挥挥手也放行了。

后面的菜场，先是开一个口，后来开了两个，后来又改回了一个；前面的公园，说好走了好走了，后来又不声不响地封掉了；马路上也是，一会儿人多了，一会儿车又少了。稍稍大意了，说有了一例疑似，又警觉了；看看有点松了，说境外有了输入，又紧张了起来。后来又说无症状感染的最可怕，像幽灵一样，潜伏在我们身边还不知道。总之，我们还得守着。

无聊的时候，我也会和詹妮弗聊聊生活，在门口的帐篷里，也在微信的私信里，宅家这么久，每个人都有故事。我问她女儿怎么样，宅家还习惯吧？詹妮弗说，她呀，爽得很，没人逼她上学，她高兴还来不及呢。我说，不是有网课吗？詹妮弗说，网课跟失去监督差不多，看似装模作样的坐着，牛奶喝喝，零食吃吃，鬼知道她能学到什么东西。我说，听说要"叮叮"上交作业的。詹妮弗说，那也是同学那里抄的，随她去。这期间，平安最要紧，其他的都可以先放一放。我转移了话题，你在家的时候做什么呢？詹妮弗嘎嘎笑，我在当厨子，年前网购了一台烘烤箱，现在会做面包蛋糕了，月饼也会做，饿是饿不死了。又说，我还学会了木兰扇。我问，是那种长绸的大扇吗？詹妮弗说，大扇没有，拿几根筷子代一下，就是打不出咔嚓的声音。我说，那要跟老司系统学的。詹妮弗说，网上视频有的是，我家又有大镜，学一个大概还是可以的。又说，音乐倒是好听，叫《沧笙踏歌》。

有人说，这么长的疫情，会造成很多人的心理问题，有人会疯，有人会抑郁，西班牙有个视频就是这样，一个女人赤身裸体地爬上警车，手舞足蹈。我觉得詹妮弗不会，以她的性格，再宅一段时间也没事，说不定还会学出更多的东西。

我们也会聊一些深入或敏感的话题。詹妮弗在私信里问我，你写日记吗？我说，我们都不算真正的疫区，没那种真正的惨烈，写出来也是流水账，不痛不痒的，没意思。但我还是留意了，我写专题。詹妮弗说，专题什么意思？我说，就是碰到什么有感觉的，写一下。詹妮弗说，你碰到什么了没有？我说，那多了。

我就例举了一些我以为可写的专题，附带也延伸了一下：1、儿子去美国旅游，时间到了却回不来了，好不容易搭上了"东方"的航班，我让他顺便带几个口罩回来，他说，机场的口罩要四美元一个。2、老爸老妈都80多了，我让他们好好宅着，隔天我会送吃的过去，这时候最大的心愿是他们不要"出事"，上医院很麻烦的。3、家里有店铺出租，租客来电话要求减免租金，说这是上面的政策，我说，我自己还租着别人的工场呢，别人一分钱也没有少。4、朋友在医院隔离，来电话说急需可口的饭菜，我就像地下党过封锁线一样送饭去了。5、理发店终于开了，但老司有两个原则，一是少说话，二是店里不超过三个人，说赚钱要紧，保命更要紧。6、还有全民成厨子、全民"写信日"、全民"翻译日"等等……

詹妮弗说，你都写了吗？我说，我慢慢写。詹妮弗说，我对其他的不感兴趣，我也不会写，就是有一条我觉得好奇，你能跟我说实话吗？我说，哪一条？詹妮弗说，就是给隔离的朋友送吃的那条，这朋友是你女朋友吗？我迟疑了一下说，是女朋友，男朋友也不会叫我们送，也只有女朋友，我们才会冒险出去一下。詹妮弗也停顿了一下，说，真好，我喜欢这样，我也是好久没有男朋友了。我说，什么叫好久没有男朋友？詹妮弗说，就是好久没有和人在一起了，你懂的，上一次是12月30日，都快四个月了。我差一点笑出来，说，日子都记得这么清楚，都超过"九九八十一"了。詹妮弗说，嘻嘻，你笑话我。我说，你知道这个说法的？詹妮弗说，听说过，就是说九十岁的老人八十天还有一次。我应该划在"四九三十六"之列吧，但现在我都成老太婆了，呜呜。心里有秘密的人，总是渴望与人分享的。我想，詹妮弗也是被憋坏了，逮到一个好话题，碰到好说话的我，就想舒舒坦坦地说一下。我说，这些话以后别乱说啊，免得被别人闲话。詹妮弗说，闲话就闲话呗，才不管呢，我带了一个女儿，我知道别人会怎样说的，爱咋咋地。

现在，形势稍稍的有点放缓，但还没有完全放开。这段时间，小区群里好像也没有人吐槽物业了，不是大家忘了物业，而是大家都看到了詹妮弗发在群里的照片，都看到了物业的工作：物业在清理垃圾、物业在维护鱼池、物业在陪着上级检查、物业在给隔离的住户送吃的、物业趁疫情期间在修缮设施、物业在派送快递过来的东西……非常时期，我们宅家，物业不能宅家；我们可以不管不顾，物业可不能不管不顾；不管不顾了，这个小区就"失控"了。这，还有什么槽好吐的？

业主和物业关系的空前客气，还体现在一件普通的事情上，物业通知，催缴半年度的物业费、停车费、公摊水电费。以前，通知也都是定时发的，但从来没有人主动接应一声。都是牛皮糖一样熬着。这一次不一样,通知刚刚发出,手机里就叮叮咚咚地响开了。这个说,什么时候开始缴啊?那个说,平时去办公室会有人吗?男的说,晚上都在家,来时就吱一声。女的说,微信支付宝可以吗?可以现在就打过去。好不热闹。

詹妮弗当然也很高兴,疫情得到了控制,武汉也开始解封了,天上的、地上的、水上的,也都渐渐的通了起来,蛰伏和困顿了好久的男朋友,也要来看詹妮弗了。那天,我和詹妮弗还在门口值班,她女儿也在。詹妮弗明显的有点心神不宁,老是催女儿回家,说你赖在这里干什么,明天就要开学了,你不去把东西整理一下啊。她女儿也感觉出了詹妮弗"有事",偏偏的落着不走。

詹妮弗是突然发现她男朋友的,她偶尔一抬头,发现物业正在给一个外人量体温,詹妮弗不由自主地站了起来,但没有迎出去,她只是轻轻看了看我,微微一笑,说,等会儿我回家一趟,这里你照看一下噢。前面,体温已经量好,健康码也检查完毕,詹妮弗已经在小门边上等着了,然后是她女儿,然后是她男朋友,三个人前前后后的往里面走。我们从后面看着他们。有人说,他们之间没有互动,像没有关系一样,应该就是男朋友。也有人说,那男的摸摸小孩的头了,应该是小孩的父亲,是不是詹妮弗分居在外面的老公?这个说,熟悉的男朋友也可以摸摸头啊。那个说,看詹妮弗的表情就知道,是热情的还是矜持的,矜持的就是老公。后来,詹妮弗还出来买菜了,这下大家就明白了,如果是老公,一般买菜的就是他,想讨好都来不及呢。而男朋友,这会儿应该待在家里,先熟悉一下"酋长",再陪小孩说说话,抑或再抓紧时间冲个澡。

呵呵,我一点也没有要八卦的意思,也没有想验证什么,我也是替詹妮弗高兴,为一个终于放缓、其乐融融的日子高兴。詹妮弗独处,带一个女儿，很辛苦的。她有一个相好，要深深浅浅的接触一下，或分居的老公来看看她，看看小孩，是很正常的，非常好。

那么，詹妮弗的身上到底发生了什么事情呢？不知道，我也不会问。反正大家有这样的感觉，叫"詹妮弗"的，都是有点洋派的，生活也是丰富多彩的。

我有两个朋友，女儿都选择了独处，或者叫婚姻冷战，之所以没离，是为了考虑小孩。一个女孩在外地，找了一个老公，开始也觉得挺好，很快的就有了小孩。也许是生活中已经发现了什么不对，后来一起回老家时，发现老公对他的父亲有点不敬，不仅不敬还有点不屑。女孩对老公说，你可以可怜你父亲，同情你父亲，但你不可以轻蔑你父亲。再住几天又发现，老公对父亲的态度源自于他的母亲，这就不是一两件事情能够导致的，而是旷日持久的家风形成的，以及业已固化了的意识形态问题，这些问题是会影响到下一代的。女孩不想让她的小孩也受到这样的污染，她毅然提出了分居。还有一个女孩的分居是因了一则新闻：一个大学生，因交通事故撞死了一个人，家属为了不影响他的学业提出了私了，条件是不要诉诸于法律。死者家属同意私了并要了一百万。这是个天价，正常的交通事故赔钱也就是三五十万，如果没钱也就是判个几年。但死者家属拿了钱之后还是把大学生告了。女孩认为，死者家属这是在耍无赖。是的，事故发生了，生命没有了，你可以选择法律，甚至可以判他死，但你既然接受了私了，既然拿了钱，就应该信守承诺，不能够两头吃。她老公则认为，他犯了罪，死了人，人死最大，人死了怎么做都不为过，任何赔付和判罚都是应该的。他们争了一夜，谁也没有让步，最后女孩带小孩搬了出来。我清楚地记得，我朋友告诉我时那种气急败坏的样子，他在那里走来走去，不停地说，就为了这点事，有什么好争的，现在看你怎么回去？当时他女儿也在边上，她异常冷静地看着父亲，说，老爸，别像个老太婆似的好不好，这是价值观不同知道吗，照这样下去，以后要争的东西是很多的。你还没看出来吗，这是个狠角色，属于打死了人还要咬一口肉去的那种，受得了的。

现在的女孩都是很有想法的，也很独立，不知詹妮弗是不是这样。

这不是我在猜测啊，好像小区的人也都有类似的猜测，这些猜测肯定也都会传到詹妮弗的耳朵里。有一天，我们正好一前一后的进楼，一起在等电梯，电梯停在最顶层一直不下来，估计是上面的住户在搬东西，或拿什么把电梯门压住了。时间和环境都比较宽松，詹妮弗就貌似寡淡地说起来，说你们那什么猜测我都听到了，不是这样的，我没有你们想象的那么知性，我就是一个女"大条"，没什么三思的。她说，我大学时迷恋上一个校外生，迷恋他什么呢？说起来你也不信，迷恋他打架，风卷残云的那种打，那个勇敢啊，就像狮子一样，非常酷。我就和他在一起了，也不小心怀孕了。我当然是很惊慌的，读书怎么办？家里怎么交代？他倒是没事情一样，我就知道，他那不是勇敢，是莽撞，没脑子。后来，这样的时候，他还告诉我，说自己又喜欢谁谁了，把我气的。他说的那人我也知道，是我们学校传媒的。我肯定马上去找她了，我问她看上他什么？她说的居然和我当初一样，说迷他那气魄。说有一次帮她打一伙人，以一敌三都临危不惧，夹着香烟的指头戳着对方，说，要是早几年，要是在我们老家，我一枪就把你们给崩了。她说他当时那个神态真是酷毙了，目空一切。我说，你知道我跟他都怀上了吗？她说，这有什么呀，他都把我的名字刻手上了，是用刀刻的那种。这我还说什么呢？刻肉，那可不是一下两下就完事的，也需要巨大力气的。我也无需去验证什么，无情无义的人我可以不要，但小孩我还是要的。我辍了学，躲乡下把小孩生了，就这么简单。我看着詹妮弗，心想，这倒是很像现在的詹妮弗，敢爱敢恨，爱憎分明，就是没想到会是这么大的事！我说，就没有别的办法了吗？不一定非得这样啊。她说，是我自己要这样的，我父母都被我气死了，到现在还不理我呢。她最后说，其实也没什么，自己酿的苦酒我自己喝，想开了，日子不是也这样过过来了吗……

电梯终于下来了，打开来，是詹妮弗的女儿，还有轮椅上的一个阿公。阿公跟我们点点头，女儿说，阿公要到门口去签一个要紧的快递，我把阿公推过去。詹妮弗说，你慢慢推啊，注意阿公安全。女儿欢快地应着，知道啦。有一下，我感觉脚边还有什么蹭了一蹭，一看，是詹妮弗那只"酋长"，也摇着尾巴骨碌碌地追了出来。

原载《作家》杂志 2020 年 12 期

云中飞天

1

准备了一段时间，特别是精神方面的准备，李亲照决定去学民族舞了。老公唐力白对她学跳舞一直都是很支持的，他的支持也是有实质内容的，他说，饭后洗碗我给包了，汗衫裤头什么的，我也自己解决。他还在精神层面上予以了支持，说，有什么不好学的，有什么不会跳的，又不是去考中央歌舞团，就学到社区歌舞团的水平不行吗，反正别人也看不懂。李亲照信心大增，心想，社区歌舞团的水平，我还是能够做到的。

李亲照原来学过广场舞，那是她快要退休的前一年，想着要弄个事情给自己做做，同事们也说，退休以后的日子是非常漫长的，也是非常无聊的，身心会一下子荒下来。怎么办？正好体育局排舞协会的老师来机关普及，机关里也有人一起跟着学，李亲照也就加入了。老师是义务教，她也是义务学，反正不搭本钱，跳个高兴。

每天中午饭后，家住附近的同事，回去了；办公室里的沙发，被头头霸占了；喜欢走步的，也结伴在大院里走上了。李亲照就荡到地下室，那里有一个健身房，那些约起来跳舞的，已经在那里集结了。地下室是一个小天地，从东边的口子进，是农行、移动、联通、理发店、净菜馆、一品蛋奶、东北大米、足够小超市。从西边的口子进，就是健身房、博客猫、小磨咖啡、西京糕点、优幕良纱、正新洗衣店、市府印刷厂。上班时间，这里格外冷清，到了中午饭后，一下子热闹了，到处都有人走动，健身房也是。健身房分里外两间，外面是男生，有一些简易的健身器械，基本上没有人。里面是女生，装修要讲究一些，铺了地板，嵌了镜子，像那些有点模样的练功房，其实以前也没有人，是广场舞给它带来了一丝生机。

广场舞确实简单易学，动作就那么几个，抬手踢腿，像那些广播体操。曲子也是，要么《小苹果》，要么《郎的诱惑》，要么《老婆你最大》，《最炫民族风》算最好了。跳着跳着，常常会被外面一练歌的男声打断，也不知是什么单位的，一看就是个中年油腻男，平时肯定也没有地方可去，这个地下室让他如获至宝，地下室回音好，地下室的声音听起来又浑厚又嘹亮，这让油腻男高兴坏了，也越发唱得卖力了，唱来唱去就是那首《天边》，主歌还稍稍收敛，到了副歌就豁出去了，完全的忘我。这时候，李亲照她们就乱了节奏，不得不停下来。一拨人出来奚落，嘲讽，把油腻男赶走。但没有了油腻男，李亲照她们又觉得索然了，好像旋律里少了配器，舞步里没了舞伴，干巴，单一，不热闹。人就是这样，聚众了才有意思，热气腾腾才叫广场舞。

后来，李亲照不学广场舞了，不是时间的原因，也不是身体的原因，主要还是广场舞的诟病太多，在地下室、在过道上、抑或在大院的空地上，只要广场舞的曲子一响，人家就说她们扰民，说她们档次低，说她们中国大妈，为老不尊。李亲照不想这样，她毕竟还不是老糊涂，毕竟觉得自己还是和文化沾点边的，就自觉放弃了广场舞，而改学民族舞了。民族舞是唐力白介绍的，李亲照觉得这个小众，优雅，也相对合适一点。

2

李亲照工作在统计局，弄来弄去就是些计划，性质和企业差不多。唐力白则不一样，在文化局，管着文化市场这一块，所以他知道，有个跳民族舞的"北大杨"，就让李亲照去了。为什么叫北大杨？是说他早年读过北大，稀罕，凤毛麟角。北大杨之前在外地工作，退休前想叶落归根，就回到了小城。身材好，又会跳舞，本来还想在艺术单位混个岗位，后来看看小城的培训市场不错，就提前把自己退了，办起了学习班。

办学习班的一般都是"三脚猫"，真正的艺术家哪个做这个营生，觉得寒酸，掉价。北大杨也不算艺术家，但因为有个北大的头衔，无端的给他增辉了不少，因此，办班也办得风生水起，人气很旺。据说，北大杨的美誉不光是那个北大，而是多年前曾帮过文化馆编过一个集体舞，参加过华东六省市的舞蹈比赛，还获过什么奖。这事不知道真假，但说多了大家就信了。

关键是北大杨的身段确实好，乍一看，还以为是专业团体里出来的，一米八的个头，风度翩翩，七十多岁的人了，腰板还笔直。就是和一拨五十岁左右的女人在一起，也没有觉得突兀和过分。这样的人，跳舞到底会怎么样呢？看过的人都说，真是受不了，跳得太软了。跳蒙古舞，不仅抖肩，手也抖得一塌糊涂，就像是寸寸断；腰也扭得像水蛇一样，叫人不相信男人也可以这么柔软。大家私底下都说他，跳舞跳得有点"色"。

北大杨有时候确实有点色。学习班练习站姿，他会在那些女人后面拍拍她们的屁股，说，屁股要硬，屁股要紧。意思当然是对的，就是要提臀嘛，但这些女人有几个能提臀的，平时从来也没有紧绷过。但拍屁股的感觉总觉得有点怪怪的，有揩油之嫌。不过，北大杨毕竟是老江湖了，他有处置这些尴尬的经验，把这个揩油化解得不那么揩，也不那么嫌。他会站在你面前提着臀让你看，说，你不要不服气，你摸摸我的臀，看硬不硬，紧不紧，要像石头一样。他这么一说，好像马上就公平了，屁股也瞬间被淡化了，化稀罕为乌有，女人也就没什么好矫情了。

李亲照去的时候，学习班已经有了不错的规模，有百八十号人，分四个小组练，四个组长分别叫春燕、夏荷、秋霜、冬节，每个人差不多都带了二十来个人。平时各练各的，北大杨上大课时、要检验练习成果时、或排演什么新舞时，就集中一下。日常的训练场地就在少年宫剧院舞台，原来在文化宫排练厅，在妇女活动中心也待过，但北大杨怕自己的舞蹈被人偷了去，就换到了少年宫。少年宫平时很少有人，安静，冷清，北大杨说，我们在舞台上练，感觉完全是不一样的，如果有机会演出，在台上，别人怵你们就不会怵，而且马上就可以进入角色。这也许是对的。后来，李亲照还听到了另外一种说法，说北大杨就喜欢这种寂寞的感觉，他有一种说不清道不明的"洁癖"，那些人来人往的地方，那些光天化日之下，开放，闹腾，再好的舞也会变成了广场舞。李亲照喜欢这个说法，她放弃广场舞，选择了北大杨，不就是追求这个意思吗？

李亲照跟的是冬节这个班，学习班的很多事，她都是从冬节那里听来的，或是冬节有意告诉她的。什么意思？就是故事很多。也是，有人的地方就会有故事，有女人的地方，故事也特别多。她想，机关里也是这样，习惯了，姑且听之吧。冬节说，很复杂的，你慢慢就会知道的。李亲照心想，都是退休上下的人了，跳个舞怎么就复杂了呢？搞不懂。冬节又说，每个人跳舞的动机是不一样的，所以，行为的指向也会不一样。这倒是有点道理。

　　在带班的四个组长里，春燕是最喜欢跳舞的。她是个早餐店老板，因为人长得好，生意也做得相当不错。但春燕觉得做早餐不是自己的价值所在，生意好有什么用，钱多又不能当被盖，唯有跳舞，她的身心才会由衷得花开一样。她是正经拜北大杨为师的，认真的跪拜，不是随便说说的。这倒不是说她在学习班里有什么优越之处，她靠的是自己的悟性。她的肢体语言，她的举手投足，她的眼到情到，她的顾盼一笑，都是那么的自然。因此，无论北大杨编的什么舞，她都是站在场中央，无论她转到边上还是转到后面，到最终亮相的时候，她还是会转回到中央来。

　　夏荷是心里苦楚了才来跳舞的。她个子高，人也长得标致，大家都叫她菜篮子西施，她在农贸市场卖卤菜，卤猪头卤猪蹄卤猪下水。她老公原来是北大荒回来的，又老又丑，但会做生意，她正好没工作，就跟了他。有老公在，她的个子和标致等于白搭。有这样的老公，市场的其他男人就会特别忙，这个给她端点心，那个帮她起重货。这样的日子，不仅没有半点惬意，反而时刻都是别扭。于是，她去跳舞，这是她逃避别扭的选择，也是她内心苦楚的选择。

　　秋霜是带了任务来跳舞的。她在保险公司工作，做平安人寿这一块。保险大家都知道，就是好话说尽，不厌其烦地黏人。秋霜也不能脱俗，于是就过来跳舞。她知道，这些跳舞的女人都是有钱有闲的，都是注重保养的，这就是她的攻关对象。关键是秋霜舞也跳得好，天生的动作准，行话叫"自来准"。这是唐力白说的。有一次北大杨教新舞，他在舞台上跳了一段，又把动作分解了示范一遍，然后叫四个组长照样演绎。春燕舞得柔软，夏荷舞得舒展，冬节舞得有味，那是李亲照第一次参加这样的示范课，她叫唐力白也过来看看，他看了后说，秋霜看似硬了些，但她的动作最准，一招一式都在位置上。没办法，会跳舞的人都是自带灵气的。

冬节的理由最直接，也最实在，她四十多岁了偷生了二胎，又是个女儿，老公看见她烦，她自己也长了膘，就逃出去跳舞了，一跳就是十来年。她是有遗传基因的，母亲当年就是唱越剧的，唱的是范派，小城也算是流行越剧的，但徐派王派占主导地位，徐派铿锵，王派委婉，范派明亮，尤其是气息好，靠的是抑扬顿挫里的啊啊取胜，自然就小众了。冬节遗传了母亲的文艺，搞什么都像，无奈身子也遗传了母亲，长得敦实矮锉，但跳舞是特别的有味。有时候北大杨也会情不自禁地感叹，说你要是身材有一点点像杨丽萍，那还会在家里生小孩的？还生两个？你早就在国家舞剧院跳舞剧了。

李亲照是待过一段时间以后，才知道北大杨的舞为什么不一样的，为什么受欢迎的。这就是北大杨的智慧，上过北大的人，脑子就是不一样，不会默守陈规，故步自封，知道怎么能别出心裁，怎么能跳出新来。小城跳舞的人是很多的，其实每个地方跳舞的人都很多。李亲照没接触跳舞之前不知道，以为小城的人都在埋头赚钱，小城就是文艺沙漠，后来学了舞之后才知道，根本就不是这么回事。小城跳任何舞蹈的人都有，而且还不少，国标的、民族的、现代的、爵士的、甚至街舞的，广场舞就更不用说了，现在还新冒出一个鬼步舞，那其实不叫舞，步伐倒是很流畅，就是看起来猥琐。北大杨原来是跳民族舞的，民族舞讲究身段，讲究神形兼备，有固定的难度，就像花样滑冰，几个难度动作一定要有，这一点，黄豆豆的舞最有说服力，一般人跳不动，也跳不起来，这就有了制约，否则，会的人就会多，多了就会烂。北大杨是结合了老人的特点，把民族舞做了改良，去掉了一些高难动作，比如劈叉、旋转、腾空，突出了气韵和身形、内涵和意境。俗话说，蹲下不是本事，蹲得好看、蹲得恰然、才是最得体的。让老人能够跳，跳得下来，跳得有滋味，那才是最好的。他把自己的舞叫作"云中飞天"，他是这样解释的：云中即意境，有缥缈之感；飞天即形态，有流动和飞扬之美。舞就是要翩翩起舞，舞不是操，更不是拳。北大杨的舞，曲子也很讲究，根本不是广场舞那一套，不是拿来主义，都是经过认真编创的，按照北大杨的话说，你闭着眼睛都能听出曲子里面的画面和诗意。这些，李亲照还听不懂，但她喜欢这种说法，总比那些通俗直白的要好。

3

没想到，跳舞的日子还是挺忙的，这完全出乎了李亲照的想象。她原来以为，退休了，闲着也是闲着，找一个既消遣又有点乐趣又没有负担的事做做，那就是跳跳舞。现在她才知道，学习班就像一支纪律严明的队伍，平时的练舞雷打不动，还经常要排演什么作品。北大杨的舞都是有位置的，要穿插，要走位，要有形式感，画面感，不是广场舞，也不是太极拳，你要是在哪个位置上，你就退不下来，要是中途发现你不能胜任,那编排就要重新来过。冬节说,跳舞没有捷径,就是反反复复的练。有一次市民艺术节,民间挑了十支队伍参演,我们也算一支,十分钟的表演,每个队只轮到一分钟,曲子一个接一个,队伍这个下那个上,就为了这一段舞,北大杨逼我们练了一个月,上台就像打仗一样,一星期后脚还是痛的。李亲照开玩笑说,旧社会有逼婚逼债,你这是逼跳。冬节说,外面的不说,内部观摩也逼得你不能怠慢,四个组相互切磋,是骡是马拉出来遛遛,有一个地方没跟上,北大杨就会喊,那个牙齿呢?掉哪里啦?被你吞肚子里去啦?有时候我们坐在下面看别人,这个举了手那个没举手,确实像掉了牙一样难看。李亲照心想,看来不是像唐力白说的那样,不是中央歌舞团和社区歌舞团的问题。社区歌舞团,技术可以简单一点,但牙齿还是要整齐的。而精神层面,都是和中央歌舞团一样的。冬节还形象地说,我们平时在家,是盖上锅盖就跳。意思是说,连烧菜做饭的时候都在练。李亲照想,自己生性愚钝,是不是也要放下筷子就练啊。冬节还神秘兮兮地对李亲照说,你不知道,你来,北大杨是很高兴的。李亲照稀奇地问,为什么?冬节说,年轻啊,样子可以啊,现在年轻和样子都是宝贝。你看看那些跳广场舞的,还有社会上那些跳其他舞的,都是老三届边上的,先不说手脚灵不灵了,就是扮,也是很难再扮起来了。李亲照吐了一下舌头说,我的妈呀,原来在这里我还算年轻的。

星期天,一拨人都会到北大杨家里去。一拨人是些什么人?几个组长她们。去北大杨家里干什么?拉拉关系,打成一片。李亲照被冬节鼓动着一起去,她实在有点不愿意。她都已经不去上班了,现在弄起来像是在单位一样,还要加班。冬节说,我们是云中飞天是不是?云中飞天就是我们的组织,是组织就会有组织活动,星期天就是我们的活动日。李亲照心想,这跟单位里那些男人拍领导马屁、女人献媚争宠一个样。李亲照在单位是从不介入非工作事宜的,唐力白也说,你就是原地踏步又怎么样,求个心安。她没想到,跳个舞倒要沾染上这些习气了,这会不会就是冬节所说的复杂呢?冬节看出了她的心思,说,你就当是陪我吧,你自己也去混混熟嘛。冬节还举了一个生动的例子,说,你平时看电视没有,那些篮球比赛,教练手里拿着一块板,在上面比比划划,谁组织、谁策应、谁掩护、谁进攻,都是教练说了算。跳舞也一样,你跟北大杨熟了,他在编排时就会想到你,你就有机会跳上作品。你老是在练舞,老是在最后一排,最边一个,那跳舞还有什么意思呢?说的也是噢,这倒不是什么虚荣心,是普通的社会道理,是存在感。李亲照听进去了,就说,好吧,你把北大杨的定位发给我。

北大杨住在一个不老不新的小区,倒是好找,李亲照把导航开起来,没转几个弯就到了。房子也正好在大门边上,靠近围墙,这样的房子,可以有很多实惠,布一个小憩的茶座,种一些喜欢的花草。李亲照隔着门窗叫了几声,冬节就出来把她领了进去。房子不大,两室一厅,一厨一卫,家里也有一些花草,但没有什么规律,好的差的都有,不像唐力白养花,养的档次都差不多,这就说明,北大杨家里的花草,也都是学员们送的。据说,房子是儿女买给他的,儿女都在外地,老伴没有说起,这里就他一个人住,这也就有了很多的便利,可以隔三岔五的有一些小聚会。房间里的摆设也很普通,但还算整洁,跟老头住的有一点区别,看得出是经常有人予以整理的。

今天要来的人好像都来了,因为平时都是分组练舞,李亲照跟她们不是很熟,但也都知道她们几位,北大杨的徒弟春燕、卖卤菜的夏荷、搞保险的秋霜,冬节是李亲照的组长,就不说了。还有一位不熟,李亲照想,这大概和我差不多,也是被谁邀过来玩的。是个外地人,虽然也会说简单的小城方言，但腔调马上就听出来了。后来，冬节悄悄地告诉她，她现在在想北大杨。噢噢，李亲照愣了愣，什么意思？冬节也没有点破，说，以后你就会知道的。李亲照说，她没有家庭？她也是一个人？她想北大杨？他都七十多了？这确实有点复杂。冬节莞尔一笑，说，她是很下功夫的，家里有两条毛巾，也会送一条给北大杨。李亲照再次噢了一声，隔远看了一眼那个人。

上午的内容是按部就班的，好像她们都很熟悉了，看来是经常来的，也都是这么做的。有人洗菜做饭，有人整理房间，有人洗涤衣服，有人弄弄花草。李亲照是新人，头一次来，也插不上手，她就到处看看。春燕是最有印象的，她做的可不是一般的活，她给北大杨洗脚，洗了还给他剪指甲。她是真心的膜拜北大杨，没有半点敷衍的意思，敷衍是不会洗脚剪指甲的。但她表面上也会假说，说，这个死佬，福气还真好，我在家连我妈的脚都没有洗过，在这里要洗他这双臭脚。

中餐是花枝做的，就是那个外地人，现在李亲照知道她的名字了。她显然也是尽力而为的，她们把这个任务派给她，其实是有点为难她的。她买的都是熟食，烧鹅、响铃、猪尾巴、炸带鱼、酱萝卜、五香干，看起来摆了满满一桌，但马上遭到了夏荷的吐槽。这个，夏荷最有发言权，她本来就是农贸市场的。说烧鹅不新鲜，说响铃淀粉多了，说猪尾巴不是本地的，说带鱼现在不当令，肯定是冰冻的。外地人不知道小城对吃的讲究，正好又碰上了一个内行人。最最塌台的是一个鱼丸汤，她是当大菜做的。都说北大杨好这一口，每一次都喝得呼呼响。但今天的鱼丸汤，又被春燕笑话了，虽然也是清汤，虽然也放了葱花、胡椒粉和镇江醋，但那品相，完全是颠覆性的。小城人所说的鱼丸，是用手随意抓的，不成型的，有毛刺的，大小不一的，嚼的就是那感觉。而花枝被字面的意思框住了，把鱼丸做成了鱼丸子，像汤圆，像面疙瘩，这就大煞风景了，也大倒胃口了。春燕一笑，花枝就不知所措了，脸涨得通红，她知道这不是形状的问题，而是文化的差异，或许还有些欺生和排异的意思，这样，这顿饭她就吃得味同嚼蜡了。

饭后喝了一会儿茶，接着是打麻将。麻将四只脚，为了照顾北大杨，其他的三只脚则都由女同胞轮着，第一拨是春燕、秋霜、冬节，夏荷说自己先看看，那个花枝好像还轮不到坐上去。李亲照也是刚刚加入这个组织，也不敢造次。麻将是最能看出人心思和表现的，李亲照这边看看，那边看看，一会儿就看出一点微妙来。夏荷一直站在北大杨的身后，她的一只手搭着北大杨的肩，不知是为他使劲，还是悄悄地给他递暗号。春燕一边打一边在发嗲，说，老师啊，你为什么这么抠啊，你打张好牌给我吃一下嘛。秋霜是真心想让北大杨赢的，她会故意把牌打错，让北大杨碰上，然后在大家的欢呼声中故作懊恼，说，你看你看，我这只臭手，要拿到殡仪馆去换一下了。冬节要含蓄一点，她如果和北大杨听的是一样的叫，她会忍着，故意让北大杨胡了。各人尽情地表现着，不亦乐乎。李亲照是机关出来的，这样的伎俩她也是见得多了。她忽然感觉到，这个云中飞天，怎么有一点邪教的味道呢，抑或是有点传销的味道？

李亲照看着无聊，站了一会儿，就主动请缨去买水果了，权当自己也做些贡献吧。小区门口就有一个水果摊，李亲照进来时就看见了。小伙子手脚麻利，把她买的苹果、梨子、西瓜都削好切好，装了塑料盒子，这样最适合麻将的现场，吃起来方便。杨梅没有皮，也这样装好，但也稍稍的撒了一点盐，这是小城人青睐的吃法。

回来的时候，里面的人已经不玩麻将了，围着桌子像在开会，也许这才是她们小聚的正事，要编排什么舞，或商讨什么比赛事宜。李亲照一五一十的端上水果，大家看看她，说了一句好，就毫不客气地吃起来。然后又继续着她们的正事，就像冬节前面说的，北大杨在一个板子上比比划划，谁什么位，步子怎么走，走到什么位置，再从哪里转回来。有人提出是高的在中间还是矮的在中间？高的是春燕，矮的是冬节，这两个都跳得好，但不高不矮的夏荷和秋霜也不差，就看北大杨怎么安排了。北大杨避开了好坏的话题，说，高矮要看跳什么舞，跳《珠穆朗玛》就是高的在中间，跳《千手观音》就要从矮到高，现在是练舞步，走位置，还没有到谁谁这一步。冬节指了一下李亲照，半开玩笑地说，老师，把她也排进去练一下吧。李亲照尴尬了一下，说，我还不行，我刚学的。北大杨抬头看看她，眼睛像鹰嘴一样啄了一下，也没说好与不好，只说，样子还可以，就是腰粗了一点，要赶紧练赶紧练。又说，那个谁，花枝，腰上的救生圈也不小，但现在有一点点活起来了。李亲照的脸又红了一下，心想，这是不是在说，我的腰现在还是死的？李亲照的腰肯定是死的，这没办法，那是办公腰，是中年发福腰，正面和侧面差不多，俗称"水桶腰"。

4

李亲照喜欢云中飞天的难度，毕竟她不是家庭妇女，是机关出来的，跳有难度的舞，说起来也好听一点。那个没有什么技术含量的广场舞，她之前在机关地下室也跳过，出出汗可以，但要说有什么感悟，还真没有。说起来也是很不好意思，还总是和一些负面的东西搅在一起——说到跳舞，就是噪音啊，扰民啊；说到打扮，就是袈裟袍啊，非红既绿啊；说到旅游，就是在风景区爬大树，在火车过道上摆POS，等等等等；让人不得不敬而远之。

云中飞天是要练细节的，练身段，练抖肩，练绕手踢腿弯腰；讲究平衡、定境、意守丹田、意念灌顶，就是站着不动，也要感觉到身体在拔高，在往上长；跳舞就不用说了，每一个动作都要做到心守身，身守手脚，手脚达意，意传精神；还要身心愉悦，溢于由衷。那其实就是练素养，练修养，练到一定的时候，会觉得自己走路都是自信的，身心都是有内容的，有一种一览众山小的感觉。

云中飞天的曲子，也是不一样的，和李亲照之前接触过的，完全是两个概念，都是些轻缓抒情的，悠扬委婉的。哀怨的有：《送别》《梁祝》《黛玉葬花》；稍稍带劲的有：《鸿雁》《铁血丹心》《雪山飞狐》；最能代表特色的有：《渔舟唱晚》《彩云追月》《春江花月夜》。

这时候的李亲照，才明白了冬节说的话，"北大杨喜欢年轻一点的"，为什么？年老的跳不动啊，跳起来也不好看啊，北大杨可不想自己辛辛苦苦编的舞，坏在一班老太太手里。唐力白倒是说过李亲照，说她跳了云中飞天后气质好多了。她知道唐力白在忽悠她，抑或是在鼓励她，但她也确实感受到，自己在某些方面是有点进步，就好比原来的机关工作人员过渡到机关管理人员。

冬节一直勉励李亲照，要引起北大杨的注意，要让他对你有印象。她说，要么你去老年大进修一下，让那里的老师再捉一捉，这样进入会更快。要么你也为云中飞天做点事，你有这样的资源，浪费了可惜。李亲照觉得不好意思，这不是她的初衷，她的初衷是锻炼，而不是混关系。又想，是不是什么地方都不能免俗啊。

但有一点冬节说得对，李亲照可以让唐力白为云中飞天做点事。唐力白可以帮点什么忙呢？李亲照想，他在文化市场管理这一块，租租场地？让人编编曲子？请人设计服装？抑或是活动的时间协调？他都可以扯上点关系。但现在，北大杨有四个能干的组长，加上那个花枝，他有一个团结战斗的工作班子，这些忙好像都帮不上。

　　后来，云中飞天出了一件事，也就是说，唐力白有忙好帮了。这件事一般人没意识，什么事？是北大杨被人举报了，说他收费高，说大家现在都在做好事，都是白白教，白白跳，他还收费，还模棱两可的两千元包学。其实是生意好了才收费，学生多了才收费高，惹人眼红了，抢人资源了，社会上就这么一点水，都让他舀光了，人家还喝什么？北大杨的收费的确是自己说说的，没经过物价部门的核准，这就被人捉了现行。北大杨开始还不服气，说这种事政府也是提倡的，鼓励丰富多彩的民间文艺活动，搞得好的还有补贴。提倡，鼓励，搞得好，就得给适当的空间，就得有政策倾斜。北大杨算搞得好的吧？在技艺上独树一帜，在江湖上美名远扬，但民不举官不究，举报信都反映到物价局、文化局、信访局了，没办法，同仇敌忾之下，唐力白的文化市场管理也只得介入了。

　　唐力白把这件事告诉李亲照的时候，正是北大杨愁眉苦脸的时候，李亲照心里暗暗高兴，也悄悄地告诉了冬节，说，终于可以帮一下云中飞天了。冬节自然也很高兴，马上把消息透给了北大杨。北大杨不无感慨地说，这些有用的学员我们今后要多招些。

　　李亲照和唐力白吹枕头风，说，这事到底会怎么处理呢？唐力白嗡嗡地说，先去你们那边看看吧。李亲照说，意思意思走走过场就可以了，算帮我一个忙，有什么需要通融的，你协调一下。唐力白嘎嘎地笑起来，说，后门都开到家里来了，呵呵。又说，没事哪，就是去看看环境，观摩一下舞蹈，到时候评估得好一点。李亲照说，这还差不多，都是老人了，玩玩的，也很难得的。

　　唐力白说的看看，就是去少年宫了解一下云中飞天的实际情况。

李亲照平时练舞，就在这里的舞台上。这里相对比较简陋，舞台后面，就是一个休息间，一个换衣间，一个洗手间，什么镜子啊空调啊储物柜啊都没有，连凳子也是参差不齐的，唐力白不禁感动了一下，这帮老人，精神还是蛮可贵的。

说是做做样子，北大杨还是有点紧张的，一拨人商量来商量去，最后定下跳一个短的、简单的、又不失档次和质量的。他们准备的舞叫《梅花泪》，曲子改编自《梅花三弄》，曲子好，舞雅致，走位讲究，造型也丰富，还稍稍的有些难度，就像戏曲里的折子戏，短小，但各种戏曲元素都有，一看就有别于社会上那些闹哄哄的。一开始，北大杨也鼓动李亲照上场，说，你在上面，怎么的都有面子，你老公就不会说什么。李亲照拼命摆手，开玩笑说，老师，你不想我上去砸场子吧。当然，李亲照知道，北大杨这也是客气。最后是四个组长一起上，再加上花枝和一些骨干。她们平时练就了几套应对的舞，临时再走一下台，还是有一定把握的。

这天的少年宫舞台，是前所未有的灯光大亮。顶灯、斜灯、背景灯、追光灯，都用上了。李亲照来学习班这么久，也是第一次碰见，第一次看见舞台的全貌，有一种恍惚和虚假的感觉。平时，这个舞台都是黑不溜秋的，北大杨老是叫省一点省一点，连照明的灯泡都换了最小的，北大杨还说，大的点起来烫。所以，大家就说他浙江省，浙江就是他最省。《梅花泪》是一个小而精的舞，场面、旋律、人数、舞姿、情绪、走位的幅度都恰到好处，很适合少数人观摩。唐力白坐在台下看，北大杨在一旁陪着，两人表情轻松，有说有笑，李亲照就知道，今天没问题了。有一阵，也就是起势和烘托的时候，北大杨也会在点子上吹一下口哨，吆喝一下，这在正式演出时是不可以的，但今天是小范围观摩，又有李亲照和唐力白的关系，他也忍不住的高兴，就来这么一下。当然，这样的插入也会有推波助澜的作用，效果也出奇的好，既鼓舞了舞者，又制造了气氛，台下的唐力白也会心地笑了。

  一曲终了，舞蹈也戛然而止，虽然只有几分钟，但大家好像在兴头上又补了一杯好茶，都情不自禁地给自己鼓掌。所有人都看着唐力白，李亲照就更不用说了，她也很想知道老公的态度，态度决定一切。唐力白笑笑，假咳了几声，说，我讲三句话啊，第一，感觉很好，有自己的特色，杨老师功不可没；第二，和外面那些舞蹈没有可比性，单说这曲子，都不是现成的，都是找人编创的，这得花多少功夫啊；第三，也是我今天来的目的，还是要规范化管理，要有个组织管起来，这样就有了归属感，你们才可以安下心来搞创作，是不是这样？大家又是拼命鼓掌。李亲照知道，讲话里没有提整改什么的，一切就OK了，这忙帮得自然，不别扭。北大杨也是，眼睛明显地闪闪发亮，双手也激动得不停搓着。后来，大家解散的时候，北大杨特地走到李亲照旁边，轻声说，回家问问你老公，好事做到底，指点一下迷津，接下来我们怎么弄？

5

  唐力白给北大杨出的主意是，让他们成立一个民间社团，把法人、执照、财务等等都弄起来，再找个单位做代管，这样就不是散兵游勇了，就不会被别人闲话了。利弊其实是很明显的，所谓的弊，无非是有个上级管着、要缴个管理费、财务需要审计、到期了还要年审，这除了麻烦一点还有什么呢？没有。利就很多了，最大的利就是有组织了，有组织给你罩着，万一有个什么事，还有个退路。这就叫体制。李亲照一直在体制内，知道有体制的好处，体制等于是两条命，死了一条还有一条。而北大杨游离在体制外，已经自由散漫惯了，以为有一技之长就什么都不怕，这次被人举报了，他才知道，麻烦是随时可以找上门的。

但是，这个社团叫什么名称呢？总不能叫云中飞天舞蹈队吧？一听就不像，一听还以为是闹元宵时临时搭建的，完了就散伙的那种。北大杨虽然读过书，但从没有接触过这些事，也是头绪全无。这让李亲照怀疑北大杨是不是真的和北大有关，还是他开玩笑时自诩的？其他的几个骨干，也都说不出什么所以然来，做早餐的春燕能说什么？卖卤菜的夏荷能说什么？拉保险的秋霜、生小孩的冬节、还有那个把鱼丸做成鱼丸子的花枝，她们能说出什么呢？

李亲照要唐力白再动动脑筋，也帮他们想想。这种东西，文化部门的人总会见多识广一些。唐力白也算是有心的，主要是他确实看到了李亲照在云中飞天的开心，充实。当然，他也有感于北大杨他们的投入和不一样。他说，他咨询过民政的社团登记部门，说，以前这一块也是很宽松的，群众团体嘛，自娱自乐，自我管理，又不用政府给钱，就是发一个牌子而已。但自从那什么邪教出事以后，社团管理这一块就严起来了，原则上是"类似的社团只能申报一个"，小城已经有一个舞蹈协会了，基本上就把你拍死了。

李亲照对唐力白说，政策是死的，人是活的，就没有"曲径通幽"的可能了？又说，你平时点子都挺多的，怎么到了我这里就卡住了？唐力白被李亲照顶得没办法，抓了抓头皮，说，你能说说你们的舞和社会上的那些舞，有什么本质上的区别吗？李亲照说，这我怎么知道。仔细想想也是，她们平时说的不一样啊不一样，也只是一个感觉，一个直观，要认真说在意义上、形式上、内涵上有多大的区别，要说出个一二三来，说出它的出处？它属于什么风格？为什么这么跳？这么跳有什么好？在业界是什么位置？还真的没有总结过。北大杨也只是比别人灵光一点，像抓中药一样，这里抓一点，那里抓一点，再像捣年糕一样把它揉合，就捣成了另外一种什么糕。他大概属于那种有天赋的、会摆谱的、会忽悠的、会吹牛的，真要是让他说理论，说创作思路，他也不见得怎么样。李亲照说，我们私下里倒是经常议论这些的，和春燕，和夏荷，和秋霜，和冬节，我们不屑于外面社会上的那些舞，我们都觉得自己的这种舞最好，我们在说这些的时候，也是不分场合的、口无遮拦的、甚至是难听污秽的——

——60年代跳忠字舞，70年代听录音机，80年代蹦迪斯科，90年代迷交谊舞的，和现在成群结队在各种场合跳集体舞的，其实就是同一拨人，只不过他们的年岁大了，老了，但精神实质还是和从前一样的；

——集体，是他们绕不开的一种心病。外国人喜欢空间，喜欢藏起隐私，喜欢个人的自由度，而他们恰恰相反，怕孤独、怕被人冷落、怕被人遗忘、怕什么事没有自己的份，他们希望自己是这个集体中的一分子，这种集体舞，正好满足了他们的心理和生理需求；

——他们年轻的时候没有搔首弄姿的机会，现在可以搔首弄姿了，甚至可以尽情地搔首弄姿了，这种机会让他们找回了曾经的过去，这是他们最看重的，而不是因为这种集体蹈；

——这种舞门槛很低，只要手脚能动就可以跳，曲子也不大讲究，严肃的、正经的、经典的曲子几乎没有，都是变了味的通俗的；

——他们追求人多势众，追求声音响亮，且一定要在大庭广众及引人注目的地方，跟过去大游行、大会战、誓师大会、甚至串联拉练都没有什么区别，是长期压抑后寻求存在感的具体表现；

——为什么跳舞要一群人一起跳，而且要在噪音里跳，声音不够大、不够劲爆、不够刺激、就不跳；

——其实就是一种自恋倾向，目的就是为了宣泄、表现、以证明自己的存在，这种形式和内容今后会越来越多，像自拍、直播、驴友、骑车、徒步走、乞丐游等，他们谁也不想落后，他们什么都想有份；

——这种舞就是这样，声音越大就越过瘾，这不是听见听不见的问题，而是就要追求这样的气势，这样的影响力，这样压倒一切的派头，这样才能吸引人；

——与其说他们喜欢跳舞，倒不如说他们喜欢组织，喜欢有归属感，喜欢有一个靠山，他们都是过来人，知道集体的威力、知道单打独斗是干不过人家的……

唐力白听着听着忙喊打住，他听得兴奋，这都是什么谬论？是从肺里想出来的？他说，不管这些是你们听来的，还是什么书上看来的，还是你们私下里胡诌的，说明你们也确实想过这些，这已经够了，你们完全可以做一下这方面的研究。唐力白不无幽默地说，别人跳舞还局限在锻炼上，你们已经上升到意识形态了，这样吧，你们干脆叫"民间舞蹈研究会"好了，做做工作估计管理部门也是可以通过的。李亲照乌拉了一下，在嘴里抿了抿，觉得这个名字不错，说是民间，它正好区别于那个官方协会，说跟跳舞有关，它又倾向于研究，和那些创作的有着本质的区别，就这么愉快的决定了。唐力白还帮忙和管理部门沟通了一下，开始还不同意，这个理由那个理由，怕那个官方的协会有意见，唐力白也在电话里强词夺理，说，那个协会，我们都知道的，主要职能是联络服务协调，是出作品出人才，这个不一样，这个是探讨研究，关键是我们文化市场管理部门愿意代管，你们就做做好事，帮这些不容易的老人吧。李亲照听到这里就眼睛一亮，隔远给唐力白竖了个大拇指。

李亲照把这个消息告诉了北大杨，北大杨喝茶都差点把自己呛着了，连说这件事干得漂亮，还特地停下来看了看李亲照，说，近来腰有点细了呵，也软了，跳舞也有感觉了吧，是不是偷偷在家里暗练啊。李亲照忙说，哪里，老师别拿我开玩笑了，我很懒的，回家一动不动。一旁的花枝也凑热闹说，我看你身高不错，有多少啊？李亲照也不知道什么意思，顺口说，一米六不到。花枝煞有介事的点点头，对北大杨说，嗯，看着挺显高的。

说这话的时候正好是在北大杨家里，是周日的麻将日，几个组长都在，她们一边麻将，一边也看看李亲照，也附和说，嗯，年龄也不大，看起来更显年轻。说完，暧昧地嘎嘎乱笑。李亲照知道她们在笑什么，她们其实是在笑花枝，笑她乱搭话，笑她不知高低，才故意这么说的。李亲照突然发现，什么时候，花枝也坐下来打麻将了。

这天，李亲照还把唐力白交代的一些细节跟她们说了一下。要填表格、要准备审计报告、要拟好章程、要推选好会长副会长、要有50个人以上的会员名单、还要开成立大会、到时候主管单位和管理部门的领导要坐镇指导、装模作样的选举也要走走过场、意思意思的工作报告也要念念，这样，这个所谓的社团才算成立了。那句话怎么说的？麻雀虽小，五脏俱全，新娘子虽小，堂还是要拜的。

说到社团，说到会长副会长，几个人马上来了精神，笑得咯咯响，你一句我一句，一边打麻将，一边就把会长副会长给瓜分了。

第二天一早，李亲照还在睡觉，手机里叮叮当当地响个不停，里面已经像接龙儿一样很热闹了。开始是北大杨发出的一条消息："云中飞天常务理事会昨天举行了会议，决定成立民间舞蹈研究会，会议讨论了会长副会长人选，我任会长，春燕、夏荷、秋霜、冬节为副会长，花枝为秘书长。以上资讯报文化、民政部门备案，并择日在召开的会员代表大会上通过……"

李亲照平时醒得也比较早，醒来一般会先看看手机，翻翻微信，点一下腾讯新闻，如发现什么有趣的，也转一转，这时候常常会被唐力白斥责，说你再这样在床上玩手机，信不信我把你分出来睡。这是玩笑。但昨天晚上李亲照睡得很不好，三点钟还没有睡着，四点钟还起来尿了尿，五点钟刚刚迷糊了一下，身旁的唐力白就把她摇醒了，并粗暴地把手机塞给她，说，你昨天跟她们怎么说的？你看看，都吵翻天了。李亲照半醒中喊了一下我的天，才知道大事不好。平时的云中飞天群里，一大早都是表情，没有一句文字，要么一束鲜花，要么一杯牛奶，要么一个心一个吻，可今天，都是北大杨那段话引起的波澜：

老师，我们什么时候开会啊？

老师，我为什么不是理事啊？

老师，开会要不要穿统一服装啊？

老师，买个副会长当当可以吗？理事也行啊。

老师，某某人要是当理事，我们就退出。

老师，我们组起码要有三个理事，不然开会时我们就去砸场子！

唐力白在一旁戳着李亲照的脑门，说，你看见没有，什么乱七八糟的东西，一群乌合之众。上面同意不同意还不知道呢，你们就自己宣布啦,哪里有这样的,懂不懂啊,那还要我们管理部门干什么?那句话怎么说的,宁愿给聪明人抬轿,也不要给傻瓜当军师,真是的。

李亲照被老公凶得有点不知所措,连衣服也忘了穿,靠在床上就给北大杨发信:老师,十万火急,先把微信的内容撤了,不行就先把群给解散了。透了几口气,李亲照又补了一段话:老师,你怎么不事先咨询一下的?好歹也要走一下程序嘛,你这个消息一传开,让社会上的其他人知道了,那会是很大一个笑话的……接着跟了三个流泪的表情。

6

每年的年底到春节,北大杨都要到苏州探亲去,到他的儿女那里去,有时候半个月,有时候一个月。而练舞,云中飞天是雷打不动的,不会因为北大杨的探亲而放假。年底或春节,少年宫也是最忙的时候,那个练舞的舞台,经常的也会有会议,有演出,云中飞天也不会因此而放假。她们会到旁边的大厅去,或干脆到门口的广场去,她们才不管那些学生爱不爱看。李亲照是这样,大部分学员也是这样,练舞已成了她们生活的一部分。当然,这和云中飞天的舞有关,也和日渐好起来的身体有关。

北大杨出去之前已交代花枝了,要她做好学习班的后勤工作,保障各组的日常练习,万一有什么场地冲突的,马上和少年宫协调。花枝也是拿着鸡毛当令箭,还真当自己是秘书长了。这一点,四个组长都感觉到了,说,北大杨在的时候,也没有这样管我们的,她倒是积极,搞得像当家娘娘一样。夏荷还说,我发现了一个秘密,不知你们有没有觉得,她现在打电话给我们,都不叫我们老师了,都叫哎哎哎。以前,花枝都是叫她们老师的,老师长老师短,现在突然不叫了,哎这样这样,哎那样那样,敏感的人马上就感觉到了。春燕说,这样啊,我还没注意。秋霜说,这个人,有可能的。冬节说,嗯,我也感觉到了,而且口气还特别差。那天我一个学员来试跳,非要人家马上缴费不可。我说你让人家先熟悉一下嘛,万一人家不适应呢。你猜她怎么说,说都像你这么顺情,那学费还收得起来的。春燕这才想起了什么,说,上次,在老师家打麻将,我们后来都走了,她却留了下来,说要帮老师收拾收拾,不会是她把老师也收拾了吧?有人吃吃笑,有人说没准。这些,李亲照当然也不要听,鸡零狗碎的。

练舞按部就班地进行,李亲照不管别人,只管每天跟着冬节练。但有时候也是挺烦的,冬节要大家今天穿这个衣服,明天穿那个衣服。冬节跳舞有"洁癖",她觉得穿了跳舞的衣服就像是灵魂附体,跳起来才好看。李亲照嘟囔着,我是过来玩的好不好,我不要穿什么衣服,再让我穿什么衣服,我就成中国大妈了,我就不跳了。李亲照毕竟不是一般的学员,冬节也拿她没办法。

有一天,唐力白又帮云中飞天接了一个任务。社团成立大会迟迟开不起来,他也惦记着要再帮一下北大杨,机会难得。小城每年的春节都会有一个文化博览会,在会展中心,主要是各县市区、各大专院校展示自己的文创项目、文创产品。今年还邀请了附近地市的相关单位来参加,杭州拉来了"天堂伞",宁波拉来了"红妆素裹",龙泉拉来了"越王剑",富阳拉来了"富春纸",听说还有四川阿坝的藏香和青海玉树的虫花酒。这样,本来简单的开幕式要另外搞得隆重一点。

展厅里,本来舞台都已经搭好,但领导说不要了,要拉到门口的广场上做,这样的话,形式和内容也都要随之改变。改变的设想是宣传部长提出来的，他自己喜欢唱歌，最近又电视看多了，说今年的电视上有一个形式比较好：一群人，三三五五的走在大街上，看似没什么关联，是日常休闲的状态，但这时候突然出现了音乐，有一个人缓缓地唱起歌来，然后拉琴的也不知从哪里冒了出来，接着走路的、看热闹的、手机拍照的，也都加入了演唱的行列，看似无心之作，实则是有意为之，效果非常好。领导就想这样搞，但他又不想唱一首歌就收场，那样太短了，也不过瘾。他要有一个舞蹈来烘托场面，铺垫和延续，这样才不会戛然而止。因为那时候，现场肯定是有很多人的，在人多的场合里载歌载舞，这样的画面是很难得的，如果再安排一个航拍，那效果一定是非常震撼的。这个设想好，就是时间稍稍的仓促了一点，唱歌的还好叫，文化馆叫几个，民间知名的叫几个，再叫几个学校的音乐老师和学生陪衬一下，就 OK 了。但跳舞的不能太专业，太专业就假了，要营造出现场自发参与的氛围，不能统一着装，不能是广场舞，广场舞适合闹元宵，不适合文博会。这就让文化局接头这项工作的唐力白逮住了机会，想到了李亲照，噢不，是想到了北大杨。云中飞天的舞蹈，好像很适合这种场合，就是要稍稍的改编一下，往主题上靠一靠。李亲照像拉了一桩大业务一样把消息报告了北大杨。北大杨说，这不是业务，也不是生意，是露脸，是展示，是千载难逢的好机会，我们要认真对待。

　　但北大杨一时半会儿回不来，说他儿女要陪他在节日里走访一些老朋友，都是在下面几个县的，几十年没有见了，都已经安排好了，一路走访，一站站接待，推不了。北大杨考虑了一下，就让春燕抓一抓，让夏荷、秋霜、冬节配合，再挑些各组里的骨干，队伍拉出去还是不错的，再让花枝把后勤保障做好。后勤保障不光是做好自己的服务，还包括与外面接洽、现场怎么安排、什么时候彩排等等，还要和摄影师搞好关系，抓一些特写镜头，到时候无论是电视播放，还是LED滚动，都会把社会上那些团队活活气死。

春燕就是在这时候感觉到花枝翘尾巴了，她打电话给春燕说，哎，那边导演组让我问问你，节目什么时候能够排好，有多少人，大概几分钟，哪天过来彩排，让他们看一下。春燕愣了一下，心想，还真像夏荷说的，北大杨不在，这人马上就膨胀起来了。抑或是，她已经和北大杨走得很近了？这个有可能，外地人都是这样的，翻脸不认人，得志便猖狂。

不管，春燕她们只管做好自己的事，节目的曲子改编自《花儿为什么这样红》，时间上正正好，不长也不短，字义内容也不错，比之一些直白的口号式的曲子会含蓄一点。前面的那首歌是《我和我的祖国》，接下来的舞蹈是《花儿为什么这样红》，好像还有点起承转合的意思。关键是这曲子基本上家喻户晓，普通老百姓张口就来，现场再有个众声附和，效果肯定好。原来的云中飞天的曲子，好像都不太适合这个场合，她们几个组长一商量，就这样定了。

当然，改动的不仅仅是曲子，还有动作。环境和意义已经不一样了，原来是委婉哀伤的情绪，现在是赞美和建设的意向，因此，跳舞的动作和力度都会稍稍的加大。春燕还邀请了一些男朋友加入，增加了一些跳跃和旋转，同时也增加了一些层次和力量。

那天的演出李亲照也去了，不管她跳得怎么样，春燕一定要她参加。她开始还忸怩着，春燕说，放心吧，没那么讲究，大家在一起搞搞热闹。唐力白知道后提醒说，你在里面混混可以，混个高兴，但千万不能上镜头啊，不然我会被人家骂死的。李亲照呵呵说，放心吧，人家跳好的还拍不过来，我画鬼符一样，人家才不要拍呢。

开幕式完全可以用别开生面四个字来概括。开始不动声色，各个展厅只管自己的程序进行，并没有刻意地要等待什么。厅外的广场上，人群陆陆续续地大了起来，有观众，也有演员装扮的观众。突然，宣传部长一身白色的西装出现在广场上，他平时没这样打扮，今天搞得像蒋大为一样，其实就是一个开始的信号。这时候，《我和我的祖国》的旋律不失时机地响了起来，嘹亮的男声，清丽的女声，各个层次的和声，从散在那里的人群中亮相出来，像揭开的谜底一样。歌曲和舞蹈的衔接是想过很多办法的，不能停顿，不能有退场进场的感觉，否则，广场上会显得混乱，摄影师也没有办法捕捉。说时迟那时快，这时，一面偌大的国旗犹如天降，不知从哪里拉了出来，它的大足够覆盖了整个广场，展开的国旗从观众的头顶波浪式的滚动，迅速地往前传递，国旗下的人群也在紧张有序地调整，待国旗走完，广场再一次敞开的时候，云中飞天的舞蹈已经登场了，花儿为什么这样红，红得好像燃烧的火，春燕她们、李亲照她们已经像花儿一样绽放开来了……

之后的几天，电视上不断在播放这个片段，大家都说，这是史上最好的一次开幕式，没有领导讲话，没有嘉宾剪彩，用歌声和舞蹈无缝对接，和谐圆满。云中飞天的学员们也沉浸在一派喜气洋洋的骄傲之中。

但是但是，北大杨却一点也不高兴。也不知是谁告的密，还是北大杨在老家也看到了小城的节目，他打电话过来，说自己一天也睡不着，病都气出来了。电话的意思是由花枝传达的，花枝说这话的时候肯定也是加油添醋的。大家也不知道真假，只是在那里议论，说，哪里不好啊，我们看看都挺好的，我们家人也都挺高兴的。还说，大家都这么辛苦的赶节目，吃力还不讨好，以后没有人搞了。还说，一定是有人居心不良，挑拨离间，要么，就是北大杨老糊涂了，脑子坏掉了。

北大杨探亲回来，还没有释怀这件事。一天，大家正在练舞，练得好好的，北大杨突然叫停下停下，要大家集中集中。他脸色阴郁地说，自己一想起文博会那个舞，心口就一阵阵的痛。他问，这舞是谁改的？春燕说，是我改的。北大杨说，谁让你改的？你有什么权力这么改？春燕说，这也是节目组的要求，主题和时间卡在那里，不改不行啊。北大杨说，他让我们改就改啊，要改，我宁愿不要上，你这样一改，还是我们的云中飞天吗？你看看你那个步，什么位置？一点也不连贯；你再看看你那个手，什么意思？像放鹞一样；你哪里来的还有男生？这是我们的人吗？一群男女在场上追来追去，发情啊，谈恋爱啊。你知道越剧为什么要女扮男装吗？是品质，是精髓，你懂吗。春燕委屈得不行，本来是站在那里的，听着听着就站不住了，就蹲了下来，蹲了一会儿又到舞台边坐下，她大概是难过，觉得站着蹲着都难以承受。北大杨还在唠唠叨叨，不依不饶，说你这么一改，完全背离了我们的舞蹈，云中飞天是有内涵的，身动、心静、守意、想远，你现在这个就是现代舞，像赶集一样，只差个力气在场上跑，和那些广场舞有什么区别，叫人笑掉大牙了。

春燕虽然是北大杨的学生，但当着这么多人的面这么凶她，她也受不了，就呜呜地哭起来。春燕一哭，舞就没办法练了，各人有各人盘算，有的避开来休息，有的躲到边上讲话去了，李亲照看看过意不去，就来到春燕身边，想陪陪她。以她机关的经验，春燕一定是被人算计了，她不好说什么。这事又是她牵线的，就更不好多嘴了。

春燕也真会哭，哭声像流水一样，呜咽不断，她的哭也是由衷的，发自内心的，不然她不可能哭得这么长。哭了一小时，也许是哭累了，也许是想通了，她突然刹住哭，拿手摸了摸眼睛，一手撑地，一手把自己身体拄起来，衣服也不整，屁股也没拍，招呼更没有打，就吧嗒吧嗒头也不回地走了。

春燕一走，北大杨也觉得自己有点说多了，有点想挽回的意思，他嘟囔着说，还真生气了啊，说也说不得了啊，哎，有谁去把她给我喊回来。谁还会跑去喊呢？谁也不会。只有夏荷，搭了一下北大杨的肩，说，老师啊，你怎么这么放不下她啊。花枝倒是情绪外露，说，走就走嘛，吓唬谁啊，好像走了她我们就跳不成了似的。那当然也不会，不就是跳个舞吗，好一点坏一点有什么关系。后来，李亲照听其他学员议论，现在在北大杨家，已经是花枝给北大杨洗脚了，早就不是春燕了。

7

秋霜来学习班的目的，本来是想拉一些保险，跳了一阵后发现，这里就是一群退休佬，都是好省则省的，连买一件统一的服装也都会嫌来嫌去，嫌料子不好、嫌颜色会褪、嫌不够透气。就是有钱的也不会买保险，她们宁愿去买基金，要么赌一把，要么受骗上当认了，保险这种温吞水煮牛肉的事，她们不要干。秋霜也曾经向李亲照推销保险，态度比冬节教舞还要诚恳，今天送一箱橙子，明天送一套茶具，说是公司里特地做的礼品，专门给 VIP 客户的，其实李亲照知道，这都是她自己买的。送了礼，就要介绍产品，李亲照没办法，只好装模作样地听，最后的理由都是我得和唐力白商量一下，好像家里也买了好多保险了。唐力白也支持地说，对，以后有类似这样的事情，就推到我身上，就说我不同意。

秋霜突然觉得有一个阵也是挺好的，就是在公司里办一个学习班，带学生，教云中飞天。学员可以是公司的员工，这是基础队伍，聚聚人气，但主要还是外面那些喜欢跳舞的、有健康理念的、来公司买保险产品的人，这样好像更顺理成章一点。

　　秋霜跳舞的特点是动作准，但稍稍的硬朗了一点。初学的人都是硬朗的，但大家偏偏又追求动作准，所以，秋霜的舞学的人不少。她选择的曲子也好听，《小小竹排》和《远飞的大雁》，听起来很舒服。公司的领导也很支持她的举动，把工会活动室里嵌了镜子，把地面重新打磨了一下，再把那两张形同虚设的乒乓桌搬走了。中午饭后，活动室早早的响起了曲子，员工们鱼贯而入，很少有人再去逛马路了。还有一个意想不到的收获，就是楼下业务大厅的客户多了，原来抱怨人多办事慢的，就回去的，现在可以到楼上跳跳舞，喝喝茶，待轮到了再下来不迟。还有个说法是，业务量也上去了，这不排除有朋友带朋友、跳舞办业务的可能，但也比在外面生拉硬拽、苦口婆心、像讨饭一样的好看。

　　李亲照有时候也去秋霜公司里练舞。她虽然跟的是冬节，但冬节的班一般固定在下午，秋霜这里上午中午都可以跳，用她自己的话说，练来都是自己的，再说得好听一点，艺多不压身。关键是，秋霜的公司里有镜子，对于初学者来说，镜子太重要了，看镜子里的自己跳舞，才知道自己跳得怎么样。关于这一点，北大杨不是这么说的，也许，他是租用了少年宫舞台的缘故，瞎编了一套说法，说，看镜子跳舞，就像站在老师身后跟舞，你永远也学不会，看了镜子，你就会被镜子束缚，专注度就没法集中，记忆力也会大打折扣，你永远是在模仿，在依样画葫芦。没有镜子，你就会默记，就会去感受自己的动作，琢磨自己的动作是否准确，头位正不正，笑得自然不自然，手脚有没有到位，身形有没有打开，全靠自己去体会，这样才能做到烂熟于心。

说得也许对，但李亲照觉得，学得轻松一点更要紧，更喜欢。

这年年底，秋霜想在公司里搞一个年会。年会也不知是怎么流行起来的，李亲照有印象，机关大院里也搞过几次，就是一年到头了，大家一起聚一聚，搞些茶点，再搞几个节目，当是慰问了。

秋霜的年会主要是答谢，答谢公司，答谢客户，顺便也答谢一下她的学员，所以她必须搞得热闹，这已经成了她工作的一部分。年会租了华侨饭店的宴会厅，可以摆三四十桌，还正儿八经的请了电视台的导演，这些人现在很好叫，给钱就行。年会总得有几个节目啊，不能光吃酒啊，有，当然有，有领导讲话，有客户代表讲话，另外就是新产品介绍，今年有个"潇洒明天"就很不错，还有就是云中飞天的节目，总共有四个，实际上就是四拨人，有原来秋霜组里的，有秋霜单位的，有秋霜客户的，组里的学员还分了两拨，跳个快的，跳个慢的，最近一段时间，她们都在忙着排练。秋霜也叫了李亲照，但她的任务不是跳舞，她是机关里出来的，这样的场面她比较熟悉，秋霜让她来帮忙统筹、安排、接待客人。

本来也请了唐力白，但他说自己不便来，不过，他说他可以请一些领导来搞搞热闹，或叫作拉虎皮做大旗也行，这是唐力白自己说的。他请了人大政协教科文卫体的，请了体育局社会科的，请了文联组联部，请了旅游局办公室的，那都是唐力白的哥们。秋霜开始还担心，这些领导都会来吗？不来怎么办？这个李亲照内行，说，你轻松点，也不是什么领导，你只管把席签摆起来，万一哪个不来，时间一到，你就叫像样一点的客户坐上去，谁认识谁啊，只要位子坐满了，录像拍起来不会像掉牙一样，都好看。这个办法好。

北大杨当然要请的啦，年会，相当于学生的业绩汇报，老师肯定得座上坐，再说了，徒弟带了徒孙，老师公更应该高兴才是。至于花枝，秋霜说，看来也要请。李亲照轻轻啊了一声。秋霜说，你没发现吗？现在我们在少年宫练舞，曲子都是由花枝放的，好像后台总管一样，她想放什么就放什么，放的都是她喜欢的曲子，要是她生疏的曲子，她就跳跳过去，大家拿她也没办法。曲子一放，她也在前面跳，好像大家都是跟着她跳似的。秋霜还说，现在少年宫练迟了，北大杨的点心都是她准备了，以前大家都是很随便的，谁出去买点心，顺便带一点过来，买什么吃什么，有时候馄饨，有时候米粉，有时候汤圆。李亲照说，这个我倒没注意。秋霜说，我也没碰到过，都是夏荷说的，说她现在搞得神秘兮兮的，放在保温杯里拎过来，这就不一样了，好像家属一样，有时候䱛鱼胶，有时候炖鸽蛋。李亲照说，啊，都换成这些啦？秋霜说，你也没听说啊？李亲照说，我就是来动动手脚的，动好了就走，我管这些干什么。不过，都带上补品了，确实有点不一样。

　　秋霜这样说了，李亲照就特地留意着北大杨和花枝。她始终觉得，两个人的关系正常不正常，举手投足都是可以看出来的。

　　北大杨和花枝会是什么样的呢，他们又算是什么关系呢？他们一进到大厅，李亲照就看见他们了，仰着头东张西望，大概是在找秋霜吧。找不着，他们只好自己往前面走，他们觉得，他们的位置应该是在主桌上的。北大杨走得气宇轩昂，腰板笔直，老师嘛，优越感自然会满溢出来。身旁的花枝，今晚也穿上了旗袍，还是碎花浅色的旗袍，显得哪儿哪儿都大，关键是她还勾住了北大杨的臂膀，生怕别人看不见似的。李亲照想，这也太厉害了吧，这进步也太快了吧？李亲照忙过来招呼北大杨和花枝，给他们倒茶，让他们先坐坐，解释秋霜可能去接领导了。北大杨有点不高兴，觉得秋霜怠慢了他。李亲照马上又介绍几位已经落座的客人，她老公唐力白请的哥们，北大杨噢噢的点着头,这才把心里的不满藏了起来。边上,轰轰烈烈,欢声笑语,有的甚至已经开吃了。北大杨扭头看了看,说,这都是谁啊?这么多人?李亲照介绍说,都是秋霜的朋友,还有朋友带的朋友,都是来捧场的,又吃饭又跳舞,机会难得。李亲照一边照应着,一边也替秋霜着急,这领导怎么回事啊,还不早点过来。

  这天的年会应该算是成功的,至少秋霜自己是这样感觉的。保险公司的领导最后还是赶来了,忙到主桌上赔笑,李亲照这才松了一口气。晚会的流程都是事先安排的,但临时,秋霜也请北大杨讲几句。北大杨心里的气好像还提在那里,没有下去,说自己没什么好讲的,算了算了。一边的花枝也在帮腔,说,想老师讲话么要早点说的,这样临时叫一下算什么,又不是市里领导,张口就来啊。秋霜也确实像是没有想好似的,她不是搞行政出身的,没那么细致老到,你说不讲,她也就是尴尬了一下,不讲就不讲吧。接着就是吃饭和跳舞,一边吃一边跳,饭桌上立刻就热闹了起来,上上下下,像打擂台一样,一些人吃着吃着要去换衣服了,一些人台上跳完了又下到饭桌上吃起来。单位的同事跳了,组里的学员跳了,新老客户也跳了,人撞人,舞撞舞,笑撞笑,好不快活。看看还有时间,秋霜还意犹未尽地跳了一段单人舞,她是高兴,也是感激,舞里有北大杨的东西,也有她自己的东西,也有她哪里看来的或即兴发挥的。外行人反正是看热闹,拼命鼓掌,拼命叫好,内行人马上知道她的舞出自哪里,和什么人有关。

  秋霜忙得不亦乐乎,甚至都不知道北大杨是提前走的,李亲照倒是留意了,她坐在主桌上陪客,自始至终关注着北大杨。整个晚会,北大杨一直被花枝鼓动着,一直在交头接耳,也不知道说了什么。她看见北大杨一直沉浸在情绪中,情绪像乌云一样密集着,翻滚着,越聚越多,越聚越厚,最后他腾地站起来,花枝说,老师你要去哪里?

北大杨说，我要上厕所。花枝说，那我陪你去。桌上的人开玩笑说，把老师跟紧点。花枝也笑笑，说，我就怕他掉进茅坑里。这样说着，两个人就顾自走了出去，半天也没有回来。李亲照是忽然回过神来的，说，老师真的掉茅坑里了。桌上的人说，他早就想走了。又说，秋霜忙，顾不上他，你也没围着他转，他坐得冷清了，当然是要走的。李亲照愣了愣，说，这和我有什么关系啊。

8

秋霜好多天还沉浸在自己的喜悦里，碰见谁就说，办年会真好，领导喜欢，单位又热闹，最主要的是，有一种无形的影响，把单位同事、学习班学员、保险的客户，都团结起来了。秋霜还在云中飞天里说自己的收获，还鼓动几个组长也搞年会，不仅能扩大影响，对招募学员也大有好处。现在带班的组长只剩夏荷、秋霜和冬节了，春燕一去不回，不知现在怎么样了。据说，北大杨曾打电话给春燕，让她回来，但她毫不犹豫地拒绝了。她说，你人是好的，但你是个唐僧，没有分辨力，也没有自主力，现在掉进了盘丝洞，被妖精迷住了，还把孙悟空给赶走了。北大杨说，孙悟空？谁是孙悟空？春燕说，我啊，我就是孙悟空啊，我对你那么忠，还天天被你念紧箍咒。这是传说，不知真假。至于原来春燕带的班，放心，带班的人有的是，早已被花枝接手了。她好像突然升了很大的官似的，订了很多标准，年纪大的不要，个子矮的不要，长得难看的也不要，搞得像中央歌舞团挑人一样，有一天还想过来挖李亲照，李亲照说，我跟冬节都跟熟了，习惯了。

不管他，反正秋霜这几天高兴。这天，她还在单位收到了一份"礼物"，什么礼物？一封快递，是邮差直接送过来的，让她签收。她看看不是一般的快递，心里莫名的咯噔了一下。一般快递都是丢在保安室的，这个快递怪怪的，既不是顺丰的包装，也不是 EMS 的包装，而是一个牛皮纸信封，上面印着一个天平的图案。这种图案她似曾相识，但一下子又想不起来。她没有着急的把快递打开，后来等同事不注意了，才悄悄地打开来——是一份法院的传票，说有人起诉她侵权。她第一个想法是会不会有人搞错了？但仔细一看，名字是对的，身份证号码也一个不落，而且还有家庭住址，可见是做过核实的，显然就是给她的。她身上立刻就燥热起来，感觉有无数的针在背后扎。没打过官司的人都会自觉的联想很多，想自己站在被告席上的狼狈，想下面各类人等的议论，想这件事对她家庭和生活的影响，那是多么倒霉啊。她感觉心里的火都要烧到头顶了，一刻也坐不住了。她偷偷跑到厕所里，压着声音给李亲照打电话，想听听她的意见，让她帮着拿拿主意。

李亲照不愧为机关出来的，她的理解完全不一样，她告诉秋霜，不要慌，这没有什么好怕的，无非是解决问题嘛。现在是法制社会，各人有各人的行为方式，有人不想和你面对面的吵架，想通过法律的手段来解决争端，这很正常。李亲照还说，你也不要把官司想得那么不堪，没有的，你想的那些场面，都是电影里演绎的，是让人看的，或者说是为了效果而设置的，其实像你们这些小事，你自己都不知道是怎么回事，那肯定是在法官办公室里说说的，甚至都不一定会有判决，说不定就是握握手，调解了算了。再说了，就算被人当被告了，有什么好怕的，任何事，总会有人举证，有人辩解，举证的就是原告，辩解的就是被告，只是一个角色问题。当然，你觉得被告难看，也可以不去，不去，照样可以判决，判决了还心里没数，还不如去一下好。李亲照说得轻描淡写，秋霜心里也宽了一下，说，真没有什么吗？李亲照说，会有什么呢？秋霜说，我就是莫名其妙的，心里大油一样熬着。李亲照说，那你更要去搞搞清楚，你要是不敢去，我陪你，我觉得去听听这些也是挺有意思的。

秋霜当然没有让李亲照陪着去，她也不知道是什么事，她也怕难为情，万一是什么隐秘的事，瞒还来不及呢，她这个脸面还是要的。

她还是自己去了法院，她不知道法院在哪，一个人活着，最清楚的就是医院和银行在哪，现在多了个移动和联通。她以前知道法院在道府街，就是市府的边上，那是过去的衙门所在地。现在城市东扩了，这些部门肯定会越来越大，越来越威武，但也肯定是越来越难找了。打听，上网搜，开车不知道车好不好停，干脆打的去。一会儿就到了，看似森严壁垒的大院，凭那封快递门口就放行了。

秋霜懵懵懂懂的往里面走，她最怕找电梯，找办公室，噢不，是民庭五室，这样想着，她居然尿紧了，她这人就是这样没用，还不知道是什么事，就想得很多，要紧不？时间长不？会不会很严重？还是先尿了吧，权当缓解一下自己的心情。厕所倒是好找，这些地方的厕所犹如公厕，闻着气味就找到了。

但是但是，出来后，在电梯里，秋霜居然碰上了北大杨和花枝，这么巧，这也太巧了。是秋霜先进得电梯，正要关门，外面又有人摁了一下，电梯又打开了，进来的是北大杨和花枝。秋霜开始还没有反应过来，只是惊讶，说，咦，你们怎么在这？是花枝接的话，说，嗯，我们来这里办点事。秋霜说，我也来这里有点事。话音刚落，秋霜马上就意识到了，她和他们，会不会就是同一件事？这样想着，她的头马上就大了。她想，人的情绪如果会发声发味或发什么气体，像某些动物那样,那她此刻的头顶一定是冒烟了,而且是黑烟,像过去山头的烽火台。但是,已经迟了,电梯已经上升,她想回避或逃之夭夭,都已经来不及了,她只得硬着头皮面对着。五楼,电梯打开,他们只能一起往外面走。秋霜故意把自己走慢一点,落在后面,她偷偷地拿眼瞄北大杨,他一个人走在前面。之前,在一些场合,都是花枝搀扶着北大杨的,今天她没有搀扶他,她让他一个人走,而她自己,则大摇大摆地走在后面。她走得很得意,她的走姿也很特别,尤其是那双手,不是正常的前后摆动,而是在身后左右甩动,像一只走路吃力的大番鸭,很难看。他们一直往前走,像是在一起找那个民庭五室,那真是天下第一尴尬啊,天下第一倒霉啊,秋霜想。

秋霜后来是这样跟李亲照形容的,就好像打喷嚏把小便打在了裤裆里,难受死了。

他们真的就是同一件事。在民庭五室门口,他们又一次犹豫了,不知是谁应该在前谁应该在后,也不知怎么进去,还是里面的法官看见了,才把他们都招呼了进来,说,你们就是那什么什么吧?来来来,进来慢慢说。

民庭五室,确实就是法官的办公室,除了办公桌,还有一张长条桌,他们很自然的就坐成了面对面。法官核对了他们的身份证,像最高统帅一样坐在长桌的中间,他说,你们的材料我都看了,事情我也了解了,都不是什么大事,本来就是想找你们过来调解的,你们各自都说说吧,都是熟人,大家互相谦让一下,没什么不好解决的。到了这一步,懵懂的秋霜、迟钝的秋霜、做梦也想不到的秋霜,才知道是北大杨在起诉她。北大杨平时练舞时是很会训人的,说那个胸没挺,说这个臀不硬,说谁谁白眼、瘫手、脚抽风,这天,在这个要紧的场合,他却是一声不吭。那个花枝倒是积极,好像谁把她当哑巴了似的,她诉了秋霜"三宗罪",说,打着云中飞天的牌子,私自在外面办学,这是一宗罪;学习班办了也就办了,赚了也就赚了,但没有向云中飞天缴提成,缴管理费,这是二宗罪;其他舞你乱改乱跳也就算了,那支《万泉河水清又清》,整个就是老师《送别》的翻版,那老师的《送别》还要不要……秋霜听得肺都气炸了,她都听见了自己的牙齿咬得咯咯响。这个女人现在真是太肆无忌惮了,她真把自己当老师姆了,她平时说话就像掼石头一样,现在一紧张,说话更像是玻璃砸地上一样,尖利刺耳。法官看看气氛不对,也赶忙打圆场,说,大家都是朋友,听起来你们还是师生,大家能够坐下来就是姿态,就是诚意,大家都说说看,没有必要着急地往难里赶。花枝还是喋喋不休,话里都是刻薄和酸辣,什么登报检讨、什么打官司你就是被告、什么你们公司还是第二被告等等。法官听着也皱起了眉头,就不耐烦地举手止住,说,不要说得这么难听嘛,到了我们这里也不是非得弄出个输赢的。法官又看向北大杨,说,老先生,你也说说看,你是最有发言权的,你说了算。秋霜也振作了一下,眼睛不由自主地盯着北大杨。但这个北大杨,居然连一点迟疑也没有,一点嗯嗯咳咳也没有,马上说,我觉得也是这样的,她说的都是事实。这个死佬!脑子已经和猪脑一样了!秋霜再也坐不住了,她其实早就坐不住了,她把面前的杯子挪开了,又端回来,想喝点水,又重重地放下,她这样的动作反复做了好几次,终于,在北大杨话落的那一刻,她腾地站了起来,与此同时有个声音也像箭一般冲出了她的喉咙,嘴巴噼里啪啦就响了起来。她没有想到自己会突然这么大胆,这么决绝,因此,她的话也显得铿锵有力,掷地有声,她说,我就学了,就跳了,就办学了,就教别人了,就赚了大钱了,你想怎么着吧?她接着又说,我也不跟你学了,我也不是你学生了,你想告就告吧,要杀要剐随便你,天塌下来,头掉下来，我奉陪到底。她的话是针对北大杨的，她才不理什么花枝呢，她和北大杨的千丝万缕，她和北大杨的五味杂陈，她拼死拼活的跳舞为什么？还不是为了给你北大杨打名气？为了弘扬云中飞天？即便她有什么不妥的地方，你北大杨也不应该这样毫不留情地对待她。她说着顾自往外走，什么法官，什么花枝，什么北大杨，去你妈的，她不想跳舞了，不想和你们有半点瓜葛就比你奶奶还要大，她砰的一声摔门而去。

北大杨最后有没有把秋霜怎么样？没有。还能怎么样呢？打她的手？割她的肉？还是向她索赔？其实什么也做不了，什么都是不了了之。说白了，都是花枝闹的，北大杨已经被她掌控了，挟持了，这些事以后只会越来越多。

秋霜真的不跳舞了？才不呢，她只是不去少年宫跳了罢了。她管自己跳，在公司跳，带同事跳，带客户跳，带学员跳，明目张胆地跳，疯狂肆意地跳，什么云中飞天，她当它是狗屁，她想跳就跳，想改就改，想跳想改都是给它面子了，否则的话，她呸呸呸。

9

北大杨想把云中飞天申请一个专利。舞蹈有专利吗？编创是发明吗？要申请这样的专利，可能真是史无前例的。但云中飞天不一样，它不是现代舞，也不是爵士舞、拉丁舞；不是街舞、迪斯科、太空舞，更不是健身舞、广场舞；它也不完全是民族舞；如果你把它作为一项编创，申报非物质文化遗产也不是不可以；它可以聚精神，凝心志，要细数它对身体的好，那也是太多了，对脖颈、对肩胛、对手肘、对肚皮、对腰肢、对膝盖、对踝关节，还可以增强免疫力抵抗力；像药一样灵光。

这件事当然好，好处还很多，笼统地讲就有：防侵权，好招学员，说起来有名头，宣传起来有热点，还便于传播推广。但这又是有很大难度的，不是注册一个商标，不是到质检局测一下，是要有一个专门的机构来评定，还得有一套严苛的程序和内容。北大杨和他的手下，有这样的雄心壮志当然是好事。但北大杨毕竟年纪大了，他的一些关系也早就脱节了，有些想法和做法也跟不上形势了。不过，北大杨很支持他的手下到外面去了解一下，活动活动。花枝说，我从江苏来，南京那边我有熟人，可以去打听一下。冬节也说，去南京干吗，北京朝阳区我就有这方面的亲戚，要去就直接去北京。

于是，北大杨就派了花枝和冬节去跑一趟。两人都交代好家里，抖擞精神，一主一辅，主的是花枝，辅的是冬节。最近一段时间，花枝已完全接近云中飞天的核心了，也插手一些管理事务了，而且，春燕和秋霜走后，她俨然一个带班的骨干了。冬节也图个心安，辅助就辅助，虽然这次是她接的头，但凡事由花枝说了算，也比较好。

北京就是大，公路一环套一环，地铁一线接一线，稍微失去了方向感，就像是捉迷藏一样。还好，冬节的亲戚在朝阳区，感觉上是中心地带，要是换了海淀、房山、丰台，真的不知道东南西北了。

亲戚正好在群文系统，他信誓旦旦地说，北京就有这样的产业，还是"一条龙"服务，不就是申报一个云中飞天的专利吗？相关的中介都会指导你把一项一项落实好。事情就这样说开了，要准备的东西很多。首先，要做一张CD，里面的内容包括：领衔的导师介绍，相关的技术阐述，技术步骤的详细图解，形成的时间，有多少骨干成员，有无固定的活动场所，主要作品若干（5—8支舞蹈），参加社会活动的次数（在哪个层面），参与公益活动的次数（惠及的对象及批次人数）等等，反正给人的感觉错综复杂，但也严谨靠谱。花枝和冬节都觉得这一趟北京没有白跑，且来得非常及时，不仅增长了见识，还学到了很多东西，甚至还发现了存在的不足。

为了做好接下来的事情，北京方面还将派出专家指导组到实地考察，论证验收，甚至还会派一个小型艺术团，来小城帮助完善云中飞天的意向。事情越说越像，花枝和冬节得马上赶回来，紧急着手准备。

北京方面还在计划里强调，要给云中飞天挂一块牌子，相当于"北京艺术团的分设机构"，像派出所之类，乍一听有点忽悠的意思，但仔细一想也挺好的，现在大家都看重名头，名头越大越好，越大越说明背景深远，实力雄厚。那怎么样挂牌呢？要有一个载体，要有一个发布和推动的形式，要热闹和家喻户晓。悄悄的挂，像尼姑晾尿布一样，那还挂什么？就是要堂而皇之的、通过一台晚会把牌子挂起来。到时候这台晚会一推，北京的明星过来一亮相，这个牌子就有含金量了。这样，晚会和CD一起，内容相互印证，铁板钉钉，那这个云中飞天的专利，还怕它办不下来？

其他的可以慢慢准备，马上碰到的问题就是技术骨干。北大杨摸摸自己的家底，跳舞跳得好的春燕走了，动作跳得准的秋霜也走了，剩下的就是夏荷和冬节，但两人的硬件要稍稍软了一点，夏荷有点僵，冬节有点矮。北京方面的专家也说，前面总得有几个人站起来，就像一个家庭的门面，后面的，倒可以马马虎虎，打打混战。北大杨这时候有点内疚和后悔了，不该把春燕和秋霜搞得那么难堪。但他也想，她们毕竟是自己的学生，他把老脸赔上，亲自出马，请她们两个回来，哪怕是回来帮忙录个像，应该还是可以的吧？

北大杨带上北京的专家一起去请春燕和秋霜，一则有人陪着，面子上好看一点，二则也是让北京的专家看看，家底还是不错的。春燕走后，有人说她马上就被燕子国劫走了。燕子国也是跳舞的，也在社会上办学，因为身轻如燕而得此绰号。他也常常在外面诟病北大杨，说北大杨哪里会跳舞的？他那个也可以叫舞的？五禽戏还差不多。他是个聪明人，眼睛一直盯着小城的舞坛，时不时的会出现在那些舞坛上，有谁不得志了，有谁被老师贬了，有谁的位置不稳了，他就开始挖墙脚，最后笼络在自己门下。

但春燕没有到燕子国那里去，她有她做人的准则，她觉得自己的能力也不差，就直接在公园山上开舞场了。她的面馆就在公园山下，凌晨先在面馆里张罗一番，待天亮了就上山跳舞，完了又下到面馆里照应，两头兼顾，跳舞生意两不误。北大杨找到她的时候，她正好跳了三段舞，在中场休息。她一般早上跳六段，跳了三段，歇一歇，散讲一下，看看差不多了，就拍手把大家召起来，跳后面的三段，然后就回到山下，吃面，休息，顺便打理着中午的生意。北大杨带着北京的专家先是在边上看，一边讲解着春燕的动作，一边阐述着编创理念，加上春燕的演绎，北京的专家也是频频点头，啧啧称好，说这个就是舞台中央的料，曲子一响，动作一起，马上就到位了，马上就抓住眼球了。说得这么好，北大杨就兴致满满的招了招春燕，示意她借一步说话。春燕知道是什么事，她多少听姐妹们说过，她站着没动，瞄了一下北大杨又瞄了一下客人，前面的事让她伤心犹在，她不想和北大杨再有什么牵扯，她说，北大佬，跳舞的事我们免谈，你要是肚子饿了，我请你下山吃碗面。一句话，直接把北大杨心里的意思堵了回去。

北大杨又去保险公司找秋霜，秋霜倒是客气，嬉皮笑脸地说，跳舞啊，可以啊，我去，你赶花枝走，有她没我，有我没她，你做得到吗，我量你也做不到，还是算了吧。不过，我也有好消息告诉你，我现在不仅跳舞,还练"大礼拜",伸腰扑地,像蚯蚓爬行一样,每天108下,做得背脊通透,你要是腰腿不好,我可以免费教你。她这种不三不四的态度也把北大杨呛了个窝心。

但北京的专家好像办法很多,他们说,没有春燕没问题,没有秋霜也好办,本来也就是把北大杨的几个代表舞蹈拆解一下,以示范的方式呈现出来,现在条件不允许了,干脆就另辟蹊径,以作品的形式完整地展演一下,用舞台的表象去掩盖细节,用化妆的手段来模糊阵势,再把舞美搞得漂亮一点。北大杨对舞台是有感觉的,他一听,马上就明白了:舞蹈里可以掺和几个北京过来的演员,在绚丽的灯光下,在绚烂的舞台上,大家跳得五彩缤纷,谁还认得出谁啊。尽管北大杨的舞蹈也是独树一帜的,但他们毕竟是北京过来的演员啊,看看视频,比划几下,基本上也就掌握了。北大杨一扫刚才的难堪,马上又笑容满面了。

晚会,就在少年宫剧场举行,这里相当于云中飞天的根据地,大家心里像吃了一颗定心丸,马上就踏实了。其实,在哪里举行并不重要,有没有领导也不重要,给什么人看也不重要,哪怕来看的都是小朋友,这又有什么要紧呢?要紧的是要拍好这个视频,做申报材料用。这个视频显示的这个团体,是有作品的,有人才的;他们的舞,是有精神的,有内涵的;他们还有市场和号召力,这就足够了。总之一句话,能办出这样一台晚会,就不是简单的。

晚会的节目当然也是精彩的。有独唱三个,二重唱两个,各类舞蹈四个,还有诗朗诵和魔术表演,唱歌里面有三个是北京来的,舞蹈里面北京的演员也都混在其中,诗朗诵是临时加的,格调一下子提升了,魔术也是北京的专家特地助兴的,在观众席里钓个鱼,在小孩群里捉个兔,互动得尤其好,处处体现了北京专家的用心和诚意。就在这气氛达到沸点的时候，北京方面把准备的重头戏亮了出来，授予云中飞天"北京艺术团培训基地"称号，北大杨西装革履、红光满面、接过牌子的时候笑容差点延伸到了耳朵后。

但是但是，有一点让北大杨心里很不舒服，本来说好的费用是八至十万的，可北京方面这样那样，七算八算，算去了十五万！这下大家都傻了眼。怎么这么贵？这账是怎么算的？都有些什么内容？不就是带几个人来排几个节目吗？虽然他们也一起上台表演了，但这个算什么呢，都是抬抬脚举举手的事情，是鼻涕流嘴巴里过——顺路，他们怎么这么狠呢，打倒了人还要咬一口去。难道我们的钱不是血汗钱吗？难道我们的钱就比别人的小吗？那都是北大杨辛辛苦苦编舞编来的，化缘化来的，打折打来的，带班带来的，学费缴来的，连排练的灯都舍不得用，一点一滴省起来的。

大家七嘴八舌，说，怎么办怎么办？去问问李亲照看。问李亲照其实就是要李亲照去问问唐力白，唐力白是这个系统的，他知道里面的奥妙所在。李亲照当然也知道这件事，她虽然不是文化系统的，但以她机关的经验，觉得这件事有违常理，都是老年人，都是玩玩的事，她觉得这件事做得有点过了。去问唐力白，果然，他笑得前仰后合，说，现在社会上骗子那么多你们不知道吗？不会写文章的办作文班，不会写大字的办书法班，不会画画的办美术班，反正都是不会的人才出来骗人。你们想想看，这么大老远的跑过来，搞得这么繁琐，花这么多精力，不辞辛劳，不厌其烦，说明了什么？说明他没有本事赚别人的钱，就只能赚你们这个辛苦钱。你们看看他们里面，唱歌的有那什么没有？跳舞的有那什么没有？都是些没有名头的家伙。但话又说回来，他们也要生存啊，也要吃饭啊，现在生意这么难做，他们就生存在你们这样的土壤里，就做做你们这样的事，打孔套榫，正正好。一拨人被说得心里冰凉，说，那现在怎么办呢？唐力白说，现在还能怎么办？还真不能怎么办。你想啊，你现在一反应，能不能有结果还不一定，再说了，这些人是很有经验的，又是大地方出来的，他既然要做这个事，他们会怕你闹？怕你告？到时候你精力物力两头空，斧头剁了自己的柄，拉屎倒吹风，还臭了自己一身。大家说，那就这样白白被他们骗了？就这样算了？唐力白说，现在不是还没有怎么样嘛，人家终究还是给你做了晚会，做了这么多事情，现在只能死马当活马医，耐着性子等他们，看最后把你们怎么样。北大杨在人堆里吱了一声，站起来，说，不玩啦不玩啦，我受不了啦，我要死啦。

10

轮子还得往前滚，云中飞天不能停下来。跳舞会上瘾的，不跳舞身上的舞虫就会钻出来，像生了病一样，浑身不得劲。那个十五万块的窟窿，总得把它补回来，云中飞天开始想其他办法怎么创收，卖练功服，办尖子班，对外承接一些活动和演出。以前这样的活动和演出也是有的，但北大杨不屑，觉得掉身价，现在这样的事越多越好，连牙科诊所开业他也要去演。北大杨说，这叫"堤外损失堤内补"。这是样板戏《龙江颂》里的一句话，像李亲照这样的年纪还没听说过。

北大杨还拼命的编创新舞，到外地传授，也在本地吸引更多的舞者。少年宫原来是有食堂的，给来玩的小朋友提供一些简餐，有一次不小心弄出个食物中毒，后来干脆就停办了。北大杨动了心思，还想把这个场地租过来，扩大学习班。

夏荷从一个班带到两个班，花枝刚带班不久，也带了 40 人。舞蹈班不像是作文班，多一个人就要多一张桌，多一份作文就要多一下批改，舞蹈班像橡皮筋，只要你参加，场地可以放宽一点，曲子可以放响一点，队伍可以拉开来一点，不影响。但冬节的那个班，北大杨好像没有要扩班的意思，抑或是花枝的意思。现在学习班的事，好像都捏在花枝手里，大到北大杨编曲、财务管理，小到招收学员、购置东西，都是花枝说了算。冬节的班，不但没有扩大，还不知不觉的压缩了，比如训练的时间，挪来挪去挪到了周一周五下午，问题是无论在职的还是退休的，周一周五下午都是较忙的，都是很难协调的，这样，请假的人就会多起来，练舞就难以正常开展，队伍就带得稀稀拉拉，稀稀拉拉就只能有一种解释，就是领班的不卖力，教学没新意。开始，冬节还意识不到什么原因，还是李亲照跟她说的，说我们机关里整人也是这样，你越想努力出头，就偏偏不让你干，悄无声息的，你还蒙在鼓里，杀人不见血。冬节噢了一下，有一点点醒过来。

不仅这样，整个学习班还弥漫着一股诡异的气息，像瘟疫一样，慢慢传染着每一个人。什么情况？说，北京这些专家是冬节介绍的，是不是冬节暗中也插了一手，吃里爬外不说，还害了云中飞天一把。这样说起来冬节就变成了一个叛徒、阴谋家、双料间谍。这些流言蜚语还不断地长出脚东走西走，到这里喝杯茶，瓜子糖果，到那里吃个饭，加油添醋。关键是你还找不到出处在哪里，怎么传播的，冬节浑身上下像熬油一样。

接下来，又有一件事让大家紧张起来，也严阵以待起来。北京方面传来消息，说，华东六省市群众舞蹈大赛将要举行。这个群众舞蹈当然不是指群众跳的芭蕾舞、民族舞、现代舞、国标舞、或街舞，而是专指排舞和广场舞，也就是说，北大杨的舞只要稍稍的体现出普及性、广泛性、基础性，也是可以参加的。北京方面还说，明年的"春晚"也有意安排这样的节目，就像那年安排了草根歌手一样，推出了地铁女孩和旭日阳刚，所以，比赛成绩好的队，就有希望被组合，被推选，到时候上了春晚，不红都难。这可是消息的关键，北大杨想，这个消息若是真的，那还是合算的，就算前面的十五万给他骗了，那也是值得的，就当是拿去投资理财了，现在眼看就要分红了。

北大杨紧急着手华东六省市的大赛，曲子要新，编排要新，不能炒冷饭。现在北大杨还只是构思和设想，具体执行的已经是花枝了。现在执行这个词非常流行，公司有执行总裁，刊物有执行主编，北大杨的云中飞天，花枝是执行编创。花枝是个会来事的人，她来编创节目，会生出什么妖蛾子呢？不知道。后来有传闻说，其实是夏荷出的主意，说节目要想脱颖而出，就要在个子上做文章。

群众舞蹈，从来就没有什么个子一说，人都不够，有人就不错了，什么时候，个子成了挑剔的理由了。又不是仪仗队，一定要一米八五，又不是中央歌舞团，一定要一米七〇以上。再说了，舞蹈家黄豆豆，也就是一米六五，照样舞得惊人，照样跳醉鼓，跳秦俑情，跳闪闪红星，一句话，照样跳主角。

北大杨以前的舞蹈，一般都是四个组长站在前面，是四大招牌。编舞编舞，除了编舞蹈的意义、编曲子的内涵、编肢体语言、编动作意象、还有就是编四大招牌的位置走向，就是转，也要转个讲究，任何时候都有她们在前面，她们就像是花蕊和花瓣，盛开和怒放都有她们，而且是常开不败。现在不是这思路了，现在春燕没了，秋霜没了，冬节也因为身高被排除了，那就只剩下夏荷了，抑或还有花枝。其余的人，只要身高达标就行。为了弥补舞姿的生疏，花枝想了两个办法，要么是水袖，要么是花伞，水袖和花伞，都可以让人眼花缭乱，这也许还有出奇的效果。

　　曲子定下来了，编排也完成了，现在只剩下排练了。夏荷和花枝的挑人也在悄然的进行，一米六，这在现在来说不算什么，但要在60岁左右的女人堆里挑，还是有些难度的。有些人是无所谓的，本来就是来锻炼的，也没想要参加什么比赛，而且买衣买鞋也是挺烦人的。有些人本来就是学不起的，能活动活动手脚就已经不错了，比赛，那得要多大的能耐啊。有些人则就是想出风头，偏偏爱搞热闹，挑不到她，嘴巴就翘了起来，风言风语也出来了，说，又不是选妃选美，挑个子干吗，干脆连胸脯和屁股也挑一下。但有些人是要被拦在外面的，比如冬节，也许，拦的就是她。冬节是喜欢跳舞的，又是组长，一直以来，她就是云中飞天的中心，一米六这一说，她这个组不知道，她还蒙在鼓里。她曾经问过北大杨，什么时候开始排练啊？什么时候比赛啊？北大杨也是支支吾吾，迟迟疑疑，说，还早呢，我也没准备好，再等等看。

　　周五下午，冬节组里练舞，李亲照把水杯忘在少年宫了。周六，唐力白说要一起到乡下一日游，所以，这个水杯还得去拿回来。李亲照周五晚上去了少年宫，发现北大杨、夏荷、花枝他们都在，而且还有那些所谓的高个子学员，李亲照在边上看了看，听曲子是新的，看动作也是新的，就知道是在排新舞了。她突然心生悲凉，觉得难受，为什么要这样呢？为什么要这样弄来弄去呢？难道真的是人多的地方就有山头？有人的地方就有争斗？大家在一起姐妹情深，其乐融融，不是很好吗？李亲照觉得，这事要马上告诉冬节，不然对不起她。

　　冬节一听就火了，按捺不住了，什么意思嘛，阴私人，搞地下党这一套。那个"吃里扒外"的谣言一出来，她本来就想闹了，无奈找不到源头。现在还搞清理门户，排除异己，是可忍孰不可忍。她风风火火的往少年宫赶,一刻也不能忍了,她要问问北大杨,噢不,她要告诉北大杨,你创建云中飞天不易,保持和发展也不易,但现在正一点点的被侵蚀,被蚕食,到时候寸草无留,她都在替他痛心。

少年宫的夜冷冷清清,门口的保安,看似在值班,实则在看电视,看他在电视前由衷的傻笑就知道了。冬节敲了敲窗户,没有反应,再重敲了几下,里面的眼睛才惊讶着疑惑起来,看看是冬节,是下午学习班练舞的,就放行了。

进来是空旷的广场,清辉泻地,东边是一座假山,有不小的阴影匍匐在角落,偶尔有野猫在远处一闪而过,瞅眼一看,走廊里还有人在温习太极拳。冬节没心思理这些,她急急地走着,脑子里都是里面舞台的景象,也隐约听到了里面的曲子,是《云水谣》,一支悠长又昂扬的曲子,但今天听起来像哭诉一样,这是北大杨最新改编的,这时候正被花枝摆弄着,放放停停,停停放放,一会儿拍手指挥,一会儿给别人做示范,花洒一样的灯光铺照着她得意扬扬的样子,好像她现在就是骄傲的主角。冬节顿感到热血突突的往头上涌。

走进楼下大厅,暗暗的,右手是小卖部,边上有几张小桌,平日里会有一些小孩在这里吃食。剧场的边门就在这个后面,她们平常都是从这里进入,然后到上面的舞台上练舞。突然,冬节感觉到角落里有一点声响,定神一看是北大杨坐那里吃夜宵,又马上闻出吃的是猪脏粉,是小城的一种风味小吃。冬节也不客气,碰到了就好,劈头就问北大杨,老师,里面在排什么?我怎么不知道?北大杨吞吞吐吐,说,没有哪,是其他几个学员在练舞。冬节也不纠缠,说,你那一米六的标准是谁定的,是不是就想着踢我?踢我就直说嘛。北大杨犹豫着说,噢,我也不清楚,是花枝她们在搞。一听花枝,冬节的气马上就上来了,语速也像连珠炮一样,说,你现在脑子全坏了,你知道自己失去几个徒弟了？说，上次他们说你是唐僧，说你鬼迷心窍，我看你是纣王，你身边有了一个妲己，还要我们干什么。说，你还是吃你的猪脏粉吧，别忘了，猪脏吃多了是会吃出屎来的。这话说得北大杨不舒服，说，我就纣王了好吧，我还用你们来教训我？

冬节这一说，也是把自己的脸给撕破了，也就和云中飞天决裂了。也许她是被冷落了，没味道了；也许她早就想走了，只不过找了一个借口；也许是很多事堆在一起，而这件事推了她一把，让她下了决心。

冬节一走，李亲照也不想跳了，她毕竟是跟冬节的。夏荷也过来招呼李亲照，说，留下吧，跟我们这个班吧，北大杨也需要你。李亲照讪讪地说，我还是少吃轻走吧，我本来对跳舞也不感兴趣的。她想起花枝等人的伎俩，也会想起机关里常说的一句话，庙小妖风大。

不跳舞，李亲照也给自己找了很多理由，就像当时唐力白要她评判广场舞一样，有些她是从书上看来的，有些是从人堆里听到的，有些是她自己最近琢磨的。跳舞是好还是不好，不是一两句话能够说清楚的。跳舞是艺术的、优雅的、高端的？还是通俗的、民间的、粗劣的？但一个东西，要是被人家损上了，就会连狗屎都不如。

11

这是不跳舞的理由吗？李亲照对自己说，要找理由肯定是很多的。

——美国精神病协会认定，任何成瘾，都是一种精神疾病。过度的、无节制的、不知美丑的、不考虑他人感受的、强加给他人接受的、以自我消遣为目的的、喜欢征服他人或征服地域的、等等，都是。

——跳舞看似在展示舞姿，展示风采，其实很大程度上是在解决生理问题，消耗过剩的精力和多余的体能，继而解决的是精神寂寞和心里空虚。

——就是这一批人。出生时刚刚解放，生存和生长的条件都成问题；长身体时又碰到了自然灾害，吃不饱穿不暖；青春期时又赶上了上山下乡，精神上经历了疯狂也经历了磨难；开放年代可以放松了享受了，却碰上了改制，下岗，保障没有了，心情也变坏了；现在之所以有这样的嗜好，实际上是一种报复性索取在作祟。

——共同的时代印记和生长经历，让这些人再一次的聚集起来，借老有所乐之名，行心理发泄之实，如同那个时代漠视他人的权利和感受一样，去冲击和殃及现在的安详和安宁。用社会学和精神学去分析，这些人有着强烈的聚集热情，有人来疯似的欲望，越是有人围观，他们就越起劲。

——没有人是为了艺术而跳这些舞的，他们的目的是召集和凝聚，人越多就越有成就感。没有嗓子的也去唱歌，有手有脚的就可以跳舞，这种狭隘的概念，怂恿了很多人的盲从，同时也削减了艺术的美感，偷换了艺术的概念。事实上，当我们破除了跳舞和热衷之间的关系，你会发现，跳舞的背后，实则隐藏着相当深远的危机，包括带给社会的，带给家庭的，带给人际关系的。

——我们的城市，为什么都会有一个类似于人民广场这样的地方，这好像预示着人们就是要聚众，就是要集体活动，就是要载歌载舞，就是要这样在一起交流，这样才会有舍我其谁的声势，才会有占为己有的得意。

　　——现在我们经常讲：高音喇叭没有了，成群结队的活动没有了，一个号召就群情激奋闻风而动的情况没有了。这些信息都透露出，我们是怀恋过去的，这大概也是为什么跳舞这么好召集的原因吧。有整齐的队列，有统一的服装，有热烈的曲子，人们的精神马上会亢奋起来，耳畔立即会响起那震耳欲聋的山呼海啸般的声音。但是，人们真的是喜欢跳舞吗？不见得，人们只是想在新的时代新的场合找到一点自己的虚荣而已……

　　够了够了，李亲照找到了不去跳舞的理论或诟病的依据，就下决心不去少年宫了。她对唐力白说，这可怎么办？我这样待在家里是会憋出病来的。唐力白说，是啊，你样子也不错，身体也还好，关键是你还有出头露面的欲望，还没到完全老朽。李亲照自言自语地说，那我去打拳好了，打拳应该会好一点吧，不会有那些乱七八糟的事情。

　　李亲照住在小城偏东的地段，这里是东扩的新城，出入很方便，生活硬件也好，后面是菜场，前面是新建的公园。是公园，自然就会有许多晨练的人，练声的、练舞的、甩手撞身的、小跑健步的、打南拳的、打咏春的、打太极的、打八段锦的、也有打武当少林的。有些李亲照不屑，有些她也打不了，她后来选择了木兰拳和木兰扇，她觉得适合，也不会太用力。每天一早出来，九点半收工，身上有些许的热度和细汗，非常的舒畅。

　　经常的，也会有云中飞天的人过来玩耍，一是看看李亲照，二是传播一下云中飞天的闲话，芸芸众生，凡夫俗子，都是这样的，都听了乐呵呵的。说现在是夏荷跟北大杨在一起了。在一起什么意思？在一起就是在一起嘛，这很难懂吗？她不是有老公吗？什么时候规定有老公不能离的？规定是没有的，但离起来也是很麻烦的。想离一百个也能离掉。她老公是不是大她很多？那北大杨更大，大也比卤猪蹄要好听。那她还卤猪蹄吗？卤个球，现在专门办学习班了，这个赚钱容易，还体面。这个我就看不懂了，还以为是花枝呢。花枝没有戏，让她洗个脚就很不错了，她就是马前卒。看不出夏荷还是地下党，是隐蔽战线出来的。嗯嗯，据说，有很多话，都是先从她那里出来的，有很多事也都是她在背后推动的。李亲照唏嘘不已。

　　唐力白有时候也会问一问李亲照，你那个木兰拳木兰扇打得怎么样啦？李亲照讪讪地说，还好吧。唐力白说，打拳的人总不会那么杂七杂八吧？李亲照说，也有也有。还真有很多事，毕竟也是各式各样的阵营，大小不一的队伍。眼红这支队伍年轻，妒忌那支队伍人多，说谁的音乐太响，说谁的地盘太大，夏天争树荫，冬天争太阳，刮风争走廊，下雨争亭子，也会无事生非，也会造谣惑众。也会有各种比赛，各种演出。还有各种等级的队伍，有公园队、山下队、社区队、街道队，同样复杂。唐力白听了嘎嘎乱笑。李亲照经历这些后倒是见怪不怪了，也心平气和了，这也是收获。

原载《作家》杂志 2021 年 9 期

笨狗司派克

　　音乐家想养一只狗狗，想了有一阵子了。他为什么想养狗？第一个原因当然是他退休了，没事情了，狗狗弄弄会让他忙一点。这还不是主要的，主要是他女儿在外地工作，最近又嫁人了，今后还要生儿育女，明摆着不会回来了，他的孤单马上就凸显了出来。还有就是最近有关狗狗的电影看多了，《忠犬八公》《星守之犬》等等，都是讲狗狗对主人的忠义，他也想体验一下这种感觉，觉得一定会很有意思。其实，还有一个更深层次的原因，是他觉得老伴越来越没劲了，好像出了六十就不一样了，性情和行为变得古里古怪，睡觉的时候，不小心碰到了她身体，像被什么咬了一口，赶紧缩走；在房间里换个衣，要是他正好也在，她会喊，出去出去，弄得像小姑娘一样，真是受不了。所以，音乐家才会想，自己一定要弄只狗养养，好有个伴。
　　他偷偷地在外面打听，他要的不是那种宠物狗，他这样的人，弄个宠物狗抱着、遛着、守着狗狗拉屎拉尿，那像什么？宠物狗是那些油腻男养的，是路边的小店主养的，是没事在家里卷头发的女人养的。他总得养一只和他身份匹配的、说起来有来头的、样子威风凛凛的狗，起码也要像义犬八公那样的。

音乐家了解过来，八公是一种日本狗，叫柴犬，也叫秋田犬，算是中型犬，样子精致，站那里昂首挺胸，跑起来有驰骋的味道，看着就很"大开门"。但是，他也知道了，柴犬有点贵，小狗也要一万多，这个，不是他的心理价位。他属于初养，也可以说是一时兴起，对自己能不能养好，能不能养下来，心里没数。万一养的难度较大，他养不了了，钱打水漂漂了还是小事，但对狗狗，肯定是一种伤害。

音乐家想养狗的念头被老伴知道了，老伴极力反对，说，你要是把狗领回来，你就搬出去住。音乐家说，搬出去？搬哪里去？我们要是有另外的房子，可以啊。老伴顿了顿，说，那也要分居。音乐家说，分居好啊，我正想分呢，我们现在是三室两厅，我只要一室半厅。老伴说不过音乐家，就开始在网上下载各种视频，发给音乐家。他的手机一会儿响一下，一会儿动一下，打开一看，都是那些坏狗的链接，什么狗刨垃圾啦、狗到处拉屎啦、狗撞倒老人啦、狗咬了小孩啦、为了狗人跟人打架啦、狂犬病发作的人在地上打滚啦，等等。音乐家也不回复，当自己没看见，心想，好狗的视频也很多啊，什么狗救人、狗报警、狗陪小孩玩、狗和人和睦相处、狗见到主人那个高兴劲啊，有的是，为什么不发？

老伴越是这样，音乐家越要熬脾气，这个狗他是养定了。人老了就是这样，不讲对错，不讲道理，就为脾气，以脾气为尊。

音乐家委托朋友找狗的信息不断地传来，有柯基，这狗相貌不错，就是脚矮了点，走起路来摇摇摆摆，怎么看都像是宠物狗。也有哈士奇，这狗也漂亮，尤其是脸部，像画了脸谱，缺点是笨，俗称二哈，还有点斗鸡眼，关键还是种大型犬，音乐家怕自己拉不动。老人养狗都会想得很多，要好玩、好指挥、可以当助手、还要说啥都能听懂，这样才有意思。

有一种史宾格的狗引起了音乐家的注意。史宾格，英国狗，中型犬，漂亮不用说了，符合中外各个阶层的审美。说现在部队啊、消防啊、公安啊已经不用那种德国狼犬了，都换成史宾格了。说史宾格工作勤勉，耐力又好，鼻子尤其灵；说现在边防、海关都用它做缉毒犬缉私犬；说部队、消防、公安都用它做搜救犬。音乐家一听就来劲，这样的狗，拉出来不难看，说起来也有故事，他好像看见了它在案发现场嗅来嗅去的样子，在灾难废墟上拼命刨土的样子，关键是和他养狗的初衷比较吻合，就它了。

据说，这种狗也有好几种叫法，有叫匹克的，有叫史宾格的，也有叫司其派克的，反正说的都是它。是谐音吗？还是翻译有问题？还是我们叫得不利索？就像我们以前把马拉多纳叫成马当纳、把泰坦尼克叫成铁达尼一样。音乐家觉得，名字很要紧，名字就是定位，狗狗虽然还没有眉目，但名字要先把它取起来。现在给狗狗取名字都比较俗，要么"元宝"之类，要么"局长"之类，音乐家不想要这样的名字。他觉得这狗的原名就很有基础，稍稍的动一下即可。匹克肯定不行，像个街头小混混或小瘪三；史宾格也不好，太书面化了，让人听了不知所云，甚至不像狗，像什么网络名称；所以，音乐家就在司其派克上动脑筋，也许是音乐家的舌头有问题，抑或是平时都习惯讲温州话，他叫了几声，很自然的就把那个"其"去掉了，叫成了司派克，觉得非常上口，就像我们平时叫张先生，一般都简化成张生，又顺又溜。而且，有了这名字，这只狗就变得又好玩又俏皮。

介绍司派克的亲戚是一位军人，在武警的一个警犬班，就是专门训练司派克的。他们饲养的司派克是缉毒用的，有时候也缉私，有时候也支援地方，用作搜救犬。亲戚说，每年，他们基地里都会有一些小狗出来，他们用不了那么多，所以会卖掉几只。但这些狗都是有血统的，爸妈甚至爷奶都在部队，都是军属，还有比赛证书。音乐家听了这些就更喜欢了。他看过那些成年司派克的美照，身型好，脸漂亮，一对垂挂的大耳朵，嘴巴上还有几点小雀斑，站着蹲着的姿势都很经典，而且是中型犬，符合他的审美要求。这种狗本地基本没有，这很稀罕，关键是它不是那种宠物狗，是工作犬，这也大大地满足了他的虚荣心。要是别人问起来，他会说，这是基地里过来的，多有噱头。再说了，基地里出来的狗，价格也不会太贵，他们不差这个钱，就是意思意思，相当于让他捐了点狗粮，两千块左右，这个数字他自己就可以解决掉，不用和老伴汇报，这样音乐家就觉得很舒服。

　　后来，亲戚告诉他，有一只四十来天的司派克可以不？音乐家满口答应，可以可以。他听人说过，狗大了不好养，大了有脾气，大了说明被别人养过，很可能还会有一些坏毛病，纠起来很困难。四十来天，等于还一直待在妈妈身边，连家门都没有出过，像大山里的孩子，多好。音乐家唯一担心的是，这个小小的司派克怎么过来呢？听说那个基地在江苏，叫基地送过来他开不了这个口，而让他开车去那边接，好像也不太方便。

　　有一天，音乐家接到一个电话，电话里说，有一只小狗是你的吧？基地里出来的。音乐家拼命接应，是是是，说，是让你带过来的？你是司机？司机说，是的，是坐我的长途车过来的。音乐家说，那你什么时候到我们这里？司机说，要夜里两点。音乐家说，两点？两点我们怎么接啊？司机说，你过来接啊，我的车停在客运西站对面的加油站里。音乐家说，那离我们这里还很远呢，我是老人啊，跑起来不方便的。司机说，那我把它放在车站的寄存处，你明天慢慢过来拿吧。

这天晚上，音乐家再也睡不着了，他是激动，也是焦躁，像每一次演出他的作品，脑子里都会有很多假想。他想象那辆车会从哪里出来？是江苏哪里的乡下？他好像听过一耳朵，那个基地在宜兴一带。四十多天的司派克，会有多大呢？眼睛张开了吗？它会认人还是会怕生？怕生它就会乱叫，乱叫就会烦人，烦人就不受司机待见。它耐寒吗？温州现在已经是很冷了，那边比温州更冷，他们会拿什么给它御寒呢？它会待在笼子里还是盒子里？那是辆什么车？为什么要走那么长时间？司机来电话的时候是下午五点，说已经出来了，什么车要走九个多小时？一定是那种拼载的长途车，他以前坐过这种车，这里带几个，那里带几个，这样一路带过来，就把时间给拉长了，偏僻地方坐个车不容易，都这样。

音乐家越想越难受，心也一点点提起来。按照他心里的指向，他应该凌晨两点就到客运西站去。但是他也明白，他这样的年纪，这个时间出去，去那么远，又是去接一只小狗狗，说起来有点不大正常，所以他只能忍着。

后来，大概是四五点的光景，音乐家实在忍不住了，就摸摸索索地起来。老伴说你这么早起来干什么？他撒了一个谎，说自己忘了，单位的一个老同事走了，是这天出殡，他要到殡仪馆去送一送。老伴说，这谁去得这么突然？音乐家说，一个我都要叫他前辈的同事，你又不认识。送丧一般都在凌晨，这个借口很合理，这样，音乐家就从家里溜出来，他觉得早一点点也是好的。

冬天的凌晨，六点钟还是黑的，路人很少，偶尔有一辆出租车，也像鲨鱼一样在深海里游弋。音乐家当然没有去子虚乌有的送丧，他径直往客运西站去。到了那边已经是半小时以后了，天才刚刚的有点亮起来，他想着寄存处应该在车站外面，应该有一个醒目的标志，这样想着他就看见了寄存处的招牌，车还没有停稳，就听到有小狗的叫声传了过来，是那种稚嫩的、哀伤的、短促的、勉强的叫，他觉得这一定是他的狗狗，每一下都划破宁静，叫在他的心坎上。这期间，他被城管赶过，被交通协警赶过，说车站附近是特殊地带，叫他快走。

　　后来，寄存处的人来了，门窗打开了，音乐家赶紧去问，他领到了一只毛绒绒的、憨萌萌的、黑白相间的、小得可怜的司派克。那一刻，音乐家脑子里忽然闪出了两句歌词，飘扬过海来看你，还有一句是，万水千山总是情。

　　音乐家把司派克带回家，老伴就和他吵了一架。音乐家不怕，他既然下决心养狗了，就做了最坏的打算。他自己出钱，他不用她帮忙，他选择分开来住，还要怎么样？他也不和老伴吵，老伴说来说去就是那几句话，它咬人了怎么办？它拆家了怎么办？它吵别人怎么办？它要是随地大小便我就打它，你要是不在家我就不给它饭吃，我要是受不了了我就去举报它，让打狗队把它抓走，把它赶出去当流浪狗，苦死它。句句都是要点，但音乐家知道，老伴虽然很烦，虽然这么说，但也不会真怎么样的。

　　他们这个家，设计得还是很实用的，进门是客厅、饭厅、厨房，要通过一条走廊到另一头去，那里是书房、客房、卧室。音乐家把司派克的活动限制在饭厅和客厅，晚上就睡在厨房里，一个纸盒子就是它的窝。老人养狗就像乡下人那样，穷养，没那么讲究，而且音乐家也坚信，司派克不同于那些宠物狗，它是工作犬出身，条件差一点没关系，环境恶劣也许更适合它成长。就算它晚上会叫，厨房远离卧室，离对面邻居更远，叫声早已在这个距离里消解了，老伴还有什么意见呢？

老伴以前不是这样的，以前要是这样，他们也不会走到一起。以前他在文化馆当辅导员，她在幼儿园当保育员，他们不相上下。有些人就是这样，通过学习、实践、世事的磨砺，会一点点进步。而有些人，无论岁月怎么更迭，就是原地踏步，还不进反退，老伴就是这样。她现在退休了，原先幼儿园仅有的那点趣味也没有了，倒是迅速沾染了一些低俗的东西。她拉起了一支队伍，跳"云中飞天舞"，是她自己臆想出来的，说比广场舞好，每个人都有位置，跳起来有穿插、有走位、有形式感、有画面感；平时要练身段、练绕手、练踢腿下腰、练意守丹田；现在已完整地跳下了两支曲，《铁血丹心》和《雪山飞狐》，就觉得很厉害了，不把音乐家放眼里了。每天穿得花花绿绿的东走西走，这里出镜，那里表演，搞起来很忙一样。音乐家也没办法，只要求她稍稍考虑一下年纪，再有点音乐家老伴的样子，不要太有碍观瞻了。老伴说，为什么？我有我的审美，我干吗要照你说的样子，我偏不。

老伴的缺点也是挺多的，尤其在家里，音乐家概括起来有三种：一是囤积强迫症，倒不是说她把外面的东西搬回来，而是家里的旧东西舍不得扔，好几年的挂历，她说好看，都还挂在那里，洗手间里也塞满了各种东西，拆下的包装盒、过期的化妆品、转不动的电风扇、早已不穿的雨鞋棉鞋。音乐家也会给她发那种"断舍离"的链接，告诉她生活中有一百种东西可以扔。老伴说，什么叫断舍离？一听就知道是新词，是出自年轻人之口，老人都这样的，不这样的，你找几个给我看看。二是钥匙健忘症，其实也不光是钥匙，反正要紧的东西都忘或乱扔，身份证、银行卡、首饰挂件，每次出门前都要翻箱倒柜地找。音乐家告诉她，人老了健忘很正常，但养成一些习惯就可以避免它。为此，音乐家还专门到寺院的朋友那里要了一个钵，放在门边的鞋柜上，让她进门第一时间把要紧的东西放进去，就不会到处找了。老伴说，我都习惯几十年了，现在要是能改，还用你说三道四吗？三是节省综合症，已经节省成毛病了，音乐家叫她浙江省，浙江就是她最省。例子举不胜举，音乐家编了一个顺口溜：有车不坐硬走，空调只看不开，马桶从不蓄水，移步就摁开关。有一次，音乐家还在吃饭，电灯就被她关掉了，音乐家惊呼，饭还没吃好哪！老伴说，饭还怕吃到鼻子里吗？饭当然不会吃到鼻子里，但这话说的，饭都呛到气管里了。当然，这也怪音乐家不好，怎么突然就不包容了，接受不了了，老是揪着她的缺点不放，老是想要教育她，纠正她，他们的脾气也就怼上了。

  老年夫妻的矛盾都是日积月累的，是硬核的，不像年轻人，还有许多相互依赖的地方，也容易妥协，容易通融，或干脆就离。老年人都有千丝万缕的家事，没办法割离，但相互"不理"的比较多，互不讲话、互不烧饭、互不洗衣服、互不管对方的事、互不参与对方家族来往，等等。音乐家在这么多不理中，选择了互不烧饭，他觉得老伴在外面玩疯了，经常吃饭没个准，选这个影响最小。老伴说，正好，你现在烧饭就跟煎中药一样，不吃还好。

  老伴其实也是烦音乐家的，因此也烦他的狗。自从司派克来了之后，她就一直在诟病它。开始是嫌它的名字不好听，司派克，一听就觉得崇洋媚外，而且温州话也不好叫。音乐家冷笑，不以为然，说，司派克司派克，普通话和温州话都只用拗一点点，好叫得很。

老伴又嫌司派克笨，老叫它笨狗笨狗。音乐家听着就不舒服，说，干吗这么粗鲁，你就是说它不聪明，听起来也要斯文一点。

老伴嫌司派克笨，也不是无缘无故的，是基于司派克的某个表现。它不是大耳朵吗？有时候跑起来，耳朵会翻到头顶上，它自己还不知道，还一副怡然自得的样子。老伴说，你看你看，这笨狗，耳朵都翻过去了，还一点没知觉。你说我们人，指头要是嵌了一点刺，也难受得要命，非把它弄出来不可。音乐家哼了一声，说，它哪里不知道啊，它是觉得这样好玩，是幽默，是自娱自乐，是让你看着它好笑。又说，它要是有电话，非告诉它妈妈不可，说这里有个老太婆，老叫它笨狗，迟早，它妈妈会过来找你报仇。

养狗人最怕狗狗不聪明，没养狗之前，音乐家也没想去了解这些，不知道哪些狗灵哪些狗笨。音乐家觉得狗就是畜生，畜生就随它去，不要对它有这么多要求。但自从老伴嫌司派克之后，音乐家就有意在网上百度了一下，笨狗到底有哪些笨？有多么笨？原来，笨狗的内容还是挺多的，有说是六大笨，也有说是十大笨，综合一下比如：吠主人、吃自己的屎、不会啃骨头、见了谁都亲、在窝里大小便、找不到回家的路、认不出镜中的自己、什么人给东西都吃、不看看大小都敢挑衅、外出时兴奋得到处乱窜、教训它还以为是跟它玩，等等。音乐家一一对照，还好，这些笨司派克好像都没有。老伴说，现在还小，还不明显，现在都这样了，长大了肯定更加笨。当然，音乐家也真的发现了司派克的一些异常，比如：喜欢吃药，一次，司派克身上长痘痘，去医院开了药，还以为会像小孩一样，百般抵制，哪想到它吃得津津有味，咬得咯嘣响。又比如，它喜欢赶"苍蝇"，你只要一说苍蝇，它就像听到了命令，低头就跑，做认真驱赶状，其实什么也没有，就是虚拟了一下。是有点笨哈，但音乐家视这些为有趣，他都没有说，怕说了给老伴以口实，更加坐实了它的笨，更要奚落它。

音乐家觉得自己养狗是养对了，不然，退休了、女儿不在家、老伴又说不爽、他会郁闷死的。现在好了，有了司派克，他觉得自己很忙也很有意思。

音乐家之前是从不锻炼的，他说，锻什么炼，身体弱一点，跟他的身份才相称。老伴说，越老越要动一动，不然什么地方都生锈了。音乐家反驳说，乌龟都不动，照样命很长。老伴说，起码也要到公园里走一走，要不，先报废的就是你这双脚。音乐家说，我现在就把脚省起来，放在八十岁以后再用。

音乐家觉得自己现在的状况非常好，他在操心司派克的同时，也被司派克带着在劳动。每天早上六点，在厨房睡觉的司派克就会轻轻的叫起来，是那种抑制的、短促的、小心翼翼的叫，而不是扯开嗓子乱叫。音乐家知道，这是司派克在提醒他，它马上要上洗手间了。他赶紧起床，迟一点都不行，先到厨房把司派克放出来，然后做示范，引领它朝洗手间的方向跑。客厅是木地板，饭厅是大理石，这两个区域拉屎拉尿都不行，会将肮脏吸进去，而洗手间的地砖是带釉的，洗一下就OK了。音乐家在前面跑，嘴里喊洗手间洗手间，司派克在后面跟，一脸的认真。他看过一些视频，有人把狗狗训起来蹲马桶，完了还会冲水。这就没意思了，毕竟是畜生嘛，对它这么苛刻干什么，弄得跟人一样，这还有什么乐趣呢？它要是还会用草纸，看会不会把你吓死。所以，乐趣是什么？乐趣就是知道不能在客厅和饭厅如厕、就是知道要到洗手间去、就是昨天还拉在洗手间门外、今天知道到里边去了。但是今天，尽管司派克也跑得很卖力，跑得煞有介事，但还是没来得及,它拼命地跑到洗手间门口,还是忍不住把屁股一塌,拉了一泡尿,这是昨天一夜下来的尿,又大又长,颜色还很好看。音乐家哭笑不得,也情不自禁地说它两句,你不会早点说的,你不会再忍一忍的,再有一步你就到洗手间了,那样你就圆满了。音乐家唠叨着,司派克也不知道是什么意思,它感兴趣的还是自己的尿,盯着它看了半天,还仔细的闻了闻。当然,音乐家也乐意做这个卫生,这是养狗的必要一课,不仅要做清爽,还要让老伴没意见。

接着,老伴也出来了。也许是对她嫌它笨的记仇,也许是知道她和音乐家怼着,司派克见了老伴都没有好态度,就会扑,就会缠,不让她穿鞋,不让她拎袋,走一步撑一步,音乐家只好把它摁住,老伴这才在司派克的狂叫中,逃出家门,到公园去了。

上午八点,音乐家要把司派克的屁股洗一洗,洗澡可以一周一次,洗屁股要每天,就像人一样。特别是母狗,拉尿时屁股一塌,常常把脚毛和屁股弄脏了。音乐家听说,狗狗都会有一些敏感词,就是什么词狗狗听了会激灵一下。音乐家也看过类似的视频,一只缉毒犬,一听到可卡因就会竖起耳朵;一只贪吃的狗,一听到三明治睡着也会惊醒过来。司派克尽管笨,但也有敏感词。音乐家发现,它对"洗臀"一词特别敏感。洗臀是温州人的说法,普通话就叫洗屁股,一说洗臀司派克就跑到洗手间蹲下,等音乐家拿布,拿肥皂,水池里放水,很迫切享受的样子。音乐家好奇的是,司派克怎么会听懂温州话,温州话是全世界最难懂的话,有说对越反击战还作过传令"密码",人都觉得难懂。而且还很微妙,比如洗臀的臀,普通话读音是"囤",而温州话读音是"团",完全是两码事。

十点钟左右,音乐家要带司派克出去遛遛,司派克其实不适合在小区里面遛,它是运动型的狗,喜欢撒开腿疯跑,不像那些宠物狗,走路像小脚老太婆一样。因此，音乐家一般都会带它去车库上面的网球场。

网球不是一个大家都能玩的运动，那上面经常没有人，网球场又相对封闭，有铁丝网拦着。司派克一到上面，音乐家就把绳子解开来，让它跑个尽兴。这真是一只基地过来的狗啊，它撒开腿脚，跑得那么欢，那么惬意。网球场的角落，经常有一些散落的网球，那是人们打丢了，懒得捡，留在那里的。音乐家也曾想把司派克教起来玩球，丢过去让它捡回来，或踢过去让它接住，但司派克丝毫不感兴趣，看见球过来一脸的茫然，还以为滚过来的是一块石头，赶紧躲开去。算了，玩个球的也不算什么本事，还要无休止的练才能掌握，音乐家觉得，做狗已经很苦了，就放它一码吧，它爱咋咋地。

司派克最高兴的就是在网球场上居高临下地看人。下面是一条通道，是西门进来的必经之路，司派克在上面看看叫叫，也不知道叫什么。音乐家看着司派克的举动，也会瞟一眼下面，他发现，司派克叫的都是老太婆，对孩子、年轻人、中老年男人基本不叫。音乐家想，它可能把那些老太婆都当作他老伴了。确实，她们虽然穿着不一，但走路的姿势都差不多，都是那种散漫的、无所谓的、不讲究的。有一下，司派克拼命地摇尾巴，甚至连屁股都摇起来，嘴里还发出咕咕咕的叫声，那是兴奋的、激动的、抑制不住地叫，音乐家再看，原来是老伴从公园回来了，同行的还有一个她的练友。她们拿着扇提着剑只顾说话。司派克在上面一边叫一边跟着追。音乐家就忍不住叫老伴，说，司派克在叫你呢，你怎么都没有反应的？老伴抬起头，正好和司派克四目相对，这下把司派克高兴得，拼命地往下跑，围着老伴又跳又叫。边上的练友看了也很羡慕，说，这狗好，通人性。老伴说，也就是今天表现得好一点，平时笨得很，每天跟它像打仗一样。音乐家暗笑着，也不纠正，其实司派克看见老太婆都这样，都叫，都兴奋，盲目得很。

下午是音乐家的"工作"时间。退休之后,他把自己安排得好好的,有活动,他积极配合,以排挤自己的无聊和落寞;有约茶约琴的,他也欣然参与;都没有事情,他就在家里摆弄自己的专业。专业不能丢,丢了就退出了社会,退出了圈子,疏远师友了。但他也清楚,现在已不再有长进了,该长的,年轻的时候都长过了,现在之所以还抱着专业不放,一是还有点虚荣心,二也是还不甘心,想再搞点东西试试,不要让别人说他是断崖式的下滑,这个不好听。

音乐家擅长的是编曲和合唱指挥,也许是在文化馆待久了,群文的东西搞多了,他的创新力不够,只能编一些现成的曲子,尤其是改编合唱曲。一首家喻户晓的歌,他把它改编了,配上各种声部,设计了各种动作,唱出了新的气氛,新的视听效果,讨巧又讨好。

他改编过《少林少林》《游击队之歌》《打起手鼓唱起歌》《弹起我心爱的土琵琶》,这些经典的合唱曲,最大的缺陷就是仅仅是合唱,太像合唱了,忽略了形式和演绎,基本上都是和声、轮唱、顶多加了个轻重呼应,听来听去都是老一套,包括后来的《天路》也一样。音乐家最大的资源就是手头有一支强大的歌唱队伍,有文化馆的学习班作基础,有全市学校的声乐老师作支撑,所以,他安排声部的余地就非常大,他还可以担当独唱的男女声,这就让他的合唱队实力超群,拉出去马上就见分晓了,也因此拿了不少奖。

音乐家在自己的书房工作时,司派克就很识相地自玩自的,笨狗比较单纯,没有什么心思,它觉得音乐家既然有事,那它就自己待着呗。在书房门口趴一会儿,在客厅沙发上趴一会儿,又在厨房的纸盒里趴一会儿,趴得无聊了,就叼了一块抹布玩起来,玩得还很高兴,嘴里发出自娱自乐的响声。玩得也很忘我,四仰八叉,全然忘了自己是个母的，肚子露出来难看。老人养狗都是比较简单的，就像农村里养狗，不知道给它买衣、买玩具、也不知道怎么陪它玩、怎么和它互动。司派克的玩具都是现成的，厨房的水舀、音乐家的拖鞋、洗手间的拖把、有时候甚至还叼出了马桶刷。

音乐家现在是为下半年的市民艺术节做准备，他要拿几首本地的合唱曲出来，这样也更合适。《李有松》，大家都知道的，浙西民歌，这首歌的特点是歌词简单，简单到演绎成温州话也没有问题：李家村有个李有松，封建思想老古董，白天洞里来做梦，不准女儿找老公……这是首叙事歌，稍稍改几个字，比如把白天改为"日昼"，把找改为"寻"，把女儿改为"囡儿"，就完全是俏皮的温州味了。他还想改编一首《对鸟》，一首乐清山歌，编成合唱能充分利用好两个男女声高音，而轻轻的和声象征着山脉的回音，效果非常好：介呣飞过青又青，介呣飞过打铜铃，介呣飞过红间绿，介呣飞过胭脂搽嘴唇……

有时候，司派克也会侧着脑袋听音乐家叮叮咚咚地敲琴，听他咿咿呀呀的试唱发音，好像有点听懂的样子。音乐家看过一些视频，有些狗狗听到歌声琴声是会有所反应，也会跟着呜呜作声，虽然并不像那么回事，但一定是和声音旋律有关的。有时候，音乐家也听见司派克在那里呜呜的长啸，音乐家一阵欣喜，以为是他的音乐起了作用，他赶紧出来看看，又仔细辨别，原来司派克是被另一个声音所诱导，是小区外面收废品的吆喝声：冰箱——彩电——空调——洗衣机——司派克是在为这个吆喝做和声，那声音响一下，它也会跟一下，配合得饶有兴致，音乐家哭笑不得。不过，音乐家始终觉得，自己的一举一动，都会像电脑编程一样编到司派克的"硬盘"里，会潜移默化地影响它，等到它有一天开窍了，虽不能让它唱一首什么歌，但起码也会成为一只与众不同的、有音乐素养的狗。

晚上，老伴在自己的房间里照镜子，帽子戴上又摘下，围巾系了又解下，衣服套来换去，也不知道要怎么穿，一般这种情况下，明天肯定要出去疯了。音乐家在自己的房间里复盘和订正，下午的工作，这会儿像溪水一样、像蝌蚪一样、在他的脑子里哗啦作响，争先恐后。客厅里，司派克也在新鲜着自娱自乐。资料上说，司派克耐力出众，音乐家觉得，它不仅耐力出众，精神也特别好，这会儿正趴在窗子前，煞有介事地打量着外面。外面，正好是一条小区主干道，它看车子，看行人，发现有异常的，它的喉咙就会呼啸起来，貌似进入了一种临战状态。车灯太亮的，人长得猥琐的，走路打手机的，停留太久或无端跑动的，它都会发出狂叫。音乐家觉得，这才是司派克应有的样子，不叫才怪呢，不叫它就失职了。但老伴不耐烦了，说，死佬，这狗这么会叫，应山脉一样，你快去把它管一下。音乐家说，狗总是会叫的嘛，狗要是不叫，那还叫狗吗。老伴说，它叫得也太响了，魂都被它叫散了，等会儿物业过来敲门了。这倒是真的，司派克的叫，不同于那些宠物狗，确实被邻居反映过。音乐家自知理亏，乖乖地从房间里出来，把司派克关起来。其实也不是关，是把它哄到厨房里，告诉它，现在迟了，大家都睡了，你要是再这样叫，明天就不能待在家里了，在外面没有亲人，风餐露宿，后果不堪设想。司派克好像听懂一样，躲在纸盒里一动不动。厨房是敞开式的，没有门，音乐家用木板挡一下，司派克看不到外面了，也就安静了。

有一件事让音乐家很苦恼，就是电视台要到家里来拍个片子。文艺界要给六十岁以上的知名文艺家存档，十个艺术门类，每个门类挑三个，他也是其中一个。编导都找过他好几次了，他都说等等再等等，理由当然是冠冕堂皇的，说自己最近正在赶作品，等手头完事了最好。

其实音乐家是有苦说不出，家里实在是太乱了，会让人笑话的，从里到外，从客厅到卧室，都是老伴丢的东西，他得趁老伴有活动，不在家，他先打理一下，起码也要整理出两个拍片的场地。还有就是，这个司派克怎么办？听编导说，他们是同步录音，以艺术家自己讲述为主。司派克还太小，也听不懂人话，而且见了生人就会乱叫，会把事情搞砸的。那么，把司派克送到宠物店去？他好像也舍不得，他还没教它在外生活的能力，它被人冷落了怎么办？被其他狗狗欺负了怎么办？他完全可以想象宠物店是怎样待它的，肯定是关在笼里，它吃不吃都无所谓，更不会带它出去玩了。这两件事都让音乐家觉得头疼。

突然有一天，老伴说要到县里去，说一个储蓄所开张，请她们去演出，晚上要住在那里。音乐家心花怒发，觉得这是个好机会，想了想，就故意再激发她一下，说，演个出晚上住那里干吗？你们不是有车吗？回来也不会很迟。老伴说，他们要第二天再带我们玩一下。音乐家阴阴的说，你自己小心啊，你身上是有不少不足的，和别人接触多了，当心露馅。这话老伴不要听，她哼了一下，说，你要这样说我偏偏再多住一天，看人家是喜悦我还是讨厌我。音乐家暗暗高兴，他的煽风点火奏效了。

老伴一走，音乐家就赶紧通知编导过来。他也抓紧把家里打理出来，他先是整理客厅，都是老伴平时堆积的东西，纸盒子、纸袋子、戴的帽子、围的围巾、穿的衣服、还有好几双鞋子，他都统统地送进了储藏室。他再整理饭厅，桌子上都是瓶瓶罐罐，有酱瓜、泡菜、豆腐乳、花生酱、豆瓣酱、筷子笼、纸巾盒、还有一些零星的水果。旁边的凳子上也有一排纸箱，放着香菇木耳黄花菜霉干菜等等。一些容易忽略、长时间不用的东西，他随手就把它扔了，但有些东西他还不敢扔，扔了老伴会和他吵，吵了更难受。音乐家再简单收拾一下自己的书房，这地方乱一点不要紧，乱反而能体现出他的状态。再就是卧室，这地方一般不会拍，但也许会进来看一下，所以表面上收拾一下即可，特别是床上，要摆出老两口生活的感觉，分居总是不好听的。音乐家这样弄了一上午，觉得很辛苦，但也很解气，很惬意。

现在轮到处理司派克了，音乐家觉得，应该和它好好的谈一谈，他不知道这样谈有没有用，它听不听得懂。他把它抱到沙发上，拿了张凳子坐在它对面，他这样做让司派克也觉得很好奇，它侧着头，眼睛乌溜溜地看着他。他首先向它抱歉，说把它带到了这样一个家，这个家不富裕，气氛也不好，也没有什么乐趣，而且他又是这么大年纪的一个老头，他的性情也不适合它的性情，他不能陪它玩，不能带它去更远的地方，也不能像年轻人那样给它买这买那，也教不了它什么本事。可是没办法，他就是想要一只狗狗，需要有一种做伴的感觉，需要温暖和谐，既然他们在一起了，他们就是一个共同体。但他又是个还有点事情的老头，和一般的老头不一样，他今天就有一件重要的事，他要来很多人，要做一些事，这些事需要它不出声，甚至要把屎尿也忍一忍，等他把这件事做完了，它就OK了，他需要它的支持，它的配合。音乐家觉得该说的都已经说了，有用没用，那就要看它的造化了。

这天下午，音乐家迎来了编导一行，他们在客厅摆好了位置，架好了机器，调好了灯光，音乐家身上也别上了胸麦，这就让音乐家知道，他现在进入角色了。长期的民间生活，也练就他的叙述能力，这一次，他抓住了民间音乐这个点，说了田野调查，民间采风，说了自己的体验，学习，积累，不放弃，推陈出新……期间，音乐家也悄悄地瞄了一眼厨房，想看看司派克到底在干什么？是凝神屏气的听？还是趴在纸盒里装睡？不，它不知道躲哪里了，躲进了冰箱后面？抑或是洗碗槽下的角落？接着，编导又拍摄音乐家的工作状态，这让音乐家担心起来，工作，就需要叮叮咚咚的敲琴，就需要咿咿呀呀的发声，他要示范音高，示范声部，必要时还要放一些歌曲资料，讲解他的设想和处理。他怕这些声音一响，司派克就会被"唤醒"过来，甚至被诱导，会放声大叫，那今天的拍摄就算泡汤了。但是，奇妙得很，他们拍摄得非常顺利，任凭他们在捣鼓什么，家里就只有他们的声音，就像这个家原本就只有一个音乐家，原本就没有司派克。

五小时后，音乐家总算把编导他们送走了。他赶紧到厨房看看，发现司派克已经出来了，它不知是从哪里出来的，它的背后，已经是一泡大大的尿，像小溪一样从这一头流到了那一头。音乐家忍俊不禁地笑起来，司派克也叉着脚在看着他，好像在说，不好意思，我实在是憋不住了。

音乐家想，要是把司派克今天的表现告诉老伴，她一定不相信，她会说一定是你编的。

老伴在外面玩了两天，音乐家也舒服了两天。当然，音乐家心里也是记挂老伴的，他太知道她们所谓的演出了，说白了就是为了去分东西。他听说那个储蓄所要给她们发一套价值四十元的衣服，这种花里胡哨的衣服她们最喜欢了。

他可以想象她们是怎么活动的，她们在对面公园门口集中，像幼儿园小朋友一样穿得整齐划一，她们上了车就开始嗨起来，她们相互拍照，竞相唱歌，抢在车还没有上高速之前，在过道上摆造型。

她们到了瑞安的假日酒店，入住，吃饭，吃饭的时候也都身着队服，时不时的端起酒杯耶耶耶。下午没有任务，但她们丝毫没有懈怠，自觉的在酒店大堂里练起来，服务员不让放音乐，她们就默练，引得许多客人驻足观看，她们就更兴奋了。

演出是在晚上，形式是边吃边演，她们总共奉献了三个节目，走队列表演、两个云中飞天舞，具体舞曲是她们最近刚拿下的，《梅花三弄》和《渔舟唱晚》，她们觉得非常好。她们边吃边演，每演完一个节目都要快速地换衣服，她们带了四套衣服，她们忙死了。这天夜里她们一定难以入睡，因为储蓄所很满意，临时决定，除原先答应的每人五斤鸡蛋、五斤细粉外，再加一个海鲜大礼包，内有两只炝蟹、两只乌贼、四爿小鲳鱼。

要不是家里拍片子，音乐家是不喜欢老伴在外面久留的。早上在公园跳跳舞，或附近哪里一日游，还马马虎虎。知妻莫如夫，他太知道她了。她这人优点很多，热心，会交往，会排阵，活动能力强，就说这次演出吧，音乐家知道，这肯定是她排的阵，乃至后勤服务。但她不能和别人待太久，特别是不能过集体生活，一过，她的那些"综合症"就露馅了。

第二天，储蓄所安排她们上圣井山，一个道教圣地，其大殿外面的石床很著名，民间有传说，考大学之前来这里睡一觉，保准。就是这样的地方，她们也要拉起队旗来拍个照，造个型。

音乐家就是为了这些，每天都要和老伴说来说去，到后来也懒得说了，但不说又心里觉得别扭。其实，说真的，音乐家也觉得和老伴这样怼来怼去，不是个事，他是想通过养狗，看能不能改一下自己的脾气，提高一点自己的耐性，以便和老伴相处得好一点。

总的来说，音乐家对司派克还是满意的，虽然说起来有点笨，但也笨不到哪里去，狗狗不都是这样的吗？有聪明的，也有笨一点的。人也一样，特别聪明的，也是极个别的，大部分也都是普普通通的。据说，狗的智商测定，也不是怎么考出来的，是通过一些日常生活题，这个完成得多一点，就说它智商高，那个完成得少一点，就把它排在后面，也不是很科学。

养狗之后，音乐家也会上网去看看各种狗狗的特点，有一个排行榜挺有意思的，说，体味最大的狗有哪些？可卡、斗牛、沙皮、松狮、杜宾……，最会流口水的狗有哪些？西施、藏獒、巴吉度、圣伯纳、罗威那……，还有，最爱叫的狗有哪些、最耐寒的狗有哪些、最黏人的狗有哪些、最耐热的狗有哪些、最易训练的狗有哪些、最爱掉毛的狗有哪些、最爱运动的狗有哪些、最适合初养的狗有哪些、对生人最友好的狗有哪些，等等，每一项还都有反向的问题。在这么多的问题里，司派克就是在爱运动和不适合初养里边占了个位子，其他的还好，什么好啊坏啊前十名里面都没有它。它并不是让人喜欢的狗，也不是让人讨厌的狗。其实有什么呀，人都还有这样那样的毛病呢。当然，音乐家也知道，司派克的缺点还是很突出的，比如装病，有一天一觉醒来，居然一只脚缩了起来，走啊跑啊都是三只脚踮着，音乐家被吓坏了，以为它昨晚睡觉时哪里扭了，就像人落枕了一样，围着它团团转，还带它去看医生。医生看了看，捏了捏，一语戳破，说，装的，要么骗吃，要么骗玩，要么骗你感情，想让你待它好一点。音乐家想，我待它挺好的呀，就是老伴老嫌它，叫它笨狗，不知这算不算冷暴力？这个司派克也是，一点也不像其他狗，以为自己是基地里出来的，就不识大体，不拍马屁，它要是和老伴关系搞得好一点，那他养狗的乐趣就更多了。

也许是日有所思，这天夜里，音乐家做了一个梦，梦见司派克其实不是司派克，它一直都在装，这天，它慢慢地撕下戴在脸上的面具，原来是一只"边牧"。边牧的智商在狗狗里可是排第一的，某些方面比人还要强。它悄悄地溜出厨房，它想出去，但家门的把手太高它够不到。它看了看周围，在客厅里转了一圈，发现一张小凳就把它拉了过来，站起来把门开了。突然的置身门外，它有点兴奋，撒腿就往外面跑。它跑到水池边看了看，又跑到网球场站了一下，好像是觉得下面那条路才是对的，就再也没有犹豫，径直跑出了小区。对面就是公园，它跑上了马路，左右观察了一下，确信是安全的才横穿过去。它沿着公园的围墙跑，由于疫情，公园的大门关了，只留着边上的一个小门，但门口有好多保安，查这个查那个，边上的喇叭也一直在响：进入公园，请出示健康码、行程码、戴口罩、量体温。司派克看了一下，觉得没戏，就马上掉头往回跑。刚才一路过来，它发现了一处疏漏，那是公园的内河，外延部分有一段正接壤在路边，它下去试了一下，居然就下水了。它开始向对岸游去，是擅长的狗爬式，动作经典也很好看。它要去哪里呢？噢，是去"老伴"跳舞的地方，那是东面亭子边的一块空地。它拼命跑，跑得还挺智慧，故意在草丛里绕来绕去，有时候还匍匐前进，目的就是为了躲避保安，想突然出现在老伴面前，给老伴一个惊喜。老伴也是在第一时间发现了司派克，尽管她不喜欢司派克，但它的突然出现她还是很欣喜的。老伴喊笨狗笨狗，又张开手臂做拥抱状，司派克见了老伴，也快速的往前冲，嘴里居然发出了一种前所未有的、像鸽哨一样的叫声，那是激动的叫声，得意的叫声。眼看老伴就要和司派克抱上了，就在这时候，也就是眨眼之间，公园的保安不知从哪里冒了出来，他们有的拿网兜，有的拿叉子，从多个方向劫住了司派克，受困的司派克拼命挣扎，嗷嗷乱叫。音乐家难受死了。

毕竟是梦，六点钟的时候，司派克还是把音乐家叫了起来。他忙去厨房看司派克，司派克已经在那里等他了，拼命地摇尾巴，他把拦着的木板一挪开，它就以最快的速度冲向洗手间，现在，经过音乐家的谆谆教导，它已经可以安全抵达洗手间了，也能够完整地拉屎拉尿了。音乐家也开始了一天的劳动，他打扫司派克的大小便，给它搞吃的，完了再给自己搞吃的，一般是一杯牛奶、两个鸡蛋、三片面包。他也会给老伴泡一杯麦片，尽管他说过不管她的吃饭问题，但顺手的事他还是会做一下的。一般情况下，老伴不会吃，还会奚落他，说他的水不够开，说他闷的时间还没到，技术根本就不合格，都泡不出那个香。音乐家也会毫不客气地回敬一句，你爱吃不吃。但这一天，他泡好麦片时发现，老伴早已经出去了。

　　接下来，音乐家准备向司派克发出敏感词——洗臀。洗之前他会故意刺激一下司派克，说它的臀臭，说它拉屎没拉干净，拉尿弄脏了毛毛，说得司派克很是难为情，拼命地往洗手间里跑。但情况诡异，司派克不听敏感词了，也不进洗手间了，它坠着屁股朝音乐家只是叫，还跟他凶，好像有什么意思要表达。音乐家俯下身，耐心地问，那你想干什么？司派克还是叫，还跳到沙发上叫。司派克有一个习惯动作，它想出去的时候，就会跳到沙发上等你拴绳。音乐家就问，你想先去网球场吗，但现在还没到那个点上。司派克还是叫叫叫，今天蹊跷了，洗臀不干，网球场也不想，音乐家就说，你有什么事你就说。司派克就跑到洗手间，叼出了一串钥匙，是老伴落下的。音乐家说，你是在哪里发现的？司派克又跑到洗手间站了一下，音乐家知道，一定是老伴在里面换了条裤子，把钥匙一摸，忘了装回去了。音乐家说，钥匙没关系，她不带就不带，回来我们开门就是。司派克还是叫，还跑过去拖来音乐家的鞋子，要他穿。音乐家说，要给她送钥匙吗，我才不去呢。司派克生气了，扑上来咬音乐家的裤脚，要把他往外面拽。事出反常必有妖，今天可能真有事情了。音乐家想起自己昨夜的梦，难道这里面有什么征兆？音乐家说，那好，我到公园去看看。司派克听了这话就不叫了，还迅速地趴到沙发上，前面的双脚交叉一搭，好像在说，这还差不多。

音乐家被司派克弄得有点紧张兮兮的，他听人说过，动物有时候是很神的，常常会做出一些超乎寻常的预判，他不知道司派克预判了什么，他让自己尽量的走得快一点。他平时没去过公园，这会儿走的都是梦里走过的路。他出了西门，横过马路，沿着公园的围墙走，在公园门口和保安询问过，就径直走向老伴她们练习的地方，东边亭子前的一块空地。他没看见有人在那里活动，倒是有一拨人围在亭子里，凭他的经验，他觉得应该是出事了，他快走几步，就看见老伴被几个人扶着，脸色煞白地坐在石凳上，样子像刚刚才回过神来。有人发现了音乐家，忙说，这下好了，她老头来了。众人散开，音乐家上前，捉住老伴的手说，你这是怎么啦？老伴快快地说，我也不知道，只觉得脸上冰冷，眼前一黑，就晕倒了。音乐家说，你这是低血糖，叫你早上吃东西你不听，还硬犟。这时候的老伴，在为音乐家的到来而感到纳闷，说，你千年也没有上公园，今天怎么就来了呢，这么巧。音乐家说，是司派克叫我来了，一上午都在叫，叼你的钥匙，叼我的鞋，我想想是不是你有什么事，就来了。老伴说，神话哪，你骗我，它真的这么灵？音乐家说，真的哪，我骗你干吗，否则我怎么会来呢？老伴说，这个笨狗，她们都说，用软梳子梳梳它的头，它会灵起来的，我回家就把那个软梳子拿给它，给它梳梳看。音乐家说，现在没办法了，它就是再笨，也要把它养下来了。

音乐家又说，其实司派克也是挺好玩的，你吃饭的时候它在旁边看着，你在洗手间里面它在门口守着，你脱下鞋子它都要一只只闻过来，我们人不也有闻袜子的习惯吗？就像谁家里有个唐氏，有个白化病，有个自闭症，他父母难道就把他扔掉了？也是舍不得的。音乐家忽然觉得，这会儿自己的讲话也温和多了。

原载《长江文艺》2022 年 4 期

这世界那么多人

今年的"春晚"有一首歌不错,歌词如诉,旋律如泣,听着舒服。我开始不经意,一边开着电视,一边做着琐事,这是平时看春晚的常态。但听到这首歌时,我忍不住停下手钻过头去看,是韩红在唱。韩红唱歌我要听,我不是听她的实力,她的实力没得说,我听的是,她可能会在歌里做些什么处理?有印象的是2017年的春晚,她唱那首《千年之约》,里面的断句就断得很漂亮,一般人不断会气息跟不上,断了也断不出那个味,这就是功夫。今年她唱《这世界那么多人》,把歌词研究得透透的,没有炫高音,完全是在唱控制,歌里的情绪也是引而不发,叫会听的人自己去玩味。

本来一首歌,在哪里唱不是唱呢,唱了也就唱了,听了也就完了,很多歌都这样。但这首歌不一样,它顽固得很,唱了还不算,在之后的几天里,耳朵里老是会烟雾一样绕出来,弄得人心里痒痒的。于是,又守在电视前看着回放,这一看又有了新发现。发现韩红这次的唱很特别,她几乎原地不动,身旁也没有伴舞,而是领衔了一队听障学员(据说),整齐地排列在她身后,做着简单的寓化手舞——绕指柔,意缠绵,源不竭,细水流,对,就是这意象。再听那歌词:"我迷蒙的眼睛里长存,初见你蓝色清晨";"这世界那么多人,多幸运我有个我们";"远光中走来,你一身晴朗,身旁那么多人,可世界不声不响";"曙光中醒来好多话要讲";"这世界有那么个人,活在我飞扬的青春";"在泪水里浸湿的长吻,常让我想啊想出神"……我暗叹,这不就是一首情歌吗?春晚唱情歌,这个有意思。而且这情歌还特别正统,年轻人喜欢民谣类的情歌,年长的人则偏爱这种有故事、有脉络、正经诉说的。

我是第一次听这首歌,难免心生好奇,这歌是什么背景?民间有流传吗?首唱是韩红还是另有他人?一查,原来是什么电影的插曲,首唱是莫文蔚,电影没什么名气,莫文蔚我是喜欢的,我曾经说过,她是最没有明星的相貌和身材,却是最有明星范、明星派、明星实力的一位。她唱这首歌也很有味道,她没有像韩红那样的断句,尤其是那句"灯一亮,无人的,空荡"。韩红是有意把"空荡"断了后重起,气息稳稳地接上,严丝合缝。莫文蔚却是流畅着唱,自然的柔了过去。当然,她也有独特的处理,表现在咬字上,故意的咬八分,让人听着像短舌头,实则是别样的精彩。

我对情歌情有独钟,因为我年轻的时候写过情信。那时候我人在外地,女朋友在老家,没有电话,思念主要靠写情信,来来回回,久而久之,就攒下了一大摞,还被当文物一样收藏起来。现在我知道了,情信写多了不好,很被动。那时候肯定是好话说尽的,还生怕溢美之词不够,婚后才发现,并不是这么回事,但已经下不了台了,偶尔吵架,妻子还会拿这些信来对付你,说你以前咋说得那么好听呢?所以说,用情不能太深,太深了就像枷锁,自己把自己给困住了。我一个朋友更绝,脑热时把女朋友的名字刻在手上,以示自己笃坚,后来也后悔了,但不能自己打自己脸啊,更不能把那只手剁了,只好硬忍。

怪都怪我们年轻时圈子太小,没见过几个人,眼界有限。我说这话的意思是,我后来圈子大了,碰到的人多了,眼光也不一样了,历史教训啊。为了弥补自己的缺憾,我之后确实接触过不少人,这里专指女人,但由于"被动"和"枷锁"的原因,性质都非常的含蓄,要么是单相思,要么是隔靴搔痒,要么是地下党或隐蔽战线。都说女人是千篇一律的,还真不是,这就使得我不得不把她们记录下来。我这人也挺坏的,记着记着,还写成了小说。表面上说,是自己的某个习惯,比如日记,实际上还是心有不甘,不大过瘾,在小说里就不一样了,可以天马行空的大做文章。这有点做事拿酒当借口的味道,若是事成了,就说是酒的功劳,是酒起了推波助澜的作用。若是不成,或被怨怼,那就说都是因为酒,是酒惹的祸,酒事前后不当真,小说也是写着玩的。

我把 A 姑娘写进了《西门之死》里。她是我朋友的老婆,我暗恋着她,我在心里轻轻地唤她美人,其实她并不美,顶多只能算作顺眼。有一次她说起自己的背白,虽然是在说其他时顺带的,貌似无意,但我还是当她是有意的,要不,说什么东西不好说呢,非要说自己的背白?背白可不是一般的白,甚至比脸白更有隐喻意义。小说里,我们轰轰烈烈地玩着,挑好玩的玩,我们去听道,去吃圣餐,那是圣诞节璀璨绚丽的夜晚,别有一番刺激。那个晚上我们还跑到体育场去听崔健,在那个人影叠踵的地方,我第一次离她那么近,都可以闻到她头发稍带焦气的香味。可惜,在那首《一无所有》的呐喊中,我从看台上不幸失足，跌落了下来，摔死在一堆肮脏的垃圾旁。第二天，警察展开了调查，要查一下昨晚我有没有和别人在一起？一个人就是意外，两个人就有故事了。遗憾的是，A 姑娘碍于家庭和生活没有吱声，她把我们的关系吞没了，我成了一个游荡在体育场、不小心摔死的倒霉蛋。

　　我把 B 姑娘写进了《上海之行》里。她是我单位的同事，在单位我们只能是眉来眼去，再新鲜蓬勃的想法，也只能藏在肚子里。后来，我离开了这个单位。后来，她丈夫也生了病。她要长期的陪丈夫在上海看病，艰难的日子，羞涩的日子，是最容易想起老朋友的，她想起了我。我把这当作她有需求，也把这当作在帮助她，我觉得我们是应该有点故事的，也就是说我要去上海看看 B 姑娘。我平时去杭州开会比较多，去上海没什么理由，这难不倒我，我就装作去杭州开会，中间匀出个半天到上海去，这应该没什么破绽。我选的都是晚上的火车，两小时，从杭州东到上海梅陇，下来坐地铁再到闵行，就到了她的住地。我不想把时间浪费在毫无意义的白天上，挨到晚上，那得花多大的精力啊。晚上到，如果有事情要发生，就像接龙儿一样，多好。但是，我们什么事也没有发生。第一次，她说她老朋友来了。她这样说了我能怀疑吗？我能说你让我检查一下吗？第二次，她装作很高兴，一起吃饭时就拼命喝酒，把自己喝醉了。我能要求一个身体不适的人陪我这样那样吗？就像你永远叫不醒一个装睡的人，你更奈何不得一个舍身买醉的人。第三次，我赶到上海，她说她老公出院回家了，我料理好事情也要今晚回去。我还能说什么？我只得大度地微笑，陪她一起回来。一个评论家说，小说里如果有两处巧合，这个小说就不用看了，他指的还是长篇。现实中也一样，凑巧的事接二连三地出现，那一定是存心的。我还是算了吧。

我把 C 姑娘写进了《手工》里。她是位讲究的姑娘，尤其注意身体保养。我在小说里说，给女人送礼送什么最好？写信、写诗、生日内衣、最新化妆品，都可以，但最好的还是送"体检"。不仅要送，还要陪检，她照 CT 时你帮她排 B 超，她测胃气时你再去排心电，温暖在眉宇间撞来撞去，感觉也一下子加深了。但俗话说得好，怕鬼有鬼。我自以为安排得缜密细致，不料在过程中被不断地破防。先是在接 C 姑娘的路上碰见了妻子的闺蜜，再是在体检中与也来体检的亲戚照了个面，偏偏匆忙中又停车违章了，车登记在妻子的名下，抄牌的短信也发到了妻子的手机里。这天的体检弄得我心神不定，索然无味。接下来的几天，我小心翼翼，察言观色，用间谍的技能，来掩盖和弥补那些捉襟见肘的破绽。

我把 D 姑娘写进了《狮身人面》。我们在一个院子里长大，也算是"青梅竹马"。俗话说，院子内的鸡捉不得，一是知根知底，坏事好事都一清二楚；二是万一投缘不来，后事解决起来会非常麻烦。青梅竹马还有个特点就是，行无欲思无邪，看似亲密无间，实则什么事没有。我看着她长大，看着她恋爱，看着她嫁人，后来，她跟着她的华侨老公出国了，我还得帮助她照顾她父母。再后来，她的婚姻破裂了，她不肯离，她老公打电话给我，说大哥，你还是劝劝她，让我们离了吧。当初她偷偷摸摸谈了这个华侨，她父母不同意，还是我给她打的掩护，现在我还要帮助她老公离了她。再再后来，她带着一个小番人回来了，我这才知道，她是为什么被离了，她嫁了一个华侨，却生出了一个番人，不离才怪呢。她在外面都这么多年了，国内的关系也早就丢光了，也就是说，我还得帮助她重新起步。还好她生的是一个小番人，她要是生一个中国厮，我还真不好意思帮助她。我就是这样帮助她，任劳任怨，无怨无悔，谁叫我们是青梅竹马呢。不过，我倒是在小说里要了她一次，小说不能一直帮，一直帮就是傻瓜，要了才像个小说，才叫"狮身人面"。这个小说她后来也读到了，说，这么多年，你有没有想要我一下，你如果心里真想要，那我们就要一下吧。她这样说了，我们还怎么要？我要是真的要了，好像我一直以来的帮助就是为了这个要，这话说起来多难听。

我把 E 姑娘写进了《让她守身如玉》。她是我在一次文学活动中认识的，她不是作者，只是一位爱好者，当时被老板派过来，为这个沙龙服务，我一眼就注意到了她。这种毫无道理的好感一定是有某些奇妙的。我后来想，就是她身上的那种挺拔、蓬勃、执拗、邪乎的劲。我们散坐在大厅里闲聊，被烛光映照着，像笼罩在一个黑色晕环里。而她，就站在远处的吧台里工作，射灯划拉出一块暖色，像黑夜里亮着灯的一个窗户。我还发现，只要我转头看她的方向，她也必定在拿眼瞟着我这边。

我站起身，装作要去续水，自己也觉得有点不自然。而她，也明显的有点小紧张，我甚至能听到，她因为屏气而显得冗长的呼吸声。我说，我们认识吗？她说，你是写小说的那谁，我读过你的小说。我说，你读的是哪一篇？她说，《火车上唱歌的女孩》。我说，噢，这个很早了，写得一般般，不过，我自己喜欢的。她说，你能把我也写进小说吗？那样我会很高兴。我说，你怎么会有这个想法呢？她说，没什么，就想看看你怎么表现我，做个纪念吧。我不知道她心里究竟藏着什么密码，说实话，我喜欢这个直截了当的姑娘。我们就这样简单而粗浅的认识了，但我们似乎又很"认真"。那之后，我只要有小说发表，都会告诉她一声，她要是能够读到的，也都会跟我交流她的感觉。我承认，我在乎她的感觉，更在乎她的意见。她有空也会大老远的跑温州来，然后给我打电话，说我就在你们单位楼下。她喜欢这样悄无声息的惊你一下。我要是在，就陪她一起吃个饭，说说话，然后送她到客运中心。我要是不在，她也没有怨言，说自己冒失了，扰你了，然后就乖乖地返回去。这么纯粹的姑娘，你会把她怎么样？不会，你会在心里成全她，告诫自己，就让她守身如玉吧。

和这些女人的接触中，我最大的体会就是忙，当然也有慰藉。人是有各种各样的需求的，看你怎么取舍。你不能要求所有的努力都百发百中，要知道，过程很重要，也很有意思。至于那什么，有一句俗话说得好：有些事，你没做就像做了一样；有些事，你做了也和没做差不多。

回到开头的话题，这世界那么多人，一首情歌，勾起了我许多联想，而这些联想又都和女人有关。和女人接触，我认真过，也尝试过，都有不便之处和难言之隐，不知道她们是不是也和我一样？这天听着这首歌，我突然来了兴致，我想做一个小实验，把这首歌，借着热闹和传唱的时候，发给上述的几位女人听听，看她们什么反应，什么态度？这似乎也是有点意思的，但要是说它无聊，也未尝不可。

我是有心要做这个试验的，我收拾好手头的事，泡了一杯茶，放在沙发边的茶几上，这是郑重其事的架势，尽管只是在手机上动动手指头。我怀着偷窥一样的心情，把这首歌一个个发出去，而每一个后面的"表情"，我也是认真想过的，不是信手或随机的，然后，我猜揣着她们、被这突如其来的一首歌、所带来所表现的心情。

我发的是能找到的最好的版本，就是有现场"手舞"的那个，尤其有韩红拉近镜头、隐忍着控制着热泪的画面。我把它发给 A 姑娘，接着跟了一个"偷笑"和"龇牙"的表情。我又把它发给 B 姑娘，表情我犹豫了一下，发了一个"微笑"和"调皮"。我再把它发给 C 姑娘，表情我选了"捂脸"和"害羞"。我在发这些表情的时候，心里也生出了感慨，这表情的发明真好啊，有些话难说，说出来土头土脑，但一个表情似乎就蒙混过去了。我接着把歌发给D姑娘和E姑娘，表情一个是"玫瑰"和"拥抱"，一个是"色"和"亲亲"。说她们是姑娘，其实也都不是姑娘了，这又有何妨，程度和深浅，自己心里明白就可以了。噢，我前面忘了说了，E姑娘后来也出国了，她老家是文成侨乡，侨乡都有那种相互裙带的习惯，不知E姑娘是被父母带出去的，还是亲戚朋友带出去的，还是像D姑娘那样随夫嫁出去的？总之，她离开了我们最初见面的那个地方。

当时她也是突然问我，说，我要是有一段时间不来看你，或我们有一段时间不联系了，或我不看你的小说了，你会不会想我？我记得我是按照正常的逻辑思维回答的，我说这怎么可能。我的意思是我们都好好的，不会无缘无故的断了联系。后来，我收到了她寄来的照片，才知道她已经远走高飞了，那一刻，我感觉自己恍惚了一下。她的第一张照片是她在一个咖啡馆门口，背后是一片蓝墙和一张毕加索经典照的海报。第二张照片是她低头漫步在蔚蓝的海边上，穿着中性的牛仔服，脸稍稍的左侧，戴着口罩，这大概是这些年拍的。因为"毕加索"，我推测她是在西班牙，她告诉我，她那个地方是海边，在阿尔梅里亚下面的安达卢西亚。"在安达卢西亚，你常常会看到这种蓝色的墙壁，算是摩洛哥蓝吧，刺眼，大胆，有与蓝天争胜负的气势，乍看有压迫感，看习惯了，觉得它挺美挺适合。美在任何情况下都能脱颖而出的，跑到你面前，也快速的迷惑着你。这也是天空的蓝，地中海的蓝，穆斯林的蓝，青花瓷的蓝，当然也是西班牙的蓝。"这是她偶尔发来的私信，她是有小说写作潜质的，不经意的写几句，常常有惊艳之感。

现在，我喝着茶，把手机调到静音状态，我觉得静有静的好，可以不受手机的钳制，无意中拿起来看看，咦，什么时候有微信进来了，这个感觉最好。我静等她们的回复。

A 姑娘很快回信了，说，呵呵，这首歌我也听的。（一看就知道是在应付，是不想回的情况下勉强而为之。）第二个回信的是 B 姑娘，说，好听，韩红莫文蔚都唱得好。（这等于是废话，唱不好还会让她们唱的？）C 姑娘回信说，我也喜欢这样的歌，词写得有故事，还有画面感。（这个谁不知道啊，有感觉才要转嘛，虽然动机上是有点不可言说。）我知道，这里面也许有我的一厢情愿，或者自作多情。她们看似在谈歌，实际上都在回避，回避真实的感受和想法。我是希望她们有美丽故事的，哪怕重温一下也好，我把她们写进小说的初衷就是这样，就像有些人喜欢老照片，从那些瞬间里，捕捉逝去过去，想象未知的未来。我只是想听到她们饶有趣味的回复，或者里面暗藏玄机。你看，D 姑娘的回信就不一样，她说，是啊，在泪水里浸湿的长吻，让我想啊想出神。呵呵，这一句选得好，但似乎也有点虚假的成分，想出神有什么用呢？当初她那句"你想要就要一下吧"，那是多么的勉强，多么尴尬的前提设置，你说我还能要吗？等于把路给堵死了。但是，她现在有这个心也是好的，我也就权当作个纪念吧。情感算什么，现实才是回避不了的生活，情感顶多是假戏真做的剧本，而我只是更倾向于喜剧罢了。接着，那个远在西班牙的 E 姑娘也回信了，虽然迟了点，但西班牙和中国有时差，我们这里傍晚的时候，她那里才刚刚睡醒，我还是很高兴。而且她说，这歌的制式不一样，她那里打不开，她是根据歌名重新搜索的，才听到了一个完整的。应该说，这首歌对她是有感觉的。她说，这世界有那么个人，活在我飞扬的青春……我可以想象她一字一句听歌咀嚼的情形，一次不够，再来一次，反复听了好几遍，才准确地把她想要的歌词择了出来。她这句歌词择得好，明白人知道，里面满满的都是意趣。

我想着怎么样肆意一下，反正她在国外，就算调皮得过了头，一下子也不会发生什么。我没有接那句歌词说，却别有用心地发了一段《圣经》，那是《旧约·雅歌》二章里的："我是沙仑的玫瑰花，是谷中的百合花。我的佳偶在女子中，好像百合花在荆棘内。我的良人在男子中，如同苹果树在树林中。我欢欢喜喜坐在他的荫下，尝着果子的滋味，觉得甘甜。他带我入筵宴所，以爱为旗在我以上……"，这背后是一个拯救、欣赏、感恩、向往的故事，但在世俗里，似乎也可以混淆视听。

果然，第二天，E姑娘在私信里说，《圣经》里也有这么好听的句子啊，我回味了一整天。是啊，我多么希望她有更多更广的联想啊。

这是我发这首歌的目的吗？也许是，也可能不是。我只是想知道，事隔多年，感情这东西，是会越来越浓呢，还是会和所有的世态一样，人走茶凉？

散淡的人都是敷衍的，现实也确实如此。认真的人，纯粹的人，肯定也都是沉重的。那个E姑娘，那个我"让她守身如玉"的人，她似乎就是一块玉，只不过现在还埋在大山里，在由石变玉的过程里，也许她还要千百年，才会变得晶莹剔透起来。

有一天，E姑娘突然在私信里说，我说服不了我自己，我要回家，我要去见你。这想法很可怕，别看她经常发信就是一条，也不多说，其实是她的性格使然，是执拗的表现，就像石头甩在了玻璃上，麻烦很大。

过了一段时间，她又发了几句"诗"："西班牙的太阳温暖着我，西班牙的海风爱抚着我,西班牙的生意养育着我,但我的灵魂在老家,在茂密馥郁的大山里,在湍急不息的江水里,在黏稠潮湿的空气里。西班牙的月亮一听,生气了,立马躲进了云层里。"她发了这条之后又隐蔽了,隐蔽不等于没有这个人,不等于不再酝酿,也许已经在悄悄准备了,这种人都这样,信息越短越危险,越短越说明不讲道理。

后来,她又发了一条西班牙的新闻,类似于我们的小道消息,说的是一个姑娘,一天晚上十点五十左右回家,她忘了带钥匙,就在家门口等家人。十一点三十左右,家人赶到后已不见了姑娘,手机也停了,至今已经有十来天了,仍旧未归。再后来,警察在调查中发现,那姑娘并不是意外失踪,而是坐飞机走的,且姑娘已经成人,具有完全的民事能力,不属于刑事案件,让家人不要折腾了,市民也不要以讹传讹。再再后来,又有传言说,姑娘是抛夫弃子离家的,实则是与人私奔了,甚至有人在另一半球的巴西看见她了,正与一男生在里约的酒店里度假呢……

我有点后悔给她发歌了,尤其是这样一首委婉深沉的歌,"这世界那么多人,多幸运我有个我们",而她,到现在还活在她"飞扬的青春"里,这可如何是好。我知道她给我发这消息的意思,这似乎是一个信号,根据我对她的了解,我判断她也想计划着玩失踪,而玩失踪的目的就是回家,就是要过来找我。

我拼命地给她发信,说的都是我了解到的这里的情况,不一定是真的,但这时候,耸人听闻也许更好一点。我跟她说,温州也刚刚有了两例,听说是一个小店主,去广东那边进货被传染了,现在小店那一带已经被封控了,连带着附近也被管控了。我一个朋友就是去那边的医院开了点药,后来街道就来通知了,说他在防控区待了一小时,码也变了,要他去做核酸,不做码变不回来。我又跟她说,在外面老实待着啊,现在那边比国内安全,要珍惜宝贵的生活环境,更重要的是,不要让爸妈操心。我还说,现在回国也难,机票贼贵,且不是你想买就能买到的,有钱也买不到,何必呢?我又说到了隔离,可能要7加7加7,来这里隔离在旅馆里,还不如乖乖的待在家里。

E姑娘不响。

我说的这些显然也都是我的思维,都是正常的逻辑,对于年轻人、对于一个执拗的人来说,肯定是没有用的,她肯定也是不理我的。后来有一天,她又突然来了一条私信,说,我还没见过绿码呢,绿码是怎么来的?是啊,国外对这个码不知是怎么解决的,怎么使用的?况且,国外的手机到了国内,还不知道有没有用?我一概不知,也就没有给她什么建议。她也就这么一说,又没有下文了。我感觉和她发信,就像是发到了空气里,或是发到了地府里,而与她交流,不仅很虚幻,而且很恍惚。

但是,我始终是担心E姑娘的,我还发现,自己在莫名其妙地数着日子,甚至在想象着E姑娘的动静。她是不是离开了安达卢西亚?或是已经到达了马德里?我还战战兢兢地敲开了中国驻西班牙大使馆的网站,顺便说明一下,以我的年龄,以及对电脑的生疏,我做这些的时候,总有点像间谍一样感觉。我还真的在网站上看到了我想了解的一些东西,莫名其妙,我了解这些东西干什么?大使馆有一些"新政策",是提醒回国的同胞注意的,以免带来一些不必要的麻烦。这些政策是:1、航班起飞前7天,需要自行在家隔离(在完成检测后仍需要在家隔离至登机);2、航班起飞前7天,需要完成首次PCR核酸检测(即在原先的48小时内双检测基础上额外再增加1次PCR检测,且2次检测机构需是不同的指定机构);3、所有的检测需要进行现场拍照留证。

　　我也在默默地计算着时间,以 E 姑娘的脾性,所作所为,我也要当她是要回国的。那些天,我眼前闪现的都是 E 姑娘义无反顾样子,她穿梭于那些机构,跑着回国前的各种准备。我的想象是这样的:E 姑娘先是失踪了好几天,她并没有马上离开安达卢西亚,也许她就在阿尔梅里亚,或是溜到格拉纳达去了。她平时帮父母做些小生意,父母也知道她是个无常的主,有准没准的。她居住的地方和她做生意的地方有一段路,走着走着,一会儿她告诉父母,她不去店里了,她要去塞维利亚玩一下,所以,她失踪的目的是要看看她父母的反应。要是她发现父母呼天抢地,要死要活,报警登报,那就算了,说明她父母在乎她,宝贝她,那她就老老实实地待着吧,哪里也不去,继续做着绵长而诗意的春梦。如果她发现父母无所谓,有她没她一个样,就像她待在老家没出来之前,那她就尽情地冒一下这个险,她喜欢这种复杂的过程和意外的效果。

　　马德里的飞机到上海要 10 小时,我不仅计算着时间,还留意着各种航班信息。那些天,五花八门的信息还真不少,小的就不说了,非常时期,出点小事不奇怪,而大事情倒有两件。一位女家长千里迢迢的送子女回来,紧张、劳累、加上机舱里空气不好,下了飞机就顶不住了,就猝死了。还有一位男家长,被疫情吓得,坐飞机上不敢动,结果下肢静脉血栓,飞机一落地,乍一起身,血栓跑到肺里去了,把他憋死了。E 姑娘倒是没什么事,她年富力强,身心松弛,踏着疫情回来像外出度假回来一样。不过,她仍旧秉持着她一贯的行事作风,不响,由自己,任凭生米煮成了饭,棺材推进了窟,她如果有决心回来,就早把一切都想好了。开始,她被送到了浦东一个连锁店隔离了 7 天,贵是贵了点,条件还是可以的。上海没有直达她老家的交通，她又被送往温州隔离了7天，在海边的一个民宿，天高云淡，满目飞鸥，她还高兴。接着她又被送回老家隔离了7天，前5天住在旅馆，后来旅馆房间不够，就把她放回家，把剩下的2天补起来。

那天，她是开了一辆小车进入温州市区的。非常时期，高速不好走，不好走的理由很多，你不知道哪一条会框住你，框住了你就下不来了，所以她选择了走下面。她先是从大峃出发，这是她的老家，如果在下面走，两个小时才可以到温州南。对于一个心切的人来说，时间不是问题，走到才是关键。下面是那种县路，其实路也不差，偶尔还有一些碎石路尘土路，也挺好。路差代表着安全，关键是可以避开那些地界和岔口，避开各种哨卡。她从大峃到峃口，从峃口到赵渡，从赵渡到高楼，从高楼到马屿，到了马屿就和温州近了，其实还不近，还要经过飞云、塘下和温州南。那里有一个客运站，以前我送她回家，都是送到这个客运站。不管早晚，我们都要在停车场里停一停，在小车里抱一下，说分别难也好，说意犹未尽也好，反正都得抱。等她上了车，我还要叮嘱一句，记得把短信删掉噢。她会说，知道，这是地下党的生命线噢。

她到了温州已经是两个小时以后了，像以前，她一如既往地隔空"喊话"，在吗在吗，我已经在你家门口了。一切，尽在我的预料之中。这时候，我其实也是很慌张的，我不知道会发生什么，这样的举动，发生什么都是有可能的。我有点犹豫地回她信，你真的来啦？她回信，来了还有假的吗？我回信，那家里有人噢，怎么办？她回信，我又没有想去你家。我回信，家门口的温度酒店也没有开。温度酒店就像国外的汽车旅馆，本来是最适合那些长途奔袭人的，但是，尽管我们这里不是什么防控区，这些公共场所最近也都没有开。她说，我们就在车上好不好？我愣了一下。在车上，这是个可以无限遐想的词，可以理解为说得很嗨，也可以理解为意味深长。是一个不能细问的词，也是一个没办法推脱的词。我找了个借口，踢踢踏踏地跑出来，在门口上了她的车。

她开了什么车？是怎么过来的？已经不重要了，重要的是她真的来了，从西班牙飞到温州来了，就为了一首歌，以及歌里的一句词，以及我有意无意的挑唆、诱导。千言万语，都化成相视一笑。我们选择了左拐。左拐是一条"丁字路"，竖着的这条路，一边是公园，一边是工地。公园是新的，有一个地下停车场，这是个好去处，但这个停车场也是新的，停车场要开一段时间才会乱七八糟，现在到处是灯，到处是监控，连一个盲区都没有，且每个区域都有人指挥，这就很没劲。我们转了一圈，总觉得身后有一双眼睛，只好出来。我记得工地这边是可以停车的，围墙把工地围起来，外面都是车，就有希望。我们眼睛闪闪亮，想找一个稍稍隐蔽的空位把车停进去，最好装作没人要的僵尸车，那就于无声处了。但现在，疫情期间，人们也不大出去，路边的车一停就是好几天，根本就没有空位。况且，我知道，现在路上到处都是监控，会明明白白地把你拍下来。网上不是有那种快捷约会的视频吗，一人在车上等，一人悄悄地来，十分钟后，来人整理着衣服出来了，看得人难受。我们要是停好车，两人从前座出来，再一起闪到后座去，那也是需要勇气的，我们只得继续往前开。也许是事情不顺吧，E姑娘明显的有点心烦起来，她拉掉颈上的围巾，打开衣服的领口，说，热死了热死了。我看看她，没有接话，我知道她是不热的，这是三月的日子，又是晚上，我们又是海洋性气候，江风习习，裹挟着这条路，哪来的热呢？

前面就是丁字路的横路，依江而建，想效仿上海的外滩，有一个光影码头，可以倚观对岸，也可以登船夜游，平时游人如织，叫人民路。但现在，由于前面是防控区，这条路也被封死了。我们也被逼死了，眼前是一些石墩、挡板，再前面是树丛、栏杆以及对岸罗山的暗影。这时候，我的手机叮咚了一下，是朋友发来的一条视频，打开一看，拍的就是人民路。画面空荡，街景魅魅，有"温普"的画外音在说：大家看啊，这就是晚上八点的人民路，你看，路还在，人没了。我笑了一下，想把这个视频给 E 姑娘看，她说，不看，并且说，走走走。她的烦躁也越来越浓，嘴里还咕哝了一句，我猜想是他们老家的粗话，类似于"我操""妈的"。然后，她掉转车就往回走。这个疫情，搞得我们的见面索然无味，我们都以为会是轰轰烈烈的，奇绝刺激的，还遐想着待在车里，现在都泡汤了。不过，她倒是一路都抓着我的手，有时候抓一个手指，有时候五指和五指扣着，有时候还会在我的掌心挠了几下，她用一只手握着方向盘，有一种生疏的潇洒。到了我家前面的那个路口，她停下，意思是要我下车，她一定是觉得无聊透顶了，但她没有说。这样过了几秒钟，她突然拽过我的手咬了一口，这一咬，就像在悬崖边推了我一把，我慌忙抽回手下去了。她也马上轰了一脚油门，从右边的转弯道蹿到左边的转弯道，就开走了。

　　这天晚上，我一点也没睡着。这场史无前例的、精心谋划的、心痒虫袅的见面，居然会是这样！我想起我们温州的一句土话，斧头把自己的柄都剁进去了。

　　第二天一早，我的家门突兀地被人敲响了，我妻子还在睡觉，我睡眼惺忪的出来开门，是街道的人陪着辖区派出所的民警来找我。我平时都坐在家里，他们知道我是个作家，所以对我还比较客气。一个民警说，你昨晚来客人了？我说，怎么啦，这个也需要报告呀？民警说，根据大数据显示，你的手机昨晚与另一部手机有过接触，你们来来回回在一起有半个小时。我说，这是要说明什么问题呢？另一个民警说，是这样哈，这也是我们"流调"的一块内容，关键是这个手机是从国外过来的，通过正常的隔离之后突然进入了我市，昨晚又诡异地与你接上了头。我不知道流调是流行病调查的意思，还是流动人口调查的意思，非常时期，这也是没有办法的。我说，人家绿码、核酸都是正常的，也不行吗？民警说，没有说不行，只是我们觉得奇怪，这小伙子大老远的从国外跑回来，与你接了一下头，今天一早买好机票就准备回去了，你觉得这个正常吗？我听着有点糊涂，说，你们刚才说什么？说这小伙子？有没有搞错啊，她是个女生好不好。民警也不和我废话，打开手机，一边划拉着机屏让我看，里面全是 E 姑娘的资料：哪里人、多少岁、什么时候出的国、现在在哪个国家、具体做什么事情等等，但是但是，她的性别显示却是个男的，还有照片，一个小伙子模样的"E 姑娘"！我更加糊涂了，在心里快速地梳理了一下她的样子，没发现什么不妥啊。我是听过有这种情况的，也看过这方面的一些书，什么性取向，什么性别认同，我还是能够理解的，但这样被民警询问和提醒，无论如何也是尴尬的。我知道和他们一下子也说不清，说不清我们的关系，也说不清一首歌引起的缘由，也许还会越说越乱，越说越被动，我只得诚恳一点，退一步说，你们需要我配合做什么吗？这里面有涉及国家安全吗？民警说，目前我们还没有发现什么，我们也希望不会，我们只是先和你对接一下，例行公事吧。

送走了民警他们，我一个人还傻站在那里。想想整个过程，从春晚的一首歌，引发了这么大一件事，而且还有八卦的内容，确实有点意外和好笑。而我，又似乎还沉浸在这首歌的旋律里，词意里，我突然发现,歌里的有些词,自己好像都忽略了,都没有往那上面想,比如这一句:灰树叶飘转在池塘,看飞机轰的一声去远乡,光阴的长廊,脚步声叫嚷,灯一亮,无人的空荡……

原载《作家》杂志 2023 年 1 期